U0943801

四川师范大学巴蜀文化研究中心2023年度重大项目“文学与人类学：20世纪上半叶中法之间的话语关联”

中国多民族文化研究文库

徐新建◎主编

文学与人类学

20世纪上半叶中法之间的话语关联

佘振华◎著

中国社会科学出版社

图书在版编目(CIP)数据

文学与人类学：20世纪上半叶中法之间的话语关联/徐振华著.
—北京：中国社会科学出版社，2023.5
(中国多民族文化研究文库)
ISBN 978-7-5227-1587-2

Ⅰ.①文… Ⅱ.①徐… Ⅲ.①比较文学—研究—中国、法国
—20世纪 Ⅳ.①I0-03

中国国家版本馆CIP数据核字(2023)第052698号

出 版 人 赵剑英
责任编辑 郭晓鸿
特约编辑 杜若佳
责任校对 师敏革
责任印制 戴 宽

出 版 中国社会科学出版社
社 址 北京鼓楼西大街甲158号
邮 编 100720
网 址 http://www.csspw.cn
发 行 部 010-84083685
门 市 部 010-84029450
经 销 新华书店及其他书店

印 刷 北京明恒达印务有限公司
装 订 廊坊市广阳区广增装订厂
版 次 2023年5月第1版
印 次 2023年5月第1次印刷

开 本 710×1000 1/16
印 张 20.75
插 页 2
字 数 311千字
定 价 108.00元

目　录

绪　论 …………………………………………………………………… （1）

第一章　法国话语在中国 ……………………………………………… （25）
第一节　从“科学”到“实证” ……………………………………… （26）
第二节　从“群学”到“国家” ……………………………………… （37）
第三节　从“社会”到“民族” ……………………………………… （46）
第四节　从“歌谣”到“民俗” ……………………………………… （57）

第二章　从想象到实证：文学与人类学的话语关联 ………………… （65）
第一节　从诗歌走向实验的刘半农 ………………………………… （66）
第二节　“实证”话语与现实的文学 ………………………………… （75）
第三节　孔德与蔡元培 ……………………………………………… （83）
第四节　孔德实证哲学在中国 ……………………………………… （101）

第三章　从社会到国家：由西及中的话语实践 ……………………… （121）
第一节　从“文学”走向“国族”的谢康 …………………………… （123）
第二节　“国家”话语与国家的文学 ………………………………… （128）
第三节　布格勒与许德珩 …………………………………………… （133）
第四节　涂尔干与李璜 ……………………………………………… （146）
第五节　涂尔干社会学理论在中国 ………………………………… （168）

第四章　从艺术到民族:面向本土的田野描写 ……………………（196）
第一节　从古典音乐走向本土田野的凌纯声 ……………………（198）
第二节　“民族”话语与少数民族的文学 ……………………（209）
第三节　莫斯与杨成志 ……………………（226）
第四节　莫斯民族学研究与中国 ……………………（243）

第五章　从先秦到现代:由“民俗”贯通的文学人类学 ……………………（253）
第一节　法国的“民俗”话语与民间文学 ……………………（255）
第二节　中法之间的“民俗”话语关联 ……………………（261）
第三节　民国时期的“葛兰言争议” ……………………（272）
第四节　葛兰言与杨堃 ……………………（279）

结　语 ……………………（290）
参考文献 ……………………（303）
后　记 ……………………（324）

绪　论

“解释一字即是作一部文化史。”① 陈寅恪先生从训诂学的角度，一语指明了字词背后还隐藏着某种文化编码。而且，这种文化的编码过程很少封闭和局限在某种文化内部，因为自人类诞生以来，相互间的交往从未中断。从微观上看，交往是个体与个体的沟通。从宏观上看，交往是群体与群体的互动，文化与文化的交流，乃至文明与文明的对话。至于交往的内容，可能是物质上的互通有无、身体上的空间旅行，亦可能是思想上的相互言说与对话。因此，解读文化不能仅限于单一文化或文明的内部。

从跨国别研究、跨学科研究到跨文化研究，今天的比较文学研究已经迈入跨文明研究的阶段②。至于跨文明阶段比较文学研究的基本特征和显著优势，徐新建教授已经指出，“如果说前几次所跨之‘墙’还限于国家、学科和区域的话，进入‘跨文明’阶段之后，则显示出更大疆界的视野打通和人类更广泛、更深层的关联”③。从这个意义上

---

① 1935 年 4 月 18 日，陈寅恪读完沈兼士寄来的论文《“鬼”字原始意义之试探》，复函道：“大著读讫，欢喜敬佩之至，依照今日训诂学之标准，凡解释一字即是作一部文化史。”原载于北京大学《国学季刊》1935 年第五卷第三号，转引自沈兼士《沈兼士学术论文集》，中华书局 1986 年版，第 202 页。

② 关于“比较文学进入跨文明研究阶段”的分析，乐黛云、曹顺庆、徐新建等学者都已经撰文讨论，可参见曹顺庆《跨文明比较文学研究——比较文学学科理论的转折与建构》，《中国比较文学》2003 年第 1 期；徐新建《比较文学的跨文明研究》，《中外文化与文论》2015 年第 4 期。

③ 徐新建：《文学研究的跨文明比较》，《中国比较文学》2016 年第 1 期。

讲，我们对跨文明研究的理解不仅可以摆脱简单的比附研究，还能填补跨国别、跨文化、跨学科研究的盲点。回到本研究的具体实际，中法两国在此的意义不仅仅是两个国家，更是东西方文明的个案。本书正是希望通过个案，回到20世纪上半叶的历史中研究两种文明的多学科对话。

1988年，乐黛云先生就指出，比较文学是开放性的文学研究，它不应该被语言、民族、国家乃至学科所限制。[①] 因此，在跨文明的比较文学中，能够立足文学而又超越学科，能够使用母语而又超越语言，能够顾及本土而又超越文明，甚至能够回溯历史而又兼及当下的“话语关联”研究是值得尝试的新模式。的确，比较文学的学科史也体现了不同时期“解码”的重心，最初兴起的是法国学派的“影响研究”，后来又盛行美国学派的“平行研究”，再到今天中国学派所主张的“跨文明研究”。与之前法国和美国学派的研究范式相比，这种跨文明研究的范式也往往被学者们总结为“话语对话”[②]。而且，这种话语研究不再把对单一文本、作家、理论的专门研究作为唯一目标，而是把它们视为跨越文明的不同个案，以此来进入更加形而上的“话语”层面，并从文学开始，追问其背后的跨文明观念史和跨学科思想史。

暂且把物质交换、身体旅行等人类交往的其他方式搁置，以便把目光聚焦在思想和观念的对话上。无论是通过文字的书写，还是借助言语的陈述，对话总是以语词的形式来完成的。然而，语词并非简单地囿于声音或文字之表面形态，还可能涉及一整套的符号表述及其系统——话语。“话语”一词本就诞生于西文，词源为拉丁词语 discursus，本义为“交谈”“说话”等，最初也只是语言学的术语。后来，在福柯（Michel Foucault）的知识考古学中，话语逐渐与思想、价值、意识形态以及权力相互结合，成为一种符号表述。福柯认为，话语与符号是紧密相连的。“一组符号序列所构成的，以及它们被加以表述和被确认为特

① 乐黛云：《中西比较文学教程》，高等教育出版社1988年版，第33页。

② 徐新建：《文学研究的跨文明比较》，《中国比较文学》2016年第1期。

定的存在方式就是话语。”[①] 通过表述行为，话语把表述主体、表述对象以及更多参与表述的因素关联起来。比较文学学者曾对“话语”进行阐释，认为它主要是指在特定的社会发展和文化传统当中所构建的基本思维范畴和言说法则，它从核心向外延伸了术语概念、话语规则和文化架构三个层面，并且设定了一种文化言说自身的意义和建构方式[②]。基于上述几种关于“话语”的定义，本书所尝试研究的话语并不只是在语言学上分析某个关键语词符号，也不限于解读该语词符号的内容或表征，而是努力把握被视为层级系统的、拥有权力之意义场，而且包含诸多次级对象的复杂观念及其实践。结合本书之实际，西方某一关键语词经过翻译引入、文本书写、社会接受和个体实践后，演变为权力性话语的过程即为话语化。与福柯的概念不同，本书并不是对事物发展的间断性考查，而是试图对清末民国这一特定时期中法文化交流史进行考察，以重建该时期围绕特定话语的学术联系和知识谱系。

目前，学界对中西文化交流史的研究往往过于强调被人为分割开来的单一学科。然而，文明的对话，既在某一学科的内部，也会破学科、跨学科和超学科。如果回到话语，我们发现在某种程度上，不同学科会共同参与以话语为核心的知识生产。然而，为了集中笔墨，笔者选取了文学和人类学这两个联系紧密的学科。首先，它们都以“人”为核心。文学更多的偏向人类为了表述而使用的各种符号，人类学则更多的通过各种符号表述去研究和观察人类。无论如何，这两个学科的联系非常紧密，文学理论与实践离不开人类学话语的参与；同样，人类学的方法、材料乃至理论也都无法忽略文学。民族志诗学、人类学写作等概念已经让这两个学科越发接近。其次，人类学与比较文学虽然在学科分类上不同，但是它们都必须共同面对人类的差异性，相互分享一些互通的学术原则，如文化多样性的学术立场、“美人之美、美美与共”的

① Michel Foucault, *The Archaeology of Knowledge*, London: Routledge, 2002, p. 121. 如无特殊说明，本书所有外文文献皆为笔者自译。

② 曹顺庆等：《中国古代文论话语》，巴蜀书社 2001 年版，第 407 页。

学术理想等。同时，面对差异性和多样性，这两个学科拥有相近的话语场域和理论范式，如比较文学的“跨文化研究”和人类学研究的“文化间性”、比较文学的“他国化”和人类学研究的“在地化”等概念彼此相通共享。

因此，在本书中，文学与人类学并非两个被隔离开来的知识范畴，而是相互交叉的学术论域。目前，文学与人类学这两个学科已经彼此相互走近。中国比较文学研究的内部萌生出“文学人类学”这一新的学科范式。彭兆荣教授从科艺相拥、主客相融、虚实相兼等三个方面提出“科学”与“艺术”应当相濡以沫。[①] 徐新建教授在题为《文学新概念：新时期的新话语》的演讲中，把文学视为人类基于多种符码之上建立起来的表述系统，同时它兼容着政治、教育、表述以及治疗等实践功能。[②] 文学因此就是诸多话语所组成的“大文学”知识系统，它的话语实践过程就一定会突破文字文本和狭义文学。其次，从人类学的角度来看，这个学科就更无法封闭了。在当下的学术实践和以往的学术历史两个维度看，人类学一直和民族学、社会学、民俗学等相互交错。而且在西方，民族学与文化人类学、社会学与社会人类学往往互为同义。整个20世纪，人类学从来就没有把文学彻底排除出自己的研究范畴。因此，本书中所论述的人类学正是指这种“整体人类学”[③]。此外，需要指明的是，文学、人类学、民族学和社会学之间的学科划分并非本书讨论的核心问题。在清末民国中法之间的知识交流史和思想对话史中，不同学科共同为近现代中国带来了法语世界的话语。因此，本书所要讨论的问题，正是在这段历史中考察特定语词如何离开原话语体系（即各自母语的知识谱系），如何进入汉语世界并发生变异，又是如何在完成在地化和中国化的同时在汉语世界中再次成为话语、发挥话语的功能。

---

① 彭兆荣：《论科学艺术之相濡以沫》，《学术界》2016年第10期。

② 叶舒宪、徐新建：《重述中国：文学人类学的新话语——中国文学人类学研究会第七届学术年会会议综述》，《百色学院学报》2017年第3期。

③ 参见徐新建《回向“整体人类学”——以中国情景而论的简纲》，《思想战线》2008年第2期。

话语化就意味着权力化。因此，话语的含义也远远超出了语言学层面，它被视为一种普遍存在的权力实践，即话语权。语词完成话语化的历程后，就具备了话语权，并规定谁来掌控对所谓真理的发言权与书写权。这是一种真实的权力，非常隐蔽，但又时刻存在。[①] 在历史书写中，这一话语权还意味着对“历史真实”的选择权和裁判权。由此，我们可以试着发问，在中西文化交流史中，替西方权威发言的是否只是英语世界呢？其实我们不难发现，涉及这一交流史，来自英语世界的研究更为熟悉话语的规则，也拥有话语表述的更大权力[②]。然而，在清末民国时期的中西文化交流史中，不仅仅有杜威（John Dewey）与胡适，还有孔德（Auguste Comte）与蔡元培；不仅仅有帕克（Robert Ezra Park）的芝加哥社会学派与燕京学派，还有涂尔干（émile Durkheim）的社会学年鉴学派与20年代留法生；不仅仅有马林诺夫斯基（Bronislaw Kaspar Malinowski）与费孝通，还有莫斯（Marcel Mauss）与他的中国学生，如凌纯声、杨成志和徐益棠等。因此，我们有必要从文学和人类学的双重视角，有必要站在大文学观和整体人类学的二元维度，重新把20世纪上半叶中法两国之间的话语关联从逐渐被淡忘的历史角落里寻找出来，分析法国话语是如何进入并影响中国的，发现它与英美话语之间的异同，以重建中西文明交流史的多样性表述。

一　研究缘起

1. 文学研究的人类学转向

之所以选择文学与人类学双重论域，不仅是尝试一种既跨文明又跨学科的研究，更重要的是因为在当今中国的文学研究（甚至全球的文

---

① 曹顺庆、郭明浩：《话语权与中国文学史研究》，《南京大学学报》（哲学·人文科学·社会科学版）2013年第5期。

② 目前学界的许多研究成果言西方必英美，甚至会忽略掉法语世界与汉语世界的话语关联。如王利平博士就忽略了法国社会学与民族学在中国学科建构和国族想象方面的重要作用。参看王利平《知识人、国族想象与学科构建：以近代社会学和民族学为例》，《北京大学教育评论》2016年第3期。

学研究）中发生了明显的人类学转向。这一转向不仅仅体现了文学人类学的学术史，更反映了20世纪文学研究界对文学本身的反思和对文学性的追问。当文学从传统的精英文学和文字文本中走出来，传统的文艺理论也就不再能满足文学创作和文学研究的需要。人类学来自西方的学术体系，但是从王国维开始，中国文学就开始主动寻求与人类学的联合。因此，从文学与人类学的论域来思考中法之间的话语关联无疑具有极大的合理性与必要性，体现了当下中国文学研究的新趋势。在学科关联上，作为中国比较文学的重要分支，文学人类学在改革开放新时期的异军突起不仅为这一转向添砖加瓦，更为之奠定了坚实的学理基础。

目前我国学界关于中法文化交流的研究已经取得了很大的成就，但往往集中在狭义文学领域，单向分析中法两国之间的文学影响，特别是20世纪法国文学对中国现当代文学的影响。虽然在狭义文学外亦有少量的研究成果，但往往也局限在各自学科领域里译介法国的某位学者或某部理论著作等。因此，跨越文学与人类学的各自边界，借大文学观走进人类学，凭整体人类学扩展文学，以话语为核心分析中法两国的观念交流和思想对话，是对国内外已有研究的有益补充。

为了撰写本书，笔者曾赴法国访学一年，在巴黎求教于法国人类学教授、博士生导师阿尔伯特·皮耶特（Albert Piette）和尼可尔·贝尔蒙（Nicole Belmont）等专家，并在法国国家图书馆、巴黎市档案馆、巴黎大学档案馆收集了珍贵的第一手资料，开拓了本书的构想思路，同时也为写作铺垫了文献基础。

2. 学术研究的话语转向

自20世纪下半叶后结构主义诞生以来，西方社会、历史、文学、文化、政治等领域的学术研究就偏爱福柯的理论，纷纷转向话语研究。这一趋势也深深地影响了中国人文社会科学领域的相关研究。霍尔（Stuart Hall）曾准确地概括了这一重要的学术转向，他指出话语的结构往往决定了人们如何表述特定的主题和社会活动，以及人们在这些主题和社会活动中的相关实践决定了哪些是可以的、哪些是不可以的。因此，“话语的”这个概念就演变成一个被广泛运用的术语，人们已经用它来研究指称、意义和文化所构成的任何路径。①

从研究实际来看，我国学术研究的话语转向更多的是偏重某一文化或某一国家内部的话语，或者是借用话语来研究文化内部的文学生产乃至知识生产。而本书重在研究话语的关联，即选取重要的法国话语，分析它们如何旅行到中国，并在中国再次成为话语。因此，本书的话语研究拟借用知识考古的方法，以重建中法之间话语关联的学术史。

3. 中国比较文学研究对话语权的关注

从福柯的理论来看，人们对世界的认知并非完全依靠自己对客观世界的观察，而是与科学家建构的科学话语有着极大的关联。在人文社会科学领域更是如此。话语权不仅会控制人们的思想和实践，还会遮蔽人们的目光，制造出所谓的“真实”。为了批判知识生产中的话语霸权，我国比较文学界也极为重视，并对其进行了分析。

因此，以曹顺庆教授为代表的中国比较文学学者开始重新审视晚清以来的中国文学史。自2005年以来，我国比较文学研究者陆续批判文学史编写中的话语霸权，呼吁重写中国文学史。曹顺庆教授率先在《三重话语霸权下的少数民族文学研究》一文中揭示了中国的少数民族文学长期受到西方话语、汉族话语以及精英话语等三重霸权的压迫。②2015年，他又指出，在中国古代白话文学史中，也存在着文言与现代白话这一对双重话语霸权。③此外，曹顺庆教授还从话语权的角度研究了现代文学中的学术论争，指出“新文化”为了获取更大的话语权，把传统文化当作阻碍社会发展与思想变革的罪魁祸首，尤其是儒家文论代表《毛诗序》更是被当作最主要的斗争对象。④有关话语权的比较文

① Stuart Hall, ed., *Representation: Cultural Representations and Signifying Practices*, London: Sage, 1997, p. 6.

② 曹顺庆：《三重话语霸权下的少数民族文学研究》，《民族文学研究》2005年第3期。

③ 曹顺庆：《双重话语霸权遮蔽下的中国古代白话文学——反思残缺的中国古代文学史教材》，《中国文化研究》2015年第3期。

④ 曹顺庆、郭明浩：《话语权与中国文学史研究》，《南京大学学报》（哲学·人文科学·社会科学版）2013年第5期。

学研究为重现中国文学多样性做出了巨大贡献。

笔者认为，在中外文化交流史研究领域也存在着两种话语霸权。其一为殖民时代话语霸权，即把西方视为永久的发送国，而把中国视为接受国，强调西方对中国的单向冲击；其二为英语世界话语霸权，把西方简单地等同于英美，缺少对其他外语世界的研究。以上两种话语霸权都深受进化论的影响，即以简单的国力强弱来考量文化交往，其结果自然无法呈现多角度的历史。由此，以中法之间话语关联为切入点的研究就显得非常必要。

4. 中法文学比较中的跨学科研究趋势

目前，我国中法文学比较研究已经取得了诸多成就，其中以钱林森和孟华等学者的成果最为突出。钱林森教授主要研究法国作家笔下的中国，其代表作《光自东方来——法国作家与中国文化》系统性地研究了17世纪到20世纪法国作家书写的中国文化，呈现了法国作家与中国文化对话史。而孟华教授与法国学者让－马克·莫哈（Jean-Marc Moura）、达尼埃尔－亨利·巴柔（Daniel-Henri Pageaux）等人合作发表了《试论文学形象学的研究史与方法论》等系列论文，正式将“形象学”的研究方法引入中国，并在法国文学的中国形象研究领域率先做出成绩。

近年来，中法文学比较研究者虽以文学为主要研究领域，但也已经尝试从跨学科的角度去研究中法文化交流。例如，孟华教授的近作从感觉史角度研究中法文化交流个案——景德镇瓷器。① 钱林森教授亦从思想史角度关注法国思想家帕斯卡尔等人对中国的思考。② 可见，中法文学比较研究早已突破传统文学和狭义文学的限制。如今，此类研究还相对较少，但已经预示从跨学科角度去研究中法交流是未来趋势之一。

---

① 参见孟华《法国18世纪“景德镇神话”何以形成——一个感觉史意义上的中法文化交流的个案》，《国际汉学》2017年第4期。

② 参见钱林森《“思想中国”：17世纪法国宗教背景下的“哲学注释”——拉莫特·勒瓦耶和帕斯卡尔对中国的思考和描述》，《思想战线》2014年第5期。

5. 法国中国学研究的人类学范式

法国的中国学研究[1]在西方中国学研究中占有非常重要的地位。而且值得注意的是，自19世纪下半叶开始，随着法国社会科学快速完成学科化（尤其是人类学、民族学）和法国热衷于开拓殖民地的国家政策，法国学者对中国的研究率先突破历史文献考据的传统研究范式，积极地运用人类学的视野和方法来研究中国。与法国古典汉学的重要范式和杰出成就相比，法国中国学研究的人类学路径并没有受到当下中国学界的足够重视。甚至，有学者认为，直到二战前后，人类学才进入汉学研究领域，将古典汉学的语文学研究转变为现代汉学的社会学研究。[2]

然而，法国中国学的人类学范式最早可上溯至19世纪70年代。早在1876—1878年，法国著名中国学家德理文（Hervey de Saint-Denys）就使用“民族志”（Ethnographie）一词来命名《中国藩部民族志》（*Ethnographie des peuples étrangers à la Chine*）。尽管该书是根据元代马端临《文献通考》中有关东裔和南裔边民的两节内容翻译而成，但是它的视域已经不再局限于汉人世界，而是主动寻找有关中国非汉民族的表述，具有非常浓烈的人类学色彩。自此，法国中国学研究中有关中国少数民族的研究成果开始屡见不鲜。此外，正是从这一时期开始，法国大批殖民官员、军人、传教士以及学者来到中国，以人类学田野考察和民族志书写的方式来研究中国。再到后来，葛兰言（Marcel Granet）、白乐日（Etienne Balazs）等中国学家主动运用社会学理论解读中国古代文献。由此可见，在研究方法上，法国中国学也从人类学中获益良多。因此，如果要关注中法两国的话语关联，就必须要从文学和人类学两个视域出发，才能相对全面地审视清末民国时期中法之间的思想交流和文化交往。

① 至于法文的“sinologie”一词，学界往往用“法国汉学”来翻译，这一命名也可指称“法国中国学”研究。鉴于法国中国学研究传统中的人类学范式，其所关注的族群并不局限于汉族，甚至可以说它对中国少数民族（尤其是中国西南少数民族）的研究更是达到了非常高的水平，内容也极为丰富，因此用“法国中国学”来命名这一研究领域能更加全面地凸显其研究的族群多样性。

② 参见桑兵《国学与汉学：近代中外学界交往录》，浙江人民出版社1999年版，第1—13页。

6. 20 世纪上半叶中法文学及文化交流的研究现状

关于20世纪上半叶中法之间的文化交流，国内学界已有数量众多的研究成果。总体来说，这些研究大体分布在三个领域。

首先，文学领域里涉及中法交流的研究。一直以来，法国文学和比较文学研究界非常重视中法之间的文学交流，而且取得了丰硕的成果。但是这类研究容易陷入同质化，即研究法国狭义文学中某个文本、流派、思潮或理论对中国的单向影响。结合清末民国时期法国文学对中国文学影响的实际，这些研究往往又侧重法国诗歌和小说对中国现代文学的影响。在诗歌研究方面尤其以法国象征主义诗歌在中国的译介为重，《中国象征诗派的崛起——法国象征诗对中国象征诗的影响研究之一》（陆文绪，1988）、《法国象征主义诗歌对中国现代主义诗歌的影响》（王泽龙，2003）、《论法国现代诗歌对中国新诗诗体建设的影响》（王珂、代绪宇，2004）等研究成果就从实证性影响研究和美学性平行比较的角度分析了法国象征主义诗歌对中国象征派的影响。对法国小说的研究则集中讨论经典作家和重要思潮的影响，前者主要涉及雨果、巴尔扎克、福楼拜、莫泊桑等作家及其作品在中国的译介、影响和接受研究，后者主要关乎法国现实主义、自然主义、浪漫主义在中国的传播和影响研究。除了个案研究，还有一些重要的综合性研究成果，例如《20世纪法国文学在中国的译介与接受》（许钧、宋学智，2007）、《现代中国的法国文学接受》（彭建华，2008）等。但是，这些成果也只是更详细地梳理了法国文学中的重要个案在中国的影响史、传播史和接受史。至于中国文学对法国文学的影响，大多为汉学领域里中国古典文学在法国的传播和影响。这些汉学研究往往涉及的是18、19世纪甚至更早的时段，所以此处按下不表。值得一提的是，钱林森教授的《中国文学在法国》《光自东方来——法国作家与中国文化》等著作。它们皆涉及中国现代文学在法国文学中的传播，并以双向方式研究了中法文学之间的对话和互动。

其次，史学领域里有关中法交流的研究。自20世纪80年代以来，历史学界也对20世纪上半叶中法之间的文化、外交和人员往来进行了较深入的研究。与上述文学研究相似，史学研究也往往集中在个案，分析具体事象对中国的影响。这些研究尤其以法国大革命在现代中国的传播和影响以及中法近现代教育交流史为主。前者以1989年在上海举行的“法国革命与中国——法国大革命200周年国际学术讨论会”最为集中，发表了一批有关法国大革命影响中国的研究成果，如《20世纪初年法国大革命史在中国的介绍和影响》（俞旦初，1989）、《法国大革命与20世纪之中国》（赵复三，1989）、《法国大革命对中国辛亥革命的影响》（王振国、邢克鑫，1996）等。至于20世纪上半叶中法教育交流史研究，则基本上是围绕该时段中国赴法留学生展开，侧重于研究“赴法勤工俭学运动”。此外，鲜于浩、田永秀撰写的《近代中法关系史稿》（2003）还研究了1840—1919年的中法外交史，为该领域最为全面的作品之一。

最后，中西文学比较研究领域里兼论中法交流的研究。与中法文学交流领域的研究相比，中西文学比较的研究成果在数量上要多得多，而且部分作品取得了相当高的成就。在西方文学及文论对中国的影响方面，主要成果有《五四新文学与外国文学》（王锦厚，1989）、《当代西方文学批评在中国》（陈厚诚、王宁，2000）等。在西方文学理论中国化的研究方面，2004年曹顺庆教授在《中国比较文学》、《思想战线》和《河北学刊》等期刊上组织的专题系列文章等，把西方文论中国化研究推向高潮。另外，还有一些研究是以近现代中国社会发展史为中心兼论西方文学对中国文学的影响，例如《20世纪中国文学发生论》（栾梅健，1992）、《多重对话：中国新文学的发生》（陈方竞，2003）等。这些研究的重点并非西学对中国的影响，但是，它们从社会史角度展开中国现代文学发展的内外动因，可谓中西文学交流乃至中外文化交流研究的新范式。上述研究主要是从整体的西方入手，虽然部分内容涉及法国，但对中法之间文学与文化的对话不够重视（甚至不少著作略去法国不谈），因此无法反映中法之间文学与文化交流的独特性。

由此可见，已有成果或集中在文学领域，或集中在史学领域，皆重点研究中法交流的文学个案和历史事件，而疏于从跨文明和跨学科的角度去研究20世纪上半叶中法两国在观念、思想和话语方面的交流史。另外，在中西文学文化比较领域，虽有部分研究涉及跨学科的社会史和思想史，但是它们或对法国不够重视，或并非从观念和话语入手。因此，以话语为中心，从文学出发深入至人类学领域，分析20世纪清末民国时期中法两国的交往与对话就显得很有必要。

二　研究对象

1. 以20世纪上半叶为研究时段

选择20世纪上半叶作为本书研究的时段，首先是因为20世纪的中国是在不断地与诸多他者接触、互动、交流和对话中前进的。尤其是在20世纪上半叶，一批又一批中国青年前往西方，美、英、法、德、日、苏联等国的各种思潮和学术理论纷纷被带回中国，深刻影响了中国人的思想。其次，此时，中西之间的距离不再遥远，中国和西方不必只依靠行商和旅者以获取对方的信息，它们直接接触，相互对话。因此，这一时期的话语关联不仅更为频繁，同时也更加多样。

而且从话语本身来看，清末民国时期的中国具有极高的研究价值。1902年，梁启超发表了《论小说与群治之关系》一文，明确提出“今日欲改良群治，必自小说界革命始，欲新民，必自新小说始”[①]。自此，“群治”与“小说界革命”、“新民”与“新小说”之间建立了直接的因果关系。于是，文学研究也就有了“群学”[②]，或者说社会人类学的视野。在近代中国的小说创作中，我们随处可见“科学”“实证”“国家”“社会”“民族”“民俗”“进化”等人类学话语的身影。自五四运动以来，文学与人类学层面的联系越来越紧密。民族学、民俗学、

① 梁启超：《论小说与群治之关系》，《新小说》1902年第1期。

② 在本书中，“群学”的概念不仅仅是指严复在《群学肄言》中的译词“群学”，更是指自严复以来近代中国对西方社会学的早期认知。通常，学界所讨论的是西语“sociology”在中国的翻译史，即从“群学”到“社会学”的变化。而在本书中，笔者侧重从严复的翻译动机和“群学”的内在含义与时代功能出发，讨论从强调“群”之学到强调“国家”之学的中国社会人类学早期变迁历程，以及在这一历程中中法两国之间的话语影响与关联。

歌谣学等研究范式的兴起，更是把这些话语置于学术权力的中心。因此，以清末民国（即20世纪上半叶）为历史维度，可以更好地反映中法之间的话语关联。

1949年中华人民共和国成立后，政治权力变更和社会性质转变对文学和人类学研究都产生了重大影响。尤其在人类学领域，中国社会科学界在很大程度上改造了“社会”和“民族”话语。苏联话语开始填补欧美学术影响全面撤退后留下的诸多空白。在本书个案中，部分学者前往中国台湾，其余学者虽然留在大陆，但他们的学术研究也发生了转型。由此可见，尽管上述语词符号仍在汉语世界里发挥作用，但中法两国的交流史已经形成巨大的断裂，话语关联也一度无迹可循。

2. *以话语关联为研究对象*

本书首次将视域聚焦在“清末民国时期中法之间的话语关联”。目前，关于中法交流的研究已经比较充分。但是综合而言，这些研究具有两种倾向。第一个倾向是这些研究几乎都集中在某一个领域，尤其是集中在人文领域（如文学、艺术、哲学等），很少涉及中法两国在思想、科学等其他领域的交流。第二个倾向是这些研究局限于某个人（作家、艺术家或者文艺理论家）、某部作品或者某个流派，从而无法整体考察民族与民族、社会与社会、文化与文化之间的对话，亦无从了解西方话语霸权如何在东方国度里建立起来。从比较文学的话语权研究来看，一切历史都是控制和争夺话语权的历史①，20世纪上半叶（即晚清民国时期）的中法交流史正是话语传播、接受与变异的体现。另外，以话语关联为研究对象亦是本书的重要创新。因为话语即是言说，可以是自我言说，也可以是相互言说；可以是一方主动对另一方进行言说，也可以是双方平等地言说。由此，本书试图突破影响研究中单方输送的传统模式，并以话语为核心将人文学科和社会科学串联起来，全面展现清末民

① 曹顺庆、范利伟：《阐释的限度：从话语权的角度重新认识文学史发展规律》，《江淮论坛》2015年第4期。

国中法两国之间的思想观念交流史。

无论是对于比较文学学科，还是就文学人类学研究而言，研究话语关联都是新的尝试。在此，话语并非简单的语言学意义，而是包含理论与实践的社会事件，是一种新型文本。话语可以是对话、追问、反思，也可以是交锋。本书拟通过一些具有代表意义的案例，如科学、实证、群学、国家、社会、民族等人类话语来进行研究。

"关联"概念的提出是对传统影响研究的一种突破。在笔者看来，"关联"具有相联性和相关性两个维度。相联性更多的是一种实证意义上的接触与交流关系。但是与传统的影响关系不同，相联性具有双向特征，而不是简单的单向影响。相关性则是指除了事实联系之外，还可以是平行研究，即通过文本分析后发现的相似或者变异之处。与相联性不同的是，相关性具有延展的特征，可以更好地反映中法之间话语互动中的在地化趋势。

由此，从研究原则来看，紧扣"话语关联"来研究文学与人类学论域中 20 世纪上半叶的中法交流，则更加具有全面性、相互性和延展性的优势，能够在保留实证性影响研究之优点的同时，尽可能地突破它过于碎片化的局限。

三　研究方法

1. 跨越性研究的方法

比较文学自其诞生之初，就不是研究某一国、某一地甚至某一个文本的学科。因此，在比较文学研究的各个发展阶段，跨越性总是最好地概括了比较文学的学科特征。① 目前，国内主流的比较文学教材都强调这种跨越性，并对其做出精彩的定义。例如在《比较文学》一书中，陈惇、孙景尧和谢天振三位学者共同提出，比较文学研究主要是围绕四

① 曹顺庆：《比较文学学科理论的"跨越性"特征与"变异学"的提出》，《中外文化与文论》2006 年第 13 辑。

种跨越特性而展开的文学研究，即跨学科、文化、民族与语言的学术研究。[①] 曹顺庆教授则把“比较文学跨越学”的研究范围定义为跨国研究、跨学科研究和跨文明研究。[②] 国外的比较文学研究亦十分看重这种跨越性。如雷马克（H. Remark）曾指明：

> 比较文学是超越一国范围之外的文学研究，并且研究文学与其他知识及信仰领域之间的关系，例如艺术（如绘画、雕刻、建筑、音乐）、哲学、历史、社会科学（如政治、经济、社会学）、自然科学、宗教等等。质言之，比较文学是一国与另一国文学的比较，是文学与人类其他表现领域的比较。[③]

由此可见，对于比较文学研究的中外学界而言，跨越性都是非常重要的。而且，雷马克已经明确地指出比较文学应研究文学与社会科学诸如社会学之间的关系。

笔者无意参与有关比较文学跨越性的讨论[④]，但是，从目前比较文学研究实践来看，鲜有兼具各种不同跨越性的研究成果，即跨国、跨文化等跨空间研究与跨学科研究往往是相互分离的。与这些研究不同，本书试图综合运用比较文学跨空间和跨学科的研究方法，去分析文学与人类学论域中跨越中法两国的、代表东西文明的对话与交流，从而同时打破空间壁垒和学科界限的双重束缚，回归人类思想交流的原形态，符合了“比较文学是以世界性眼光和胸怀来从事不同国家、不同文明和不同学科之间的跨越式文学比较研究”[⑤] 的学科定义。需要指明的是，本

① 陈惇、孙景尧、谢天振：《比较文学》，高等教育出版社 1997 年版，第 9 页。

② 参见曹顺庆主编《比较文学教程》，高等教育出版社 2010 年版。

③ ［美］雷马克：《比较文学的定义和功用》，北京师范大学比较文学研究组编：《比较文学研究资料》，北京师范大学出版社 1988 年版，第 1 页。

④ 关于该问题的讨论，目前已经非常丰富，可以参见《比较文学学科理论的“跨越性”特征与“变异学”的提出》（曹顺庆）、《跨越性、可比性、文学性——论比较文学的研究对象》（陈惇）等论文。

⑤ 曹顺庆主编：《比较文学教程》，高等教育出版社 2010 年版，第 30 页。

书所涉及的跨学科领域并不是把文学与人类学完全对等并置，也不是指文学对人类学的影响或人类学对文学的影响，而是以文学和人类学作为两个主要论域，从文学领域的交流出发，分析与其相关（或在其侧、或在其后）的人类学影响和对话。另外，从跨文明角度，本书并非罗列 20 世纪上半叶中法两国文化交往中文本、人员、事件或理论交流之清单，而是以话语为中心，分析围绕这些重要话语而展开的跨文明和跨文化关联与对话。

2. 历史研究的方法

从研究内容上看，本书关注的是特定历史阶段中以话语关联为核心的中法思想交流史。因此，本书拟运用以下两个方法来研究历史。

首先是运用历史考证的方法。比较文学影响研究强调实证性的考据工作。因此，只有大量收集历史材料，才能从历史文献、学者传记以及相关研究成果中去找到事实上的话语关联。笔者于 2017 年在法国从事访问学者研究期间，前往巴黎各主要图书馆和档案馆搜集第一手资料。目前已经收齐了刘半农、许德珩、李璜、凌纯声、杨成志、杨堃、谢康、柯象峰、王力等重要个案在法国的博士论文和其他学术论文影印件，同时还有其他学者如徐益棠、桂丹华、胡鉴民、卫惠林等人的诸多法语文献。此外，本书还大量运用了民国文献，分析其中隐藏的中法话语关联。

其次，本书拟把历史看作一种再表述，从而进一步分析话本史背后所隐藏的事本史，因为“传统并不是自然而然或必然如此地留给后人的，后人总是根据自己社会发展的需要来使用传统的材料，进而‘发明’出种种新的传统”①。因此，笔者同时将努力做到批判性地运用历史材料，警惕历史材料的片段性和虚假面。

四　理论切入

理论是学术研究得以存在和展开的必备条件，也是学术成果的重要

① 周宪：《福柯话语理论批判》，《文艺理论研究》2013 年第 1 期。

组成部分。对于中法之间的话语关联而言，话语本身就是各种理论的浓缩和精华。在20世纪上半叶，一批批留法学者把法国的各种理论和思潮带回中国，并在各个学术和非学术领域试验这些理论和思想，法国话语也就此在中国的土地上生根发芽。鉴于话语本身具有的多学科性，因此专注于具体学科的某一理论是无法展现话语关联的。鉴于以上认识，本书主要依靠的理论基础在于以下七点。

1. 影响研究

传统的比较文学影响研究往往局限在狭义文学领域里寻找某一作家、作品或者文学形象在他国的影响、传播、流传、媒介和接受等。然而，本书对比较文学影响研究的运用并不局限在狭义文学领域和文字文本领域。首先，本书的文学内容并不局限于狭义文学，而是把孔德、涂尔干、莫斯和葛兰言等人所持有的法国话语以及围绕话语所创作的所有文本都视为表述，也都是一种文学，或者说大文学。其次，本书所指的文本也不仅仅是文字文本，还包括实践领域的文本，即身体文本、生命文本。近些年来，文学领域的身体研究主要有两种模式，一是身体叙事，尤其是女性主义文学中的身体写作；二是文学人类学研究中的身体文本。前者主要是研究文本中的身体描写以及建立在其上的身体叙事。后者主要是指与文字载体相对应的舞蹈、歌唱等借助身体媒介而实现的表述行为。本书的身体文本与上述研究相关，即以身体为核心，关注建立在其上的意义世界。但是，鉴于本书的目的和特点，此处的身体文本并非舞蹈或歌唱等行为，而是指在源自西方的观念和话语影响下学者个体的生命历程和研究行为。这也就是说本书的影响包含文字和实践两个领域，既关注从文字文献中去寻找观念表达的实际联系，也关注从历史田野中去寻找话语实践上的事实影响，以多重证据来论证中法之间的话语关联。

2. 变异理论

20世纪上半叶，以孔德、涂尔干、莫斯和葛兰言等为代表的法国话语在中国产生了很大的影响，它们也早早地被译介到国内。然而，国内学界还没有对该领域给予充分的关注，亦未开展应有的研究。至于本书中的研究，除了影响研究之外，笔者还将以变异研究（尤其是以译介研究、他国化等）的理论方法来切入某些话语关联。

变异研究也是比较文学研究界，尤其是中国比较文学研究界近年来的关键理论。但是，在比较文学中，文学理论的变异是常见的研究范式，即文学理论在异国、异文化或者异质文明中旅行时会出现不同程度的变形。这种变异就是指接受的理论与发送的理论存在着不同程度的差距。然而，笔者认为，这种变异理论其实并不局限于狭义文学领域。本书就试图将其放大到人类学领域，并将其运用于中法之间话语关联上。例如，涂尔干的社会学理论经国家主义派学者们的译介来到中国后变成了一种“国家”话语，而其宗教研究和犯罪研究都被人为地“忽略”了。因此，中西之间的文化交流不仅仅会有同质的方面，即移植和融合，也有因相互冲突而被误读的一面。因此，变异现象是话语关联必然要面临的问题，对它的分析有助于我们还原那个时代中法之间的话语关联。

3. 跨文明科际阐发

比较文学进入跨文明研究的阶段后，跨学科研究也就越发重要。因为文明之间的交流往往并不局限于学科的边界。从古代文明之间的交流来说，学科的概念并没有建立起来，因此从历史本源来看，文明间的交流并不以学科为界限；从近代历史来看，尤其是从20世纪上半叶东西方文明的交流来看，这一时期正处于中国学科体系建立的初始阶段。一方面，学科体系本来就是西学的一部分，体现了东西方文明的互动与对话。另一方面，这种分科体系也因此而处于不断变动的状态中，并往往受到西学话语的影响。例如，人种学与人类学、民族学等学科名称的交替使用也正体现了20世纪上半叶学术话语博弈的结果。而且，回到历史本源来看，西方话语进入中国后往往并不局限于影响某一个学科的发展，而是对整个时代的、跨越学科的观念史和思想史产生冲击。例如，严复翻译《天演论》中的“进化”本是一个生物学话语，但是它在中国的影响却是跨学科的，甚至是超学科、无学科的。

另外，为了确保跨文明科际阐发的有效性，本书选择了人类学和文学共享的话语（20 世纪上半叶，它们甚至都可被视为“人类话语”），并在法国个案的选择上考虑到孔德、涂尔干、莫斯和葛兰言在法国学术史、观念史和思想史（尤其是在社会学、民族学和人类学为代表的社会科学领域）上的一致性和传承性，以便更好地分析中法之间围绕这些话语所产生的关联。

4. 大文学观

本书将充分运用“大文学观”的理论。“大”的文学观本身就具有总体文学的理想，它不仅试图克服单一民族的“我族中心主义”，从而把“他者”与“我族”并置于世界性的框架之中①，同时还试图打破“精英文学”和“文字文学”的垄断，把一切物象和事象都视为表述。也就是说，要运用文学人类学的理论和方法去综合研究 20 世纪上半叶中法交流史上的文字文本、口头文本、身体文本、事象文本、文化文本与社会文本②。可见，这一“大文学”兼有人类学性和文学性的双重特征。从人类学的角度看，的确不能把文学的定义限制于用文字创造出来的作品，而是应该把这一定义扩大至一切通过语言、符号和行为表述出来的作品③。从文学角度看，“力求从总体上考察并阐释民族、民间和民俗的文学表达，也就是要研究人类学意义上的‘大文学’、‘活态文学’、‘草根文学’乃至‘生命文学’与‘终极文学’”④。中法两国的话语关联本身就是一种超越文学或人类学单一文本的相互表述和言说。因此，仅凭传统的文学理论或者单一的人类学理论都无法全面、深入地分析本书拟研究的对象。

5. 表述理论

文学人类学把表述理论视为本学科的起点和核心。徐新建教授对

---

① 参见曹顺庆主编《比较文学学》，四川大学出版社 2005 年版，第 358 页。

② 徐新建：材料来自徐新建教授在四川大学 2010 级文学人类学博士生课程上的发言，2011 年 1 月 5 日。转引自付海鸿《简论文学人类学的“大文学观”》，《励耘学刊》（文学卷）2016 年第 2 期。

③ 李亦园：《从文化看文学》，引自叶舒宪主编《文化与文本》，中央编译出版社 1998 年版，第 3 页。

④ 徐新建：《文学人类学的中国历程》，《西南民族大学学报》（人文社会科学版）2012 年第 12 期。

“表述”一词已经做了非常精妙的归纳，即“表述的实质就是生命的呈现和展开，也就是存在及其意义的言说”①。因此，从这一角度看，中法两国话语关联至少包含三层表述。首先是法国话语自我生命的呈现和展开，在这个意义上讲，法国话语是在特定的历史文化语境中存在并且被表达出来，这就构成了话语的自表述。其次，中国对法国话语的他者言说。从这个意义上讲，中国学者们来到法国，在接触了法国话语之后，根据中国独特的国情对其进行再表述，也就是他表述。通过对自表述和他表述的对比研究，从而阐明这种话语关联所包含的选择和变异机制。最后，历史再表述。关于 20 世纪上半叶中西文化和思想交流的研究成果已经颇为丰富，但是这些研究中的西方往往就是指英美。这样的历史再表述自然会被英语世界的话语霸权操控，因此，本研究以中法之间的话语关联为对象，以期突破这种现有学术史、观念史和话语史再表述的局限。

6. 话语分析

话语的最小组成成分是符号，这是福柯理论的最基本认识。但是，在福柯看来，符号指称的功能要远远小于话语的意义和作用。最为重要的是，话语比符号多出来的内容是后者所无法表现的。因此，本书的话语不仅仅要呈现符号所承载的内容，更要揭示这些符号无法直接表达的“多出来的东西”。

而且，福柯话语理论本身就是一种历史考察。其中，话语分析重在把握话语形成和话语实践。因此，与其从“是谁在说话”的话语主体角度去研究，不如从“怎么说”和“为什么这么说”的角度分析话语规则。同时，在上述历史分析话语化的过程中，需重点研究“话语的对象、陈述、概念与主题选择等是如何进行的，它们的顺序、地位、对应、功能和转换又是怎样发生的”②。通过对以上各要点的把握，进而

---

① 徐新建：《表述问题：文学人类学的起点和核心》，《西南民族大学学报》（人文社会科学版）2011 年第 1 期。

② 周宪：《福柯话语理论批判》，《文艺理论研究》2013 年第 1 期。

找到隐藏在其中的权力——知识共生关系。

7. 知识考古

福柯在《词与物》一书中提出了“知识考古学”的理论，并详细阐释了这种人文科学的考古学方法。笔者认为，福柯的知识考古学不仅可以更好地揭示历史当中的知识生产过程，同样也可以揭示文化交流当中的话语关联过程。目前已有的研究多是在单一文化体内研究某一特定知识的生产过程。然而，从 20 世纪上半叶这个时间节点切入，分析法国的实证、国家、民族等话语是如何进入中国，并在中国再次完成话语化的过程，目前此类研究是非常少的，以汉语世界和法语世界之交流为关注点的研究成果更加少见。

五　话语和个案

1. 四个话语

本书第一章将主要从总体上阐释“实证”、“国家”、“民族”和“民俗”这四个语词演变为话语的过程，第二章至第五章将分别围绕这四个话语，通过个案来分析其中中法两国、两种文化之间的关联。因此，本书研究的主要目的并非这四个话语（如有必要，兼论“科学”、“群学”、“社会”和“歌谣”等其他背景话语与它们的关联）本身的建构史，而是试图找到上述话语的建构过程中中法两个国家、中华与法兰西两种文化、汉语与法文两个语言世界之间的相互关联。具体而言，就是立足于近现代中国的历史，在西学东渐的大背景下，分析有关上述话语的法国输出，找到西方文明世界成员之一法国在中国语境上述话语建构过程中的影响。需要指明的是，这并不意味着这些话语是法国独有的。在近代中国思想史上，涉及这些话语的西方源头，既有美国的，也有法国、英国和德国等其他国家的。于是，本书的重点也正是试图挖掘围绕这些话语的法国因子，并找到其在近代中法交流史上的独特关联。

“科学”“实证”“群学”“国家”“社会”“民族”“歌谣”“民俗”

等话语在20世纪上半叶中国的观念史和思想史中占据着非常重要的地位。本书主要论证它们在从语词上升为话语的过程中中法之间的观念和思想交流。与此同时，这些语词相互间的关联也值得注意。在“科学”与“实证”之间是一种更加细化的关联，即“科学”最终被视为一种“实证”之学；在“群学”与“国家”之间是一种被取代的关联，即“群学”激活了“群观”后最终被“国家”话语取代；在中国，“歌谣”是“民俗”话语的起点；而在“社会”与“民族”之间则是一种相互分离的关系，它们都源自西方人类学话语，在法国的语境中，“社会”与“民族”都是自我的原生话语，而且具有极强的法国特色，即“社会”与“民族”是一个相互依存、合二为一的共生概念。然而在中国，这一组话语却相互区分。源自英美的影响激发了中国语境中的“社会”话语，而涉及法国的关联则推动了“民族”话语的生成。

本书第一章的总结部分已经试图说明这四个话语之间的差异与关联。法国的“实证”、“社会/国家”、“民族”与“民俗”话语原本代表的是法国本土社会学研究的四个不同阶段，而且这四个话语的主要持有者孔德、涂尔干、莫斯和葛兰言亦是法国社会学年鉴学派在不同时代的代表人物，他们之间存在着一种明显的代际联系。然而，当这些话语在20世纪上半叶被译介到中国时，它们被迫混入整体性西学的大潮当中，与源自英语世界、德语世界和俄语世界的话语一起加入了中国近代学术发展的进程中。在此过程中，中法之间的话语关联一直保持着自己的特点和实践，但是原来在法国具有代际传承的学术话语到了中国后失去了这种内部的传承关联，而变成四个相对独立的话语。“实证”与“国家”在意识形态方面发挥作用，“民族”与“民俗”和中国民族学与民俗学这两个学科的发展紧密相连。当然，这并非表明“实证”、“社会/国家”、“民族”和“民俗”四个语词之间就没有联系。“实证”仍然是其他三个话语共享的基本方法论，而“社会/国家”话语亦影响了“民族”和“民俗”话语的政治面向。

2. 四对个案

从第二章开始，本书将围绕以下四组个案来展开。其中，中国个案相互之间并不存在某种特定的联系，但是法国的个案们却同属于法国社会学年鉴学派（通常，孔德被视为该学派的先驱，涂尔干是学派第一代的领军人物，莫斯是学派第二代的领军人物，葛兰言是学派第三代的杰出代表）。之所以选择这个学派首先是因为它在当时西方学界占据着非常重要的地位（在法国更是形成了一种"社会学主义"，为法国当时的整个人文社会科学研究界提供了重要理论和元话语），其与中国学者之间的话语关联不仅可以更好地反映一种持续性的对话，而且可以更清楚地表明中国学者和他们之间产生关联的异与同。

另外，需要特别指明的是，孔德、涂尔干、莫斯和葛兰言虽然被许多中国学者视为"社会学家"，但是法国的社会学本就与英美的社会人类学相对应，此外，20 世纪上半叶法国的社会学研究自始至终都是当时法国人类学的近义词乃至同义词，并且为 20 世纪下半叶列维－斯特劳斯开创的法国结构主义人类学提供了最重要的思想源泉。

（1）孔德与蔡元培

虽然孔德与蔡元培二人并无直接关联，他们没有生活在同一时代，也没有发生过太多的译介事实，但是对这一组个案的选择并非随意之举。实际上，蔡元培颇为仰慕孔德，不仅在哲学思想上受其影响，甚至在职业实践中亦以其为榜样。值得一提的是，在当时的中国，有一大批像蔡元培一样的学者，他们向孔德学习，接受法国的科学话语，并试图以科学和实证改造国人的思想。

（2）涂尔干与 20 年代留法生

有学者认为，虽然早在 20 世纪二三十年代，许德珩、王力、杨堃等前辈就已经把涂尔干的社会学著作和理论思想译介到中国，而且他创建的社会学年鉴学派还拥有凌纯声、卫惠林、徐益棠、杨成志、杨堃等著名的中国传人，但是因为现代中国的学术发展存在许多断层，所以很多人对涂尔干的社会学思想和理论贡献仍然不够了解。[①] 但是造成这种情况并不完全是因为缺乏译介，还因为学界不够重视他与中国学者之间

① 张海洋：《涂尔干及其学术遗产》，《社会学研究》2000 年第 5 期。

的话语关联史。因此，选择涂尔干为第二个法国个案不仅能够体现他和孔德之间的学术传承，也能重新审视他在20世纪上半叶与中国留法生们的话语关联。

（3）莫斯与他的中国学生

之所以选择马塞尔·莫斯作为第三个法国个案，不仅仅因为他是第二代法国社会学年鉴学派（即“涂尔干学派”）的领军人物，同样还因为他在法国人类学研究中从社会学偏向了民族学，并通过他的中国学生对中国民族学的学科化产生了重要影响。而且，与英美派的中国人类学研究相比，受莫斯影响的法国派学者在回国后的研究实践中也的确更加倾向“民族”话语，并且他们还十分关注收集、整理、研究和译介中国的“少数民族文学”（尤其是对西南地区主要少数民族文学的整理和研究）。

（4）葛兰言与杨堃

自民国以来，葛兰言的学术成就常常被中国学界低估。这位法国民族学家兼汉学家以法国涂尔干学派的社会学理论来研究中国古代文明和民间习俗，取得了突出的成绩，而且，他在法国也有许多追随者，如白乐日、谢和耐（Jacques Gernet）等。但是，在中国，葛兰言的境遇则并非一帆风顺，民国时期的“葛兰言争议”就证明了这一点。尽管杨堃极力为他辩护，但是直至今日，人们还是没有给予他足够的重视。但是，无论如何，以社会学和人类学的方法来研究《诗经》，这不仅为中国的民俗学研究提供了重要的方法，也为文学人类学在中国的诞生提供了思想源泉。

第一章　法国话语在中国

早在1993年发表的伯恩海默报告“就建议比较文学放弃以文学为中心，而转向研究各种类型的文化产品和话语”[①]。这份报告距今已有四分之一个世纪了，当我们回顾这二十五年来的比较文学研究，我们会很欣慰地发现，跨学科研究已经成为比较文学研究最重要的范式之一。而且，“话语”也越来越成为比较文学研究中的一个关键词，“异质文明之间的话语问题”[②]也已经成为跨文明比较文学研究的关键问题之一。近些年来，“文明对话与文学话语比较”[③]又再一次被强调为中国学派跨文明研究的重要范式。由此可见，话语比较正是比较文学发展的未来趋势之一。

似乎我们已有的话语研究大多是在强调文学话语。然而，当希利斯·米勒（J. S. Miller）借德里达（Jacques Derrida）的著作宣告在全球化的时代文学研究将不复存在之时[④]，我们是否也可以追问文学话语或者说文论话语将何去何从。如果我们将文学限定在以印刷书籍为支持、以文字为载体所呈现的小说、诗歌等狭小范围之内的话，那米勒的话可能真的不是危言耸听。但是，如果我们去寻找文学背后的文学[⑤]，

---

① ［美］乔纳森·卡勒：《比较文学何去何从?》，查明建译，《中国比较文学》2009年第3期。

② 曹顺庆：《跨文明比较文学研究——比较文学学科理论的转折与建构》，《中国比较文学》2003年第1期。

③ 徐新建：《文学研究的跨文明比较》，《中国比较文学》2016年第1期。

④ ［美］J. 希利斯·米勒：《全球化时代文学研究还会继续存在吗?》，国荣译，《文学评论》2001年第1期。

⑤ 参见徐新建《“缪斯”与“东朗”：文学后面的文学》，《文艺理论研究》2018年第1期。

那么这个困境将迎刃而解。再回到话语的问题上来，我们就有理由相信，文学话语的背后还存在着人类学话语，甚至是人类话语。事实上，人类话语、人类学话语和文学话语原本就紧密相连。在人与人、文化与文化、文明与文明的交流中，这些话语统统都会用符号的形式表现出来，尽管它们的意义场域和价值范畴要远远大于这些语词符号本身。

为了保证跨文明对话的有效性，本书将重点研究围绕“实证”、“国家”、“民族”和“民俗”四个话语展开的20世纪上半叶中法之间的关联。作为话语，它们既与文学有关，同时也指涉文学背后的人类学，乃至人类文明。作为本书的第一章，笔者拟集中探讨这四个话语本身，关注它们从语词符号演变为现代话语的过程中，中西（尤其是中法）两种文明之间的交流与对话、影响与变异。由于这四组话语在近现代中国的语境中本身就是处于不断变化的状态中，所以本章拟先讨论从“科学”到“实证”、从“群学”到“国家”、从“社会”到“民族”、从“歌谣”到“民俗”的四段动态过程，为后文分析四个话语在词与物两种意义、人与文两个载体、行动与书面两种表述、文学与人类学两个论域里的中法关联奠定基础。

第一节　从“科学”到“实证”

从词源上来说，“科学”这个词汇很明显是外来词。在几千年的发展史上，即使中国为全世界提供了许多伟大的发明创造，但是却没有诞生出“科学”这一概念。因此，当来自西方的客人携带着先进器物和技术来到中国时，我们至少需要在语词上找到一个“Science”的对应物。从徐光启时代的“格物”① 到洋务运动前后的“格致”，再到清末

① 关于“格物”一词的近代含义，彭兆荣教授认为它指涉的是“一种中国式的求知和认知以达到对‘义理’的理解和实践”，并提出直至晚清它才“与西方的‘物理’合流，致使其范围缩小，转义为近代的物理学”。而笔者认为，物理学为西方近代科学最重要的分支，因此，在这一意义上，“格物”与“格致”在中西话语关联中也就具有了西方“科学”话语的意义。（转下页）

民初的“科学”，这不仅是西方文化进入中国的历史，也是作为话语之“科学”在中国的建构之路。

“科学”在中国成为话语的历程中，法国的身影虽然从未缺席，但是常常被当下过度英语化的民众忽视。当西方科学被视为“格物”之技的时候，法国传教士就曾经带着他们的望远镜、西药等稀罕之物来到大清朝堂之上，甚至成为康熙皇帝的侍讲和钦差。当西方炮舰震惊国人之时，左宗棠建立的福州船政局亦深受法国影响，并在法国人的直接参与下建立了福州船政学堂。该学堂从1875年起派遣留学生留学英法，探究格致之学理，其中不乏严复、刘步蟾、陈季同、郑清濂、魏瀚等名人。19世纪末20世纪初，法国“科学”话语对中国的影响虽然常常被人们忽视，但这是连接“福州船政学堂”和“赴法勤工俭学”两个事件的蛰伏时期。而且，对该时期法国天主教会“科学传教”活动的影响也有必要重新加以认识。至1912年，李石曾、蔡元培、吴稚晖等人发起了“赴法勤工俭学”运动，这不仅进一步确立了“科学”的话语，甚至培养了一批职业革命家和社会活动家，直接影响了近代中国的命运。

当“科学”在近代中国完成话语化的时候，它并不是孤军奋战的，因为与务虚的中学相比，西方科学是“实证”之学。在中学与西学的交锋中，自然就暗含了儒释道传统的玄学和西来的科学（含自然及人文社会科学）之间的交锋，也暗含了“务虚”与“实证”的交锋。伴随着科学全面话语化的过程，实证亦成为近代中国不容忽视的话语。在此过程中，法国的“实证”话语发挥了巨大的作用。有意思的是，在孔德那里，“实证”之学本指经验科学，而在中国，人们似乎只是关注“实证”哲学中的“实”字。

一　西方的“科学”话语与中国

从地理大发现开始，中国之于西方便越来越近。元明两朝，中国与

（接上页）参见彭兆荣《物·非物·物非·格物——作为文化遗产的物质研究》，《文化遗产》2013年第2期。

西方的实力差距并不明显，尤其是在军事方面。因此，尽管利玛窦的西洋钟表、三棱镜和世界地图等科学物品吸引了时人的兴趣，但这不过是好奇而已。虽然在与传教士的接触中，徐光启等知识分子亦在文艺复兴之后的西方传教士身上看到了某些长处，如历法、数学、天文等，但是大明王朝无人承认与西方存在差距。后来的传教士汤若望、南怀仁等人也知道，中国人从内心深处坚信自己的文明要比来自西方的文明更加先进。① 在这一态度面前，西方的格物之学也只是被当作匠人之能而已。

中法之间最早的官方交流发生在清初，时间上稍晚于利玛窦。1685年，法国国王路易十四选派了一批耶稣会士（他们同时也是当时法兰西科学院的院士）前往中国，并向康熙皇帝敬献了当时欧洲更加先进的天文仪器。这批肩负宗教使命的传教士并非以传播科学为己任，同时，以康熙皇帝为代表的大清帝国也没有把西方的科学视为进步。前者渴望让皇帝及其臣民皈依天主，而后者则更愿意把西方传教士编入自己的官僚团队，在历法、技术、语言和艺术等诸多领域中利用他们的知识。② 各怀心思的接触最终必然导致决裂。“礼仪之争”爆发后，康熙皇帝颁布了著名的禁教令，言明西方洋人都是小人，他们无法理解中国的“大理”。为了免生事端，皇帝禁止西方传教士在中国传教。③ 当时，康熙皇帝可谓最了解西方和天主教的中国人之一，从“小人”与“大理”的对比中，我们不难发现，无论法国传教士如何博学多才，兢兢业业于皇帝之事，甚至有救驾之功，但是这些并未改变中国知识分子心中“天朝上国”的观念。

1840年，鸦片战争的炮响颠覆了大清朝对西方的看法。中国这个遥远的东方国度开始重新审视自己与西方世界的距离。林则徐是承认中国与西方存在差距的第一人。他认为，中国与西方的差距在于“器良技熟”。与林则徐联系紧密的魏源在《海国图志》中进一步总结和阐述

① 史景迁：《改变中国》，曹德骏等译，生活·读书·新知三联书店1990年版，第12页。

② 冯尔康：《康熙帝多方使用西士及其原因试析》，《安徽史学》2014年第5期。

③ 陈垣辑录：《康熙与罗马教皇使节关系文书》影印本14，转引自梁希哲《雍正帝》，吉林文史出版社1993年版。

这种“器良技熟”的观点，并以此为基础，提出“师夷长技以制夷”的策略。可见，此时中国对“科学”的认识实际上是军事实用主义的立场。而这种军事实用主义归根结底就是承认大清王朝在军事科技上已经落后于西方。当时，中国开明知识分子普遍认为“科学”并非形而上的道。或者说在中国，“科学”远未成为观念和话语。

后来，随着外语教学的发展和翻译事业的进步，晚清国人已经认识到西方的科学不仅仅是技艺，而且包含着学理，因此，对西方“科学”一词的翻译也就重“格致”而轻“格物”，从 1895 年京师同文馆把“格物馆”改名为“格致馆”可见一斑。现代译入词“科学”中的“学”字包含理论、原理和学理之意，因此，当中国建立起效仿西方的学科制度后，“科学”也就取代了原生词“格致”①。从“格物”到“格致”，再到“科学”，这既是中国认识西方之路，也是科学成为话语之途。

即便刚刚跃升为话语的“科学”还只是局限在自然科学领域，伴随着政治和社会革命高涨的呼声，科学话语也就自然延伸进人文社会领域。洋务运动的失败和进化论的科学观念让康、梁等人看到了社会和政治变革的必要性。从此，科学就不仅局限在自然科学领域当中，如严复所言：

> 名、数、力、质，四者皆科学也。其通理公例，经纬万端，而西政之善者，即本斯而立。……中国之政，所以日形其绌，不足争存者，亦坐不本科学，而与通理公例违行故耳。是故以科学为艺，则西艺实西政之本，设谓艺非科学，则政艺二者，乃并出于科学，若左右手然，未闻左右之相为本末也。②

---

① 朱发建：《清末国人科学观的演化：从格致到科学的词义考辨》，《湖南师范大学社会科学学报》2003 年第 4 期。

② 严复：《中国现代学术经典：严复卷》，河北教育出版社 1996 年版，第 622—623 页。

从这段话我们可以看出，以严复等人为代表的维新派知识分子认为，政（社会科学）和艺（自然科学）都属于科学，科学的内容是非常丰富的，名、数、力、质都属于科学的范畴。而且，“中国之政”的问题就在于它不讲科学。因此，如果中国要救亡图存，就必须全面地掌握西方的科学知识。

戊戌变法后，政体改良的愿景落空。维新派知识分子纷纷流亡国外，这促使他们更加深入地了解西方，同时更加深刻地认识自我。1905年，科举制被废除，大量士人无法继续追求功名，其中众多有识之士前往欧洲、日本和美国等地留学，从而发现科学技术之所以能够在西方诞生，是因为西方拥有民主制度和科学精神。从这个意义上讲，“科学”话语的意义就不仅是学习知识，而是中华民族全面地走进现代时间。辛亥革命至五四运动前后，“科学”一词也开始具有观念化的色彩。换言之，在这一时期，“科学”成为一切进步事物的修饰词。它不仅指先进的装备，也不仅指自然科学和社会科学，而是上升为一种哲学、精神、观念和社会意识。

这一把科学视为哲学和精神的观念亦与法国紧密相连。1912 年，李石曾、蔡元培等为组织“留法勤工俭学”运动而成立“华法教育会”。在谈及为什么要组织青年赴法国留学时，该会明确指出，“发展中法两国之交谊，尤重以法国科学精神之教育，图中国道德智识经济之发展”①。蔡元培也强调法国科学的独到之处在于它的先进性不仅仅体现在科学原本的领域里，而且在哲学领域里也占有重要地位，拥有所谓的“科学之哲学”②。由此可见，当时中国的知识精英正是把法国的科学当作榜样，并试图通过教育和报刊的方式在中国培育起科学精神。到后来，如胡适所说：

这三十年来有个名词在国内几乎做到了无上尊严的地位，无论

---

① 蔡元培：《华法教育会之意趣》，《蔡元培全集》第二卷，中华书局 1984 年版，第 415 页。
② 蔡元培：《华法教育会之意趣》，《蔡元培全集》第二卷，中华书局 1984 年版，第 415 页。

> 懂与不懂的人，无论守旧和维新的人，都不敢公然对它表示轻视和戏侮的态度，那个名词就是“科学”……我们至少可以说，自从中国将变法维新以来，没有一个自命为新人物的人敢公然诽谤“科学”的。①

从此，就思想深度来看，科学也就被话语化。它已经从原来的语词演变成一种被普遍接受的观念和具有意识形态权力的话语。

二　法国的“实证”话语与中国

科学的范围不断扩大不仅无益于解释科学的定义，反而会让人们去追问到底什么样的知识才是科学。尤其是当科学成为一种精神，一种哲学之后，那么如何才能把它与其他的哲学区分开来呢？这不仅仅是西方近代科学所要解决的问题，同样也是“科学”变成中国自己的话语时所要解决的问题，因为它必须有边界，或者说有标准去鉴别科学与非科学之间的知识和思想。

当甲午战争埋葬了洋务运动的理想，拯救中国的“科学”话语就必须升华，必须从“形下之器”上升为“形上之道”。在维新派知识分子看来，中西学的最大区别就是“道”之不同，而这不同之处正如康有为所言，“中国人向来穷理，俱虚测，今西人实测”。② 这种实证（即康有为的“实测”）的方法不仅仅是自然科学领域的，在社会科学领域也是如此，如康有为在《康子内外篇》所说：“凡纪一事，立一说，必于实测二字，确有可据，众见歙同，其文乃定。”③ 康有为甚至开始把这种“实证”的方法和精神运用到自己对社会和政治的研究当中。吴熙钊等在评论康有为的《实理公法全书》一书时说，该书特别强调追

① 胡适：《科学与人生观·序》，山东人民出版社1997年版，第10页。

② 康有为：《南海康先生口说》，吴熙钊、邓中好校，中山大学出版社1985年版，第11页。

③ 康有为：《康子内外篇》，中华书局1988年版，第63页。

求“实理”，甚至把自然科学实证的方法完全运用到社会科学领域，这样做虽然有牵强附会之嫌，但是，这并不影响康有为抛弃旧思想，尝试建立新理论和新思维方式时所起的作用。[①] 严复在论及西方强盛之命脉时也提出“苟扼要而谈，不外于学术则黜伪而崇真，于刑政则屈私以为公而已”[②]。在此，严复亦认为西方科学（即严复所用的“学术”）的重要特征是“崇真”之精神。后来，在阐述西方科学知识时严复又发表了一篇重要文章，提出要“痛除八股而大讲西学”，因为西学的优势在于“一理之明，一法之立，必验之物物事事而皆然，而后定之为不易”[③]，同时他还在其他文章中强调“近世格致家乃救之以第三层，谓之试验。试验愈周，理愈靠实矣，此其大要也”[④]。这些文字表明，除了上文所提到的“崇真”之精神外，在方法上，西方科学讲求“必验”。由此，我们可以明白，自维新以来，中国知识界认定的西方科学就是一种“实证”之学，或者说就是“实测”、“崇真”和“必验”之学。

从上文中，我们发现自维新以来，“科学”的定义就具有了求实的意义，因此，“科学”的地位也就上升为形而上之“道”，而不再仅仅局限于形而下之“器”。然而，当“科学”上升为“实证”之道，那么它必然要面临中国几千年文化和哲学（尤其是玄学）的挑战。1923 年，玄学与科学之间的论战终于爆发了，这场论争最终以“科学”的胜利而告终。在这场论争中，“科学”至上论的两种不同思想也都登上了历史的舞台，诞生于新文化运动中的“赛先生”最终通往了“实验主义”和“辩证法的唯物论”[⑤]。

如上文所述，首倡“实证”方法与精神的是维新派知识分子。然而，在这些维新派知识分子的笔下，翻译和表达“实证”时所使用的

① 黄明同、吴熙钊:《康有为早期遗稿述评》，中山大学出版社 1988 年版，第 47 页。

② 严复:《论世变之亟》，《直报》1895 年 2 月 4 日至 5 日。

③ 严复:《救亡决论》，《直报》1895 年 5 月 1 日至 8 日。

④ 严复:《严复集》第一卷，中华书局 1986 年版，第 93 页。

⑤ 罗志田:《走向国学与史学的“赛先生”：五四前后中国人心目中的“科学”一例》，《近代史研究》2000 年第 3 期。

词汇并不统一。康有为使用的是“实测”“实理”等语词，严复使用的是“崇真”“试验”等语词。他们之所以用语不同，不仅仅是因为语言翻译的个人偏好，而且还因为源自西方的实证哲学也不尽相同，于是这些留洋知识分子所受的影响也不尽相同。因此，只有了解西方实证哲学在中国的译介，我们才能更好地了解“实证”精神与方法在中国的话语化过程。

20世纪初传入中国的西方实证哲学主要有四个流派，按照来到中国的时间顺序，大致是英国穆勒和斯宾塞的实证哲学、法国孔德的实证哲学、美国杜威的实证哲学和德国马赫的实证哲学。[①]

目前，国内学界一致认为，严复是译介西方“实证哲学”的第一人[②]，“早期实证主义者的著作正是通过严复的译介才同中国思想界见面的”[③]。严复最早译介的西方“实证哲学”乃是以赫胥黎、穆勒和斯宾塞等人为代表的英国“实证哲学”。严复最先翻译了真正意义上的西方实证哲学著作《穆勒名学》。该书原名“*A System of Logic*”，严复只翻译了该书的前半部，其原因在于这一部分重点介绍的是西方逻辑中的归纳法和经验论，而且严复认为这种逻辑归纳是“学为一切法之法，一切学之学；明其为体之尊，为用之光……学者可以知其学之精深广大矣”[④]。作为最早引入西方实证哲学之人，严复把归纳逻辑视为实证哲学的核心，把实证视为科学的研究方法，并把它们推向了救国图存的前沿。可见，在严复的时代，人们谈论西方的实证终究还是重方法而轻精神的。

值得一提的是，关于“实证哲学”，严复的译文还没有使用“实

---

① 这四个哲学流派的名称其实并不相同，其中孔德的哲学被称为“实证主义”，穆勒和斯宾塞也沿用了孔德的“实证主义”名称，杜威的哲学被译为“实验主义”，马赫的哲学往往被称为“经验批判主义”。为了表明它们在实证方法和精神方面所体现的一致性，这里也就暂用“实证哲学”来统称了。

② 参见陈元晖《严复和近代实证主义哲学——严复是中国第一代实证主义者》，《哲学研究》1978年第4期。

③ 常国良、刘玉娟：《严复和实证主义——从严复看西方早期实证主义对中国近代维新思想家的影响》，《唐山师范学院学报》2005年第4期。

④ 参见严复译《穆勒名学》部首，商务印书馆1981年版，第2页。

证”一词。从思想意义上看，在严复之后崇尚“实证”方法并首次使用“实证”译词的学者应是王国维。1905 年，他在《静庵文集续编·自序二》中首次提出了“实证”一词。他说：

> 伟大之形而上学，高严之伦理学，与纯粹之美学，此吾人所酷嗜也。然求其可信者，则宁在知识论上之实证论，伦理学上之快乐论，与美学上之经验论。知其可信而不能爱，觉其可爱而不能信，此近二、三年中最大之烦闷。①

王国维先生的这段自述不仅指出了“实证哲学”的优点和缺点，同时也表明了他个人对“实证哲学”的态度。王国维并非以哲学研究闻名，但他是最早在史学研究领域运用实证方法的学者之一，并且依据这一原则提出了“二重证据法”。正如有的学者指出的那样，尽管王国维并没有成为实证论者，但是在中国近代实证哲学思潮的历程中，他仍然占有非常重要的位置。在严复之后，王国维大力介绍实证方法，并从哲学的角度对实证方法进行认真的思考，最终将这一方法提升到方法原则的高度。②

在穆勒的实证哲学之后，以孔德为代表的法国实证哲学也传入中国。1906 年，《教育世界》上刊登了一幅孔德的相片，抬头取名为“法国实证哲学家孔德”，这应该是中国近代期刊最早使用“实证哲学”一词之案例。③ 同时，这一细节也表明，当时国人对西方实证哲学的接受并非只有英美的实证方法。而且，与英美偏重方法的实证哲学（如上文所论的严复和王国维）不同，孔德的实证主义从一开始就是哲学的。如 1903 年，王师尘翻译的《西洋文明史之沿革》一书中就曾指明，孔德不仅是法国哲学最重要的学者，而且是社会学的创建者。他

---

① 王国维：《静庵文集续编·自序二》，选自《王国维遗书》（第 5 册），上海古籍书店 1983 年版。

② 宋志明、孙小金：《王国维与实证原则》，《吉林大学社会科学学报》2001 年第 5 期。

③ 参见《教育世界》1906 年第 119 期。

还重点指出孔德所创立的“实验哲学”（今译“实证哲学”）是一种全新的哲学系统。遗憾的是，由于是从日文转译的，“孔德”的名字被错译为“康德”了。[①] 此外，它还提到了孔德的两本著作《实验哲学》（*Cours de philosophie positive*）和《实验政治学》（*Système de politique positive*）。此外，1906 年发表的《刚德之学说》一文还重点介绍了孔德的“三阶段说”，指出该说是孔德实证主义的重要贡献，它把人类观念的发展分成了“神学时代”、“任臆时代”（今译“形而上学”时代）和“验事时代”（今译“实证时代”）。这种分类虽受进化论的影响，但它更倾向于人类思想的发展和社会的进化，因此，该文作者认为，孔德的实证哲学也就是最先进时代的核心思想。[②] 在后来的玄科大战中，这一“三阶段说”成为科学派手中最重要的武器之一。然而，由于当时关于孔德哲学的内容往往都是从日语转译过来的，所以译名也并不统一，有“康德”“刚德”“孔特”“孔德”等不同译法。再加上并没有一本有关孔德的专著或译著问世，相关译介都是散见于当时的期刊或综合性的西方学术论著中，所以学界对这一时期孔德“实证”话语在中国的影响也就不甚明了。然而，必须要指明的是，法国以孔德为代表的实证主义哲学在中国最大的影响就是它把“实证”从早期的方法意义提升为一种哲学，并且对应的是人类思想发展的最先进时代。从这个角度上看，孔德的“实证哲学”是“实证”话语从语词译入观念形成的过渡阶段，它的“三阶段论”为下一阶段的话语普及奠定了思想基础。正是因为孔德的“实证哲学”在中国必须担负起由下而上、从方法到哲学这一话语提升的使命，所以它在中国也就成为强调“实”的、形而上的观念。然而在法国，孔德的“实证”主义恰恰是一种眼光向下的哲学，它提倡一种经验科学。从“经验”到“真实”，法国“实证”话语在被译介到中国的时候也发生了变异。

下一个研究西方“实证哲学”的高潮发生在五四运动时期。其中

① 转引自陈启伟《清末法国哲学东渐述略》，《外国哲学》2002 年第 15 辑。

② 孤鸿：《刚德之学说》，《民报》1906 年第 8 号。

的代表人物分别是从英国留学回国的王星拱和从美国留学归国的胡适。先来谈谈王星拱，他最早把德、奥等国的实证哲学马赫主义引入国内。1920年，王星拱通过他撰写的《科学方法论》一书，正式把马赫主义介绍到中国，但是由于源自德、奥的马赫主义与源自美国的实用主义在哲学趋向上非常相近，二者在理论上具有一致性，让它们在进入中国后，很快便趋于合流，彼此认同了。[①] 胡适师从美国著名的"实证"哲学家约翰·杜威，并在哥伦比亚大学获得哲学博士学位。与严复重视实证方法、王国维运用实证原则不同，胡适实实在在地在哲学领域里讨论"实证哲学"，不仅仅把它当作科学精神，甚至还把它上升为人生观、世界观和价值观，尽管在胡适的笔下出现的并不是"实证哲学"或者"实证主义"，而是"实验主义"。最为重要的是，在五四运动期间，西方实证哲学的"实验主义"和马克思主义的"辩证法的唯物论"相互联合，借着"赛先生"之势，将实证的话语推广到全国，正如陈端志所指出的那样，在五四运动的时代，实验主义是最受中国知识分子欢迎的一种主义，而且也正是通过"五四"的高潮，实验主义之风气才弥漫全国。[②] 至此，实证无论是从内容深度还是从影响广度上来说都已经实实在在地成为一种话语，影响着中国每一个知识分子。到了1923年"玄科大战"期间，"实证"和它的朋友"科学"一起获得了胜利，牢牢地确立了自己作为思想话语的地位。

综上所述，"实证"话语在中国被确立起来之历程中，各种不同的实证思想都对其产生了重要影响。从严复译介的英国实证哲学到日本留学生们从日语转译的法国实证主义，再到胡适提倡的美国实用主义，这也是"实证"话语自我完善的过程。简而言之，英国的实证哲学为"实证"话语提供了方法论的意义，法国实证主义为"实证"话语提供了真理论的意义，而美国的实用主义其实是前两者的集大成者，为中国

---

① 杨国荣:《中国近代的实证论思潮及其历史特点》，《中国哲学史》1993年第2期。

② 陈端志:《五四运动之史的评价》（香港中文大学1973年影印本），生活书店1936年版，第328—330页。

的“实证”话语提供了“世界观”。而在这一链条中，法国实证主义最早从哲学史里谈“实证”，也最早把“实证”确立为先进的思想时代，所以它起到了承上启下的作用。

尽管实证哲学在国内的译介曾经用过“实测”、“崇真”、“试验”、“实用”或“实验”等其他词汇来表达，但是借助为科学证言的方式，“实证”哲学终究还是在20世纪一二十年代的中国扎下根来。沿着从实证的方法、实证的原则、实证的哲学和精神之道路，来自西方哲学语境的“实证”一词最终也在五四运动期间完成了话语化的过程。它的影响不仅仅局限在科学领域，甚至于整个文史哲领域都要受到它的指导，而文学哲学方面的学生如果没有实证的精神，热衷于空谈，就变成了王星拱所批判的“变形的举子”。

第二节　从“群学”到“国家”

上节已经论述，“科学”和“实证”二者之间是范畴与方法的关系，亦是思想与内核的关系。简言之，19世纪末20世纪初，中国话语中存在着从“科学”到“实证”的过程。这一过程是一个内化的过程，是一个从大到小、由粗到细、由外及里的过程。伴随着“科学”成为话语，“实证”也必然要同时上升到“话语”层面，并以此来区分“科学”与“非科学”。

而“群学”与“国家”二词之间的关系则并非如此。“群学”一词很快就被放弃，就连后来的社会学家也不再使用“群学”一词。在此意义上，“群学”并未成为话语。但是，“群学”的意义在于激活了另一些概念，尤其是唤醒了“群”的概念，并将其上升为“国家”话语。由此可见，“群学”与“国家”的关系并不是细化的过程，而是激活和替代。换言之，“群学”激活了“国家”话语，而“国家”话语又主导了“群”的概念。在这组话语形成的历史过程中，中法之间的关联曾起着非常重要的作用。

“群学”是严复依据中西文化所做的创造性翻译。今天，它已经被

“社会学”一词取代。“群”被视为人类普遍的基本存在，“社会”是根据特定组织或制度联结起来的群，而“国家”就是最大的社会①。在此，我们可以发现一个非常有趣的现象，即当“群学”被译介到国内后，它迅速地偏离了20世纪初西方社会学研究的轨迹，而被纳入一个更大的理想和范围之中，即国家。严复本人也曾说，“群也者，人道所不能外也。群有数等，社会者，有法之群也。社会，商工政学莫不有之；而最重之义，极于成国”②。从西方的“社会学”至“群学”再至“国家”话语，这清晰地表明了观念与话语的变异过程，而且当涂尔干的“社会”话语被引进中国之时，这种从“社会”至“国家”的话语变异甚至已经不需要“群”的概念做中介了。

一 “群学”与“群观”

1903年，严复翻译的《群学肄言》在上海文明编译局出书发行。同年，严复翻译了另一部著作《社会通诠》，并于光绪三十年（1904年）正月由商务印书馆出版发行。非常有意思的是，《群学肄言》的英文原名为*The Study of Sociology*，而《社会通诠》的英文原名为*A History of Politics*。通过这一简单的译名比较，我们至少可以发现两个有趣的现象。第一，由于两本书翻译的时间几乎重合，所以可以肯定严复在翻译斯宾塞的社会学著作时很可能是知道“社会”这个词语的。第二，严复把“sociology”翻译成了“群学”，而把“politic”翻译成了“社会”，这一翻译策略应不是译者的随心所欲，而是注入了译者的思想。而且，在这两本书中，都有关于“群”与“社会”的大量解释。在《群学肄言》的《译余赘语》篇中，严复从荀子的“民生有群”开始论起，提出“社会者，有法之群也”③。而在《社会通诠·开宗》中说，

① 徐新建：《变动的“群”与转型的“学”——简论“社会”一词的中国演变》，《广西民族大学学报》（哲学社会科学版）2015年第6期。

② ［英］斯宾塞：《群学肄言》，严复译，商务印书馆1981年版，第xi页。

③ ［英］斯宾塞：《群学肄言》，严复译，商务印书馆1981年版，第xi页。

“社会者，群居之民，有其所同守之约束，所同蕲之境界”[①]。由此可见，严复兼用“群”与“社会”二词。但是二者有所不同，群不仅涵盖“众”之意，更是人与人之间相互的联系和组织。而社会则是有法度的人群。或者说，在严复看来，“人”只有通过有法之“群”才能形成“社会”。

假设“群”可以分为无法度之人群和有法度之人群两大类，那么严复所要研究的，或者说所要提倡的就理所当然是后者。因为，从社会达尔文主义的角度来看，有法度之人群很显然更为高级。严复早就在《天演论》中提出过“群”的概念。他认为，“夫既以群为安利，则天演之事，将使能群者存，不群者灭；善群者存，不善群者灭”。[②]“群”与“不群”、“善群”与“不善群”不再是并置的两种不同的人居状态，而是分别代表着先进与落后的人居状态，而且，落后的后果就是灭亡。从这一角度来看，结“群”而成“社会”不仅是必然的，而且是必需的。但是，到这一层次，即使“社会”的概念指涉更高级的“群”，然而这个“群”之概念的范围也可能是更小的社群或者是更大的族群、国家乃至人类共同体。

回到严复所翻译的另一部西方著作，我们也许就更加清楚严复及其同时代中国知识分子们的理想。在《社会通诠》一书开篇，严复感叹道：“异哉！吾中国之社会也。”异在何处呢？在国人中，严复应当是最先指出，“乃由秦以至于今，又二千余岁矣……则犹然一宗法之民而已矣。然则，此一期之天演，其延缘不去，存于此土者，盖四千数百载而有余也”[③]。可见，严复认为中国自秦至今一直都是宗法社会。然而，在社会进化理论中，这是一个非常严重的问题，因为：

> 夫天下之群，众矣，夷考进化之阶级，莫不始于图腾，继以宗

---

① ［英］甄克思：《社会通诠》，严复译，商务印书馆1981年版，第1页。
② ［英］赫胥黎：《天演论》，严复译，商务印书馆1981年版，第32页。
③ ［英］甄克思：《社会通诠》，严复译，商务印书馆1981年版，第ix—x页。

法，而成于国家。方其为图腾也，其民渔猎，至于宗法，其民耕稼，……最后由宗法以进于国家，而二者之间，其相受而蜕化者以封建。方其封建，民业大抵犹耕稼也，独至国家，而后兵、农、工、商四者之民备具，而其群相生相养之事乃极盛，而大和强立，蕃衍而不可以克灭。①

也就是说，有法度之群又分成图腾之群、宗法之群和国家之群三种，分别从低级到高级进化，而以严复为代表的近代思想家认为中国一直没有形成或者进入国家之群的状态。与此同时，严复提出只有达到“国家之群”的层面，才能够实现“蕃衍而不可以克灭”。

正如有学者曾指出，在“群主义”和“个人主义”之间，作为中国西学译介第一人，严复很明显过于强调了前者，在译入西学的过程中完全没有看到西方自由主义传统的价值，于是就产生了一种严复式的逻辑，即“人民是种族，种族是‘群’，‘群’是社会有机体，社会有机体是国家”。② 至此，我们大致可以明白，严复使用“群学”而没有使用“社会学”一词来翻译斯宾塞著作之标题正是因为译者严复希望提倡一种“群主义”或者说“群至上论”。

可见，如同翻译《天演论》时所采用的策略一样③，严复翻译的《群学肄言》亦并非完全忠实于原作者，而是加入了自己的思想，从而在一定程度上改变了原作者和原文的部分观点。具体而言，严复的基本思想和立场就是希望能借西方社会学和人类学的观点来激活汉语语境中“群”的概念，同时他还借助于西方社会进化论将“国家之群”置于各种社会形态的顶端，从而唤醒国人，实现救亡图存的理想。这就是严复，甚至是当时中国所有开明知识分子共有的“群观”。

---

① ［英］甄克思：《社会通诠》，严复译，商务印书馆 1981 年版，第 ix 页。

② 徐新建：《变动的“群”与转型的“学”——简论“社会”一词的中国演变》，《广西民族大学学报》（哲学社会科学版）2015 年第 6 期。

③ 众所周知，《天演论》的原文是“Evolution and Ethics”，严复只翻译了进化论的那一部分而忽略了伦理学的部分。

二　“群观”与“国家”

当时的开明知识分子大多和严复一样，认为中西之差别就在于“有法度之群”或者说“社会”进化的程度不同，而“国家”则是“群”之最高状态，是一种先进之“群”。由此，“群学”的目的并不在于研究具体不同社会之特点和诸多社会事实，亦不在于研究不同的社群，而在于通过激发“群”的概念并走向“国家之群”的理想。

造成上述现象的原因其实很明显。甲午海战之后，洋务运动的“船坚炮利”已经被证明无法救中国于危亡。这场战争的失败更让西方列强看到了大清帝国的懦弱和腐败，于是他们纷纷加入瓜分中国的行列，肆意划分势力范围，抢占租界。在这种背景下，《群学肄言》自然不会具有《天演论》中关于物种进化的人类整体视野，该书更加“偏向于强调边界的‘社会’，而且直言最大的社会即国家，故而也为人类学的中国研究铺垫了国家主义和国族取向的基础”①。

如果说严复通过《群学肄言》和《社会通诠》两本书奠定了“群观”的“国家”取向，那么这种“国家”取向是什么呢？夏曾佑曾指出，维新变法的困境在于“救危亡”和“无君父”的矛盾。② 而严复的国家观试图调和二者之间的矛盾。他首先指出，国家社会的现代形式为“军国之社会”，这种形式与古代的“种人之社会”不同，因为“身为军国社会之民，最重义务，莫若执兵，出则为战，入则为守。惟此，其国乃有以立于天地之间，足以制人，而不为人所制，此国权至尊无上之义也”③。而且，严复认为有“群”之人就有“治人”与“治于人”的群体伦理，前者就是君主，后者就是臣民，君主与臣民构成了国家赖以

① 徐新建：《变动的“群”与转型的“学”——简论“社会”一词的中国演变》，《广西民族大学学报》（哲学社会科学版）2015 年第 6 期。

② ［英］甄克思：《社会通诠》，严复译，商务印书馆 1981 年版，第 vi 页。夏曾佑在《序言》中写道：“言变法者，其所志在救危亡，而沮变法者，其所责在无君父。”

③ ［英］甄克思：《社会通诠》，严复译，商务印书馆 1981 年版，第 70 页。

成立的政府[①]。

在《社会通诠》之后，严复随即在1904—1909年翻译出版了法国启蒙思想家孟德斯鸠的《法意》（今译为《论法的精神》）。从《群学肄言》《社会通诠》到《法意》，我们大致可以看到严复思想的发展过程，即从“群观”发展到“国家”，然后在“国家”话语的基调下设计“政体”。而严复本人所倾向的政体也和孟德斯鸠基本保持一致，认为君主立宪制是最适合当时中国的国家政体[②]，因为“近者吾国国家，方议立宪，立宪非他，即是众治”[③]，从而对君主的权力进行约束。

当然，除了严复所代表的维新派，晚清时期关于未来中国之政治还有其他的观点。择要而言，分别有来自朝廷和革命党人这两个类别。对于朝廷而言，需要完成从“天下”到“帝国”的转变。对于革命党人而言，则致力于完成从“王朝”到“民国”的转变。随后的历史中，辛亥革命的炮火最终让“民国”成功取代“帝国”。关于“民国”与“帝国”之间的差异，孙中山先生曾于1923年在广州青年联合会的演讲上解释他所创称之“中华民国”这一国名的意义与“中华帝国”不同，中华民国的主体是全体国民，而中华帝国的主体是皇帝一人。[④] 从他的解释中，我们可以发现二者的差异之处就在于国家的主导者不同，帝国是以皇帝为主，而民国是以民众为主；而相同之处是二者都归结到“国家”的概念上。帝国与民国的差异在于立法和行政权力的政体。在那个时代，关于国家的各种定义都源自“群”的概念，或者说与“民众”的概念紧密相连，如李大钊所言，“国家是指以一定的土地和人民为基础，以惟一统治权为主体的人们的共同体”[⑤]。在这一定义中，“国家”就等同于人们的某种共同体，而关于“国家”的研究

① 王栻主编：《政治讲义》，载《严复集》第五册，中华书局1986年版，第1274页。

② 严复曾明言：“立宪则舍此殆无他术，故为今日最要政体。”参见王栻主编《政治讲义》，选自《严复集》第五册，中华书局1986年版，第1284页。

③ 王栻主编：《政治讲义》，载《严复集》第五册，中华书局1986年版，第1313页。

④ 孙中山：《孙中山全集》第8卷，中华书局1986年版，第323页。

⑤ 李大钊：《〈法学通论〉批注》，《李大钊全集》第1卷，河北教育出版社1999年版，第3页。

自然也就是属于“群学”的领域，是研究社会的重要组成部分。

然而，笔者并非想表达清末民国时期的中国社会学研究都是以国家为研究对象。事实上，该时期中国社会学、人类学与民族学研究的内容是多样化的，既有汉人社会的村落研究，也有少数民族的族群研究。然而，即使一个多世纪以来中国人类学研究的“社会”路径中有微观（即村落）、中观（即区域）和宏观（即国家）三条主线[①]，但是这三条主线的背后都贯穿着“国家”话语。也就是说，无论是研究汉人社会或是研究少数族群，其出发点和落脚点都是指向“国家”的，从这个意义上说，“国家”也就演变为一种“话语”，操纵着20世纪上半叶的诸多知识生产，影响着整个中国的知识分子，尤其是社会研究者。

此外，还需要特别指明的是，在严复等人使用“群学”之时，还有其他学者在运用“社会学”这一名称。这些学者往往是留日学生，他们从日语语境中沿用了“社会学”的名称，如1903年上海作新社组织翻译并出版了《社会学》一书，1907年在《政法述义》一书中亦收录了汤一颚翻译的《社会学》部分，1911年欧阳驹编译的《社会学》一书由商务出版社出版等。[②] 然而，正如上文所述，严复等人之所以使用“群学”，是为了激活“群”的概念，从而催发出“国家”的理想。而“社会”一词很明显并不具备这一功能，这也就是为什么在西方社会学刚刚被译介到中国之时，“群学”的名号比“社会学”更加响亮。但是，从20世纪20年代起，伴随着大批在美国学习社会学的留学生回国，“社会学”一词越来越流行。以这些留美生的译著书名为例，他们无一例外地都使用了“社会学”一词，其中重要的作品有瞿世英翻译的《社会学概论》（1925）、孙本文的《社会学ABC》（1928）等。该现象表明了“群学”这一名词已经完成了它的历史使命，而1919年由巴黎和会

① 徐新建：《变动的“群”与转型的“学”——简论“社会”一词的中国演变》，《广西民族大学学报》（哲学社会科学版）2015年第6期。

② 参见孙以芳《中国社会学发展萌芽期的社会学译著和课程》，《社会》1985年第2期。

所引发的五四运动也彻底地掀起了民众的爱国主义热情，完成了“国家”的话语化历程。

其实，渴望用西方社会学来解决中国问题的梦想并不是从以孙本文为代表的留美生那里开始的。比后者稍微早一些的20年代留法生也已经开始用法国的社会学理论来思考中国的问题了。如果说留美生的“社会”语词更多地偏向“社群”的概念的话，20年代留法生们的“群学”[①] 语词更多地指向“国家”的概念。或者换句话说，在20世纪20年代，中国留法生们基本会受到当时法国“国家”话语的影响，因为从1878年开始，法兰西第三共和国的各届政府就着手推行一系列深入的高等教育改革，即法国政府首脑们都认为新式的大学和院系应该培育和传播“科学”的观念和共和国的思想。[②] 因此，在法兰西第三共和国之教育体系内学习的20年代中国留学生，尤其是在社会科学领域内学习的留学生们受到当时法国“国家”话语的影响也就更多，因为那时只有社会科学（这种内部相互联系的多学科混合体）才最深刻、最全面地把各自学科化的命运与树立和传播共和国意识形态联系在了一起。[③] 而在当时，试图在法国建立起共和国道德的正是涂尔干及其社会学派。

最后需要说明的是，在历史中，法国的“国家”话语并非一成不变。结合法国对中国的实际影响，我们会发现至少有三种不同的法国“国家”话语对中国产生了影响。第一种是在“戊戌变法”之前，这时候对中国产生影响的是孟德斯鸠和卢梭等人的“国家”话语。上文已经介绍过严复和孟德斯鸠的关联，这里不再赘述。第二种法国“国家”话语是法国大革命及其“民族国家”观。这种“国家”话语主要是在“戊戌变法”失败以后，尤其是在五四运动期间对中国产生了巨

① 这些留法生初到法国之时还有许多人使用“群学”的概念来指称社会学。如李璜在《少年中国》1920年第2卷第4期上使用“法兰西近代群学”来指称法国当代社会学。

② George Weisz, «L'idéologie républicaine et les sciences sociales, Les durkheimiens et la chaire d'histoire d'économie sociale à la Sorbonne», *Revue française de sociologie*, N. 20, 1979, p. 83.

③ George Weisz, «L'idéologie républicaine et les sciences sociales, Les durkheimiens et la chaire d'histoire d'économie sociale à la Sorbonne», *Revue française de sociologie*, N. 20, 1979, pp. 83 – 84.

大的影响，此后，中国亦把建设“民族国家”作为自己的主要目标，其在国人观念的影响上就是把“民族”与“国家”两个语词并置。的确，自孙中山 1919 年重新解释民族主义之后，中华民族的统一性就与“国家”话语紧紧地联系在了一起。在各类文本中，国家即为中华民族之国家，中华民族就是国家的主体。[①] 第三种法国“国家”话语是以涂尔干的社会学理论为基础的“社会事实”、“社会连带性”、“集体意识”和“共和国道德”等观念。这些观念强调国家与个人的相互责任，即个人之间通过有机团结形成国家，而国家也有义务保证个人的自由权利。

涂尔干的社会学理论以“社会事实”为主要研究对象，然而“社会事实”多种多样，而作为实体的“社会”亦大小不一。可以说，如何理解和运用涂尔干的社会学理论具有诸多可能性。民国期间，在中国当时的历史语境中，涂尔干的学说最大化地与“国家”话语联系在一起，发挥着凝聚“国民”，构建“国族”，解决“国事”的功能。

涂尔干的社会学理论之所以能在 20 世纪上半叶与中国的“国家”话语相结合，其原因是多样的。首先在于这一学说的生成背景本身就与“民族国家”紧密相连。而且，其内容也包含着丰富的“国家”观。加上留法学生所扮演的桥梁作用，当这种学说被译介到中国，法国社会学自然就会在中国的土壤中生根发芽。枝繁叶茂后，其未必与来源国的“国家”观一致，但是，尽管它是法国社会学在地化和中国化后的产物，但无论是延续还是变异，都仍然与本源保持着千丝万缕的关联。

由此可见，早期的西方社会学被译介到国内之时，的确受到当时中国历史语境的影响。以严复等人为代表的翻译者群体在“救亡图存”的功用主义理想引导下，把自己的思想投射在译名的拟定和译本的选择上，甚至不惜删减原文，并在译文中加入各种阐释性的文字，以此来引导译文的接受者和读者群。以“群学”代“社会学”的翻译策略就是

① 张中良：《中国现代文学的民族国家问题》，《文学评论》2014 年第 4 期。

“群观”思想最直观的体现。这种“群观”思想并非严复一人的，而是当时整个时代中国开明知识分子的共识。康有为在《上海强学会章程》中呼吁“一人独学，不如群人共学；群人共学，不如合什百亿兆人共学”①。梁启超亦专门在《新民说》中撰写了《说合群》一节，提倡“合群为国”的思想。黄遵宪亦提出“人必能群而后能为人……国以合而后能为国”之群观②。林纾在翻译《民种学》一书时也提出“大抵古人之思力，舍争竞之外不为功，强者默兵，弱者壁守，而于群学殆未尝深求也”，主张深入研究群学。最终，“群学”激活了“群观”，掀起了民众的民族主义和爱国主义热潮，并最终演变为“国家”话语。

第三节　从“社会”到“民族”

西方社会学（即“群学”）来到中国后，除了早期激发“群观”并进而演变为“国家”话语之外，在稍晚的时期，也就是20世纪30年代前后还产生了另一种影响，即开启了“社会”和“民族”两个话语。与“实证”和“国家”话语不同的是，这里的“社会”和“民族”话语分别指涉两个学科，即社会学和民族学。关于20世纪上半叶“社会学”与“民族学”的关系，以徐新建教授为代表的人类学家们认为，“‘群’的含义慢慢一分为二，原本完整的人类学研究也随之演变为看似为一实际却每每互不相干的民族学和社会学两翼”③。

造成这种民族学和社会学之间差异的原因与各自学科的不同源头有关。20世纪上半叶，西方的人类学研究来到中国之后，激起了两种不同的理解。当时中研院的蔡元培与凌纯声等人将其理解为民族学，而在燕京大学则被命名为社会学。④ 很明显，蔡元培和凌纯声所理解的民族

① 康有为：《康有为政论集》上册，中华书局1998年版，第472页。

② （清）于宝轩编：《皇朝蓄艾文编》卷4，第18页。

③ 徐新建：《变动的“群”与转型的“学”——简论“社会”一词的中国演变》，《广西民族大学学报》（哲学社会科学版）2015年第6期。

④ 王铭铭、刘琪：《人类学家的凝视与环顾——王铭铭教授访谈》，《学术月刊》2015年第3期。

学来自欧洲大陆（尤其是法国），而在燕京大学社会学系，其创建者和主要教员的学缘背景都与英美的社会学研究紧密相连（尤其是与美国芝加哥社会学派联系紧密）。属于中国的独特情况是，由于民族学和社会学几乎同时从欧洲大陆和英美被引入中国，所以在 20 世纪 20 年代末 30 年代初，社会学与民族学这两个学科几乎同时在中国的知识体系中诞生了。当社会学家吴文藻在燕京大学大力推行社会学的时候，以凌纯声、杨成志等人为代表的民族学也刚刚被建立起来，并开始快速发展。①

回到法国话语上，在 20 世纪上半叶，法国社会学与民族学之间的关系则非常紧密，甚至很多时候相互之间并不区分，这是由法国人类学自身的学科传统所决定的。从孔德到涂尔干，再到莫斯，法国人类学是在自我学术环境内部形成和演变的。它从实证哲学发展到社会学之后，自莫斯那里开始逐渐转向了民族学。

在 20 世纪 20—30 年代，从欧美留学归国的中国学者们将西方的社会科学引进中国，并且身体力行地把这些来自不同国家的社会科学统统用于中国的土壤。于是，在 20 世纪 20—40 年代的中国，产生了一个有趣的现象。一批从英美留学归国的中国社会学家努力地推行社会学的中国化实践，而从法、德等欧陆国家留学归国（亦有少部分留美学者）的中国民族学家们在本土田野里调查祖国的少数民族，并和社会学分庭抗礼②。这一独特情景之所以在中国产生，是因为中国青年学者几乎在同时走向不同的西方国家，而西方不同国家间的学术研究并非总是步调一致，例如当英美的社会人类学研究进入功能主义时代时，法国的人类学研究已经从涂尔干的功能式研究走向了更为强调关系和比较的民族学研究。当这些不同教育背景的学者归国时，自然也就带回了种种不同的社会科学研究范式。

---

① 王铭铭：《民族学与社会学之战及其终结——一位人类学家的札记和评论》，《思想战线》2010 年第 3 期。

② 王铭铭：《民族学与社会学之战及其终结——一位人类学家的札记和评论》，《思想战线》2010 年第 3 期。

一　英美派的“社会”话语

如上文所述，严复最早翻译了英语世界中的“sociology”，将其译为“群学”。的确，因为来源语和译者风格各不相同，所以一开始，这门新学科所使用的译名并不统一，主要有群学、人群学、公益学、社会学等。但是，诸多译名之中，最终被人们接受并流传至今的是从日语翻译过来的“社会学”①。从日语中借用“社会学”一词可以上溯至1902年。其时，上海广智书局出版了章太炎翻译的《社会学》，原作者为日本学者岸本能武太。1903年，吴建常又从日语文献中转译了《社会学提纲》，该文原为日本学者市川源三翻译的《社会学原理》一书的提纲。同年，西江欧化社出版了马君武翻译的《社会学引论》（该文原为斯宾塞著《社会学原理》第二编“The Introduction of Sociology”）。此文虽是从英文直接译入，但是译者马君武当时正在日本留学，自然深受日文的影响。由此可见，社会学这门西学译入并影响中国是与日本社会学的媒介功能分不开的。但是，当时日本社会学研究并非世界领先，所以中国社会学学科的建立和“社会”话语的最终确立与日本社会学研究关系不大。

在中国社会学的学科成立之际，我们可以说英美（尤其是美国）两国的影响最大。众所周知，上海浸会神学院（Shanghai Baptist College and Seminary，即沪江大学前身）是我国最早较为系统地教授社会学的高等学府。20世纪初期，该校便开设了“伦理与社会学”课程。至1914年，该校更是率先成立了社会学系。正是因为上海浸会神学院是美国传教士创立的教会大学，所以也更为强调培养学生的社会服务能力，该校的社会学系因此诞生。北方最早创立社会学系的高校当属燕京大学，毕业于普林斯顿大学的美国人布济时（John Stward Burgess）、甘博（Sidney David Gamble）等于1922年创立该校社会学系。至20年代

① 阎明：《中国社会学史：一门学科与一个时代》，清华大学出版社2010年版，第3—8页。

末期，该校的社会学教学主要有理论社会学与人类学、应用社会学、社会研究、社会工作及实习等五门。而且，通过相关的考试后，该校还可向学生颁发理论社会学、应用社会学、社会服务工作等学士学位以及社会服务工作证书。该系拥有当时最多的社会学教师，共有 18 位专兼职教师（其中全职教师 9 位）。该系开设的课程有 40 多门。据统计，在该校四百多名学生（包括本科生和研究生）中，社会学系学生人数占了将近八分之一，是文科中学生人数比例最高的系。此外，该校社会学系还组织出版了刊物《社会学界》，成立了燕京大学社会服务团（团员为燕京大学各个系的学生），并在清河开办了实验区等①。

由此可见，中国社会学在早期学科化过程中，来自英美的社会学家（尤其是美国人）贡献最大，具体体现为以下几个方面。

首先是培养了一大批中国自己的社会学家。在上述英美传教士兼社会学家的影响下，朱友渔（1909 年赴美）、陶孟和（1910 年赴英）、陈达（1916 年赴美）、李景汉（1917 年赴美）、孙本文（1921 年赴美）、吴泽霖（1922 年赴美）、潘光旦（1922 年赴美）、吴文藻（1923 年赴美）、吴景超（1923 年赴美）等一大批中国青年先后赴英美学习社会学。

> 中国留学生群体的学成归国极大地充实了社会学的专业队伍，其中，留美生以其从数量到素质的绝对优势成为传播并发展社会学的主体……，留美生多表现出美国社会学理论与实践并重，注重实证的经验研究的特点，他们以此种方式关注本土社会，形成了“实证的、功能的和经验的”中国社会学特色。②

至 20 世纪 30 年代，这批英美留学生群体归国后不仅掀起了一场社会学中国化的运动，也完成了“社会”一词在学术领域的话语化。

其次是创办了中国最早的社会学研究期刊。燕京大学社会学系的创

---

① 阎明：《中国社会学史：一门学科与一个时代》，清华大学出版社 2010 年版，第 17 页。
② 陈新华、陈圣婴：《留美生与燕京大学社会学系》，《特区实践与理论》2010 年第 3 期。

始人之一布济时组织学生，成立了“北平社会实进会”。该会所做的工作有很多，其中最重要的就是创办了旬刊《新社会》。在现代中国社会学历史上，这是第一份社会研究的期刊，它在“五四运动”时期非常有影响力。该刊物主要由瞿世英、耿匡、郑振铎等编写，瞿秋白、许地山等也经常为该刊撰写稿件。在《发刊词》中，它宣称自己的宗旨就是要改造社会，以实现民主[①]。尽管《新社会》的办刊时间很短，但是它影响了中国早期的社会学者，并激发他们纷纷效仿办刊。如1922年，我国第一份专业社会学期刊——《社会学杂志》被创办。

再次是主持完成了中国最早的社会调查。1914—1915年，在布济时的带领下，北平社会实进会对北京人力车夫的生活与工作状况进行了较为细致的考察，完成了近代中国的第一次社会调查工作。在中国南方，1919年，同样来自美国的传教士兼社会学家葛学溥组织和指导沪江大学的社会学专业学生来到广东潮州凤凰村进行考察，并撰写了中国第一本社会调查报告——《华南的乡村生活：广东凤凰村的家族主义社会学研究》。

最后是确立了学术性“社会话语”的主要研究方法、对象和内容。来自美国的传教士兼社会学家一开始就非常关注中国的社会问题。从研究方法上讲，这批美国社会学家自开设社会学课程或系部以来，就积极组织各种社会调查，进行社会统计。这种实地调查和统计的研究方法影响了后来留美的中国社会学家，可以说后者的研究主题各有不同，但是他们都无一例外地运用这种方法来研究社会问题，如吴文藻提倡的要用始于假设、终于实证的方法来训练独立的社会学人才，从事独立的社会学研究，以实现彻底的社会学中国化[②]。从研究内容上来看，吴景超的都市研究、许仕廉的人口研究、潘光旦的优生研究、吴文藻的社区研究和费孝通的乡村研究等都深受英美功能主义社会学（尤其是美国芝加哥社会学派）的影响。

---

① 阎明：《中国社会学史：一门学科与一个时代》，清华大学出版社2010年版，第15—19页。

② 吴文藻：《论社会学中国化》，商务印书馆2010年版，第3页。

中国自己的社会学家成为"社会"话语的持有者和推广者，各类专业和非专业的期刊成为"社会"话语的传播媒介，越来越多的专业化社会调查成为"社会"话语的科学实践。人、媒介和实践三位一体，不仅推动了社会学的学科化进程，而且还体现了"社会"话语的学术化方向。至1930年前后，越来越多的中国社会学家从美国学成归国，他们不仅仅让中国社会学学科建设粗具规模，还让社会学的学术地位得到广泛认可，最终让"社会"一词成为学术性话语。

综上所述，正是由于来自英、美的传教士兼社会学家们的努力，中国社会学研究从早期的文献翻译开始过渡到学科建设和学术研究。在这一漫长的社会学学科化过程中，"社会"一词也逐渐从宏观的国家层面和通俗的日常用语中走出来，成为人文社会科学研究中最有影响力的学术话语之一。

然而，王铭铭认为"中国社会学学科在20世纪30—40年代加入现代化叙述中，其中涂尔干的'良心'概念反而被避开了"[①]，并指出"这大概是因为'社会学的中国学派'更倾向于将它放到儒家传统里，社会学家例如费孝通将其视为他自然而然继承了的"。[②] 的确，对吴文藻、费孝通等这一批留美生而言，他们并没有在涂尔干学派的功能研究之外格外关注"集体良心"（Conscience Collective，又译"集体意识"）的概念。这一方面是因为他们的学缘结构会自动地把宏观化的社会驱逐出自己的研究视野，另一方面是因为之前20年代的留法生们已经把集体意识、有机团结等涂尔干社会学的重要概念与中国的"国家"话语建构关联在一起了。然而，由于社会学中国化的事业是由这批留美生完成的，他们在把"社会"话语学术化的同时也缩小了"社会"的边界，所以人们往往会忽略由20年代留法生们（他们大部分是社会学家）所从事的宏观化和意识形态化的"国家"话语实践。这也从

① 王铭铭：《民族学与社会学之战及其终结——一位人类学家的札记与评论》，《思想战线》2010年第3期。

② 王铭铭：《民族学与社会学之战及其终结——一位人类学家的札记与评论》，《思想战线》2010年第3期。

反面证明了英美派的社会学研究最终会把“社会”转变为一个学术性的话语。

二 法国派的“民族”话语

然而，本书中所要重点研究的并非英美派的“社会”话语，而是法国派的“社会”话语。正如上文所述，当时以莫斯为核心的涂尔干学派第二代社会学家已经把研究重心转向了“民族”。因此，本书要重点探讨的第三个话语是从法国“社会”话语中生成的“民族”话语。

至于“民族”一词的起源，有学者考证它最早出现在《洋务在用其所长》一文中，“夫我中国乃天下至大之国也，幅员辽阔，民族繁殷，物产饶富，苟能一旦发奋自雄，其坐致富强，天下当莫与颉颃”。①该文发表于1882年，作者王韬当时正在日本留学考察，因此，“民族”这个词就很可能也是从日文中借用的。可是，自从它进入汉语语境以来，其含义就是一直滑动的。凌纯声曾在中国最早的民族志方法论著作——《民族学实地调查方法》一文篇首处指出：

> 自中山先生提倡“三民主义”，列民族主义于“三民主义”之首，民族二字始引起国人的注意，而民族学的研究，在中国亦应运而发达。近年来研究民族学的人日多，在报章杂志发表此类的文章亦时有所见。然民族学是一种新兴的科学……所以民族学之在中国，尚未能广为传布，对此学能彻底明了者尚少，近来发表的文章虽多，然大都不足语民族学的科学之研究。②

从这段论述可知，以“民族”一词作为对象的至少有两个概

① 韩锦春、李毅夫：《汉文“民族”一词考源资料》，中国社会科学院民族学与人类学研究所1985年版，第22页。

② 凌纯声：《民族学实地调查方法》，《民族学研究集刊》1936年第1辑，第45页。

念——民族主义和民族学。然而，由于民族主义视域下的“民族”含义占了先入为主的便利，所以导致国人并不清楚后入中国之“民族学”的真正含义。前者是一种意识形态，而后者则属学术范畴。

如果要追溯中国民族学的起源，也只能回到西学东渐的历史中去寻找。早在 1903 年，中国出版了第一本民族学作品——《民种学》。该书原著以德文的形式出版于 1898 年，原作者是德奥民族学家哈博兰（Michael Haberland）。后来，英国人 J. H. Loewe 将其翻译成英语，书名为 *Ethnology*①。最后，林纾、魏易通力合作，将其译入汉语世界。同年，刘师培撰写的史学著作《中国民族志》发表，其中记述了中国历史上各个民族的分布、演变及同化，最终形成了中华民族，该书主要运用进化论和古代典籍来解释中国古代社会的发展。②

在田野考察方面，中国最早的少数民族调查是由俄国人类学家史禄国（Sergei M. Shirokogoroff）所做。值得注意的是，史禄国虽是俄国人，但是他的经历中有非常深厚的法国留学背景，因此可以被视为“法国派”的中国民族学家之一。1910 年，史禄国从巴黎大学人类学院（Ecole d'Anthropologie）毕业。自 1912 年起，他便到东北地区考察满族和通古斯族，并发表了《满族之社会组织》（*Social Organization of the Manchus*）（1924）、《北方通古斯族之社会组织》（*Social Organization of the Northern Tungus*）（1929）等民族学著作。在这一阶段，也开始出现了法国人的身影，其中较为著名的是桑志华（Emile Licent），他建立了中国最早的民族学博物馆之一，即“黄河—白河博物馆”。

然而，20 世纪初的这些译著和调查并不足以让“民族”一词成为话语。与“社会”一词相类似，只有当“民族学”完成学科化之后，“民族”一词才能真正地成为一种学术话语。只不过，与“社会”话语不同，在“民族”的话语化过程中，20 世纪 20—30 年代留法归国的民族学家们起到了更具决定性的作用，具体体现在以下几个方面。

---

① 王建民：《中国民族学史》（上卷），云南教育出版社 1997 年版，第 74 页。

② 王建民：《中国民族学史》（上卷），云南教育出版社 1997 年版，第 82 页。

首先，在学科初创之时，这些有留法经历的民族学家纷纷发表有关民族学的阐释性和定义性的文章。例如，1926年，蔡元培（1913年留法[①]）发表了《说民族学》一文，首次在汉语世界对“民族学”进行定义，即“考察各民族文化而从事记录或比较的学问”[②]，该定义与法国涂尔干学派的定义极为相似，都强调比较的方法。1931年，凌纯声发表演讲，由杨长春、孙兆乾等人记录，在《国立劳动大学周刊》上发表了《民族主义与民族学》一文，辨析了民族主义与民族学的区别，并几乎沿用了蔡元培的定义，即“民族学是一种考察各民族的文化而从事于记录及比较的学问”。[③] 1934年，杨堃发表论文《民族学与社会学》，辨析了二者之间的差异与关联。[④] 1936年，卫惠林在《民族学研究集刊》上发表论文《民族学的对象领域及其关联的问题》，阐释了民族“与种族不同，不是由体质的特质所构成的概念，而是由心理的、文化的特质所构成的概念”。[⑤] 这些阐释性的文章互相补充，不仅明确地给出了民族学的定义，也确定了民族学与其他学科的边界。

其次，自20世纪20年代后期开始，多所大学纷纷建立了民族学系，开设了民族学课程，如北京大学、中山大学、中法大学等。1928年刚刚成立的中央研究院社会科学研究所也建立了民族学组，与经济、法制和社会等三组并置。其中民族学组尤为重要，除了曾经留法、留德的蔡元培亲自兼任组长，还专门任命刚刚留法归国的凌纯声博士为研究员。这些民族学专业教学和研究机构的建立，标志着中国民族学学科正式建立，因为专门的研究机构和专业的学术研究团体才能从事实上让一个学科从综合性学科中独立出来，也才能保证本学科的学术

① 虽然蔡元培在《说民族学》一文中大量运用德文来解释，但是这并不能表示他没有受到法国民族学的影响。据许德珩回忆，“记得蔡先生有一次从北京给我寄来一千法郎，托我在旧书店买《社会学年报》和《道德玄学杂志》”，由此可见，蔡元培在20年代非常关注《社会学年鉴》，而莫斯的民族学著作全部是在该《年鉴》上发表。引文源自许德珩《为了民主与科学：许德珩回忆录》，中国青年出版社1987年版，第142页。

② 蔡元培：《说民族学》，《一般》1926年第1卷。

③ 凌纯声：《民族主义与民族学》，《国立劳动大学周刊》1931年第18期。

④ 杨堃：《民族学与社会学》，《社会学刊》1934年第4卷第3期。

⑤ 卫惠林：《民族学的对象领域及其关联的问题》，《民族学研究集刊》1936年第1期。

研究从更为广义的科学中脱颖而出。当它的研究在中国拥有初步的学科地位之时，“民族”一词才能成为一种学术话语，并为学界所广泛接受。[①]

再次，积极开展在少数民族地区的田野考察。1930 年，在蔡元培先生的鼓励下，凌纯声赴东北，调查松花江下游的赫哲族，并于 1934 年出版了中国第一部科学的民族志——《松花江下游的赫哲族》。此次调查也被学界公认为中国第一次科学的田野考察。除了凌纯声，同样从法国留学回国的杨成志也在广东北江进行考察，并于 1938 年撰写了《广东北江瑶人调查报告》。“民族”在中国成为学术话语的另一标志，就是这些民族学田野调查的开展。有关民族学的田野调查，不仅是为了民族学学科的专门研究而做的，也是“民族”话语实践的开端，它们为中国的多民族认知奠定了坚实的事实基础。

复次，在这些留法民族学家的倡导下，1934 年 12 月 16 日，中国民族学会在南京中央大学中山院正式成立。与中国社会学社相比，中国民族学会会员的人数要少得多，共有 33 名学者参加了该学会[②]。与中国社会学社中留美学者占据绝对优势不同，中国民族学会中留法学者占了所有留洋学者的三分之一（在主要研究领域为民族研究的会员中，留法学者有 5 位，留美学者有 6 位，留英学者有 2 位，留日学者有 2 位，留德学者有 1 位[③]），成为学会的中坚力量。而且最早倡议成立该学会的创始人有凌纯声、徐益棠、胡鉴民、卫惠林四位。他们都是留法学者。可以说，正是在留法学者的倡导下，“民族”话语才汇聚了自己的发声者，形成了一个有组织的集体，影响民国学界的知识生产。

又次，在留法学者的倡导下，1936 年中国民族学会还创办了自己的杂志《民族学研究集刊》。除此之外，还有多份民族学期刊（或以

---

① 王建民：《中国民族学史》（上卷），云南教育出版社 1997 年版，第 120 页。

② 徐益棠：《七年来之中国民族学会》，《西南边疆》1942 年第 15 期。

③ 数据统计参考刘波儿《“中国民族学会会员录”小考》，《广西民族大学学报》（哲学社会科学版）2011 年第 3 期。

民族学研究为主的期刊）纷纷创办，如《西南边疆》（创办于1938年10月）、《西南研究》（创办于1932年2月）、《民俗》（创办于1928年3月）、《边政公论》（创办于1941年8月）、《民族学刊》（创办于1948年5月）、《人类学集刊》（创办于1938年12月）、《边疆研究通讯》（创办于1942年）等，成为“民族”话语和民族学研究的重要媒介。

最后，以凌纯声、柯象峰、卫惠林、徐益棠、张少微等为代表的留法学者积极把各自在法国留学期间习得的民族学派细致的田野调查、访谈记录和参与式观察等研究方法运用在自己的研究和教学实践中，同时把国外相关资料译介至国内，并结合自己的田野考察实践经验，编写了一系列民族学研究调查问题格和提纲，例如《民族调查表格》《文化表格》《文化表格说明》《全国风俗简易调查问题格·生活习惯》等①，为其他有志于民族学研究的青年学者们提供了借鉴。

虽然从人数上看，留法民族学家要远远少于留美社会学家，但是我们并不能因此忽视他们所建构的“民族”话语。当然，这里需要指出的是，少量留美（如李安宅、冯汉骥）、留英（刘咸）、留日（岑家梧）等学者也在从事民族学研究，但是在整个清末民国时期的“民族”话语建构或是研究实践中，法国话语发出的声音最为嘹亮。

至于英美派和法国派（或欧陆派，以法国为主），中国人类学界还有另一种更为对立的称谓，即“北派”和“南派”②。有学者指出，这两派学术研究的差异甚至对立是由政治经济因素决定的，英美派的社会学家（即北派）主要是从国外资源（尤其是美国）获得经济和管理上的支撑，而法国派的民族学家（属南派）主要是从国民政府获得资助和支持，这是因为美国洛克菲勒基金会更加重视在长期田野考察工作中获取有关中国乡村等小型社群的民族志知识，然而对国民政府来说，这

---

① 王建民：《从中国人类学民族学的发展看学科的世界性与本土性》，《西南民族大学学报》（人文社会科学版）2009年第4期。

② 参见黄应贵《光复后台湾地区人类学研究的发展》，“中央”研究院：《民族学研究所集刊》1982年总第55期。

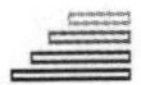

样的小型社群研究没有多大吸引力，它需要关注的是国家拥有的族群文化和民族历史等更大型的研究[①]。在笔者看来，还有一个非常重要的因素，即他们各自的学缘背景和话语关联。英美派的中国社会学家深受英国功能主义人类学和美国芝加哥社会学派的影响，而法国派的中国民族学家则主要与法国涂尔干学派第二代学者们（以莫斯为代表）产生了话语关联，后者在涂尔干的理论基础上已经开始走向了族群研究以及不同族群个案的比较研究。

第四节 从“歌谣”到“民俗”

如果说“实证”和“国家”话语并非通过学科化而成为话语，那么上一节的“民族”和本节的“民俗”话语更多的是与近代中国的学科化进程相关，它们虽然也是在西学东渐的浪潮下被译介进来，并成为知识体系、观念范畴和学科实践，但是从严格意义上讲，它们都没有上升为一种意识形态，没有成为一种“主义”（在近代中国，民族主义主要指向的是“国家”话语）。

在上一节中，从“社会”到“民族”的过程首先是在话语放送国的内部语境中完成的，即从涂尔干的“社会学”（sociologie）到莫斯的“民族学”（ethnologie）。但是，当时，法国的社会学与民族学之间的联系仍然非常紧密，尤其是在涂尔干学派当中，社会学和民族学更具有一种哲学的气质，面向一种“整体人类学”。进入中国后，由于来源国不同，社会学成为英美派的天地，而民族学则是法国派的领域。

从这个意义上讲，本节的“歌谣”与“民俗”之间的关系并非如此。从“歌谣”到“民俗”的过程是在中国内部完成的，是在西学影响下中国民俗学科的自我发展。这是“民俗”语词的话语化过程，也是“民俗”研究的现代化过程，起始于北大“歌谣运动”，完成于民俗

① 王铭铭：《民族学与社会学之战及其终结——一位人类学家的札记和评论》，《思想战线》2010年第3期。

学的学科化。而在这一过程中，中国本土的“民俗”观与西方译入的“民俗”学相互对话，并在后者的影响下成为一种科学的知识门类。简单而言，我们会发现这一过程也是中国文学人类学的伊始。源自本土文学语境的“民俗”和引自西方人类学语境的“民俗”相互作用，共同推动了中国文学人类学的早期研究。甚至在某种意义上，民俗就是文学人类学研究的重要对象之一。

与西方其他国家不同，在20世纪上半叶，法国本土的“民俗”研究学科倾向并不明显，或者说法国民族学研究的影响实在太过强大，以至于把“民俗”完全纳入了自己的研究范畴。因此，与英国、德国、俄国、日本等国的民俗学影响不同，法国对中国民俗学的影响往往是放在法国的中国学研究或者民族学研究之中的。以葛兰言为例，他在研究方法和研究成果两个方面影响了中国的民俗学研究，而在民俗学理论方面则并没有多少专门的研究。

一　北大的“歌谣”运动

北大歌谣运动的发起与本书的两个人物个案相关，即蔡元培和刘半农。前者是北大歌谣运动最重要的支持者之一，后者是北大歌谣运动最重要的发起者之一。刘半农本人曾回忆：

> 这已是九年（1918年——引者注）以前的事了……我与尹默在北河沿闲走着，我忽然说：“歌谣中也有很好的文章，我们何妨征集一下呢？”尹默说：“你这个意思很好。你去拟个办法，我们请蔡先生用北大的名义征集就是了。”第二天我将章程拟好，蔡先生看了一看，随即批交文牍处印刷五千份，分寄各省官厅学校。中国征集歌谣的事业，就从此开场了。①

① 转引自段宝林《蔡元培先生与民间文学》，《北京大学学报》1982年第6期。

随后，刘半农、钱玄同、沈尹默、沈兼士这四位教授就拟定了《北京大学征集全国近世歌谣简章》，并发表在1918年2月1日的《北京大学日刊》上。至1920年12月15日，歌谣运动已经征集了歌谣一千七百余首①。为了进一步整理和编辑这些征集的歌谣，沈兼士、钱玄同、周作人等三位北大教授又发起成立了北京大学歌谣研究会。至1922年，北京大学研究所国学门成立，歌谣收集和征集工作也就并入国学门的民俗研究当中了。同年2月19日，北京大学歌谣研究会又发布了第二轮歌谣征集，拟定了《北大歌谣研究会征集全国近世歌谣简章》。该简章首先发表于1922年12月3日的《晨报副镌》上，后于12月6日又再次发表在《北京大学日刊》上。同年12月17日，该研究会还创立了《歌谣周刊》。至1923年5月，北京大学风俗调查会成立，歌谣研究会的工作就逐渐转移到民俗学上了。1925年6月28日，《歌谣周刊》被并入《国学门周刊》，这一事件正式标志着"北大歌谣运动"的结束，同时也拉开了北京大学民俗学研究的帷幕。

通观北大歌谣运动，我们会发现它是连接中国古典民俗研究和中国现代民俗学之间的桥梁，兼有"继往"和"开来"两个方面的特点。

首先，在"继往"方面，由于这场歌谣运动的主要方式在于征集和整理歌谣，因此，从方法的角度看，并未受太多西方民俗学的影响，而更加接近于中国古典民俗学研究中的"采风问俗"的制度。另外从征集文本的角度来看，一开始也是限于民间歌谣的形式，这与古典文学的诗学传统也是一脉相承的。最后，在征集组织方式上，主要是通过北京大学官方发函的方式来推进。这种自上而下的"征集"亦和中国古代传统中"采风"的行政制度相契合。

其次，在"开来"方面。北大歌谣运动的发起者都是学者，因此，在歌谣征集上来后，他们对歌谣进行规范性的整理和研究，并发表了许多开创性的研究成果，如周作人为刘半农《江阴船歌》所写的《中国

① 沈兼士、钱玄同、周作人：《发起歌谣研究会征求会员》，《北京大学日刊》1920年12月15日。

民歌的价值》、郭绍虞发表的《村歌俚谣在文艺上的位置》等文章皆为我国歌谣研究的早期重要成果。另外，这次歌谣采集活动的目的不再是朝廷治理的需要，而是从民间歌谣中发现文学的价值和意义，如刘半农所说的“歌谣中也有很好的文章”。

最后，歌谣运动颠覆了传统官民两级文学的地位①，把民间文学与精英文学并置，在整个五四运动期间进一步推动了新文化运动。

二　中国的“民俗”话语

伴随着歌谣运动的深入，越来越多的学者开始参与到中国民间文学的收集和整理工作中。一开始原本相对简单的歌谣收集工作开始推动民俗学学科的建设，这首先就体现在收集范围从歌谣扩大到其他民俗方面。1924年，歌谣研究会正式颁布了以下启事：

> 歌谣本是民俗学中之一部分，我们要研究他是处处离不开民俗学的；但是我们现在只管歌谣，旁的一切属于民俗学范围以内的全都抛弃了，不但可惜而且颇困难。所以我们先注重在民俗文学中的两部分：一是散文的：童话、寓言、笑话、英雄故事、地方传说等；二是韵文的：歌谣、唱本、谜语、谚语、歇后语等，一律欢迎投稿。再倘有关于民俗学的论文，不拘长短都特别欢迎。②

可见，在歌谣收集工作的推动下，参与运动的学者们已经意识到歌谣之局限了。另外，歌谣运动还汇聚了不少关注民俗研究的学者，并最终推动了各类民俗研究组织的成立。如王文宝所言：

> 在编辑《歌谣周刊》中，人们越来越感到有成立民俗学组织

---

① 参见徐新建《民歌与国学——民国早期“歌谣运动”的回顾与思考》，巴蜀书社2006年版。
② 北京大学歌谣研究会：《本会启事》，《歌谣周刊》1924年第46期。

之必要，歌谣研究会已显得不太适应形势了，北京大学乃于一九二三年五月二十四日成立了“风俗调查会”；一九二四年一月二十六日，又成立了与民俗学有关的“方言调查会”。①

除了北京，其他地方性的民俗学研究也迅速发展起来，如在广州创办的民俗研究期刊有《民间文艺（广州）》（创办于1927年11月，后改名为《民俗》）、《民俗月刊》（创办于1931年1月）、《民间周报》（创办于1933年3月）等；在杭州创办的期刊有《民俗学集隽》（创办于1932年）、《民间文艺（杭州）》（创办于1933年1月）；另外还有《到民间去》（1924年创办于厦门）、《民俗周刊》（1930年1月创办于福州）、《民间旬刊》（1930年10月创办于镇江）、《民间月刊》（1932年7月创办于绍兴）、《民间评论》（1931年10月创办于南京）等期刊。由此可见，到了20世纪30年代，民俗学已经是具有全国影响力的学术研究门类了。

然而，正如上文所言，中国的民俗研究并不完全是西来的事物。自先秦以来，以朝廷为代表的官方和以士子为代表的民间两个层面都非常关注民间风俗，虽然其目的都是为了实施“移风易俗”的统治政策，但是亦为后人保存了大量珍贵的民俗文献。然而，在近代中国，“民俗”一词要完成从先秦至现代的演变，要实现学科和话语的升华，还必须要有西学的介入。如北京大学国学门的启事上写明：

> 风俗为人类遗传性与习惯性之表现；可以觇民族文化程度之高下；间接即为研究文学、史学、社会心理学之良好材料。晚近以来，欧西学者，于此极为重视。一八七八年，英国首设民俗学(Folklore)会于伦敦。现美、法、德、瑞、土等国，亦均设立团体，从事探讨。②

① 王文宝：《中国民俗学发展史》，辽宁大学出版社1987年版，第32—33页。

② 北京大学国学门：《研究所国学门启事·为筹备风俗调查会事》，《北京大学日刊》1923年5月19日。

可见，现代中国民俗研究的学术合法性还是要回到西学当中去寻找，但是一旦中国的“民俗”和西方的“学”合二为一，“民俗”话语和民俗学研究也就真正地被建立起来了。

当时参与歌谣运动和后来从事民俗研究的学者大多有西学的背景。如早在1913年，从日本留学回国的周作人在《儿歌之研究》一文中就已经开始使用“民俗学”这一语词。1921年，胡愈之在《妇女杂志（上海）》第7卷第1期上发表了《论民间文学》一文。该文首次介绍了“民间文学”和“民俗学”（原作者称为“民情学”），把民俗学研究分成了“民间信仰和风俗”、“民间文学”和“民间艺术”三个部分①。这一分类虽然还比较简单，但是已经包含了西方民俗学研究的主要对象。而且在该文中，我们已经可以看到以胡愈之为代表的中国知识分子开始有意识地把西方民俗学译介到中国来，如他所言：

> 到了近世，欧美学者知道民间文学有重要的价值，便起首用科学方法研究民间文学。后来研究的人渐多，这种事业，差不多已成了一种专门科学，在英文便叫“Folklore”——这个字不容易译成中文，现在只好译作“民情学”，但这是很牵强。②

在这篇文章发表之后，外国民俗学理论的译介越来越多，几乎可以把这一事业看成是中国早期民俗学研究的重要领域。然而在这一时期被译介到中国的大部分是英国的民俗学著作，当然，这也与英国民俗学的成就相关。

但是，这并不意味着法国民俗研究就完全没有被译介到中国。民国时期把法国民俗学著作译介到中国主要是杨堃的功劳。他首先译介到国内的是涂尔干学派之外的法国重要民俗学家范·热内普（杨堃译为

① 参见胡愈之《论民间文学》，《妇女杂志（上海）》1921年第7卷第1期。
② 参见胡愈之《论民间文学》，《妇女杂志（上海）》1921年第7卷第1期。

“汪继乃波”）的民俗学理论。1932—1933 年，他在《鞭策周刊》上发表了《介绍汪继乃波的民俗学》《汪继乃波的民俗学》等论文，翻译了汪继乃波的《民俗学的方法》《民俗学之纲目》等重要的法国民俗学方法论。另外，杨堃自 1942 年起在《国立北京大学法学院社会科学季刊》上连续发表有关法国民族学家兼汉学家葛兰言的研究——《葛兰言研究导论》（上、中、下篇），正式将涂尔干学派的社会学和民族学研究方法译介到国内，并试图为葛兰言在民国的境遇打抱不平。总体而言，法国“民俗”话语在中国主要在两个方面产生了热烈的回应。其一就是在方法论意义上的影响，中国的民俗学家们并不关心法国民俗学和民间文学在法国所取得的成绩，而重在引介法国的方法，而这一方法又与“民族”话语紧密相连。其二，众多法国中国学学者来到中国，并以历史文献加上实地考察的方式来研究中国多民族的民俗和民间文学。这不仅在法国开创了中国学研究的新阶段，也在中国激发了新国学学者们的积极回应，这种对话有时可以是赞扬，有时也可以是批评。

综上所述，法国的“实证”、“社会/国家”、“民族”与“民俗”等话语代表的是法国本土社会学研究的四个不同阶段，而且这四个话语的主要持有者孔德、涂尔干、莫斯和葛兰言亦是法国社会学年鉴学派在不同时代的代表人物，他们之间存在着明显的代际联系。然而，当这些话语在 20 世纪上半叶被译介到中国时，它们被迫混入了整体性西学东渐的大潮当中，与源自英语世界、德语世界和俄语世界的话语一起加入中国近代学术发展的进程中。在此过程中，中法之间的话语关联一直保持着自己的特点和实践，但是原来在法国具有代际传承的学术话语到了中国后失去了这种内部的关联，而变成四个相对隔离的话语。“实证”与“国家”在意识形态方面发挥更大的作用，“民族”与“民俗”与中国民族学及民俗学这两个学科的发展紧密相连。

另外，这四个话语在法国语境中原本更加丰富，但是到了中国语境中都不得不接受过滤，产生变异，完成各自的在地化命运。从“科学”到“实证”、从“群学”到“国家”、从“社会”到“民族”、从“歌谣”到“民俗”，正是它们在中国的动态演变史和话语生成史。在这一关联史中，人的思想和实践、文本的译介与创作都会参与进来。以下各章分别围绕特定的话语，从文学与人类学两个论域出发，关注中法话语关联在生命实践和文本个案中的呈现和演变。

第二章　从想象到实证：文学与人类学的话语关联

在《出征——从北京行走到西藏》的“第一程”① 中，法国作家、汉学家、考古学家和民族志学者谢阁兰在真实的中国土地上行走，却焦虑地提出了一个问题：“当想象面对现实的时候，它是会衰退还是会增强呢?”② 事实上，对于谢阁兰来说，这的确是难以回答的问题，如同他的这部作品一样，我们很难把它归入想象的文学或现实的文学中的任何一类，它既有大量的文学想象，又是在现实旅行中记录下来的所见和所想。但是在这部作品中，我们看到了文学与人类学的相互走近与彼此博弈，想象是文学家谢阁兰的观念世界，而现实是考古学家和民族志学者谢阁兰的经验世界。

在 20 世纪初的中国文学中，也充满了想象与现实之间的张力。以抒情见长的中国古典文学必须要面对现实的国破家亡，曾经寄情于林泉山水之想象世界的中国知识分子也必须承担起现实世界里救亡图存的使命。在这种张力之下，抒情的诗文让位于源自西方的现实叙事，中国知识分子也纷纷走出古典文学的局限，转而走向西方实证的社会科学。于是，按照福柯的理论来看，“实证”话语也就控制了中国人的思维和行动。③

---

① 该作品的章节是以“行程”（étape）的方式编排的，全书共二十七程。

② Victor Segalen, *Equipée. De Pékin aux marches tibétaines*, Paris: Gallimard, 1983, p. 1.

③ 王德威：《“考掘学”与“宗谱学”——再论傅柯的历史文化观》，载《知识的考掘》，麦田出版有限公司 1993 年版，第 45 页。

在文学领域，1899 年林纾译入小仲马的《巴黎茶花女遗事》时，法国的现实主义文学就迅速被中国的文学家接受，尤其是以茅盾为首的小说家更是钟爱法国现实主义和自然主义创作原则和方法。而在这些文学交流的背后，法国“实证”话语对中国知识界的影响也逐渐显露，尤其是蔡元培的哲学思想和教育实践更是与法国实证哲学家孔德密切相关。在这一时期，几乎所有的自然科学、人文科学和社会科学之文本和事象所表述出来的都是“实证”话语。

在第一章第一节中，本书已经从“科学”与“实证”之关系出发，找到“实证”如何在近代中国成为一种话语，并从整个西学话语的“东渐”中找到法国的身影。于是，本章拟首先围绕文学中的“科学”和“实证”话语，以个案研究的方式揭示法国的“科学”与“实证”话语在中国现代文学之文字文本和身体实践上的表象和影响。最后，从文学出发，继续追问法国“实证”话语在中国的影响，以法国社会学（或者说社会人类学）的创始者奥古斯特·孔德与蔡元培之间的关联为个案，分析中法之间围绕“科学”与“实证”话语所产生的关联。而且，除了蔡元培之外，还有一大批中国学者在译介“孔德”的实证话语。值得一提的是，在法国，孔德的“实证”话语本是指涉一种“经验”之学，而在中国，它变成了一种真理的哲学、求实的文艺、科学的教育和实用的社会学。从某种意义上看，这一变异是中国对遥远法国之“话语”的他者想象，也是法国理论在中国本土的在地化进程。

第一节　从诗歌走向实验的刘半农

刘半农是我国现代文学史上一位非常重要的学者，也是北大歌谣运动的最早倡议者之一。如果把他的学术实践和研究成果分类，我们大致可以以他赴法留学为界限，将其学术生涯分成前后两个阶段。第一个阶段是“文学家”刘半农，主要从事西方文学翻译和诗歌创作，并参与发起了北大歌谣运动。第二个阶段的特色是“语言人类学家”刘半农。赴法学习实验语音学并获得博士学位后，刘半农回到中国，以实地调查

为手段，从事方言和民俗的搜集、记录和研究工作。在此，我们可以发现他生命历程和学术实践上的转向，而推动这一转向的正是“实证”的理想。

一　中国的歌谣运动与刘半农的文学创作

20 世纪初的文学革命和新文化运动直接引发了浩浩荡荡的“歌谣运动”。1918 年，在一次闲聊中，刘半农与沈尹默谈到好的文艺不仅仅存在于精英创作中，也存在于民间歌谣中。于是，在北大校长蔡元培的支持下，两人便以北大的名义征集民间歌谣，成立了“歌谣征集处”，随后各地学校、报馆乃至民众纷纷响应，竟然发展成一场如火如荼的运动。这种征集歌谣的实践方式完全是实证的。胡适、顾颉刚、傅斯年等人仍然坚信，中国问题归根结底还是在于文化，所以“整理国故”是他们必须要完成的使命。然而，对于整理国故而言，就必须把握一个新趋向，即“用实证的态度去研究民众文化”①。

后来，随着该运动的持续发展，1920 年冬天，“歌谣征集处”也演变为“歌谣研究会”，参与中国歌谣运动的学者也越来越多。他们来自不同的学科，立场和方法各不相同，总体来说，主要有“学术的”和“文艺的”两个目的。在《歌谣》这本杂志的发刊词中，周作人明确指出：

> 汇集歌谣的目的共有两种，一是学术的，一是文艺的。……歌谣是民俗学上的一种重要的资料。我们把它辑录起来，以备专门的研究，这是第一个目的。因此我们希望投稿者不必自己先加甄别，尽量地录寄，因为在学术上是无所谓卑猥或粗鄙的。从这学术的资料之中，再由文艺批评的眼光加以选择，编成一部国民心声的选

---

① 徐新建:《民歌与国学——民国时期“歌谣运动”的兴起与演变》，博士学位论文，四川大学，2002 年，第 17 页。

集。……这种工作不仅是在表彰现在隐藏着的光辉，还在引起当来的民族的诗的发展，这是第二个目的。[①]

从文艺目的上看，这场运动直接奠定了民间文艺的地位。民间的歌谣亦可以成为精英文学创作的源泉和导师，而实证性的征集方法甚至还影响着今天的文艺创作，演变成文艺界流行的“采风”。从学术目的上看，实证的方法不仅进一步推动了文学研究方法，甚至还催生了多学科的共同演进和相互交叉。这场运动产生了《歌谣中的家庭问题》（常惠）、《歌谣中的舅母与继母》（刘经）和《歌谣的比较的研究法的一个例》（胡适）等一大批跨学科研究的成果，更是把诸多文学家培养成了具有实证精神的民俗学家、民族学家、人类学家以及语言学家，“沈兼士，以及钱玄同、魏建功、林玉堂，甚至董作宾，主张通过歌谣研究方言。周作人、常惠，他们都是文艺家，但在歌谣研究上，却都明显地倾向于民俗学而非文艺学、或曰逐渐从文艺学转向民俗学”[②]。其中，歌谣运动最早的发起者刘半农的学术生涯和身体实践可以更好地证明这种“实证”话语对当时众多文学家的影响。

众所周知，刘半农早年是以译者和诗人的形象登上中国文坛的。1913 年，刘半农在中华书局担任编译员。此时的刘半农热衷于从事文学翻译，先后发表了安徒生、小仲马、托尔斯泰、屠格涅夫和高尔基等人的译文若干，发表在《时事新报》《小说界》等海派文学刊物上。另外，在此期间，刘半农还负责校编了《福尔摩斯侦探案全集》，该集于 1916 年 5 月出版发行。与此同时，刘半农笔耕不辍，发表了许多原创诗歌，后来收入《扬鞭集》中。如他本人所言，“我在诗的体裁上是最会翻新鲜花样的。当初的无韵诗，散文诗，后来的用方言拟民歌，拟‘拟曲’，都是我首先尝试”[③]。从无韵诗、散文诗到方言的转变不仅仅是

① 周作人：《歌谣·发刊词》，《歌谣》周刊 1922 年第 1 号。

② 刘锡诚：《北大歌谣研究会与启蒙运动》，《黄河文明与可持续发展》2012 年第 3 辑。

③ 刘复：《〈扬鞭集〉自序》，《语丝》1926 年第 70 期。

刘半农向民间歌谣学习作诗的新尝试，更是他学术旨趣逐渐重视实证方法之结果。只可惜这一变化一直未能被人们重视，甚至一度被人们误解。

二　法国实验语音学与刘半农的学术转向

刘半农去世后，鲁迅先生在《忆刘半农君》一文中对刘半农的一生有过经典评价：

> 现在他死去了，我对于他的感情，和他生时也并无变化。我爱十年前的半农，而憎恶他的近几年。这憎恶是朋友的憎恶，因为我希望他常是十年前的半农，他的为战士，即使"浅"罢，却于中国更为有益。[①]

刘半农去世于1934年，鲁迅先生所说的"十年前的半农"应是指1924年以前的刘半农。而1920年春至1925年秋，刘半农在英法留学（1921年刘半农从英国转至法国巴黎大学学习），与身处国内的鲁迅联系并不多，所以鲁迅先生所爱的刘半农当是1919年及以前的刘半农。1917年，刘半农在《新青年》上撰写文章《我之文学改良观》，从此成为新文化运动的干将，并得到蔡元培的赏识，被破格聘为北大预科国文教授。1918年1月，刘半农开始参加《新青年》的编辑工作，同年3月，在《新青年》上发表《复王敬轩书》，更是一炮走红。可见，鲁迅先生所爱的是新文化运动和文学革命的战士刘半农。

而鲁迅先生所批判的刘半农是在法国留学时期乃至回国后的刘半农：

> 他回来时，我才知道他在外国钞古书，后来也要标点《何典》，我那时还以老朋友自居，在序文上说了几句老实话，事后，才知道半农颇不高兴了，"驷不及舌"，也没有法子。……从去年

---

① 鲁迅：《忆刘半农君》，《青年界》（月刊）1934年第6卷第3号。

来，又看见他不断的做打油诗，弄烂古文，回想先前的交情，也往往不免长叹。①

“在外国钞古书”指的是刘半农在法国留学期间发现了大量被窃取的敦煌文献，因此专门花了大量时间抄录其中的重要部分，编成《敦煌掇琐》上、中、下三辑，分别发表于1930—1934年②。而“弄烂古文”指的应当是刘半农编纂《太平天国史料》《中国俗曲总目》，校对《香奁集》《何典》《西游补》，调查整理河南、庐江等地所藏的编钟音律等工作。然而，从今天的人类学和民俗学研究角度来看，刘半农这些“弄烂古文”的工作极有价值。可是，鲁迅先生并不能了解这些工作的价值，误读了刘半农。造成这种误读的原因不仅是二人对待“科学”和“实证”的态度不同（鲁迅弃医从文，崇尚文学救国），而且还可能正是因为前后两个阶段刘半农学术研究的转型。

同样留学法国，接受欧洲（主要是法、德两国）实证精神熏陶的蔡元培对刘半农的理解则更加深刻，他曾回忆：

那时候刘先生已经二十余岁了，在大学预科任教员，在《新青年》杂志发表诗文，就在国内作“商量旧学，培养新知”的准备，亦未始不可；但他一定要出去留学。到了法国了，以他平日沉浸于文史的习惯，也未尝不可以选点轻松的学科，在讲堂上听听讲，在书本上寻点论文的材料，赚一个博士的证书；然而他经再四考虑以后，终选定了语音学。……选定了这学科以后，对于测验的纤琐、计算的繁重，毫不以为苦；我到巴黎见他时，一问到，他就“头头是道”“津津有味”的讲起来……他回国了，在北京大学的国学门研究所，布置语音学实验室，这是他的主要工作。③

① 鲁迅：《忆刘半农君》，《青年界》（月刊）1934年第6卷第3号。

② 参见萧新祺《北京大学著名教授刘半农博士履历及著述目录》，《古籍整理研究学刊》1992年第1期。

③ 蔡元培：《刘半农先生不死》，《青年界》（月刊）1934年第6卷第3号。

通过蔡元培的这段回忆，笔者认为，刘半农学术生涯的巨大转折正是“实证”话语对刘半农思想的影响。在发起“歌谣运动”之前，刘半农的学术生涯主要是文学翻译和创作。在“歌谣运动”过程中，刘半农开始征集民间歌谣，已经具备一定的实证精神。同时，也是在征集民间歌谣的过程中，刘半农意识到实证方法的重要性，希望能以一种科学的方式从事研究，他提出：

> 我们研究文学，决然不再做古人的应声虫；研究文字，决然不再向四目仓圣前去跪倒；研究语言，决然不再在古人的非科学的圈子里去瞎摸乱撞；研究歌谣民俗，决然不再说五行志里的鬼话；研究历史或考古，决然不再替已死的帝王做起居注，更决然不至于因此而迷信帝王，而拖小辫，而闹复辟！总而言之，我们新国学的目的，乃是要依据了事实，就中国全民族各方面加以精详的观察与推断，而找出个五千年来文明进化的总端与分绪来。[①]

以“科学”和“实证”来研究中国的文学、语言、歌谣民俗、历史考古，这就是刘半农后半生的旨趣了。

到了法国之后，正如蔡元培所言，刘半农选择语音学是经过“再三考虑”的。正是在研究歌谣的过程中，刘半农发现了方言与歌谣之间的重要关联，而且要科学地研究歌谣就必须从实证的语音学开始。如果说李济先生从事介休测量是渴望量清楚中国人的脑袋，那么刘半农专攻语音学就是试图记录中国人的声音，他当时的理想简单来说就是比较研究中国主要方言的所有音调。[②]

具体来说，刘半农在法国学习的是“实验语音学”，这种在当时非常新颖的语音学研究以法国学派最为先进，而且这种“实验语

---

① 刘半农：《〈敦煌掇琐〉序目》，载《半农杂文》，河北教育出版社 1994 年版。

② Fu Liu, Etudes expérimentale sur les tons du chinois, Paris, Société d'Edition«Les Belles Lettres», 1925, p. 1.

音学”也是诞生于法国，这可能是刘半农从英国迁往法国的一个重要原因①。该学科的创始人卢赛洛神父（Jean-Pierre Rousselot）本人的研究历程也和刘半农有着相似之处，他首先是方言学家，1891 年以论文《瑟莱夫鲁安镇一个家庭的方言语音变化研究》（Les modifications phonétiques du langage étudiées dans le patois d'une famille de Cellefrouin）获得了文学博士学位，这篇论文也被当时的法国学者评价为“该研究乍一看可能被认为过于局限，其实有着一个非常广阔的研究空间，因为作者在其中正式提出了一门新科学的基础，即实验语言学”②。1897 年，在他的筹备下，法兰西学院（Collège de France）建立了世界上第一个实验语音学实验室。1922 年，卢赛洛开始系统地在法兰西学院教授“实验语音学”。而早在一年前，刘半农就转学到巴黎大学，并在法兰西学院学习“实验语音学”了。据刘半农本人描述，他在巴黎大学学习语音学的授业恩师是让·普瓦霍教授（Jean Poirot），而且，无论是对于他博士论文的研究方案还是所使用的实验方法，这位杰出教授的精彩课程都给刘半农提供了最大的帮助。在普瓦霍教授的教导下，刘半农学会了所有涉及语音学的理论③。这位让·普瓦霍是卢赛洛的学生，1920 年刚从芬兰的赫尔辛基大学调回法国。在解释为何回国时，他说自己拥有一些非常好的器材，并且还会让人制作一些新的仪器，这些足以让他进行另一项博士论文研究了。因此他想指导自己的博士生，所以就选择从芬兰回到法国，以便培养他的接班人，并在法国开展有关方言的语音调查④。而刘半农正是让·普瓦霍教授回法国后的第一届博士生。从卢赛洛到让·普

① 赵毅衡先生认为刘半农转学的原因有二，其一为当时法国的消费水平比英国略低，其二为刘半农本身杰出的外语能力。参见赵毅衡《对岸的诱惑：中西文化交流记》，知识出版社 2003 年版，第 56—61 页。笔者认为，法国当时“实验语音学”的研究水平高于英国应也是一个重要原因。

② Ferdinand Brunot, «L'inscription de la parole», dans*La Nature*, N. 998, le 16 juillet 1892, pp. 97 – 98.

③ Fu Liu, Etudes expérimentale sur les tons du chinois, Paris, Société d'Edition«Les Belles Lettres», 1925, p. V.

④ Romain Vaissermann, «Un phonéticien finno-ougrien: Jean Poirot alias Jean Deck», dans *Porche*, *bulletin de l'Association des Amis du Centre Jeanne d'Arc—Charles Péguy de Saint-Pétersbourg*, N. 14, pp. 59 – 68.

瓦霍，实验语音学的方法简单来说就是记录、测量和计算，这些方法完全是实证的。刘半农在法国所撰写的博士论文题目为《汉语字声实验录》（Etudes expérimentale sur les tons du chinois），也是用这种实证的方法来做研究的。他在论文序言中写道：

> 至于实验的方法和计算，我得承认我并没有什么新发明。我所采用的是实验语音学众所周知的方法……至于记录声音，我使用了索邦大学实验语音学实验室的一台电动仪器，其滚筒的转动速度为130毫米至200毫米每秒，这已经足以研究声音的音长和音高了……①

从这些文字中，我们足以了解这位被视为文学家的刘半农，已经转变为一个掌握了实证方法的语音学家和语言人类学家了。尽管远在异乡，刘半农还是坚持实证的精神，在法国当地找到了几位华侨，用仪器采集了他们分别使用的北京话、广东话和江阴话（刘半农本人录音），并进行比较分析。

至此，我们大致可以推论，实证的话语不仅仅会影响刘半农等文学家的创作内容，甚至会左右他们的学术实践活动本身。刘半农也正是在征集歌谣的运动中进一步认识到实证方法的重要性，并前往法国接受系统的科学训练，学习具体的实证研究方法。这种变化可能不被鲁迅等人理解，但是正是因为同样推崇科学的实证精神，蔡元培以培根、歌德来比喻刘半农，并评价道：

> 我初识先生（指刘半农——引者注），在民国六年，那时候，先生在《新青年》上提倡白话诗文，叙述地摊上所搜集的唱本，我们完全认为文学家。后来先生留学法国，我每到巴黎，必去访

① Fu Liu, *Etudes expérimentale sur les tons du chinois*, Paris, Société d'Edition «Les Belles Lettres», 1925, p. 11.

他。那时候，他专做语音学的工作，完全是科学家了。①

从刘半农在其短暂的一生中所做出的贡献来看，蔡元培先生的这段评价当为中肯。而他从“文学家”变成“科学家”的历程，也正是体现了“实证”话语对他的思想观念产生了巨大影响，这种影响不仅体现在文字文本之中，也体现在他对“实证”话语的身体实践上。

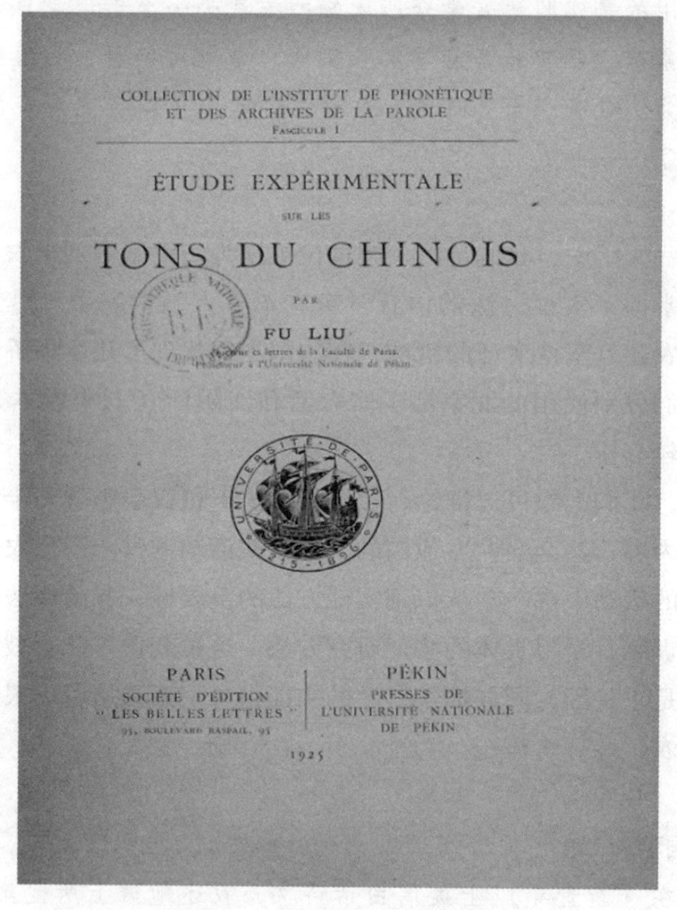

COLLECTION DE L'INSTITUT DE PHONÉTIQUE
ET DES ARCHIVES DE LA PAROLE
FASCICULE I

ÉTUDE EXPÉRIMENTALE
SUR LES
TONS DU CHINOIS
PAR
FU LIU
Docteur ès lettres de la Faculté de Paris,
Professeur à l'Université Nationale de Pékin.

UNIVERSITÉ DE PARIS
1215-1896

PARIS
SOCIÉTÉ D'ÉDITION
« LES BELLES LETTRES »
95, BOULEVARD RASPAIL, 95

PÉKIN
PRESSES DE
L'UNIVERSITÉ NATIONALE
DE PÉKIN

1925

图 2-1　刘半农博士论文封面

说明：图片为笔者在法国拍摄。

① 蔡元培：《哀刘半农先生》，《人间世》1934年8月20日第10期。

另外，除了文学家个人的行为实践之外，我们还可以在20世纪上半叶法国现实主义和自然主义文学在中国的译介热潮来找到这一“实证”话语，乃至“科学”话语的影响。

第二节　“实证”话语与现实的文学

回到狭义的文学领域[①]当中，当来自西方的“literature”一词被翻译为“文学”，这一狭义的概念就披上了科学的外衣，因为它与“群学”“算学”等其他近代译入词一样，文学也被强调为一种“学”，即学问和学科。其实，这就与原生词literature在西文里“文字创作”的本义发生了冲突，把抽象的学理和形象的创作混在一起[②]。更为重要的是，这个来自日语的、在汉语语境中并不准确甚至语义含糊的译词被人们广泛接受的事实更加表明，晚清民初的中国知识分子正是把文学创作视为一种科学。此外，从“小说界革命”到“新文化运动”，文学界一次次的革命不仅划清了新文学与旧文学之间的界限，同时还提高了文学的地位。鲁迅先生之所以弃医从文，正因为后者和医学一样，也是科学，甚至是一门更为重要的科学，因为它要承担起改造国民精神的使命。与此同时，科学还与文学联合，让文学作为承担普及科学理念和知识的载体。

此外，文学也不再是虚无缥缈、无病呻吟的旧文学和假文学，而是来自现实且回归现实的新文学和真文学。“实证”话语看似与文学无关，然而此时的文学处处受其影响。在内容和风格上，20世纪初的文学翻译更加偏爱现实主义，这一时期的文学创作也大多以西方现实主

① 本章第一、二、三节主要是从“大文学观”的视角出发，从广义的文学领域来研究科学与实证话语的形成，并以孔德为个案，重新剖析一种来自法国的科学和实证话语在中国的发生和发展。正如徐新建教授所言，“我们说用文本，从文字文本到口头文本、文化文本，或者心理文本、社会文本、仪式文本，都可以，就是用文本的概念来取代文学literature”。参见付海鸿《简论文学人类学的“大文学观”》，《励耘学刊》（文学卷）2016年第2期。

② 徐新建：《文学人类学的中国历程》，《西南民族大学学报》（人文社会科学版）2012年第12期。

义，尤其是法国现实主义为榜样，这一现象正是实证精神在文学界的重要反映。

无论是科学的文学还是实证的文学，它们都是在近代历史语境下中西话语互动中产生的。在狭义的文学场域中，由于法国文学在世界文学中的地位尤为重要，所以中法之间的话语交流也就显得更加关键。

一 法国现实主义与中国文学

对于“科学”和“实证”走进中国文学世界的这段历程，虽然整个西方世界都曾经参与其中，但是其中最为重要的影响仍然来自法国，正如有学者曾经指出“五四时期的中国知识分子受到18、19世纪法国民主自由思想和科学的影响，远超其他西方国家思想的影响”①。通过自己的《小说月报》，茅盾曾呼唤中国作家要运用法国文豪巴尔扎克（Honoréde Balzac）和左拉（émile Zola）的方法描写实际社会；而鲁迅先生也曾欣赏阿纳托尔·法朗士（Anatole France）、爱弥尔·左拉和罗曼·罗兰（Romain Rolland）等法兰西文豪“仗义执言”的特点；曾在法国留学的作家巴金更是偏爱左拉的创作原则，他的小说《家》就是运用左拉的写作方法去揭露和批判中国社会的父权制传统。② 当然，这样的案例数不胜数，而且关于这些作家，学界已有非常充分的研究，因此，笔者无意在此赘述，只强调其中法国“实证”话语的影响。

人们已经发现，这一时期的“科学”话语改造了文学的功能与目的，并把后者变成了自己的载体。如果说这种影响更加接近于一种抽象的文学理想，那么“实证”话语对文学的影响则更加直接，具体来说体现在“求真”的文学创作和文学实践上。

首先，在文学创作上，“求真”的客观原则提倡西方（尤其是法

① 陈三井：《民初西南大学之倡设与弃置》，《“中央”研究院近代史研究所集刊》1980年第19期。

② 张芝联：《中法文化交流——历史的回顾》，载张芝联《从高卢到戴高乐》，生活·读书·新知三联书店1988年版，第57—58页。

国）现实主义和自然主义的创作方法。文学研究会成员李之常就明确指出：

> 自然主义底作品使人们由现实见出真理，由客观底事实产生感情，比较空想和教训的作品何如呢？传达理想和感情的利器，社会改造底发动者舍自然主义文学还有什么呢？[①]

与旧文学追求形式美相比，这种新文学更加强调的是真实。在这种创作原则指导下，中国作家纷纷把目光投向了中国的现实社会。虽然，这一时期浪漫主义文学同时存在，但是这种浪漫主义文学也是要受这种“求真”原则制约的。如1921年7月22日，胡适在自己的日记中写道，“我又劝雁冰，不可滥唱什么‘新浪漫主义’。现代西洋的新浪漫主义的文学所以能立脚，全靠经过一番写实主义的洗礼。有写实主义作手段，故不致堕落到空虚的坏处”[②]。可见，与浪漫主义文学相比，现实主义对当时中国文艺创作的影响更大，甚至已经成为一种制约其他文学风格的美学原则。

其次，在文学实践上，这种实证精神还体现在提倡文学的实地观察方面。因为文学要表现出两种“真”来，一种是所有人生中普遍的“真”，另一种是个体人生中特殊的“真”，所以也只有所有的事件都经过实地的观察，才能算作真正的“真”[③]。茅盾在提倡自然主义之时亦点出了中国文学须向它学习的具体之处，“况且我们要从自然主义者学的，并不是定命论等等，乃是他们的客观描写与实地观察”[④]。这种实地观察的文学实践不仅仅反映了文学的追求，亦体现出孔德的“实证精神”对法国现实主义和自然主义文学的影响，并进一步影响到中国现代文学。

---

① 李之常：《自然主义的中国文学论》，《时事新报·文学旬刊》1922年8月21日第47期。

② 胡适：《胡适的日记》，中华书局1985年版，第156页。

③ 沈雁冰：《自然主义与中国现代小说》，《小说月报》1922年第13卷第7号。

④ 沈雁冰：《自然主义与中国现代小说》，《小说月报》1922年第13卷第7号。

二 科学的小说与凡尔纳译介

1. “科学”话语与科学小说

20世纪上半叶，尤其是最初的一二十年里，科学与文学在中国曾相当紧密地联系在一起，二者相互依存。专门化的科学知识无法独自改造国人的意识，亦无法自我完成普及化的任务，它们首先必须得合为一体，形成一种意识形态化的总体科学，并以此来和旧学进行斗争。而相对通俗并且拥有广泛读者群体的文学不仅可以承担起普及科学的使命，更可以借此参与改造国民和救亡图存的事业。与此同时，文学亦可以完成自我科学化的转型，成为“新”的文学。具体来说，科学话语对于文学的影响体现在以下三个方面。

首先，科学话语改变了文学的观念和目的。鲁迅先生曾言，“科学者，神圣之光，照世界也，可以遏末流而生感动”①。由此可见，新文学并不把科学与文学割裂开来，甚至把科学当成普适的思想，并以此来启迪国人。从这个意义上讲，新文化运动所倡导的“文学革命”正是以文学创作来做科学话语的载体，并以此来传播“德先生”和“赛先生”。文学不再像“旧文学”那样被用来传播玄学或者个人情感与理想，而且还用来传播真理和改造国民。同样，新文学的倡导者胡适在论述自己为何要推动“文学革命”时就直言：

> 一九一七年七月我回国时，船到横滨，便听见张勋复辟的消息；到了上海，看了出版界的孤陋，教育界的沉寂，我才知道张勋的复辟乃是极自然的现象，我方才打定二十年不谈政治的决心，要想在思想文艺上替中国政治建筑一个革新的基础。②

① 鲁迅：《鲁迅全集》，中国人民大学出版社1981年版，第35页。

② 胡适：《我的歧路》，载欧阳哲生编《胡适文集》，北京大学出版社1998年版，第361页。

文学自此也就不仅仅是一种审美的创作，它还肩负着救国的理念。

其次，科学话语改变了文学的理论和方法。正如陈独秀在《今日之教育方针》一文中揭示的，近代西方学者对人生的阐释若在哲学领域，就是经验论，或者唯物论；在宗教领域，就是无神论；在文学美术领域，就是现实主义和自然主义[①]。在西方科学观念的影响下，新文化运动前后的文学特别重视学习西方尤其是法国的现实主义和自然主义文艺理论，并主动运用这种科学化的文学理论来指导文学创作。众所周知，左拉的自然主义创作原则就直接受益于科学，其本人也在《实验小说论》中宣称自己将“小说家”与“医生”并置，这是因为小说家也具有一种追求科学真理的尊严。[②] 1922年，我国著名文学家茅盾先生就在《自然主义与中国现代小说》一文中大力介绍了法国自然主义，并指出自然主义是在西方近现代科学的洗礼下诞生的，无论是在描写方法、题材选择还是在思想深度上都与近代科学紧密相连。[③] 面对当时“旧派小说”的诸多弊端，他提出要向法国自然主义文学大家如左拉等人学习写作，尤其要学习他们实地的客观观察和客观描述方法，提议要在小说中运用科学所发现的原理，并在其中研究进化论、男女问题和社会问题等自然与社会科学的学说，从而避免小说内容过于单薄，用意过于浅显等弊端。[④]

最后，科学话语扩大了文学的内容和范畴。如李大钊所主张的，新文学就是一种为社会“写实”的文学，而不是为个人“造名”的文学[⑤]，文学开始关注现实生活，揭露社会问题。与此同时，以鲁迅为代表的文学创作者也意识到，“作者写出创作来，对于其中的事情，虽然不必亲历过，最好是经历过。……我所谓经历，是所遇，所见，所闻，并不一定是所作，但所作自然也可以包含在里面”[⑥]。因此，从文学的

---

① 陈独秀：《陈独秀文选——德赛二先生与社会主义》，上海远东出版社1994年版，第15页。

② ［法］左拉：《实验小说论》，毕修勺译，美的书店1927年版，第2页。

③ 沈雁冰：《自然主义与中国现代小说》，《小说月报》1922年第13卷第7号。

④ 沈雁冰：《自然主义与中国现代小说》，《小说月报》1922年第13卷第7号。

⑤ 守常：《什么是新文学》，《星期日》社会问题号1919年12月8日。

⑥ 鲁迅：《叶紫作〈丰收〉序》，载《丰收》，容光书局1935年版，第1页。

内容和范畴上来看，新文学开始以科学的方式，观察、记录和描写着现实的社会和真实的世界。

2. 法国科学小说的译介：以凡尔纳为个案

除了现实主义文学和自然主义文学，自清末民初时期开始，在法国“科学”话语的影响下，中国文学里还出现了一种全新的文学样式——科学小说。以下仅以凡尔纳（Jules Verne）的科学小说在中国的译介来说明。

“科学小说”的法文原名为“Roman de science-fiction”，直译的话应为“科学——虚构小说”，现在通常被翻译为“科幻小说”。然而，在此类小说刚刚进入汉语世界时，却被去掉了“虚构”或“幻想”的意思，而被创造性地误译为“科学小说”。由此可见，“科学小说”被译到汉语世界是承担着科学话语之使命的，因为它们指称当时中国开明知识分子为了启迪民智而从法国引入的一种新体裁，即科学小说①。而且，这种科学小说的传播途径并不仅限于出版社，在当时广泛流行的诸多刊物上也纷纷刊登或译自国外或国人自撰的科学小说（据笔者统计，主要有《新小说》《月月小说》《小说时报》《小说林》《晨报副镌》《小说丛报》《小说革命军》《民众文学》《小说月报》《小说月报（上海1910）》《妇女杂志（上海）》等，它们都曾在不同时段设置过“科学小说”栏目）。从源头上看，该潮流始于梁启超，科学小说也是一种“小说界革命”。

> 梁启超等知识分子早就清楚地认识到文学作品（特别是小说）与政治的关系，强调文学的社会功能与政治意义，故提出“小说革命”、“诗界革命”等口号。其中最为典型的，莫过于《新小说》、《月月小说》、《小说林》、《小说时报》等文艺期刊，就精心设置了“科学小说”栏目，主张利用科学小说（类似于今天的科幻小说）来传播科学话语，这应该是当时科学话语传播中的一项

---

① 陈新良：《我国近代科学小说翻译简论》，《韶关学院学报》（社会科学版）2007年第7期。

伟大发明。[①]

在科学小说的热潮中，科幻小说的鼻祖、法国作家凡尔纳的作品是最早被译介到中国的。[②] 1900 年，凡尔纳的小说《八十日环游记》（*Le Tour du monde en quatre-vingts jours*）首次被译入中国（译者为薛绍徽），受到热捧，这一事件代表着作为现代体裁之一的科幻小说在中国诞生。[③] 而且，据统计，1896—1916 年，凡尔纳的科学小说被译介到中国的数量仅次于柯南·道尔（Arthur Conan Doyle）和哈格德（Henry Rider Haggard），前者创造了侦探小说福尔摩斯的经典形象，后者的作品则为冒险小说的代表。[④] 1902 年，梁启超创办了《新小说》杂志，他从创刊号开始就设置了"科学小说"版块，并从第一号至第十八号分载了凡尔纳的小说《海底旅行》（*Vingt mille lieues sous les mers*，卢籍东译）。除此之外，梁启超还于 1902 年亲自翻译了《十五小豪杰》（*Un capitaine de quinze ans*）。鲁迅亦于 1903 年翻译了《月界旅行》（*De la Terre à la Lune*）和《地底旅行》（*Voyage au centre de la Terre*）两部作品。据统计，自 1896 年《时务报》首次刊载外国小说汉译本开始至 1916 年，凡尔纳小说的汉译作品多达 17 种。[⑤] 可以说在这一时期，在 20 世纪上半叶的前 20 年里，凡尔纳是最受中国译者青睐的法国作家，其风光甚至比对雨果、巴尔扎克等其他作家的译介有过之而无不及。

产生这一现象的内在原因正是作为话语的"科学"向文学领域的渗透。当时的《少年》杂志上曾经发表了一篇以《科学小说》为题目的科学小说。这位匿名的作者在阐述自己为什么使用"科学小说"为名时论道，"我这科学小说，是要将近代各科学最新发明、最新理想，

---

① 李益顺：《晚清期刊中的科学话语研究》，博士学位论文，湖南师范大学，2014 年。

② 仅次于 1899 年林纾翻译小仲马的小说《巴黎茶花女遗事》。

③ 陈向红：《凡尔纳在中国的百年译介与传播》，《苏州大学学报》（哲学社会科学版）2017 年第 3 期。

④ 参见陈平原《20 世纪中国小说史：第壹卷（1897—1916）》，北京大学出版社 1989 年版。

⑤ 参见许光华《法国文学在中国的译介（1894—1949）》，《中国比较文学》2001 年第 4 期。

从浅处说法，启诱吾少年诸君对着科学的趣味"①，因为"讲故事给小孩子听，最是件难事。平淡了，正经了，孩子们不要听。太荒唐无稽了，又恐害着他的知识……这当儿正该将有益的故事讲给他了。在下的意思，自然以为科学故事最好"②。以有趣的小说承载科学，这便是20世纪前二十年催生出"凡尔纳热"的根本原因所在，正如鲁迅于1903年翻译凡尔纳科幻小说《月界旅行》时所说：

> 盖胪陈科学，常人厌之，阅不终篇，辄欲睡去，强人所难，势必然矣。惟假小说之能力，被优孟之衣冠，则虽析理谭玄，亦能浸淫脑筋，不生厌倦……故苟欲弥今日译界之缺点，导中国人群以进行，必自科学小说始。③

由此可见，在学科体系中差别巨大的科学与文学就这样结合在一起。虽然小说中的故事情节往往是虚构的，但是与枯燥乏味的学术书籍相比，它更加有趣，也更易被读者接受。最重要的是，它并非要向读者传授真实的科学原理或技术，也不是要向读者阐释源自某国的科学理论或科学发现，而是向他们传递一种普遍的"科学"观念，此时它在不知不觉中就建构了一个意义场域，掌控了话语权力，并影响读者的思想和行为。译自法国的凡尔纳科学小说也就参与了中国"科学"话语的建构，并同时围绕"科学"话语，建立起法国与中国在更为广阔的民众层面的联系。

然而，如果我们追问为什么法国的"科学小说"会被译入中国，或者为什么刘半农会选择前往法国学习实验语音学，那么就必须要回到暗含在文本之中且隐藏于文学之后的、中法之间关于"科学"与"实证"话语的关联。

---

① 佚名：《科学小说》，《少年（上海1911）》1919年第九卷第二号，第1页。

② 佚名：《科学小说》，《少年（上海1911）》1919年第九卷第二号，第11页。

③ 周树人：《〈月界旅行〉辨言》，载陈平原、夏晓虹编《20世纪中国小说理论资料》第一卷，北京大学出版社1989年版。

由此，我们可以发现一个现象，即在文学领域，20 世纪初的中国文学家也并非仅仅停留在书卷和文字之间，他们纷纷走出书斋，到民间去，掀起了一场声势浩大的“歌谣运动”。无论是从理论思想还是从实践方法上看，这场“眼光向下的革命”都与实证主义紧密相连，尤其是与实证的社会学、民族学及人类学研究密切相关。由于这一话语关联是在近代历史上中法两种文化之间的观念交流和话语对话史，所牵扯的次级对象太多，因此，下文将选取孔德和蔡元培这一组个案进行分析。

第三节 孔德与蔡元培

法国“现实”的文学对中国现代文学的影响已经成为学界公认的事实，然而在这一文学交流背后所暗藏的中法之间“实证”话语关联却鲜有关注。虽然实证主义在 19 世纪上半叶诞生于法国，但是中国最早引入的西方人类学和社会学“实证”话语却并不是孔德的思想，而主要是以斯宾塞为代表的社会进化论。[①] 的确，1897 年，严复翻译《天演论》这一事件就已经标志着西方实证主义被正式译介到中国，而孔德著作在国内的最早译本也要等到 1938 年才由商务印书馆出版（《实证主义概观》，萧赣译）。因此，从时间上来看，法国实证主义的作品在中国图书出版界的译介整整晚了 41 年。而且，从数量上来看，也是相对较少的。

> 五四以前，经严复、梁启超等人的宣传，第一代实证主义者斯宾塞、赫胥黎的学说在中国得到一定的传播。五四时期，杜威、罗素先后来华讲学，胡适、丁文江、王星拱等人也倾力介绍实用主义、马赫主义的观点，第二代实证主义（马赫主义）与实证主义的变种——实用主义和新实在论风靡一时，特别是实用主义赢得了广泛的影响。三四十年代，逻辑实证主义和新实在论替代了实用主

① 武少娟:《中国社会学实证主义的早期引入》,《涪陵师范学院学报》2006 年第 3 期。

义和马赫主义的优势。冯友兰运用新实在论和逻辑实证主义的方法创立新理学。金岳霖出入新实在论，其《知识论》、《论道》、《逻辑》集中地体现了他的成果。①

在上述论述中，王鉴平先生分析了实证主义哲学在中国的发展，然而却无意之中忽略了法国乃至西方近代实证主义哲学鼻祖孔德在中国的译介。陈启伟认为：

> 孔德是实证主义的开创者。实证主义是十九世纪下半叶西方哲学中最有影响的思潮之一，清末被介绍进来的英国哲学家穆勒和斯宾塞都是实证主义的主要代表人物，对他们的思想和著作的评介和翻译，清末学者做的工作很多，但对孔德的思想则述者寥寥，更无一书一文的翻译。②

欧力同也曾说：

> 在我国，虽曾有一些教本对孔德介绍过一二，有助于人们对孔德的初步了解，但费墨最多者不过三五千字，而专门介绍与论述孔德的书，至今（即 1987 年以前——引者注）未见面世。③

从上述观点可知，目前学界几乎一致认为，孔德及其实证主义哲学在中国的译介几乎空白，而且他们对此现象的解释大抵是实证主义东传中国的先机已经被英美的学说占据了。但是，这种牵强的解释和略显武断的论断制造了一种假象，即在漫长的中外交流史中没有人或者极少有人译介孔德的作品和观点。以下笔者拟从整体的角度，即摆脱专文专书

① 王鉴平：《中国近代实证主义思潮简论》，《学习与探索》1987 年第 4 期。

② 陈启伟：《清末法国哲学东渐述略》，《外国哲学》2002 年第 15 辑。

③ 欧力同：《孔德及其实证主义》，上海社会科学院出版社 1987 年版，第 1 页。

等传统学术出版物之局限，以知识考古的方法，从大文学的立场去重新梳理孔德在中国被表述之史实。因为，法国的实证主义哲学从一开始就与后来其他国家的实证主义哲学有着极大的区别。从孔德开始，它就不仅仅是抽象的思想和哲学，更是具体的社会经验和实践。众所周知，孔德不仅积极出版一系列著作，更是直接参与社会实践，开办面向工人的科学讲座，组织“实证主义协会”，创立“人道教”等。因此，如果要了解孔德在中国的影响，仅仅从著作译介的角度是无法了解孔德在中国的译介情况的。而且，即使是从著作译介的方面看，清末民国时期对孔德的研究也并非一片空白，一无可取。只是在 20 世纪六七十年代，孔德在中国被彻底打倒，被视为彻头彻尾的主观唯心主义者、资产阶级的反动思想家和马克思主义凶恶的敌人等①，这也许才是导致上述看法的主要原因之一。

一　从孔德学校谈起

在中国近代教育史上，有一所学校非常特别，而且自建立之初就非常引人注目，它就是北京“孔德学校”，创办于 1917 年 12 月 25 日。在民国教育史上，这所包含小学和中学的学校成绩斐然，为近现代中国培养了一大批人才。在其著名校友中，既有科学家钱三强、赵依君等，也有艺术家于是之、吴祖光、吴祖强等，还有社会活动家陈香梅等，他们学科领域之广、成就之高亦是罕见。回溯该校建立之初，时人无不对它的校名感到好奇，以至于有人把“孔德”解释为“孔圣之德”。然而，这所成立于“新文化运动”时期的学校与孔圣之间并没有什么关系，它的校名其实是取自法国实证主义哲学家、思想家、“社会学之父”奥古斯特·孔德（Auguste Comte）的姓氏。该校被历届学生诵唱的校歌就很好地阐明了这一由来。

---

① 欧力同：《孔德及其实证主义》，上海社会科学院出版社 1987 年版，第 1 页。

北京孔德学校校歌

第一（中华民国七年制）
“Comte！Comte！
他的主义是什么？
是博爱；
是研求人生的真理；
是保守人类的秩序；
是企图社会的进步；
我们是什么学校的学生？
顾名思义，
莫忘了 Comte！莫忘了 Comte！”①

第二（中华民国十三年制）
“啊！我们宝爱的孔德啊！
我们的北河沿，
你永是青春的花园，
你永是美的园地，
饮我们幸福的甘泉，
给我们生命的力。
啊！我们的北河沿！
啊！我们宝爱的孔德！”②

校歌第一段歌词开头即为孔德的法文名，而且在结尾部分更加强调了这一点，并提醒学生们勿忘孔德。第二段歌词以“宝爱的孔德”作为起始，一方面表达了学生对孔德学校的热爱，另一方面也传递了人们对孔德的敬意。在校歌的中间部分，“博爱”“真理”“秩序”“进步”

① 参见《北京孔德学校校歌》。
② 参见《北京孔德学校校歌》。

等四个关键词与孔德的思想亦直接相关。众所周知，孔德的实证主义哲学就是从追求科学真理开始的。它继承了自然科学的传统，以追求真理为最高目标之一，同时强调必须以观察到的事实作为基础的知识，除此之外，便没有其他真实的知识。它要求一切实证的理论必须建立在观察之上。[①] 另外，孔德最重要的著作之一《实证精神论》（*Discours sur l'Esprit Positif*）也提出了“秩序”和“进步”的口号，主张秩序和进步相互调和，也就是把秩序作为进步的条件，以进步作为秩序的目的，从而既能确保秩序，又可保证进步，不可偏废任何一者。[②] “博爱”更是孔德晚年思想的核心部分。他在晚年发现只有通过开展克己让人的“道德复兴运动”，才能真正地把社会重新组织起来，让社会秩序得以恢复，而且这一运动的核心就是增长人们内心的爱。他提出“实证社会”的最终确立只有通过各阶级、阶层的人都发挥“爱他主义”，克服自私之心，才可实现。[③] 因此，从上述寥寥数句校歌中，我们不难发现，在1917年孔德小学建立之时，甚至建立之前，我国学者对孔德的认识已经达到了相当高的程度，从而才能如此精辟地概括出孔德的思想。同时，显而易见，“博爱”、“真理”和“进步”等词语亦契合了新文化运动时期中国开明知识分子的理念。中华民国缔造者孙中山先生早就确立了“博爱”思想的地位，并提出博爱是“人类宝筏，政治极则”。至于“真理”与“进步”，甚至自洋务运动以来，伴随着“科学”话语的确立，它们也早已家喻户晓，被奉为救国之良方、求知之独径。因此，以孔德的实证主义思想作为该校的教学理念亦是符合当时社会之需求的。

另外，孔德的理想不仅仅是空洞的口号，更是被运用到该校的教育实践之中。作为一所中小学，高谈阔论地学习和研究孔德的实证主义哲学显然是没有任何实际意义的。

---

① 孔德：《实证哲学教程》（上），《世界大思想全集》第25卷，日本春秋社1955年版，第5页。

② 欧力同：《孔德及其实证主义》，上海社会科学院出版社1987年版，第20页。

③ 欧力同：《孔德及其实证主义》，上海社会科学院出版社1987年版，第22页。

我们这个学校（即孔德学校——引者注），用 Auguste Comte 的姓作名号自然不是骤然用他的实证哲学来做中学以下的教科书，我们是用孔德哲学的精神来作教育宗旨，孔德哲学的精神，是摆脱宗教，避去悬想，专用科学的方法。科学的方法，最重要的是试验，试验出来的成绩，假定为公例，所以我们的学校，常在试验的态度中，这也就是我们学校在教育上的主张。①

以科学的方法来办教育，同时在教育中推行科学，这是孔德学校在民国初年的教育界最为引人注目之处。《中华教育界》第十卷第三期曾发表文章专门介绍了孔德学校的学制和课程。② 该校学制为十年，分成三个阶段，分别为初级阶段，包括一、二、三、四年级；中级阶段主要有五、六两个年级；高级阶段为七至十年级。其中。一至四年级的课程主要有国语、算术、图画、手工、乐歌、体操；五、六年级课程主要有国语、算术、法文、理科、地理、图画、手工、乐歌、体操；七至十年级课程主要有国语及古体文、文法、修辞学、伦理学、代数、几何、三角、物理、化学、生理、动物、植物、矿物/地文及地质、法文、地理、乐歌、体操、历史、社会学大意、图画、手工。初级阶段的课程就体现出该校教育的全面性，既重视基础知识的传授，又顾及美育的作用，还致力于提高学生的实践能力，并为此开设了手工课程。从中级阶段开始，课程种类明显增多，而且逐渐向自然科学倾斜，不仅贯彻了孔德的自然科学理念，亦体现了时代的要求。在高级阶段，该校还别出心裁地开设了《社会学大意》的课程，如当时记者对此评论道，“废去法制经济，改授社会学的大意，为的是使学生移去政治的活动，注意社会的活动。况且孔德老先生是社会学的鼻祖，不然，也对不住他呀”③。

孔德学校不仅仅是在教学内容上安排了孔德创立的社会学理论，而

① 苏耀祖：《北京孔德学校一年级教学法的实施报告》，《教育丛刊》1923 年第四卷第三集。

② 参见陈文华《北京孔德学校》，《中华教育界》1920 年第 10 卷第 3 期。

③ 陈文华：《北京孔德学校》，《中华教育界》1920 年第 10 卷第 3 期。

且还把这一理论运用到教学实践中。该校教师苏耀祖发表的文章《北京孔德学校一年级教学法的实施报告》更是强调了教育的五个方面，即德育、智育、体育、美育和群育。至于群育，他提出因为中国人一向在群性方面有所欠缺，所以教育者就必须要注意培养儿童的群性。[①] 所谓群性，就是指社会性，如严复曾将“社会学”翻译为“群学”。因此，为了从小培养学生的社会性，孔德学校组织了诸多活动，并且极力推行改革，提倡让学生自治，甚至鼓励学生自己组织成立自治会。通过这些方式，孔德学校终于获得了与其他学校不同的积极效果，成功地为新式社会培养了新式的人才，“他们（学生们）的思想总算比平常的小学学生新些：当兵、做官、守节……一类的事情，他们大半全不以为然了”。[②] 最后，从影响力的角度来看，孔德学校屡次被作为当时北京中小学教育的典范，并通过报纸杂志等媒介，在中国尤其是在北京广为流传。当时，孔德学校一位五年级的学生这样写道：“孔德学校里的设备非常完全，样样都比别的学校好。”[③] 可见，当时北京的少年学生非常推崇孔德学校，并以考入该校为荣。

由此可见，孔德的实证主义哲学和社会学在中国并不仅限于著作翻译和介绍了，它在一定程度上通过孔德小学的教育理念和实践进入中国，深入许多中国青年的生命成长之中。

以上分析指明，这所孔德学校从里到外、从理念到实践都贯彻着孔德的思想。然而，在那个年代，用外国人的名字来当校名仍然是奇特的现象。

回顾往昔，该校以孔德为校名与该校创建者是紧密相关的，当时孔德学校的创办者基本上是华法教育会的会员，其中蔡元培和李石曾两位是最主要的创建者。[④] 该校最初（1917）名为“孔德女子小学校”，第二年（1918）又改称“孔德高等小学校”，第三年（1919）再次改名为

① 苏耀祖：《北京孔德学校一年级教学法的实施报告》，《教育丛刊》1923 年第四卷第三集。

② 苏耀祖：《北京孔德学校一年级教学法的实施报告》，《教育丛刊》1923 年第四卷第三集。

③ 王沄礼：《我考孔德的经过》，《孔德校刊》1936 年。

④ 谢楚桢：《北京孔德学校参观记》，《学林杂志》1921 年。

“北京孔德学校”。虽然短短三年内改名三次，但是“孔德”的名称一直沿用，这与“华法教育会”的努力是紧密相连的，尤其是与李石曾、蔡元培二人有着紧密的联系。李石曾早年赴法留学，并在法国创办实业，非常了解法国近现代哲学思想，尤其是孔德的思想。“在蒙城农校的几年里，李石曾接触到法国启蒙运动以来的诸多自由思想，对百科全书派、拉马克的进化观、孔德的社会历史观以及蒲鲁东的社会主义颇为钟情。”① 1917 年，李石曾应蔡元培邀请，回到北京大学生物系任教。而蔡元培亦曾于 1913—1916 年在法国留学，其间多次提及孔德的思想。例如 1916 年 3 月 29 日，在巴黎自由教育会的会场举办“华法教育会”成立典礼之时，蔡元培演讲中提到，“儒家言本非宗教，虽有祭祀之礼，然其所崇拜者，以有功德于民及以死勤事等条为准，与法国哲学家孔德所提议之人道教相类”②。在蔡元培、李石曾等人回国之后，一边组织中国青年赴法留学，一边为振兴中国之教育积极奔走。二人不仅在北京大学校史上留名，更是创办了孔德学校、中法大学（内设孔德学院）等，自小学至大学阶段全面尝试法国的教育理念，推动了中法两国的思想交流。

二　孔德与蔡元培：实证、科学与教育

孔德与蔡元培，二人生于不同时代，因此在生活中并无实际联系。但是，正如严复与赫胥黎、斯宾塞等人一样，早期的中法思想交流也并非实交，而是神往。而这一时期，大量传入中国的法国思想并非法国正在流行的哲学思想，而是时间稍早即法国启蒙时期和大革命时期的哲学思想。晚清洋务运动之后，率先传入中国的法国思想主要是启蒙时期几位哲学家的民主思想。严复的《法意》指出，孟德斯鸠的学说能切中

---

① 李书华：《辛亥革命前后的李石曾先生》，《传记文学》1974 年第 24 卷第 2 期，转引自刘晓《李石曾与近代学术界留法派的形成》，《科学文化评论》2007 年第 4 卷第 3 期。

② 中国第二历史档案馆：《蔡元培等请设华法教育会史料一则》，《历史档案》1984 年第 3 期。

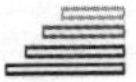

中国形势的要害，指明中国无法振兴的原因，因此学者必须要留意他的学说。[①] 梁启超早年则对卢梭推崇备至，他把卢梭当成“医国之国手”，而且认为卢梭的《社会契约论》是最适合中国国情的药方。[②] 尤其是戊戌变法失败以后，法国大革命的历史经验开始在中国广为传播，中国革命知识分子把大革命的流血暴动和起义战争视为人民反对暴政之意志的体现，而且中国革命者的热情也正是在法兰西共和国的平等、自由、博爱之理想下被鼓舞起来的。邹容在《革命军》一文中大声疾呼：“吾幸夫吾同胞之得卢梭《民约论》、孟德斯鸠《万法精神》、弥勒约翰《自由之理》、《法国革命史》、《美国独立檄文》等书译而读之，是非吾同胞之大幸也夫！……夫卢梭诸大哲之微言大义，为起死回生之灵药，返魄还魂之宝方。”[③] 甚至在辛亥革命之后，中国共产党的先驱之一陈独秀更是提出“法国是近代西方文明的创造者”，认为“近世文明者，乃欧罗巴人之所独有，即西洋文明也，亦谓之欧罗巴文明，移植亚美利加，风靡亚细亚者，皆此物也。欧罗巴之文明，欧罗巴各国人民，皆有所贡献，而其先发主动者率为法兰西人”[④]，而且断言“此近世三大文明（人权说、进化论、社会主义——引者注）皆法兰西人之赐。世界而无法兰西。今日之黑暗不识仍居何等！”[⑤] 目前，有关法国启蒙运动以及法国大革命影响近代中国的研究已经相当充分，本书作者无意赘述。然而，对大革命之后法国思想影响中国的研究却相对较少，尚未引起国内学界的重视。因此，此处试以孔德与蔡元培之思想关联为个案，阐述后革命时代的法国话语在中国的译介。

1. 孔德的实证哲学与科学教育

与启蒙思想家大力宣扬民主改革与人权革命不同，由于时代及环境

---

① 王栻：《严复集》，中华书局1986年版，第918页。

② 梁启超：《立宪法议》，《清议报》第81期，载《饮冰室合集》文集之五，中华书局1979年版。

③ 邹容：《革命军》，张枬、王忍之编：《辛亥革命前十年间时论选集》第一卷，生活·读书·新知三联书店1960年版，第652—653页。

④ 陈独秀：《法兰西人与近世文明》，《青年杂志》1915年第1卷第1号。

⑤ 陈独秀：《法兰西人与近世文明》，《青年杂志》1915年第1卷第1号。

的变换，孔德哲学思想不再把政治与社会革命作为自己理论的目标。生于1798年的孔德，在青少年时期已经多次看到法国饱受战乱之害，所以特别反感社会动乱。自1789年大革命爆发以来已三十余年，法国国内外战争一直持续不断，革命势力与封建复辟势力之间、中小资产阶级和大资产阶级之间、劳动群众和资产阶层之间的矛盾和斗争没完没了[①]，因此，在孔德的思想体系中，“破坏旧社会”已经不是基本任务，而“建设新社会”才是主要目标。1826年4月2日，时年二十八岁的孔德在自己的住所开讲“实证哲学讲座”，听众当中不乏当时科学界的名人，如数学家阿拉格（Arago）、傅里叶（Fourrier），生物学家布朗维尔（Blanville），德国自然科学史家洪堡尔特（Humboldt）等。1830—1842年，基于上述讲稿，孔德陆续出版了六卷《实证哲学教程》（*Cours de Philosophie Positive*）。该书为孔德早期最重要的著作，提出了自然科学的实证精神，奠定了实证主义哲学基础，并创立了社会学（刚开始被孔德称为“la Physique Sociale”，即“社会物理学”）。该书在法国近现代学术界的地位颇高，柏格森曾评价孔德撰写的《实证哲学教程》是现代哲学最伟大的著作之一。在从数学到社会学的各门科学之间，孔德发现了一个整体序列，它具有决定性的、真理性的意义。[②] 晚年的孔德似乎对宗教更感兴趣，其后期的重要著作《实证主义概论》（*Discours sur l'Ensemble du Positivisme*）把自己早年提出的“秩序与进步”口号，修改为“以爱为原理，以秩序为基础，以进步为目的”，并在此基础上着手“人类教”的理论建设和实践。[③] 1851—1854年，孔德出版了最后一部具有代表性的著作《实证政治体系，或者论创立人类教的社会学》（*Système de Politique Positive, ou Traité de Sociologie instituant la Religion de l'Humanité*），该书已经转为提倡一种以爱为核心的情感，充满了感情至上论的气息，并致力于创建以“人类”为神的宗教，即“人类教”

---

① 欧力同：《孔德及其实证主义》，上海社会科学院出版社1987年版，第10—11页。
② 转引自田边寿利《孔德的实证哲学》，岩波书店1935年版，第22页。
③ 欧力同：《孔德及其实证主义》，上海社会科学院出版社1987年版，第22页。

（La Religion de l'Humanité），如同该书的副标题所指的那样。从前期的科学主义实证哲学到后期的宗教道德实证思想，看似孔德的思想发生了巨大的转变，但是其中仍有一条主线，即试图调和“进步”与“秩序”二者之间的关系。而且，无论是对于科学式还是道德式的实证主义而言，孔德都认为教育是实现这一点的重要途径。

早在1825年，孔德在《关于科学和学者的哲学思考》（“Considérations Philosophiques sur les Sicences et les Savants”）一文中就提出自己的教育思想和哲学思想之间保持着紧密且必要的联系。① 孔德提醒人们牢记那些真正哲学家一直以来已经了解的事实，即学习能力取决于人类的自然机体。而且，在孔德看来，教育之哲学问题的理性立场就是尝试保持实证的基础，同时承认从根本上而言教育涉及的是普通人，它假定普通人在受到任何社会影响之前都具有学习的禀赋。② 在1826年3月发表的《关于新精神权力的思考》（“Considérations sur le Nouveau Pouvoir Spirituel”）一文中，孔德强调了教育的功能，设想在未来即将实现的实证社会中，人们有必要根据这一新的实证精神的权力来推行教育。③ 而在1844年出版的《论实证精神》（*Discours sur l'Esprit positif*）一书中，孔德不仅进一步阐释了著名的“三阶段规律”（即神学的、形而上学的和实证的阶段），而且还指出实现第三阶段（即实证阶段）的基本条件，即他认为教育要在根本上把工人阶级作为科学普及的对象，只有这种“普及的教育”才能激发与培养人民的科学精神与实证精神，建立起“工人阶级”和“哲学家阶级”的血缘联系，促使人民政治诞生。④ 基于上述思考，孔德提出了“普及教育”的观点。其中，孔德认为真正的科学天然地就需要被传授，无法普及化的科学是不存在的。而且他

---

① Auguste Comte, «Considérations philosophiques sur les sciences et les savants», repris in *Système de politique positive ou Traité de sociologie instituant la religion de l'Humanité*, 5ᵉ éd., identique à la première, vol. 4, Paris, 1851－1854; Paris, Société Positiviste, 1929, vol. 4, «Appendice», p. 144.

② 参看 Auguste Comte, *Correspondance générale et confessions*, tome 1, Paris, Vrin (Archives positivistes), 1973, p. 126。

③ 载欧力同《孔德及其实证主义》，上海社会科学院出版社1987年版，第13页。

④ 载欧力同《孔德及其实证主义》，上海社会科学院出版社1987年版，第20页。

进一步强调，人们学习科学的目的并非为了改造世界，或者自我充实，而是让自己的思想具备一些秩序。① 从本质上而言，教育就是训练，也就是获取知识，并将其秩序化。在孔德看来，科学的真谛就是去发现和解释普遍法则，而人们正是直接运用这些普遍法则去解释我们生活于其中却没有理解的大量日常现象。② 除了科学知识的教育，孔德还提倡美育的普及化，他热切地呼吁人们革新教育，要让歌唱和绘画也能变得与说话和写作一样普及。③ 与其他哲学家或者教育理论家不同，孔德积极地把自己"普及教育"的理念运用到具体的实践当中。从 1830 年起，孔德组织了"理工科协会"，致力于向工人普及科学教育。为此，他开设了向所有公众开放的一系列科学讲座，并亲自讲授《普通天文学》，而且，这种向工人普及科学的教育并不是孔德一时的心血来潮，他在一生中坚持了 18 年。④

通观孔德的教育理念和实践，我们不难发现，孔德之所以坚持这种普及教育，原因大致有以下几点：首先，基于一种对普遍之人的认识，孔德认为人人都具有受教育的禀赋。其次，孔德早就意识到教育的功能。在其思想早期，他认为教育可以普及科学；而在其思想晚期，他认为教育同样可以普及道德，或者说人类之"爱"。最后，最为重要的是，教育不仅仅可以实现进步，而且可以重建社会秩序，孔德之所以向不受思想危机困扰的无产者普及教育，不是为了给他们提供职业教育的补充，也不是实施一种再教育，而是为了让他们了解另一个世界，让他们意识到外在秩序的存在，这种秩序甚至在最为遥远的地方都仍然存在。⑤

---

① 参看 Jacques Muglioni，«Auguste Comte et l'éducation»，in site de*l'Encyclopédie de l'Agora*，http：//agora. qc. ca/documents/auguste_ comte – – auguste_ comte_ et_ leducation_ par_ jacques_ muglioni。

② Auguste Comte，*Le catéchisme positiviste*，Paris，Garnier-Flammarion，1966，p. 177.

③ Auguste Comte，*Système de politique positive*，Discours préliminaire，tome 1，Paris，Anthropos，1969，p. 275.

④ 欧力同：《孔德及其实证主义》，上海社会科学院出版社 1987 年版，第 17 页。

⑤ Jacques Muglioni，«L'idée d'éducation universelle chez Auguste Comte»，in *Revue Philosophique de la France et de l'étranger*，T. 175，No. 4，1985，p. 536.

2. 孔德与蔡元培之间的话语关联

众所周知，蔡元培是我国近代著名的思想大师，其建树颇为广泛，中早期的研究重点集中在哲学、教育两个领域。除了与德国联系紧密之外，蔡元培在译介法国哲学思想、推动中法教育交流等方面也做出了巨大贡献。有人认为，“蔡元培本人就是20世纪初中国教育界的一个很突出的‘法国文化迷’”[①]，这一论断基本是符合实情的。蔡元培本人也多次在公共场合表现出自己对法国文化的了解和热爱，他曾在文章中公开表明自己对法国革命和法国教育的推崇，认为“现今世界之交于，能完全脱离君权给教会障碍者，以法国为最。法国自革命成功，共和确定，教育界以矣洗君政之遗毒……教育界之障碍既去，则所主张者，必为纯粹人道主义，法国革命时代，既根本自由、平等、博爱三大主义，以为道德教育之中心点”[②]；他也曾在迎接外宾的演讲中指出，“西洋各国，在文化上与中国最有关系的是法国……美国与中国国体相同，一如法国。离中国虽是比法国近一点，但从哲学、科学、文学、美术的根底上讲起来，自然远不及法国”[③]。

正是带着对法国的好感，蔡元培开始了解法国哲学（其中也就包括孔德的思想），并成为我国最早介绍孔德的学者之一。他介绍孔德主要有两个阶段：第一个阶段为哲学研究的阶段，第二个阶段为教育实践的阶段。首先来谈谈蔡元培对孔德哲学的介绍。1903年10月，蔡元培首次在一篇译文中提及孔德及其实证主义哲学，“余今者自积极教 Positivism，积极哲学之名始。积极教有二种：一者，于法国，有根德（即孔德——引者注）及里的来；……其哲学，惟认可积极事实之在经验界者；其于纯正哲学，谓非人间理性所能知，可不必思议之”。[④] 其后，

① 张芝联：《中法文化交流——历史的回顾》，载《从高卢到戴高乐》，生活·读书·新知三联书店1988年版，第69页。

② 蔡元培：《华法教育会之意趣》，载《蔡元培全集》第二卷，中华书局1984年版，第415页。

③ 蔡元培：《在华法学务协会招待法国公使傅乐猷等宴会上的演说词》，载《蔡元培全集》第四卷，中华书局1984年版，第149页。

④ ［德］科培尔：《哲学要领》，蔡元培译，载高平叔编《蔡元培全集》第一卷，中华书局1984年版，第220—221页。

1906年9月，蔡元培在翻译日本学者井上圆了的《妖怪学讲义》中，再次接触孔德，“尝闻法国哲学者康脱氏（即孔德——引者注），以由古代至今日，分为神学时代、形而上学时代、实验学时代之三时 期……”①通过这两篇译文我们发现，该时期蔡元培对孔德并不了解，从而导致对以日文表达的“孔德”之姓名采用了两种不同的翻译，即“根德”和“康脱氏”。而且，可能因为转译的缘故，蔡元培对孔德哲学相关概念的翻译也不够准确。他在前一篇中，把Positivism翻译成“积极哲学”，实为“实证主义”；在后一篇中把孔德提出的“实证（positif）时代”翻译为“实验学时代”，与前者相比虽有进步，亦反映出蔡元培对该思想并不了解。

自1907年5月起，蔡元培前往德国留学。1909年10月，当时正在莱比锡大学学习哲学的蔡元培又翻译了《伦理学原理》一书，其中附有孔德小传一则，“孔德（Auguste Comte），近世法国之大哲学家也，以千七百九十八年，生于法之蒙德邦（Montpellier），千八百五十七年，殁于巴黎。所著*Cours de philosophie positive*，为社会学之鼻祖”②。在此之后，蔡元培就和其他学者保持一致，一直使用“孔德”的译名。另外，蔡元培还逐渐加深了对孔德哲学的了解。除了提及孔德与社会学的关联，他从一开始保留“实证哲学教程”的法文名（即上文的“Cours de philosophie positive”）而不译，到后来逐渐点明孔德的主要理论，如在1924年出版的《简易哲学纲要》一书中，蔡元培指出“举自然科学与其他一切科学的理论统统贯串起来，如孔德的《实证哲学》（*Philosophie de Positive*）、斯宾塞尔之《综合哲学原理》（*A System of Synthesis Philosophy*）等，就是守定这个范围的”③。再到1927年，蔡元培对孔德思想的认识进一步加深，已经开始使用孔德的三阶段论来讨论“真善

① ［日］井上圆了：《妖怪学讲义》，蔡元培译，载高平叔编《蔡元培全集》第一卷，中华书局1984年版，第275页。

② ［德］泡尔生：《伦理学原理》，蔡元培译，载高平叔编《蔡元培全集》第一卷，中华书局1984年版，第395页。

③ 蔡元培：《简易哲学纲要》，载高平叔编《蔡元培全集》第四卷，中华书局1984年版，第574页。

美”，提出“人类探求真善美的状态，经过三大时期，略如孔德所说：一、神学时期（神学与宗教）；二、玄学时期（悬想哲学）；三、科学时期（实证科学与哲学）”①。在逐渐了解孔德哲学思想的过程中，蔡元培还深受孔德之启发，投身于教育实践，尤其是致力于新式的科学教育。

早在1903年，法国天主教会就在蔡元培的推动下在上海创办震旦大学。他后来回忆道：“震旦之设，动议于梁启超先生，其意在采取各国文化，而尤注意于法国文化。本人素来提倡法国文化，故于二十三年前会同南洋大学教员二人亲访马相伯先生，请立学校肄业，而震旦遂以产生。”② 如果说在震旦大学的创建上，蔡元培还只是简单地被法国文化吸引的话，那么到组织赴法勤工俭学时期，蔡元培不仅具有“发展中法两国之交通，尤重以法国科学与精神之教育，图中国道德智识经济之发展”③ 的理想，而且还把这一理想付诸自我的教育实践当中。1916年3月，蔡元培与其他几位好友（李石曾等）创立了巴黎华法教育会（该会在中国广州、上海皆设有分会），并和当时巴黎大学历史学教授欧乐（Aulard）共同当选为该会会长。在法国巴黎举行的“华法教育会”发起会上，蔡元培慷慨陈词，“今者承法国诸学问家之赞助，而成立此教育会。此后灌输法国学术于中国教育界，而为开一新纪元者，实将有赖于斯会”。④ 此后，蔡元培便致力于组织中国青年赴法勤工俭学。《新青年》曾专文推广该运动，认为蔡元培、李石曾等人推动该项教育运动的原因就在于把法国近代文明的“科学真理”和“人道主义”引进中国，让中国的青年既掌握西方先进知识，又兼有仁爱之心。⑤

---

① 蔡元培：《真善美》，载高平叔编《蔡元培全集》第五卷，中华书局1988年版，第182页。

② 转引自张芝联《中法文化交流——历史的回顾》，载《从高卢到戴高乐》，生活·读书·新知三联书店1988年版，第69—70页。

③ 参见“华法教育会”宗旨，引自蔡元培《华法教育会之意趣》，载高平叔编《蔡元培全集》第二卷，中华书局1984年版，第414页。

④ 蔡元培：《华法教育会之意趣》，载高平叔编《蔡元培全集》第二卷，中华书局1984年版，第416页。

⑤ 《书报介绍——旅欧教育运动》，《新青年》1917年第3卷第3期。

除了组织赴法勤工俭学，蔡元培自1916年底回国后还与他人（主要有李石曾、沈尹默、陈独秀、胡适、刘半农等人）一起创建了北京孔德学校、天津孔德中学、北京中法大学（内设孔德学院）等初等、中等和高等教育机构。蔡元培之所以热衷于以“孔德”来命名这些新建的教育机构，原因有以下两点。其一，他意图借“孔德”之名，推广科学教育，培养社会性的人才，“用孔德先生的姓作标榜，并不是他一个人的学问以外，都不用注意，且并不是就用他的哲学来教授小学生。我们是取他注重科学精神、研究社会组织的主义，来作我们教育的宗旨”[①]。其二，在教育理念上，蔡元培推崇法国的教育制度，深受孔德教育思想的影响，提倡实证性和社会性，“为注重科学精神，所以各种教科，偏重实地观察，不单靠书本子同教室的讲授。偏重图画、手工、音乐、运动等科，给学生练习视觉、听觉、筋觉。为研究社会组织，给学生时时有共同操作的机会”。[②] 另外，蔡元培也和孔德相同，非常重视美育，主张接受孔德的人道主义教育，学习法国的全面教育，

> 所以行人道主义之教育者，必有资于科学及美术。法国科学之发达，不独在科学固有之领域，而又夺哲学之席，而有所谓科学的哲学。法国美术之发达，即在巴黎一市，观其博物馆之宏富，剧院与音乐会之昌盛，美术家之繁多，已足证明之而有余，至中国古代之教育，礼、乐并重，亦有兼用科学与美术之意义。……此诚中国之所深欲以法国教育为师资，而又多得法国教育之助力，以促成其进化者也。[③]

在“普及教育”的践行上，蔡元培也与孔德保持了高度的一致，自

---

① 蔡元培：《北京孔德学校二周年纪念会演说词》，载《蔡元培全集》第三卷，中华书局1984年版，第373页。

② 蔡元培：《北京孔德学校二周年纪念会演说词》，载《蔡元培全集》第三卷，中华书局1984年版，第373页。

③ 蔡元培：《华法教育会之意趣》，载《蔡元培全集》第二卷，中华书局1984年版，第415页。

1920 年起开办了一些教育普及性机构如“北大平民夜校”等，“不过单是大学中人有受教育的权利还不够，还要全国人都能享受这种权利才好。所以先从一部分做起，开办这个平民夜校”①。最后，和孔德一样，蔡元培也非常强调教育的社会功能，认为“改良社会，首在教育”②。

综上所述，蔡元培与孔德之间的话语关联是间接性的。孔德从未到过中国，甚至对中国也不甚了解。蔡元培虽然曾赴法留学，但是二者所处时代不同，所以也没有实际交往，而且蔡元培本人也没有专门撰写介绍孔德的书文。但是，并不能因此就断定二者之间不存在任何话语关联。甚至刚好相反，笔者认为，在民国初年，孔德与蔡元培之间的话语关联非常具有代表性，而且它既具有时代的共同性，也具有自我的独特性，成为非常重要却很少被研究者关注的关联类型。

首先，从共同性方面来看，晚清民初时期中外话语关联都呈现出间接性的特点，也就是说创造话语的发送者和译介话语的接受者之间并不存在人际间的实际交往。二者往往也存在着时间差，也就是说进入中国的话语其实并非西方当时最新的理论，除了孔德与蔡元培，更早的类似案例还有严复和赫胥黎、斯宾塞、约翰·穆勒等人之间的话语关联。造成这一现象的原因主要有四点。第一，当时中国与西方的发展程度并不对等，西方最新的理论话语未必适合当时刚刚开始接触西方的中国语境。第二，新理论刚刚诞生之时所面临的争议往往也是最大的，需要一定的时间来完成经典化，进而形成具有影响力的人类话语。以孔德的实证话语而言，它也是在 19 世纪下半叶的西方才成为被普遍接受的话语资源。第三，话语接受者有自己所处时代的话语需求，而并非一味追求最新的理论。对于严复而言，他希望用西方的“进化”话语来唤醒中国。对于蔡元培而言，他希望用孔德的实证话语来推行教育，改造国民。第四，媒介方式的局限。当下的信息时代能够让世界任何地方的人尽可能地进行即时的对话和交往，而对于晚清民初这个时代而言，中国

① 蔡元培：《北大平民夜校开学日演说词》，《北京大学日刊》1920 年 1 月 24 日第 523 号。

② 蔡元培：《留法俭学会缘起及会约》，《东方杂志》1917 年 4 月 15 日第 14 卷第 4 号。

才刚刚进入纸媒的时代，报刊业和出版业也才刚刚起步，这些能够获取和传播西方信息的主要方式也存在着时间的滞后性。

其次，在独特性的方面，孔德与蔡元培之间的话语关联，或者说科学与实证话语在中国的传播具有强烈的实践性。与严复、王国维等其他传播西方话语的学者不同，蔡元培并非以译介孔德乃至西方的思想为主业，而是希望能在个人的生命经历和社会活动中去实践西方进步的话语，从而改变中国的命运。从这个角度看，蔡元培与梁启超、孙中山和陈独秀等人具有相似性。后者的实践性主要是体现为推动社会革命和政治运动。然而对于孔德与蔡元培之间的话语关联而言，这一实践性主要体现在教育事业上。形成这一独特性也有以下两点原因。第一，时代因素仍然在发挥作用。对于早期的严复等人而言，他们所处的中国对西方几乎一无所知，因此，这一批最早掌握外语的人才就纷纷以译介西方话语为己任。进入 20 世纪，尤其是在 20 世纪二三十年代，中国对西方话语的吸收速度惊人，这一时期中国进步知识分子一方面继续译介西方的理论话语，另一方面也在积极地践行这些话语，力图向西方看齐。打个比方，严复等人就相当于灯塔和指路者，他们试图指明中国前进的方向，而蔡元培、孙中山等人则更像船长和带路者，他们渴望带领中国民众前行，从而改变中国。第二，与蔡元培的个人志向和认识也有着密切的关联。1900 年 2 月 26 日，蔡元培在写给绍郡中西学堂堂董徐树兰的私人信件中表明了自己的特长，“元培所自信者，教育之事耳”①。至 1901 年，蔡元培更是把教育事业当作自己的志向。他在自己相片的背面题写道：

> 山阴蔡氏，元培其名，字曰仲申，别号鹤庼。同治六年，冬十二月，丙申人定，爰生于越。少就举业，长习词章，经义史法，亦效末光。丁戊之间，乃治哲学。侯官浏阳，为吾先觉。愤世浊醉，如揉如涂。志以教育，挽彼沦胥。众难群疑，独立不惧。越求同

① 蔡元培：《致徐树兰函》，载《蔡元培全集》第一卷，中华书局 1984 年版，第 93 页。

心，助我丁许。[①]

在这段类似自传的文字中，蔡元培完全表现出自己渴望以教育拯救中国的理想。这也促使他在法国留学期间特别关注孔德的实证话语和教育理念，并积极投身于运用话语发展中国教育之实践，发起“赴法勤工俭学运动”，创办北京孔德学校和中法大学，改革北京大学的教育制度，设立向民众开放的夜校，等等。

第四节 孔德实证哲学在中国

当然，20 世纪上半叶，在中国传播孔德实证思想的学者不只蔡元培一人，也不只是实践这一种方式。除了蔡元培在教育中践行孔德的实证话语和教育理念这一独特的传播类型，也有许多知名或不知名的学者通过相对常见的方式（即纸媒译介）将孔德及其思想译入中国。而且，它并非像许多学者指出的那样为数稀少，正相反，对孔德的译介在清末民国的中国报刊及出版界从未中断。

在中国，最早提及孔德的是《西学略述》一书。此书于 1885 年为著名汉学家英国人艾约瑟所著，1886 年由上海总税务司署刊印发行。在其中的《理学》卷开头一节“理学分类”中提到了“至若弓德（即孔德——引者注）所立者则号曰真际理学（即实证哲学——引者注）”[②]，但是遗憾的是，作为传教士的艾约瑟并未对孔德的实证哲学做出应有的阐释。

最早简略介绍孔德学说的中国学者除了上文所述蔡元培外[③]，还有王师尘等人。后者翻译了日本学者山泽俊夫所编著的《西洋文明史之沿革》，并于 1903 年由上海文明书局出版发行。该书简略地介绍了孔德

① 蔡元培:《自题摄像片》，载《蔡元培全集》第一卷，中华书局 1984 年版，第 126 页。

② ［英］艾约瑟:《西学略述》，武昌质学会 1885 年版，第 29 页。

③ 1903 年 10 月，蔡元培在《哲学要领》的译文中阐释了孔德的“积极教”，即“实证哲学”。

（该书译为“康德”——引者注）的思想。作为一本介绍西方文明史的书籍，作者并非以阐述孔德实证主义哲学为目的，其重点介绍的内容为孔德的“三阶段说”和“社会静力学与社会动力学”之观点，并且从文明发展的角度指出孔德“哲学之归宿”就是“社会学者之本务”，其目的在于改造道德、教育、组织、政治等。[①]

专文介绍孔德思想的文献最早可以上溯至1906年。是年，以“孤鸿”为笔名的民主革命烈士范光启[②]在《民报》第8号上发表了《刚德之学说》一文，向汉语世界较为详细地介绍了孔德（该文译为“刚德”）及其实证哲学（该文译为“实用学”）。该文分为四节，分别是“叙生”、“实用学之大概”、“刚氏实用学之主旨”和“总论”。在“叙生”部分，作者简单介绍了孔德之生平，尤其是提到了孔德的著作《实用哲学讲义》（即 *Cours de philosophie positive*，现译为《实证哲学教程》）。在“实用学之大概”一节里，作者把“实用学”解释为“实用云者，与虚空悬念诸说为绝对词……其所凭之理，皆纯自经验得之，故实用之哲理即纯乎经验之哲理也”[③]。可见，孤鸿的观点符合上文所论述之“实证”话语化过程。该文强调的“实用”语词亦是上承康有为的“实测”与“实理”，其目的亦是试图借助孔德的实证主义哲学来推动“科学”和“实证”在中国的话语化历程。第三节“刚氏实用学之主旨”又分为甲、乙两个部分，分别对应“哲学讲义之上卷”和“哲学讲义之下卷”（即《实证哲学教程》上下两卷）。“哲学讲义之上卷”部分重点论述了孔德“三阶段说”（该文译为“神学时代”、“任臆时代”和“验事时代”）；“哲学讲义之下卷”部分不仅涉及了“纯一性”（la physique abstraite）与“统属性”（la physique concrète）、“无灵体”（Corps bruts）和“有机体”（Corps organisés）等概念，还介绍了孔德关于科学的分类，即物理学、化学、天文学、生理学和社会学（原书

① ［美］家永丰吉：《西洋文明史之沿革》，上海文明书局1903年版，第50—54页。

② 参见范光启《范鸿仙》，安徽人民出版社1989年版，第251页。

③ 孤鸿：《刚德之学说》，《民报》1906年第8号。

中译为“群理学”)[①]。最后，在总论中，作者重点讨论了孔德为社会学所做的贡献，并表明“遽谓其（指孔德——引者注）不足为社会学之创者，则吾未敢云是夫。社会学之得名（Sociologie）固已自刚氏（即孔德——引者注）始矣”。通过上述言论，可见范光启对孔德实证哲学的认识已经达到了相当全面的水平，假使烈士未英年早逝，他应该会在孔德译介方面做出更大的成绩。但也由此可见，孔德的思想已经被当时的革命青年接受，甚至在这些革命青年中广为流传。

自此之后，对孔德及其学说的译介越来越多。通观清末民国，我国关于孔德的翻译和研究大概可以分成四类。

一　综合性西学研究中的孔德译介

这一类主要是综合性介绍西方学术与文明或者对几个西方学者进行比较的书籍与文章。这些书文虽非专门译介，往往也包含着有关孔德的论述。这类作品在整个 20 世纪上半叶已经出版了不少，而且关于孔德的内容也长短不一，因此从中择其要而论之，主要有杨昌济、朱谦之、胡行之、吴国樑、黎梓材和黄新民等学者的著作或译文。

（1）著名的教育家杨昌济不仅对毛主席等共产党人有教导之功，而且在译介西方伦理学方面做出了巨大贡献。1916 年，在《哲学上各种理论之略述》一文中的“经验论”部分，杨昌济首次提及“孔特”(即孔德)，认为他复兴了法国经验论而且影响最大。[②] 但是，此文对孔德只是一笔带过。直至 1918 年，当时的北京大学出版部出版了他翻译的《西洋伦理学史》（原书题为《西洋伦理学史讲义》，日本学者吉田静致著)，其中第四篇第二章专章介绍了孔特（即孔德）的思想。1919 年，杨昌济根据《西洋伦理学史》一书整理出《西洋伦理学史之摘录》一文，发表于《民铎》杂志第六号。该文重点介绍了卢梭之法律论、

① 参见孤鸿《刚德之学说》,《民报》1906 年第 8 号。

② 杨昌济:《哲学上各种理论之略述》,《民声》1916 年第 1 卷第 1—3 号。

康德之人格论、孔特之人道说、诗来尔马哈之宗教论四种学说，而且由于杨昌济自述此文目的是选出西方伦理学史之精要，以供青年学生学习①，可见杨昌济本人非常重视孔德的人道主义思想，认为孔德（该文中译为“孔特”）的哲学实际上是“人道之哲学”，而且指出人道实际上也是社会学的研究对象之一，并进一步指出，孔德建立人道教是“以尊敬人道为本”，人道教也就是孔德哲学最光明的地方。②

（2）1933 年 10 月上海开明书店出版的《进化思想十二讲》（日本学者小栗庆太郎著，胡行之译），也曾以专讲介绍孔德的思想。全书一共十二讲，除第六讲“孔德的人类发达说”之外，还大致按照时间顺序陆续介绍了达尔文的自然淘汰说（第一讲）、赫胥黎的人猿同祖说（第二讲）、威士曼的生殖物质继续说（第三讲）、笛富利的突然变异说（第四讲）、门德尔的遗传法则说（第五讲）、斯宾塞的社会有机体说（第七讲）、马克斯的唯物史观说（第八讲）、克鲁泡特金的相互扶助说（第九讲）、塔尔特的模仿说（第十讲）、窝德的社会动力学说（第十一讲）和奥品哈曼的征服国家说（第十二讲）。在涉及孔德的第六讲中，主要介绍了孔德的生涯、三阶段的法则、实证哲学的核心、科学分类法、社会静力学、社会进化法则和孔德晚年的宗教神秘思想。

（3）除了上述涉及孔德思想的综合介绍西方学术的著作，在 20 世纪 30 年代还出现了把孔德与其他学者进行比较的研究成果，主要有黄新民的《伟科乎？孔德乎？》、吴国椠的《孔德与斯宾塞尔社会学说底批判》、黎梓材的《孔德与斯宾塞社会学的比较》和朱谦之的《黑格儿主义与孔德主义》等。

第一篇文章相对简短，主要讨论了伟科（Giovanni Battista Vico，1668—1744）与孔德（Auguste Comte，1798—1857）的社会学思想，在与孔德社会学思想进行比较后，作者指出，从时间上看，伟科才是社会

① 杨昌济：《西洋伦理学史之摘录》，《民铎》1919 年第 6 号。

② 杨昌济：《西洋伦理学史之摘录》，《民铎》1919 年第 6 号。

学的始祖。①

第二篇文章分别从“社会学底创始”、“孔德底社会学说”、“斯宾塞尔底社会学说”、“孔德与斯宾塞尔两说之比较”和“孔德与斯宾塞尔两说底批评”五个部分展开，不仅分别介绍了两种社会学说，而且还进一步比较和批评了二者，认为孔德与斯宾塞的社会学说都是站在资产阶级的立场，都是由玄学方法类推出来的玄学的社会学，并没有形成科学的社会学。②

第三篇文章的作者黎梓材毕业于国立中山大学，深受该校社会学研究之影响，因此亦是从社会学角度对孔德与斯宾塞的观点进行了比较。该文首先指明了二者之间的关系，即斯宾塞继承和研究了孔德社会学，并为孔德所创立的社会学奠定了理论基础③，然后分别从社会学说的动机、对科学的分类、社会学研究的范围、对社会本身的看法、对社会单位的看法、社会学与生物学之关系、政治观念以及进化的定律等方面分析了二者之差异，最后总结因为他们治学态度各不相同，所以孔德和斯宾塞社会学的不同之处在于，前者热衷找寻支配社会进化的公例，而后者在于把进化的公例应用到社会学上面。④

而上述第四部作品的作者朱谦之是中国近代最著名的哲学家之一，20 世纪 30 年代在中山大学任教后曾发表了一系列重要的哲学著作，其中就包括这本《黑格儿主义与孔德主义》。该书 1933 年由上海民智书局出版，从性质上来看是朱谦之本人的论文集，从内容上看主要以黑格尔（原书中译为“黑格儿”）的思想为主体。全书不计算序言和附录的话一共十二篇文章，其中专门介绍黑格尔及其思想的共十篇，另有一篇文章把黑格尔与康德进行比较。《黑格儿主义与孔德主义》是全书第二篇，它从历史哲学的角度把黑格尔和孔德二者的思想进行比较研究，提出“原来一百年来的思想史，实在可说，就是黑格儿主义与孔德主义

① 黄新民：《伟科乎？孔德乎?》，《社会学杂志》1932 年第 4 卷第 7 期。

② 吴国棵：《孔德与斯宾塞尔社会学说底批判》，《成都大学旅沪同学会会刊》1930 年第 1 期。

③ 黎梓材：《孔德与斯宾塞社会学的比较》，《先导》1932 年创刊号。

④ 黎梓材：《孔德与斯宾塞社会学的比较》，《先导》1932 年创刊号。

的争斗史；无论那位学者，不是黑格儿主义的信徒，便是孔德主义的信徒。……更不消说在每个有文化的国家里，黑格儿哲学与实证哲学从来相互对抗，各无逊色”①。最后，该文指出黑格尔主义与孔德主义是可以相辅相成的，“我们只须把这两大思想合拢起来，互相补充，便自然能给历史进化的法则，以一个更确实更完全之科学的基础”②。

二　哲学领域的孔德译介

此类译介孔德思想的书文主要集中在哲学领域，尤其是专门研究他的实证哲学。此类研究甚多，笔者仅以表2－1来统计和概括。

表2－1　哲学领域的孔德译介

篇名	作者	译者	刊物或出版社	页数	发表时间
《刚德之学说》	孤鸿（即范光启）	无	《民报》第8号	8页	1906年
《法国哲学大家刚德之学说》	了庵	无	《朔望报》第1期	3页	1911年
《孔德论人类知识进化律》（原文为《实证哲学讲义》第一章节选）	Auguste Comte	萧子生	《中法教育界》第6期	15页	1927年
《孔德哲学导言》	Lévy-Bruhl	李幼椿（即李璜）	《中华教育界》第17卷7期	13页	1928年
《孔德实证哲学原理》	Auguste Comte	林宝权	《真善美》女作家号	8页	1929年
《实证哲学与孔德》	节选自Hoffding著《近世哲学史概要》	刘节	《南开双周》第5卷第7期	6页	1930年
《孔德的哲学》	瞿菊农	无	《哲学评论》第3卷第4期	14页	1930年
《孔德的一生及其哲学》	Lévy-Bruhl	历阳（即彭基相）	《中法大学月刊》第7卷第1期	16页	1935年

① 朱谦之：《黑格儿主义与孔德主义》，民智书局1933年版，第7—8页。

② 朱谦之：《黑格儿主义与孔德主义》，民智书局1933年版，第21页。

续表

篇名	作者	译者	刊物或出版社	页数	发表时间
《孔德的科学分类》	Lévy-Bruhl	彭基相	《文哲月刊》第 1 卷第 1 期	9 页	1935 年
《由实证主义到实用主义》	卓然	无	《申报》增刊	0.25 页	1935 年 9 月 8 日
《论孔德哲学》	彭基相	无	《中国哲学会第二届年会论文摘要》，载《哲学评论》第 7 卷第 2 期	1 页	1936 年
《孔德的道德哲学》	Lévy-Bruhl	彭基相	《文哲月刊》第 1 卷第 6 期	13 页	1936 年
《孔德实证哲学绪论》	Auguste Comte	王光煦	《光华大学半月刊》第 4 卷第 9、10 期连载	9 页	1936 年
《孔德的科学分类法》	民哲	无	《玉屏周刊》第 50 期	2 页	1936 年
《孔德哲学》	彭基相	无	《哲学评论》第 7 卷第 2 期	19 页	1936 年
《实证主义概观》	Auguste Comte	萧赣	长沙：商务印书馆	425 页	1938 年
《〈孔德的历史哲学〉摘要》	朱谦之	无	《青年中国季刊》创刊号	16 页	1939 年
《孔德的历史哲学》	朱谦之	无	商务印书馆	85 页	1941 年 9 月
《论孔德及实证主义》	陈思齐	无	《中坚》第 1 卷第 2、3 期连载	11 页	1946 年

注：如无特别注明，全文图表皆为笔者统计制作。

表 2－1 表明，清末民国时期中国学者非常重视孔德哲学。此时期，中国哲学界对孔德的关注就一直没有中断。所有的研究大致可以分为实证哲学、历史哲学、知识进化和科学分类、道德哲学和孔德哲学概述五个类别。而对孔德实证哲学的研究又是重中之重，直接以“实证”哲学为主题的书文有六篇之多。

（1）其中译文以王光煦的《孔德实证哲学绪论》最具代表性。王光煦是当时中国比较有名的翻译家，他于 1935 年翻译了罗素（Bertrand Arthur William Russell）的《科学观》（商务印书馆出版），1939 年翻译了怀特海（即 A. N. Whitehead）的《科学与近代世界》（商务印书馆出版）。由此可见，王光煦对西方科学哲学的译介具有极大的兴趣。在此背景下，他发表了《孔德实证哲学绪论》一文。该文是王光煦作的译文，原文为孔德所著的《实证哲学讲义》（*Cours de philosophie positive*）第一卷第一章。而王光煦之所以节选这一篇来翻译，也是与"科学"和"实证"话语紧密相连，因为如译者所言，该章目的是满足一切科学上之哲学的目的，而简要概括解释自然现象所必需的普遍法则。①

（2）原创研究方面以陈思齐的《论孔德及实证主义》一文为代表。全文由"西洋向下期哲学与实证主义"、"从'实证哲学'到'人道教'"和"实证主义哲学底发展"三个部分组成，以时间为顺序综合讨论了孔德同时代的其他哲学、孔德的实证哲学与孔德以后的实证主义。在作者看来，由于孔德的实证主义哲学在西方向下期的各种哲学体系中出现较早，因此它一开始也是较小地、较浅地染上西方向下期哲学的各种反动特征。② 同时作者也批判了实证主义后来走向主观感觉的倾向，认为这是由资产阶级的反动性所体现的，因为：

> 不断向下没落的西洋资产阶级，历史的限制使它一天天把自己的眼光缩小，最后缩小到只看见了自己的感觉，只看到了"自我"；另一方面，由于历史发展的客观规律和完全西洋资产阶级的主观意志相背道而驰，已经丧失理性和实践力量的西洋资产阶级，只能幻想将一切客观实在的东西都套进自己的感觉，认为是自己的感觉底产物，而可以用纯粹感觉去左右它们。③

陈思齐通过实证主义的发展来批判西方资产阶级的观点在当时的确

① ［法］孔德：《孔德实证哲学绪论》，王光煦译，《光华大学半月刊》1936 年第 4 卷第 10 期。

② 陈思齐：《论孔德及实证主义》（上），《中坚》1946 年第 1 卷第 2 期。

③ 陈思齐：《论孔德及实证主义》（上），《中坚》1946 年第 1 卷第 2 期。

非常新颖，但是其论证的出发点仍然是客观“实证”的。作者认为，孔德的实证主义哲学之所以发展到德国马哈和阿文那流斯那里就变了味儿，那是因为后两者在孔德唯心论（在该文中使用的是“主观观念论”一词）的基础上向更深的方向发展，甚至达到了主观观念论的终极——唯我论。[①]

（3）至于从历史哲学、知识进化和科学分类方面译介孔德的成果，其共同之处就是受进化观念的影响，只不过历史哲学更加强调社会进化，而科学分类更加强调知识进化。甚至在《孔德的历史哲学》一书中，朱谦之亦介绍了孔德的科学分类法，把这种知识进化放在社会进化的范畴内研究，以此来呈现孔德的历史哲学，即历史唯心主义。[②] 至于《孔德的道德哲学》一文则是哲学家、翻译家彭基相翻译的，原文作者为 Lévy-Bruhl[③]，后者曾于 1900 年发表《孔德哲学》（*La philosophie d'Auguste Comte*）。该文与另一篇《孔德的科学分类》都是从《孔德哲学》中节选译出。无独有偶，李璜翻译的《孔德哲学导言》和历阳翻译的《孔德的一生及其哲学》也都是从 Lévy-Bruhl 的《孔德哲学》一书中译出[④]。

因此，综合性概述孔德哲学思想的除了上述两篇译文，原创性成果中最具有代表性的是彭基相撰写的《孔德哲学》一文。在翻译了 Lévy-Bruhl 的《法国哲学史》以及部分《孔德哲学》的内容之后，彭基相非常熟悉孔德的哲学。虽然在该文中彭基相大量引用 Lévy-Bruhl 所做《孔德哲学》中的内容，但是仍然较好地综合了孔德哲学思想。全文一共包括五个部分，分别概括孔德生平及其思想特点、三阶段公律、科学分类、知识论和道德哲学，并进一步指出“人道”的观念是孔德系统的中心，孔德的科学、社会学与宗教的观念也正是在这一点上相

① 陈思齐：《论孔德及实证主义》（上），《中坚》1946 年第 1 卷第 2 期。

② 朱谦之：《孔德的历史哲学》，《青年中国季刊》1939 年创刊号。

③ Lévy-Bruhl 曾于 1920 年在北京大学做过题为《法国近世社会学》的讲座，其中曾提及孔德在社会学历史中的地位。

④ 虽然李璜声称已经翻译了 Lévy-Bruhl 的《孔德哲学》一书，但未见正式出版。参见李璜《孔德哲学导言》，《中华教育界》1928 年第 17 卷第 7 期。

互连接①，而且提出孔德的理想是根据科学来改造社会，并以哲学来建立近代社会理性的基础，以宗教来维持社会上精神统一的信仰。②

三　社会学领域中的孔德译介

关于孔德社会学的译介情况，1945 年，杨堃说：

> 我们须知道，孔德的名字，虽说已为中文读者所熟知。因为已在多年之前，即有所谓孔德小学、孔德中学、孔德学院、孔德研究所等组织之存在。然而孔德的著作，却至今一本亦未译成中文。即使是介绍孔德学说的著述，至今一本亦不存在。……中国社会学之现状，固极幼稚，而孔德社会学之在中国，却更是幼稚得可怜，不堪言状。③

然而，根据笔者的资料搜集，从数量上看，情况并非如此。由于西方学界普遍公推孔德为现代社会学的开创者，所以民国时期关于孔德社会学思想的研究也是比较充分的。经统计，情况如表 2－2 所示。

表 2－2　社会学领域的孔德译介

篇名	作者	译者	刊物或出版社	页数	发表时间
《孔德：他的时代和他的思想》	何畏	无	《政治训育》第 2 卷第 2 期	5 页	1927 年
《孔德的生平及其学说》	李剑华	无	《社会学刊》第 1 卷第 3 期	18 页	1930 年 8 月
《近世六大家社会学》第一章	崔载阳	无	民智书局	228 页	1930 年
《社会学的始祖》	志珊	无	《杭师生活》创刊号	3 页	1931 年

① 彭基相：《孔德哲学》，《哲学评论》1936 年第 7 卷第 2 期。
② 彭基相：《孔德哲学》，《哲学评论》1936 年第 7 卷第 2 期。
③ 杨堃：《孔德社会学研究导论》（三），《中国学报》1945 年。

续表

篇名	作者	译者	刊物或出版社	页数	发表时间
《孔德之实证社会思想》	Bogardous	吴霆锐	《复旦大学社会学系半月刊》第2卷第7期	13页	1931年
《社会改革家——孔德》	Lévy-Bruhl	历阳（即彭基相）	《中法大学月刊》第2卷第2期	24页	1932年
《孔德与社会学之创设》	刘真如	无	《中央日报》第十四期《学风》学术专刊	0.25页	1932年10月13日
《法国大革命与孔德的思想》	叶法无	无	《国家与社会》旬刊第12期	4页	1933年
《法国大革命与孔德的思想》摘要	叶法无	无	《图书评论》第1卷第9期《杂志论文分类摘要》	1.5页	1933年
《孔德的社会学学说与批判》	刘涅夫	无	《生存月刊》第4卷第2号	20页	1933年
《孔德的社会学方法》	Grange	黄兼生	《新社会科学季刊》第1卷第4号	38页	1934年
《孔德的社会学方法》摘要	Grange	黄兼生	《史地社会论文摘要月刊》第1卷第8期	1页	1935年
《从孔德到涂尔干的社会学发展》	伍逸瑚	无	《社会科学（广州）》第2期	12页	1936年
《孔德对于经济学发展的影响》	甄肇权	无	《社会科学》创刊号	6页	1936年
《孔德社会学研究导论》	杨堃	无	《中国学报》第2卷第4期、第3卷第1期、第3卷第2期三期连载	35页	1944—1945年
《社会学家孔德及其学说》	谢健弘	无	《广东省立法商学院院报》第四期	2页	1946年5月1日
《法国六大社会学思想家：孔德主义的研究》第四章	张少微	无	商务印书馆	169页	1948年

注：笔者统计制作。

我们从表2－2中可以得出直观的印象，即民国时期有关孔德社会学思想的译介往往都是总体性的概述。尽管这些文章长短不一，质量不均，但大体上仍然可以分为译介孔德的社会学思想、批判孔德的社会学思想以及介绍孔德与其他社会学家思想之关联三个方面，以下简要选择代表性的文章来进行分析。

（1）译介孔德社会学思想之成果最为常见，主要包括了《孔德：他的时代和他的思想》、《孔德的社会学方法》、《法国大革命与孔德的思想》、《孔德社会学研究导论》、《孔德与社会学之创设》、《孔德之实证社会思想》、《社会改革家——孔德》、《社会学家孔德及其学说》、《社会学的始祖》和《孔德的生平及其学说》等十篇文章（其中《孔德：他的时代和他的思想》和《法国大革命与孔德的思想》两篇文章虽未用“社会学”为题，但是其内容主要还是涉及社会学方面的理论，其目的都是阐明孔德与社会，尤其是与社会革命之环境的关系）。

在这些文章中，最为重要的是杨堃执笔的《孔德社会学研究导论》，全文在《中国学报》上分为三期发表，洋洋洒洒四万余字，共35页，包含孔德的思想及其时代背景、孔德的实证哲学、孔德的社会学、孔德的晚年思想、孔德在近代社会学内之地位和附录孔德著作简表等六个部分。从内容上看，杨堃的这篇文章虽以社会学研究命名，但亦兼顾了包括实证哲学在内的孔德的整个学说。只不过与上文分析的哲学论文相比，杨堃的文章多了社会学的部分，主要介绍了孔德所创立的社学会之特点与方法、社会静力学和社会动力学等。

另外，叶法无撰写的《法国大革命与孔德的思想》一文也很有特点，该文虽然没有以“社会学”的字眼为题目，但是作者从社会环境的角度介绍了孔德的社会学理论，指明孔德关于实证主义和社会学理论的建构也与社会的要求相一致①，同时还分析孔德关于社会进化与科学分类、社会事实与社会学、爱他主义与人道教等方面的观点及其产生的

① 叶法无：《法国大革命与孔德的思想》，《国家与社会》1933年第12期。

社会环境。文章最后，作者还颇有见地地指出了孔德思想的缺点，批评孔德虽然具有深刻的改造社会的科学情感，但是却没有从实际角度科学地研究社会，因为对社会现象所做的科学研究应该是从特殊的、具体的方面入手。最后叶法无还将孔德的社会环境与中国当时的社会环境做比较，提出孔德对社会研究所持的科学态度和路径也适用于中国当时的环境。① 由此可见，叶法无既希望中国的社会学研究能继承孔德积极参与社会改良的传统，又能从实践入手，致力于研究具体的特殊问题。

（2）批判类的文章主要有《孔德的社会学学说与批判》，文章的内容如作者刘涅夫所言，分成对孔德学说的概观和批判两个部分②。概观的部分与其他文章大抵相同。在批判的部分，作者首先指出孔德思想仍然是在启蒙派之传统论者与神学派及空想社会主义之间展开的，但是因为孔德本人的穷困与努力反而有使其思想退步的表现，最后仍然回转到唯心论当中。③ 而且，刘涅夫进一步指出，孔德倾向于观念论的思想支配着他对革命的态度，以致他处处替统治阶级打算，同时又要为自己所处的阶级谋划，所以他既要高唱革命，又要维持社会秩序，希望不靠暴力方式而是依赖智慧来改革社会，也因此欺骗了被压迫的大众④。作者在文章中还提倡要从劳动的角度来研究社会，因为社会完全依赖这共同劳动的推动才能成为一个最大的体系，而且更是得通过这一点进一步考察生产过程与劳动过程中的生产关系。⑤ 由此可见，刘涅夫已经开始用马克思主义的历史唯物论和政治经济学知识来解释孔德的政治倾向和社会学理想。

（3）介绍孔德与其他社会学家思想之关联的文章主要有《孔德对于经济学发展的影响》与《从孔德到涂尔干的社会学发展》等。前一

① 叶法无：《法国大革命与孔德的思想》，《国家与社会》1933 年第 12 期。
② 刘涅夫：《孔德的社会学学说与批判》，《生存月刊》1933 年第 4 卷第 2 号。
③ 刘涅夫：《孔德的社会学学说与批判》，《生存月刊》1933 年第 4 卷第 2 号。
④ 刘涅夫：《孔德的社会学学说与批判》，《生存月刊》1933 年第 4 卷第 2 号。
⑤ 刘涅夫：《孔德的社会学学说与批判》，《生存月刊》1933 年第 4 卷第 2 号。

篇论文从经济学的角度，重点论述了孔德对英国人弥勒（即约翰·斯图尔特·穆勒）、德国历史学派经济学家以及法国学者涂尔干等人的影响。另外，在文章末尾，作者还捎带提及了孔德的实证主义在美国、意大利和奥地利等国经济学中的体现。

后一篇论文先后介绍了孔德之社会学和孔德以后的社会学，并通过比较分析找到孔德的社会学学说与涂尔干之间的关联，并指出涂尔干是孔德科学的社会学学说的真正继承者。[①] 作者认为，孔德是科学社会学的真正建立者，而涂尔干是在孔德的路线上继续发展，并弥补了孔德社会学的疏漏之处。[②]

另外《近世六大家社会学》和《法国六大社会学思想家：孔德主义的研究》两部著作亦可算作此类。《近世六大家社会学》全书共六章，分别介绍了孔德、斯宾塞、华尔德、达尔德、甘朴域斯和涂尔干六人的社会学说。《法国六大社会学思想家：孔德主义的研究》由"导言"、"康道赛"、"圣西门"、"孔德"、"陆勃来"、"达尔特"、"涂尔干"和"总结与展望"八个章节组成。

从上文分析来看，似乎与杨堃所谓"一本都不存在"的情况不符，但是从质量上来看，杨堃所做的"幼稚得可怜"的评论却是实情。这些成果大部分以介绍为主，而且内容上过于重复。尽管如此，民国时期对孔德的社会学研究还是很有价值，至少在社会学理论的翻译和研究两个方面都取得了不少成果。

四 非学术性刊物中的孔德译介

第四类主要是通识性的简介。这些介绍孔德的常识性知识往往发表在非学术性刊物上，虽然内容不够深入，但传播范围之广远超学术性刊物。主要情况如表 2－3 所示。

---

① 伍逸瑚：《从孔德到涂尔干的社会学发展》，《社会科学（广州）》1936 年第 2 期。
② 伍逸瑚：《从孔德到涂尔干的社会学发展》，《社会科学（广州）》1936 年第 2 期。

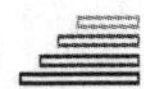

表 2－3　　非学术性刊物中的孔德译介

篇名	作者	译者	刊物或出版社	页数	发表时间
《孔德的恋爱与其人类爱及女人崇拜》	米田庄太郎	卫惠林	《晨报副镌》	11 页	1924 年 4 月 19 日、24 日至 5 月 15 日、16 日、17 日、22 日、24 日、25 日、27 日、31 日连载
《科学知识之进化》词条	黄漱庵	无	《申报》《常识》栏目	0.25 页	1925 年 5 月 7 日
《孔德》	不详	无	《中法教育界》第 6 期	1 页	1927 年
《孔德小传》	聂海帆	无	《人话》创刊号	6 页	1930 年
《孔德》词条	吻云	无	《红叶周刊》第 71 期《常识辞典》栏目	0.5 页	1931 年

注：图表为笔者统计制作。

介绍孔德的通识类文章往往篇幅不长，而且发表在通俗类的报纸或刊物上，例如《晨报》和《申报》在当时都具有非常广泛的读者群。这些文章虽然没有深入地译介和讨论孔德的思想，但是至少也普及了一些基本的概念，例如在《科学知识之进化》词条、《孔德》、《孔德小传》和《孔德》词条中，都提及了三阶段说、实证主义、社会学之创立等。其中载于 1927 年第 6 期《中法教育界》杂志上的《孔德》一文后还附图七张，分别为《孔德肖像》、《孔德之生》、《孔德之死》、《孔德住宅》、《孔德之墓》、《孔德挚友》和《孔德义女》等。

1924 年，正在日本留学的卫惠林翻译了时任日本帝国大学社会学教授的米田庄太郎撰写的《孔德的恋爱与其人类爱及女人崇拜》一文。如译者所言，此文系从后者所著《恋爱与人间爱》一书中节选而出，其翻译动机一是因为原书对卫惠林影响很大，二是因为译者认为国内对孔德“人道教”思想介绍得很少，所以该文在研究孔德思想方面能起到非常重要的作用。① 因此，除了介绍孔德思想生活发展的三个时期之

① 米田庄太郎：《孔德的恋爱与其人类爱及女人崇拜》，卫惠林译，《晨报副镌》1924 年 4 月 19 日。

外，还重点分析了第三个时期（即1845年，孔德与Clotilde de Vaux夫人相识之后），并把该时期作为人类学研究的典型个案来分析孔德的爱情、人道教和女性崇拜之间的关系，认为孔德因为无法迎娶他所爱的女人，所以精神得以进化为宗教思想，并因此确立了他第三阶段的“爱的原理”，建立了他的人道教（亦是一种女性崇拜教）①。该文虽然是一篇译文，但是把孔德个人生活当成一个人类学个案②进行分析，并得出其思想演变之原因，在当时的中国还是非常少见的。

另外，我们还应该注意这篇译文的发表刊物。《晨报副镌》是当时新文学运动最为著名的刊物之一，有着非常广泛的读者群，而且这篇文章放在文学刊物中发表，虽然学术性有所弱化，但是对孔德译介之普及来说确是有利的。需要指出的是，由于当时国内思想对孔德的关注还是在于实证主义思想，因而此类涉及孔德“人道教”的译介非常少。

五 清末民国时期孔德译介的特征

由此可见，清末民国时期，孔德在中国的传播范围和知名度都非常高。黎梓材曾说，“（在中国——引者注）稍微读过社会学的人们，都没有不知道孔德（Auguste Comte）是个社会学者的先驱和创立者”③。无独有偶，在《黑格儿主义与孔德主义》一文中，朱谦之也曾描述“（在中国——引者注）孔德的实证主义，似乎已经成学者的口头禅了，然而他那部名著《实证哲学》，恐怕就没有什么人读过，更不消说到翻译一层”④。诚然，朱谦之所指出的孔德著作全文译本的缺失以及人们对孔德思想之认识流于表面等问题是实存的。但是，在那个年代，这种现象普遍存在，并不仅限于孔德这一个案，它与整个中国的翻译水平和

① 米田庄太郎：《孔德的恋爱与其人类爱及女人崇拜》，卫惠林译，《晨报副镌》1924年5月31日。

② 该文译者卫惠林后来亦前往法国留学，在人类学领域继续深造。

③ 黎梓材：《孔德与斯宾塞社会学的比较》，《先导》1932年创刊号。

④ 朱谦之：《黑格儿主义与孔德主义》，民智书局1933年版，第9页。

对外交流程度密切相关。同时，这也从另一个方面呈现出孔德思想的话语意义，即时人对孔德的需求并非简单地停留在学理层面，孔德之名更多是为了改变国民的思想，普及科学和实证乃至进化论的思想，使之演变成一种观念。我们可以对不同年代孔德译介之事实进行总结，以更好地呈现这一点。

首次把孔德引入汉语世界的并非中国学者，而是英国人艾约瑟。这也表明在洋务运动时期，在“师夷长技以制夷”的思想指导下，中国开明知识分子并未充分意识到科学思想和实证哲学的重要作用，时人所关注的西学仍然主要是以科学技术尤其是军事技术为主。甲午战争的失败不仅捅破了洋务派吹嘘的梦幻气泡，更是惊醒了晚清的开明知识分子。在维新派的号召下，以严复为代表的学者开始从思想层面反思中国，《天演论》在中国引起的反响不仅仅是介绍了西方生物学的一个成果，更是从学理层面主动运用以“进化论”为代表的科学主义来改造国人的思想观念。也就是在这一背景下，20 世纪最初的几年间，以蔡元培等人为代表的新一代知识分子纷纷译介西方的哲学思想，尤其是西方的科学思想和实证哲学，因此，孔德也就开始被译介到中国了。而且，以蔡元培、李石曾、陈独秀等人为代表的这批知识分子并不只是纸上谈兵，他们以“救亡图存”为目标，以实证精神为指导，在不同领域纷纷开展了实践行动。蔡元培所践行的是“教育救国”，并进一步在孔德思想的影响下，不仅组织和身体力行了“赴法勤工俭学”运动，而且还开办了多所以“孔德”命名的院校，并推行孔德所提倡的大众教育理念，开展工人夜校等活动。到了五四运动时期，孔德的思想乃至法国文明对中国的影响达到了新的高潮，“德先生”和“赛先生”已经开始占有话语权。在学术研究领域，玄科大战的爆发表明“赛先生”的权威也曾在 20 世纪 20 年代受到质疑，但是科学主义和实证思想终究还是借此机会既巩固了自己的话语地位，又开始了自己的中国化历程。

此外，通过对上文表格中的文献进行统计，我们会发现，1927 年是另一个重要的分水岭。发表于 1927 年以前的文献数量较少（上文表格中只有4篇文献)，而1927年之后的越来越多（上文表格中有37篇之多)。而且在内容上，1927年以前主要是以科学主义和实证主义为代表的孔德哲学为主，而1927年之后更加偏向孔德的社会学学说，同时兼顾孔德的实证思想。一方面，这表明在20世纪20年代，“科学”和“实证”话语的中国化历程其实是从早期的话语引入发展到后来的话语运用，从词语译介上升为观念指导，其核心是为了解决中国的实际问题，而不是西方知识单纯性的炫耀或东西文化简单的差异比较，如陈之迈所言，20年代后半期中国北方大学的研究风气已经开始重视用科学的方法来研究和解决中国的实际问题。① 另一方面，也反映了时代变化和社会需求。1927年北伐以及后来国共的分道扬镳也与孔德思想和实证话语在中国的命运紧密相连。如朱谦之曾一针见血地指出：

> 事实上，中国已经走到这个两大哲学思潮的三叉路了。如在“黑格儿主义”与“孔德主义”的意识之下，我们可以看出一方面过去有玄学与科学的论争；一方面将来又要有新实证主义即社会史观派，与辩证法的唯物论即唯物史观派的论争。……并且这不是什么小小的问题，是要解决孙中山主义与马克思主义在中国的运命的。②

在此，他不仅用黑格尔主义与孔德主义之争总结了孔德思想在20世纪上半叶的中国历程，亦预见了它在未来中国的命运。在朱谦之看来，孔德主义包括了中国孙中山的思想，而黑格尔主义则包括了马克思、恩格斯、列宁等人的思想。③ 由此可见，当科学和实证成为话语之后，那么用什么样的思想和主义去填充和支撑该话语就显得非常重要了。“问题与主义之争”源于这一分歧，孔德话语在中国的命运也源于

① 陈之迈：《蒋廷黻的志事与平生》(一)，《传记文学》1966年第8卷第3期。

② 朱谦之：《黑格儿主义与孔德主义》，民智书局1933年版，第9页。

③ 参见朱谦之《黑格儿主义与孔德主义》，民智书局1933年版，第9—10页。

此。在成为话语之前，所有与“科学”和“实证”有关的思想和哲学（尤其是与“进化论”有关的）都可以联合在一起，共同与旧学问和旧思想做斗争，无论它是法国的、英国的、美国的，还是德国的、苏联的。然而，在1927年之后，实证哲学和科学主义的话语地位确立之后，关于孔德的译介就从哲学的争论变成社会的问题了，于是，关于孔德社会学方面的研究也就相对较多。这反映了当时大多数的资产阶级知识分子希望借助孔德“社会改良”的社会学理论去解决中国的问题。而且，这一时期对孔德思想，尤其是对孔德社会学思想的批判也正是从阶级和唯心论的立场出发的。这种把孔德思想与资产阶级立场捆绑在一起的讨论也最终预示，当无产阶级取得革命的胜利后，孔德必然要被驱逐出科学话语的范畴，成为“反动的思想家”。

简而言之，在洋务运动时期，科学被视为一种“器物”，即科技及其发明。在这一时期，孔德的思想没有也不可能被译介到中国。自维新之后，国人开始意识到西方不仅仅强在“船坚炮利”，更是强在“思想观念”，其中最重要的就是科学主义和实证思想。在这一背景下，孔德越来越多地受到蔡元培等开明知识分子的关注，他的思想学说和其他人的学说（如斯宾塞、杜威、黑格尔、马克思等人）一起被译介到中国，共同奠定了“科学”和“实证”的话语地位。民国时期，资产阶级改良派试图用“科学”来解决实际的问题，因此，孔德及其社会学说开始得以广泛传播和实践，同时也激起了不同的声音。无产阶级思想家开始从唯心论和阶级立场的角度批判孔德的社会史观。无产阶级革命胜利之后，科学的唯物史观就彻底将孔德从科学话语的名单中删去了，这也就造成了20世纪末诸多学者“缺少有关孔德的译介”之错觉。

因此，在科学和实证成为话语之前，孔德成为科学主义的代表之一，并在蔡元培等知识分子的推崇下参与改革国人思想的事业。在科学和实证之话语地位得以确立之后，孔德的实证思想又成为科学社会学之先驱，并在民国时期被运用于解决实际社会问题。当时代对西学进行清算，重新界定科学的内涵和外延时，孔德的思想又被视为“非科学”的社会史观和资产阶级的社会改良观，并最终在中国被驱逐出科学的领域。

综上所述，自鸦片战争以来，开明的中国知识分子已经认识到中西方之间的巨大差异，而西方的霸权更是让他们奋发图强，于是学习西方的科学变成了救亡图存的唯一道路，而“科学”一词也因此从先进的器物到发达的制度，进而在20世纪上半叶演变成真理性的意识形态，从而完成了自己的话语化过程。而“实证”则是对应着这种作为意识形态之科学的内核和方法，亦在五四运动时期最终完成了自己的话语过程，不仅指导着理工科方面的研究，而且还影响着文、史、哲等领域的学者。在“实证话语化”的过程中，法国的身影从未缺席。然而，由于今天的人文社会科学研究稍显过度地偏向英、美等英语世界，所以在某种程度上忽略了中法之间有关“科学”与“实证”话语的关联，尤其体现在有关孔德的译介研究上。这位社会学或者说社会人类学的创始人、法国实证主义的缔造者在整个20世纪上半叶一直持续不断地影响着中国学界。然而，伴随着对作为意识形态之“科学”话语的不断再定义和持续中国化，同时由于过于强调具体问题的解决和社会秩序的重建，孔德的“实证”最终与科学的唯物史观相冲突，从而又在20世纪下半叶被视为“非科学”的反动思想。

在狭义的文学领域里，“科学”和“实证”话语亦左右了人们对西方文学乃至法国文学的译介，尤其以凡尔纳的科学小说译介为重点。而且，“实证”话语还影响了文学创作，它不仅要求文学的内容要符合“求真”的原则，更是引导了文学家的学术实践。早期作为文学家的刘半农受“歌谣运动”的熏陶，前往法国学习“实验语音学”便是最好的案例。由此可见，作为话语的“科学”和“实证”具有强大的力量，操纵着20世纪上半叶中国的文化生产、学者的思维方式乃至所有的知识构成，并进一步影响其他话语的生成，如国家、社会、民族等。

第三章　从社会到国家：由西及中的话语实践

“诗可以兴，可以观，可以群，可以怨。”《论语》中，这句话本来是指明诗歌的功能，其中“群”字强调的是诗歌的社会功能，是指通过文学人们能够实现自我的社会性质，从而相互连接成整体。在中国传统思想的这种人群整体论之上，严复创造了“群学”一词①，并用《群学肄言》来翻译英人斯宾塞的作品 *The Study of Sociology*（今译《社会学研究》）。由此可知，在严复甚至更早的康有为等人笔下，“群学”这个名词应当与西语中的“sociology”（即社会学）相对应。严复的这种翻译可谓得体，而且这种整体论与西方社会学，尤其是与涂尔干社会学中的“社会事实”论亦有契合之处。只不过，严复以“群”观人的最终目的不在“社会”，而在“国家”。

“国家”从语词到话语的过程中，也和文学紧密地联系在一起。尤其是自甲午战争以来，“国家”观念处于不断增强的阶段，文学创作的国家面向也越来越多。但是，要从中找到法国的“国家”话语与中国文学的直接关系却也并非易事。因为作为观念的话语与文学理论并不相同，它不会直接对文学创作提出要求，但是会影响文学创作者的具体实践，同时还会影响文学理论或文艺观的形成。具体到中法之间的关联，

---

① 目前国内关于“群学”一词的源起有不同的看法。有人认为最早使用“群学”一词的当为康有为。后者 1891 年在广州万木草堂讲学时曾有“群学”的科目。笔者认为，此时“群学”的影响力甚微，只有到严复才有系统性的、影响力广泛的“群学”一词。

曾经有三种不同的“国家”话语先后对中国文学产生了大小不一的影响。首先是法国启蒙思想家的“国家”话语对严复等人的“宪政”思想产生了影响，进而在文学中有所表现；其次是法国大革命的“民族国家”话语对中国辛亥革命前后的革命文学产生了极大的影响，邹容、陈独秀等人对此都推崇备至；最后是法国涂尔干社会学中的“国家”话语，它一方面影响了一批文学家的身体实践，另一方面也激发了中国1925—1927 年的国家主义文学观。

而且，与孔德和蔡元培的间接关联相比，至少从时间上看，涂尔干和以许德珩、李璜等为代表的20 世纪20 年代中国留法生之间的关联更加紧密。其中，许德珩是1920 年赴法国留学，所学专业为社会学。而李璜是1919 年赴法国留学，刚开始学习文学，后来也转学社会学。而且，巧合的是，二人在学习社会学期间为同班同学。[①] 虽然法国第一位真正意义上的社会学家涂尔干刚刚于1917 年的冬天在巴黎去世，但是1917 年后的法国社会学界仍然是他所创立的年鉴学派之天下。在巴黎大学，继续教授社会学的主要是布格勒（Célestin Bouglé）和福克内（Paul Fauconnet），这两位都是年鉴学派的重要成员，他们深受涂尔干思想的影响，也继续以实证的方式研究社会事实。的确，从法国的涂尔干学派到中国的许德珩和李璜等留法生，话语关联产生了两种不同的理念（即社会主义与国家主义[②]），尽管它们都偏离了法国“社会学”原话语的语境。

需要补充一点，20 世纪二三十年代的近代中国受西方影响巨大。除了社会主义和国家主义，西方的无政府主义思潮也曾在中国青年中引

---

① 参见李璜《学钝室回忆录》，传记文学出版社1973 年版，第51 页。

② 本书对“国家主义”的研究是试图找到20 世纪20 年代以李璜为代表的国家主义派的法国社会学源头。涂尔干试图以社会连带主义来重建现代工业社会的有机团结，从而提倡通过教育来增强国民的集体意识，培养适应共和国的道德观。这一社会改良的逻辑促成了民国国家主义派在法国的诞生。1924 年，李璜在《释国家主义》一文中，从“国家”（nation）到“国性”（nationalité），再到“群体的自我”（un moi collectif），从而得出“国家的意识”（la conscience nationale）和“国民的灵魂”（ame du peuple）为“国性”（nationalité）之基础的论点与涂尔干学派的集体意识和法兰西道德是如出一辙的。总而言之，李璜等人的国家主义就是运用了法国涂尔干学派的社会学话语资源建立了一种“国家至上论”。

起巨大反响[①]。尤其是法国无政府主义者蒲鲁东对当时中国留法青年的影响更是不容忽视，如巴金、卫惠林等人都深受其影响。然而，国内学界对无政府主义思潮影响的研究已经比较充分，而且当时法国的无政府主义对中国人类学界的影响较小，因此，本书主要聚焦于社会主义与国家主义两大思潮，对无政府主义思潮并不做过多的讨论。

第一节 从“文学”走向“国族”的谢康

在中国文学史上，几乎没有任何人会提及谢康，今天大陆学界也没有任何关于谢康的研究，这主要是因为，中华人民共和国成立后谢康先后在香港和台湾地区任教，所以大陆学界对他并不熟悉。但是，从中国文学研究的角度看，他是最早用社会学和人类学的理论来阐释中国文学的学者。从这个意义上讲，谢康也可以算是文学人类学研究的前辈之一。

据《民国人物传记史料汇编》记载，谢康毕业于法国巴黎大学，获文学博士学位。1937 年回国后，他曾主持广西教育研究所、广东省立文理学院的教务工作，并教授文学。1946 年以后，谢康升任国立广西大学训导长、文学院长，并以广西省参议会议员的身份当选国大代表。

从学术实践来看，谢康早年主要从事文学研究，并在《革新（广东）》《真善美》等刊物上发表诗歌作品。他在文学方面的著述主要有《柳宗元论》、《中国妇女文艺的母爱》、《唐诗的音乐价值》、《散文小品》、诗词集《瀛海集》等。自留法归国后，谢康的学术研究逐渐转向了社会学和教育学领域，主要著作有《社会学及社会问题》《社会研究》《孙中山思想研究》《教育学要义》等。综合文学和社会学两个领域的著作，谢康一共发表了两千多万字的研究成果。从数量的角度看，谢康也的确值得学界关注。值得注意的是，自赴法留学后，从文学到社

---

① 关于无政府主义与中国现代文学的关系可参看朱寿桐《无政府主义及其与中国现代文学的因缘》，《天津社会科学》2012 年第 1 期；张全之《无政府主义与中国近现代文学》，博士学位论文，南京大学，2004 年。关于法国无政府主义与巴金的关联可参看戈雅《无政府主义信仰的曲折之路——青年巴金对历史、时间与革命的反思》，《文学评论》2017 年第 1 期。

会学的学术转向也体现了当时法国社会学对谢康的影响，尤其是他在抗战期间发表的有关“中华民族”的文章，参与“国族”的讨论更是体现了涂尔干学派的“国家”观。

一 《女神》与谢康的文学研究

赴法留学前，谢康的主要研究领域在文学方面，曾发表过文学评论《读了〈女神〉以后》(《创造季刊》，1922 年)、《中国妇女文艺所表现的女性：从妇女文学上研究女子心理》(《革新》，1923 年)、《美的世界与中国妇女文艺》(《革新》，1923 年)和诗歌作品《蟋蟀》(《革新》，1923 年)、《一轮明月》(《革新》，1923 年)等。尽管此时的谢康算不上文学大家，但是这些作品充分反映了他早年对文学的爱好。在这些作品中，《读了〈女神〉以后》这篇论文最为重要。

该文于 1922 年 8 月 25 日发表于《创造季刊》第 1 卷第 2 期，可以说它是我国最早对郭沫若诗集《女神》进行评论的文章之一。而且，刊载这篇文章的期刊正是郭沫若、郁达夫等人创立的《创造季刊》，可见该文是受到原作者郭沫若的认可和好评的。在该文中，谢康热情洋溢地赞赏道，“自然这三部诗集，女神是姊姊，产生得最早。——爱她，喜欢她的自然不止我一个，而我的爱她，喜欢她，或者要甚于他人罢”①。在文中，作者先将《女神》与《三叶集》进行比较，认为前者受后者的影响。他随后又分析了郭沫若新诗的写作特点，如新诗的音节、用字的新奇等。而且，在读了《女神》之后，谢康开始模仿郭沫若的诗歌风格，发表了诸如《蟋蟀》《一轮明月》等新诗，如作者本人所言，“因为我喜欢沫若诗，所以受沫若的影响是很大。我有首雪歌，朋友们至今还说是带着沫若的初期色气呢”②。

1927 年，谢康赴法国留学，入巴黎大学高等中国学院学习。从此

---

① 谢康：《读了〈女神〉以后》，《创造季刊》1922 年第 1 卷第 2 期。
② 谢康：《读了〈女神〉以后》，《创造季刊》1922 年第 1 卷第 2 期。

之后，谢康的研究就在涂尔干学派的影响下逐渐转向社会学和民族学研究。虽然他并没有中断自己的文学研究，但是在这之后，他开始把社会学的理论和方法融进他的文学研究中。1948 年，他在《社会学的文学观》一文中说，“用社会学的眼光来看文学，觉得文学正是人类社会一切的结晶”①，提倡文学与社会学的跨学科研究。在中国学界，这篇文章最早提出要用社会学视野和方法来研究文学。

二　法国社会学与谢康的学术转向

谢康本人的文学与社会学（或社会人类学）的跨学科研究早在法国留学之时就已经开始并取得巨大成果。经过十年苦读，他先后在法国完成了硕士和博士研究。1937 年，他顺利获得博士学位，论文题目为《中国女性文学中的母爱》（“L’amour maternel dans la littérature féminine en Chine”）。在该文的序言部分，作者就提出文学反映了文人的个人或集体心智，因此适合运用心理学和社会学的观点来进行一些有意义的研究。② 这位文学博士之所以从社会学、民族学和人类学的角度来研究文学，与他在法国所接触的涂尔干学派理论不无相关，尤其是福克内（Paul Fauconnet）对作者的影响。在文中，作者除了向其导师、汉学家马伯乐（Henri Maspero）致谢外，还专门提及了这位授课教授，“我们要向保罗·福克内教授表达谢意，他在索邦大学博士班上的授课让我获益良多”③。除此之外，在巴黎求学十年期间，谢康还曾旁听当时涂尔干学派其他学者的课程，“谢教授肆业巴黎大学期间，亲承名师之教，如 M. Mauss、G. Bougle、P. Fauconnet、A. Bayet、M. Halbwachs、Ch. Lalo 等，对于社会学、文学、教育心理学和美学等，都有很高造诣”④。

---

① 谢康:《社会学的文学观》,《文会丛刊》1948 年第 1 期。

② Sié Kang, «L’amour maternel dans la littérature féminine en Chine», Paris: Edition A. Pedone, 1937, p. V.

③ Sié Kang, «L’amour maternel dans la littérature féminine en Chine», Paris: Edition A. Pedone, 1937, p. Ⅷ.

④ 蔡清隆:《我所认识的谢康教授》,《广西文献》1992 年第 55 期。

由此可知，谢康当时在法国虽然师从汉学家马伯乐，但是在涂尔干学派的影响下，汉学研究也已经从考古学的时代走向了社会学的时代。包括葛兰言、马伯乐等知名汉学家在内，法国汉学已经自觉地运用涂尔干的社会学理论来进行研究。与此相对应，“五四运动”之后的中国学术研究也更加重视西方的社会学理论，因此，谢康也更加渴望运用西方社会学来解决中国的问题。[①] 时代的需要、法国汉学的学术环境和个人的研究兴趣共同促使谢康从社会学和人类学的角度去研究中国古代女性作家文学中的母子关系主题。

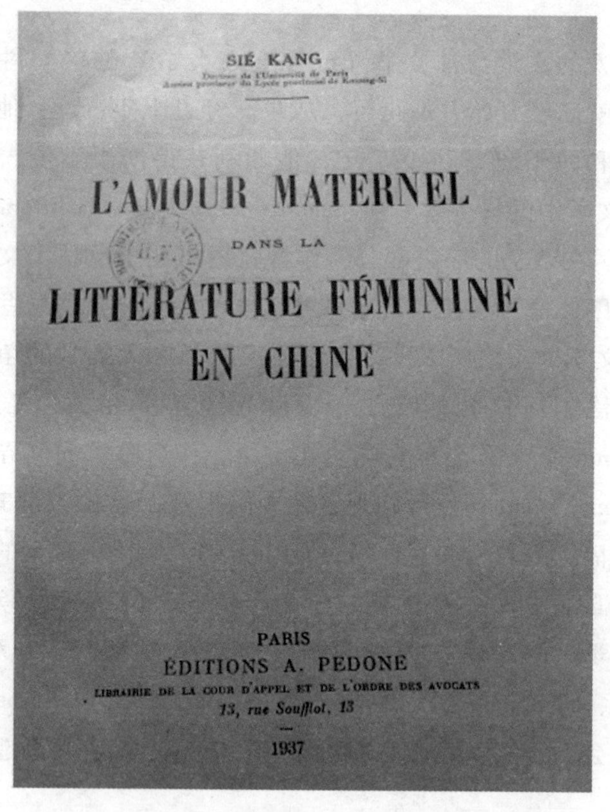
SIÉ KANG

L'AMOUR MATERNEL
DANS LA
LITTÉRATURE FÉMININE
EN CHINE

PARIS
ÉDITIONS A. PEDONE
LIBRAIRIE DE LA COUR D'APPEL ET DE L'ORDRE DES AVOCATS
13, rue Soufflot, 13
1937

图 3-1　谢康博士学位论文封面

说明：图片为笔者在法国拍摄。

① 蔡清隆：《我所认识的谢康教授》，《广西文献》1992 年第 55 期。

回国后，在涂尔干学派“国家”话语的影响下，这位在法国社会学、民族学和人类学熏陶下成长起来的年轻学者开始自觉地运用涂尔干学派的理论来研究中国的社会民族问题，并于1940年撰写了《民族学与中华民族的认识》一文，参与“国族”讨论，其中旗帜鲜明地指出：

> 我们所谓“中华民族”，翻成英文应该是Chinese nation，法文应该是La nation Chinoise，她的涵义大概是由天然力及政治文化经济等力量造成的隶属中国国籍的人民的总体，或者说中国人民（La population de l'Etat Chinois）的全部，换言之，也就是中国人民所形成的“民族国家”（Etat-nation），所以也可以用“中华国族”的字样。中山先生在民族主义演讲词中，曾经再三阐发造成“国族”的意义与步骤，现在“中华民族”或“中华国族”是毫无疑义的包含：四万万以上的汉族，本与汉族同源而数目只有一百多万的满洲族，几百万蒙古人，百余万信奉回教的突厥人，和两百万西藏人五大民族（race）及其他少数苗、瑶、侗、黎、㑩㑩、蛮夷诸小民族（Sous-race）。①

在族群构成上，该定义接受了孙中山关于中华民族的定义，以汉、满、蒙、回、藏为主体，兼顾其他“小民族”，并将“中华国族”等同于“中华民族”，将国族成员等同于国籍持有者，从而更加突出了民族概念的政治性和社会性。这一定义与傅斯年的中华民族史观和国民政府的边政学关系紧密，都更为强调“同源”和“整体”的概念。但是，在法国社会学语境中成长起来的谢康更加偏重运用涂尔干的社会团结理论，并以此来构建“中华国族”的概念。在20世纪20年代的留法生中，谢康是留法时间和归国时间都比较晚的一位。他于1927年赴法留学，1937年获得文学博士学位后回国。此时，法国的社会学研究在马塞尔·莫斯、列维－布吕尔等人的引导下，已经更多地显现出民族学的

---

① 谢康：《民族学与中华民族的认识》，《改进》1940年第3卷第7期。

倾向。因此，谢康亦积极将涂尔干的社会学思想，尤其是社会团结的理论用于构建“中华国族”。他强调：

> 现值非常时期，更是各民族精诚团结合力御侮从而造成真正“中华国族”的良好时机……中华民族（或国族）之孕育、滋长与发扬光大，是要以这万数千年来由许多小民族同化而构成的“汉民族”为支柱，用文化的、血统的、政治的各种力量自然联合成功一个伟大的全世界首屈一指的我们的国族。①

在上述言论中，我们能清楚地看出法国大革命以来的“民族国家”和涂尔干的“社会团结”国家观念对谢康的影响，这在他从文学到社会学的学术转型中也发挥了重要作用。他本人就在博士论文中直言，“文学已经不再可以离开社会和民族的需要，在现代民族国家中，文学都要发挥重要的社会作用。涂尔干的社会学理论就特别强调国民的教育，因此他的社会团结正是中华民族当下最为需要的理论”②。

第二节 “国家”话语与国家的文学

除了学者的学术转型，“国家”话语对文学的影响还可以体现在文艺观中。通观近代中国文论史，法国文学的影响非常重要。可以说自19世纪以来，法国各种文学理论都对中国文学产生了影响。浪漫主义、现实主义、自然主义、象征主义、唯美主义等在20世纪上半叶的中国有不少欣赏者和模仿者，学界对此的研究也已经非常充分。然而，至于法国观念或者话语对中国文学的影响，目前还鲜有研究，其原因主要有以下两点。

---

① 谢康：《民族学与中华民族的认识》，《改进》1940年第3卷第7期。

② Sié Kang, «L'amour maternel dans la littérature féminine en Chine», Paris: Edition A. Pedone, 1937, p. 27.

第一，这些观念和话语本身并非完整的文论体系，也没有具体的创作方法，因此很难直接对文学产生影响。如第二章所论述的“科学”与“实证”话语在文学中的情况，这些观念首先是影响了法国的文学理论，如自然主义、现实主义等。其次，法国作家在这些文论的影响下创作了与此相关的文学作品，如凡尔纳的科学小说等。最后，在中法两国的文学交流层面，这些文学理论和文学作品被译介到中国，对中国文学产生了影响。从这一路径来看，法国话语虽然对中国文学产生了影响，但是可能隔了几层，所以不被学界关注。

第二，这些话语本身往往具有超学科性、超国家性和超文本性，因此很难在文学作品中，尤其是在他国文学作品中找到直接影响的痕迹。以“实证”话语为例，它已经成为现代各学科研究的通则和共有观念，很难辨别它的具体放送国。例如茅盾在创作小说时特别注重“实证”，但是我们很难辨别这种“实证”话语是受哪国的影响。而且，对于已经演变成观念的“实证”话语而言，可能中外文化的影响都有，我们很难说中国古代的写实主义就没有为这种“实证”话语提供养分。而且，只有作为人类共同的“话语”，它才可以在异国得到回应。因此，要想从文学作品中辨别出法国的而不是其他国家的话语影响困难重重。

尽管如此，我们还是能从中国现代文学中的某些文艺主张或理论中探寻这种间接的影响。例如法国大革命的“民族—国家”观就能在中国辛亥革命前的革命文学中找到痕迹。如果从“社会”和“国家”话语的角度看，法国涂尔干社会学中的“国家”话语也曾在中国国家主义的文学观中得以体现。

一 “革命”的文学潮

在20世纪上半叶，中国“革命”的文学观主要有两次高潮，第一次是1902—1911年辛亥革命前期，第二次是北伐战争前后。其中第二次革命文学观主要受到俄国十月革命的影响，因此本书暂不涉及，而集中笔墨专论革命文学观的第一个高潮。而且，此次革命的文学观主要受到启蒙思想和法国大革命的影响，与法国“革命”观念的联系更为紧密。

1902 年 11 月至 1913 年 1 月，梁启超在《新小说》上以连载的形式发表了小说《新中国未来记》。在该作中，梁启超借小说人物黄克强与李去病之口，展开了中国的“改良”与“革命”之争，其中李去病的革命观正是源自法国大革命。[①] 如果说该小说最终还是宣扬君主立宪制的改良观，那么到了 1903 年 5 月，邹容发表《革命军》一文，就明显表现出“革命”的观念。该文直言：

> 夫卢梭诸大哲之微言大义，为起死回生之灵药，返魂还魄之宝方，金丹换骨，刀圭奏效，法、美文明炎胚胎，皆基于是。我祖国今日病矣，死矣。岂不欲食灵药投宝方而生乎？苟其欲之，则吾请执卢梭诸大哲之宝幡，以招展于我神州土。不宁惟是，而况又有大儿华盛顿于前，小儿拿破仑于后，为我同胞革命独立之表木。[②]

在此，法国大革命和卢梭等人的启蒙思想已经被视为救国之良药了。自此之后，《新中国传奇》《革命军传奇》《洗耻记》《女娲石》《女狱花》《路锁魂》《狮子吼》等一大批宣扬法国式革命的文学作品如雨后春笋般涌现。

然而，这一时期的革命文学并未建立起某种具有学理性的文学观，甚至连“革命文学”这个名词都是到 1924 年才由许金元等人提出。因此，在革命文学的第一个高潮中，革命文学的核心并不是文学本身，而是“国家”话语。小说《血痕花》一开始就说，“西欧罗巴洲，有一个强国，叫做法兰西，这个国度算是世界上生产革命血地……放杀优柔的君主，扑灭专制，创立共和，不知流了多少志士仁人的血，才造出这民

---

① 参见梁启超《新中国未来记》，《新小说》第 1—3 号、7 号，1902 年 11 月 14 日、12 月 14 日，1903 年 1 月 13 日、9 月 6 日。

② 邹容：《革命军》，华夏出版社 2002 年版，第 10 页。

主政体的法兰西国来”[1]。可见，这一时期革命的文学所要做的事情并不是建立“革命文学”，而是把文学当作宣传革命的工具，最终推动革命，建立类似法国的民主国家。因此，与其说这是革命的文学观，还不如说是文学的国家观，它最终强调的是文学的功能，把文学视为“国家”话语的载体。

需要注意的是，民国初年，“革命”话语先后有两种不同的意义。它首先受西方资产阶级政治革命的影响，在晚清的社会政治语境中指“国体”与“政体”的政治变革。后来，尤其是到了五四运动前后，“革命”语词变成具有意识形态功能的话语，“‘革命’在当时与其说是更具改变现实的暴力活动，毋宁说更属于一种文学性的表达，一种对个人愿望的精神比喻”[2]。从社会政治走向文学表述，这不仅是“革命”话语的演进方式，也是与其相关的“国家”话语的发展路径。

二　国家主义的文学观

“国家”话语与中国近现代文学之间的关系非常紧密，可以说自梁启超提出“小说界革命”之后，文学就紧紧地与“群治”结合在一起。自“群”的语词被“国家”的语词代替，文学也自然与“国家”话语紧密地联系在一起。但是，需要注意的是，这种联系并不是写作对象上的联系，而是写作背景和文学功能上的联系。在写作背景上，无论是诗歌、戏剧或是小说，它总是在某一文化、政治和地理空间中被创作出来。于是，这种背景就一定会反映在文学文本中。如鲁迅的《阿Q正传》虽不是以国家为写作对象，但是字里行间透露出辛亥革命前后民众观念中“王朝”向“国家”的转变情况；在文学功能上，中国现代文学（尤其是现实主义文学）要求关注民族国家的现实，从而起到改

① 蕊卿：《血痕花》，《浙江潮》1903年4月20日。

② 李怡：《五四文学运动的“革命”话语》，《中国社会科学》2016年第12期。

良国家的目的，如沈雁冰提倡要创作表现社会生活的真文学。[①]

而且，这种“国家”话语往往都是与本国的国家文学联系在一起的。也就是说，法国的“国家”话语往往与法国文学联系紧密，而中国的国家文学应当与中国的“国家”话语紧密相连。法国涂尔干的国家观在写作背景上或者在文学功能上都无法与中国文学创作的内容建立直接联系。但是，它可以影响作为文学创作者或评论者的研究实践，如李璜早年不仅撰写了中国最早的《法国文学史》（出版于 1923 年），还在各类期刊上发表了文学评论文章，如《法兰西诗之格律及其解放》[②]《评莫泊桑的小说》[③] 等。后来在法国涂尔干社会学理论及其“国家”话语的影响下，李璜放弃了在文学领域的学习和研究，彻底走上了国家主义的道路。另外，法国的“国家”话语还可能会影响中国的文艺主张或文学理论，如涂尔干的社会学就激发了中国国家主义的文学观。

1925—1926 年，《醒狮》上发表了 3 篇提倡国家主义文学观的文章，分别是《国家主义与新文艺》（胡云翼，1925 年第 59 期）、《国家主义文学论》（刘大杰，1926 年第 92 期）和《文学与国家的命运》（树人，1927 年第 152—157 期）。胡云翼的文章一开始便追问中华民族的国魂和国民感情，并用“死尸般的”“堕落的”等形容词修饰中国文学界，要求文学应该与民族国家的发展联系起来，因为国家是有机体，是完整的民族，而民族意识和国民感情就是国家文学的源头。[④] 通读胡云翼的文章，除了口号之外，它并没有具体地提出国家主义文学的内容。到了刘大杰的《国家主义文学论》一文，总算提出了一点具体的内容，作者把中国文学的发展趋势分成了三类，分别是纯文学、社会主义文学和国家主义文学，并进一步指出国家主义文学的形式是写实的，内容是国家主义的，而且还指出了诗歌应以意大利诗人邓南遮为

---

① 郎损：《社会背景与创作》，《小说月报》1921 年第 12 卷第 7 号。

② 该文载于《少年中国》1921 年第 2 卷第 12 期。

③ 该文载于《少年中国》1922 年第 3 卷第 6 期。

④ 胡云翼：《国家主义与新文艺》，《醒狮》1925 年第 59 期。

榜样，小说应以法国作家都德为榜样。[①] 至此，我们可以大致明白，这种国家主义文学其实与国家主义所宣扬的爱国主义和民族主义紧密相连，正如树人所指出的那样，20 世纪时代精神就是爱国思潮和国家主义。[②]

然而，这三篇文章虽然引起了当时文学界的强烈反响，但是很快便烟消云散。在笔者看来，主要原因有以下三点。首先是左翼文坛的猛烈攻击，尤其是《洪水》杂志的口诛笔伐，指出这种国家主义文学无非借文学来宣传国家主义，其实质与爱国文学并无太大差别。其次是“醒狮派”并没有自己的作家阵营，所以口号喊完了却没有作家响应。最后是它的理论内容并没有什么创新，归根结底还是回到了现实主义文学的途径。

尽管现代中国史上国家主义的文学号召声势并不大，但是其中所蕴含的国家主义思想却与法国“国家”话语联系紧密。在 20 世纪初，涂尔干在社会有机团结和集体意识的理论之上，也提出了一种爱国主义[③]，并对 20 年代的中国留法生产生了巨大的影响。他们后来便成立了“国家主义派”。尤其是李璜，他更是正式提出了国家主义的理论。

谢康的学术转变和国家主义文学观都共同指向了法国涂尔干和他的社会学理论。因此，在下文中，笔者将重点研究涂尔干在中国的译介，以及以他与许德珩、李璜等人的话语关联作为个案，阐述法国当时的“国家”话语与中国之间的关联，透过文学看到其背后的人类学和社会学影响。值得注意的是，该话语甚至影响了以许德珩、李璜两位为代表的整整一代学人。

第三节　布格勒与许德珩

“五四”思想和赴法勤工俭学运动在 20 世纪 20 年代共同造就了一

① 刘大杰:《国家主义文学论》,《醒狮》1926 年第 92 期。

② 树人:《文学与国家的命运》,《醒狮》1927 年第 157 期。

③ 王希恩:《当代西方民族理论的主要渊源》,《民族研究》2004 年第 2 期。

大批留法生。目前，国内相关研究公认这些学生中的一部分人把法国留学期间所学的先进科学知识带回国内，成为某一领域的科学技术高级人才[①]，同时另一部分人则在留法期间进一步接触马克思主义，成为职业的革命家，为新民主主义革命和新中国奋斗终生[②]。的确，回到当时的历史语境，涂尔干学派的“国家观”和法国社会学家参与政治的实践对中国留学生的影响不仅仅是成功地探索了社会主义（socialisme）的道路，而且还促使他们中的一部分人尝试以“国家主义”（nationalisme）来解决中国问题，尽管这一“国家主义”思潮并没有成功。

至于社会主义的道路，除了周恩来、邓小平等曾经留学法国的职业革命家，还有以许德珩等人为代表的学者兼革命家。如果说法国社会学对周恩来、邓小平等新中国领导人的影响已经化入他们的革命事业之中而难以考证，那么许德珩这类学者型革命家的思想渊源可能更加明显，更易辨析。许德珩等人不仅以隐蔽的身份在各条战线上参与革命，还积极在民国各类刊物上发表文章，从学术的角度传播社会主义理论和马克思主义社会学思想。

国家主义主要是以李璜等人为代表的国家主义派。这一派别中许多重要成员都曾经在20世纪20年代赴法留学，在西方社会学理论尤其是法国涂尔干学派的影响下创立了国家主义的思想，并且在法国创立了中国青年党。回国后，该派成员通过《醒狮》等刊物积极鼓吹他们在法国形成的国家主义思想，与国民政府同流合污，积极推行国家主义的反动建国主张。

虽然社会主义与国家主义在中国近代史上长期相互斗争，但在成立之初都与法国社会学理论、社会思潮和社会实践（尤其是涂尔干学派的理论与实践）联系紧密。除了涂尔干本人，该学派的其他成员亦曾积极参与法国的社会运动，其中最热衷于参与社会运动的重要成员，当属布格勒。在法国社会学的发展历程中，与涂尔干学派其他社会学家相比，

① 霍益萍：《20年代勤工俭学学生在法受教育实况》，《近代史研究》1996年第1期。

② 霍益萍：《20年代勤工俭学学生在法受教育实况》，《近代史研究》1996年第1期。

布格勒的学术知名度也许不如莫斯（Marcel Mauss）和席米昂（François Simiand），但是在该学派社会学家政治参与方面，他却为我们提供了更好的案例。①

一 布格勒的改良派社会主义实践

塞雷斯坦·布格勒（Célestin Bouglé）是涂尔干最重要的合作者之一，他长期致力于传播涂尔干的社会学思想，并协助后者创办了《社会学年鉴》杂志。1908—1935 年，布格勒一直在巴黎索邦大学担任社会学教授（社会经济史方向）。可见，曾在巴黎大学社会学专业学习的许德珩、李璜等中国留学生皆为布格勒的嫡传弟子。因此，研究布格勒的社会学思想以及社会参与不仅有助于我们了解涂尔干学派的社会介入，也可阐明涂尔干学派对许德珩、李璜等人的影响。

虽然布格勒早年学习哲学，但毕生致力于研究和传播社会学，是法国社会学学科化的奠基人之一。如涂尔干学派另一位社会学家哈布瓦赫（Maurice Halbwachs）所言，对于法国社会学家们而言，布格勒是一位永不疲倦、热情洋溢、思维敏捷的社会学宣传家和实践者。② 在学术研究上，他捍卫孔德以来实证的社会科学；在社会活动上，他是坚定的共和派，积极参与所处时代的各项社会活动，如德雷福斯案件、反对一战等。布格勒把社会学设想为一种世俗和自由道德之依据，并试图把这一设想变成政治事实，这和他参与社会活动时所持的政治立场是一致的。同时代的法国记者、政治活动家休伯特·布尔金（Hubert Bourgin）曾评论道，法国那些最苛刻、最优秀的社会学家们更愿意把布格勒视为社会学的传播者而非研究者，他们认为政治实践同样也吸

① William Logue, «Sociologie et politique: le libéralisme de Célestin Bouglé», in *Revue française de sociologie*, N. 20, 1979, p. 142.

② Maurice Halbwachs, «Célestin Bouglé sociologue», in *Revue de Métaphysique et de Morale*, N. 48, 1941, p. 47.

引了布格勒的兴趣。[1] 由此可见，布格勒的学术研究与社会介入紧密结合在一起，学术研究为他的社会介入提供了指导思想，同时社会介入也为学术研究提供了个案和经验，并激发了新的学术观点。

1870 年，布格勒出生于布列塔尼的圣·布里厄克小镇（Saint-Brieuc）。1884 年，父亲去世后，他便来到巴黎，投奔叔叔 Adolphe Bouglé。1890 年，布格勒成功考入巴黎高等师范学院。1893 年获得哲学教师资格后，他获得赴德国进修的机会，师从齐美尔（Simmel）、冯伊埃灵（Von Ihering）、阿道夫·瓦格纳（Adoph Wagner）和拉扎鲁斯（Lazarus）等。1899 年，他通过研究平均主义之社会起源问题获得文科博士学位。1900 年，布格勒在图卢兹文学院担任教授一职。自 1908 年起，他被巴黎索邦大学聘请为社会经济史教授。一战结束后，布格勒的工作重心逐渐从学术研究转向大学行政管理，并于 1927 年担任巴黎高等师范学院副院长，1935 年升任院长。在其一生中，他非常积极地参与国家的政治生活。德雷福斯案件时期，他是法国人权联盟（la Ligue des Droits de l'Homme）的早期成员之一，并在 1911—1924 年担任该组织的副主席。他还加入了法国社会主义激进党（Parti radical et radical-socialiste），并于 1901 年、1906 年、1914 年和 1924 年四度参加议员选举（都未成功）。另外，他还长期和法国左翼激进报纸《图卢兹快讯》（*Dépêche de Toulouse*）等合作。布格勒的许多著作都是在参加诸多社会政治活动时所做的报告，其精湛的口才也在这些政治集会上颇受好评。[2]

至于布格勒的学术生涯，大致可以分为三个阶段。

第一阶段主要是指 1904 年以前的研究。此时，布格勒重点从社会学角度来研究平等、民主与分化等主题。在该阶段，布格勒就表现出了明显的社会参与倾向。例如，1897 年，布格勒发表了《人类学与民主》（Anthropologie et démocratie）一文，该文首先介绍了人类学的研究成果，

---

① Hubert Bourgin, *L'Ecole Normale et la politique*, Paris, Fayard, 1938, p. 468.

② Paul Vogt, «Un durkheimien ambivalent: Célestin Bouglé, 1870—1940», in *Revue française de sociologie*, N. 20, 1979, p. 124.

但提出以达尔文主义为代表的人类学无法回答民主的问题。在文章末尾，布格勒指出，尽管人们相信应由科学的观察来对这一问题（指“平等”的问题——引者注）做出最后的判决，但是人类学忽略了社会问题不仅仅是“事实的问题”（questions de faits），而且尤其是“原则的问题”（questions de principes）①，强调社会学研究的重要性和现实意义。之后出版的《平均主义的观念：社会学研究》（*Les idées égalitaires. étude sociologique*，1899）、《论分化与进步》（*Note sur la différenciation et le progrès*，1902）、《摆在科学面前的民主：关于遗传、竞争和分化的批判性研究》（*La démocratie devant la science. études critiques sur l'hérédité，la concurrence et la différenciation*，1904）、《现代的民主》（*Les démocraties modernes*，1921）等成果都是对这一问题的深入研究。

第二阶段主要涵盖1904—1918年一战结束。此时，布格勒的研究重点已经转向涂尔干提出的社会学理论，尤其是社会连带（即社会团结）和道德两大主题，主要论著有《社会连带主义与自由主义》（*Solidarisme et Libéralisme*，1904）、《社会连带主义》（*Le solidarisme*，1907）、《什么是法兰西精神？精选定义二十条》（与P. Gastinel合著，*Qu'est-ce que l'esprit français? Vingt définitions choisies et annotées*，1920）、《关于价值变化的社会学教程》（*Leçons de sociologie sur l'évolution des valeurs*，1922）等。

第三阶段主要是指一战结束后，布格勒重点研究了当时法国的各种社会思潮。其实早在1911年，他就已经开始研究法国无政府主义代表人物蒲鲁东及其社会学思想，主要作品有《蒲鲁东的社会学》（*La sociologie de Proudhon*，1911）、《蒲鲁东》（*Proudhon*，1930）。一战结束后，由于法国国内阶级矛盾开始凸显，布格勒更加重视当时的社会主义思潮，发表了《社会主义先知们的思想》（*Chez les prophètes socialistes*，1918）、《关于德国社会主义的十条真理：法国民主派手册》（*Dix vérités*

① Célestin Bouglé，«Anthropologie et démocratie»，in *Revue de métaphysique et de morale*，N. 5，1897，p. 461.

sur le socialisme allemand：*le mémento du démocrate français*，1920）、《法国的社会主义：从空想社会主义到工业民主》（*Socialismes français*：*du socialisme utopique à la démocratie industrielle*，1932）等作品。

纵观布格勒的言与行，我们不难看出，涂尔干学派的社会政治参与主要体现为一种新型的自由主义倾向。这种自由主义的新颖之处在于它更加强调个人对共同体的义务，保护个人免受社会和政府的压迫反而在其次。英国学者 Steven Lukes 认为，涂尔干的社会活动和政治立场已经从自由主义转向“一种接近饶勒斯的改良派社会主义”①。的确，尽管涂尔干与集体主义派的社会主义思想之间仍然存在着明显的对立，但是涂尔干学派的成员们更加倾向于饶勒斯的改良派社会主义。② 对涂尔干和布格勒而言，他们试图找到自由主义和社会主义之间的调和，一方面既避免集体主义可能带来的危险，又不至于陷入极端自由主义的放任自流。因此，在社会政治实践的具体表现上，这种折中主义表现为提倡改良的社会主义和强调共和国精神，这与法兰西第三共和国的历史语境相一致。然而，20 世纪 20 年代的中国留学生分为两派，各自取了这种折中主义的两端，因此也就在中国独特的语境中形成了相互对立的两种“国家”话语——科学社会主义和国家主义。

当时法国的社会主义思潮最吸引布格勒的是它对自由的追求，他在蒲鲁东和饶勒斯的作品中都找到了这一点，如他曾多次引用饶勒斯的论断“社会主义就是符合逻辑的、全面的个人主义”③。这也就是布格勒与马克思主义者关于社会主义的最大区别。但是和其他涂尔干学派成员一样，布格勒也承认阶级和阶级斗争的存在，因此也试图找到阶级冲突的解决之道。因此，在布格勒的社会生活中，他并没有终止和马克思主义派的社会主义者们之间所保持的个人关系，甚至坚持认为他和这些社

① Steven Lukes，*Emile Durkheim*，*His Life and Work*：*A Historical and Critical Study*，New York：Harper and Row，1972，p. 77.

② William Logue，«Sociologie et politique：le libéralisme de Célestin Bouglé»，in *Revue française de sociologie*，N. 20，1979，p. 142.

③ Célestin Bouglé，*Les idées égalitaires. Etude sociologique*，Paris：Alcan，1899，p. 35.

会主义者之间仍存在许多共同点。[①] 在布格勒的个人学术生涯第三阶段，他也继续研究社会主义思潮，为社会主义或者至少是改良派社会主义观念的传播做出了相当大的贡献。在巴黎大学和巴黎高等师范学院的社会学课堂上，布格勒不仅没有回避社会主义和马克思主义，甚至把这些作为教学的重点，直面社会分化和阶级冲突等问题。例如，1921 年，布格勒曾根据他个人的教学实践，为社会学的初学者编写了一本《社会学专业学生指南》（*Le guide de l'étudiant en sociologie*，与 M. Déat 合著），其中收录了几乎所有在法国正式出版的涉及社会主义的重要书籍。可以想象，当时利用勤工俭学机会赴法留学的中国学生们如果对社会学感兴趣的话，必然会多少使用一下这本工具书，也必然会更加深入地了解阶级斗争和社会主义发展史等知识。这可以说明，以布格勒为代表的涂尔干学派也为未来中国科学社会主义革命家的成长提供了不少养分。

然而，布格勒毕竟不是纯正的马克思主义者，法国涂尔干学派的社会学思想也与马克思主义存在不小的差距。但二者的共同之处在于都能正视资本主义社会中阶级和阶级冲突的存在，而差异之处主要在于对阶级冲突的功能和解决方案有不同认识。布格勒不赞同马克思提出的"阶级冲突是一切人类历史进步的动力"的观点。他和涂尔干一样，只是把阶级冲突视为现代工业社会衰落的症候之一。他认为物质进步已经影响了社会的各个层面，其带来的危险在于摧毁了传统社会中的天然连带性之后并未建立起工业社会中人与人之间相互依赖的团结感。[②] 因此，他试图以社会连带主义来重建现代工业社会的有机团结，从而提倡通过教育来增强国民的集体意识，培养适应共和国的道德观。这一社会改良的逻辑促成了民国时期国家主义派在法国的诞生。1924 年，李璜在《释国家主义》一文中，从"国家"（nation）到"国性"（nationalité），再到"群体

① William Logue, «Sociologie et politique: le libéralisme de Célestin Bouglé», in *Revue française de sociologie*, N. 20, 1979, p. 154.

② Célestin Bouglé, *Pour la démocratie française. Conférences populaires*, Paris: Cornély, 1900, pp. 138 – 139.

的自我”（un moi collectif），从而得出“国家的意识”（la conscience nationale）和“国民的灵魂”（ame du peuple）为“国性”（nationalité）之基础的论点，与涂尔干学派的集体意识和法兰西道德如出一辙。

布格勒在巴黎索邦大学担任社会经济史教授一职期间，有两位中国学生曾共同在他的课堂上学习社会学知识，他们分别是许德珩和李璜。在我国涂尔干译介史上，二人占据着非常重要的地位。前者于1922年首次将涂尔干的著作节选翻译成中文，并于1925年首次完整地翻译出版涂尔干的重要作品《社会学方法论》（今译《社会学方法的准则》）。后者则于1920年10月在《少年中国》第2卷第4期上发表学术论文《法兰西近代群学》，其中首次将涂尔干的社会学方法和重要观点介绍给汉语世界。可以说，在译介方面，许德珩重翻译而李璜重介绍。除了学术研究，在社会政治参与方面，他们也走上了两条不同的道路。

二　许德珩的马克思社会主义道路

赴法之前，许德珩就已经参加了五四运动，并开始接触社会主义。据他本人的回忆，“这时，北京大学一些思想先进的青年，在李大钊同志的影响下，组织了社会主义研究小组，我在未出国之前也曾参加一次这个小组会”[①]。由此可见，许德珩在赴法之前对社会主义尤其是马克思主义的了解还是很有限的。因此，他进一步了解社会主义还是到法国之后才完成的事情。

1920年，许德珩抵达法国，随后就到巴黎大学文学院社会学系注册听讲。当时巴黎大学社会学系有两位教授，一位是专讲社会学的教授福克内（Fauconnet），另一位是社会经济史教授布格勒。前者“专讲社会学，讲的是孔德的学说、英国斯宾塞和美国纪了斯的社会学说，尤其是他所尊敬的法国涂尔干的社会学说。他专讲涂尔干的社会学方法论和

① 许德珩：《为了民主与科学：许德珩回忆录》，中国青年出版社1987年版，第84页。

社会分工论”[①]，后者“专门讲社会学说史，于孔德、斯宾塞等人的学说外，还讲述马克思的理论，介绍了恩格斯的学说，尤其是《家庭、私有财产及国家的起源》，以及考茨基、和列宁的各家学说”[②]。的确，二战后，布格勒已经将教学和研究的重点转向了法国乃至西方的社会思潮，尤其是社会主义的思潮。虽然当时西方的社会主义思潮各有不同，布格勒以及其他涂尔干学派的成员最终也没有走上科学社会主义和马克思主义的道路，但是他们兼收并蓄的治学特点、注重当下社会现实的研究态度以及倾向左翼的政治实践方向都深深影响了在法国接触和学习社会科学的中国青年学生。若干年后，当许德珩回忆他在巴黎大学社会学系学习的经历时也专门提及“我从布格雷（即布格勒——引者注）的讲授中得到了很多益处，因而从这方面坚定了我的社会主义思想，从此学习了许多这方面的名著”[③]。

1927 年 1 月，许德珩登上了回国的轮船，其人生道路也由此翻开了新的一页。首先，作为教师的许德珩，他所教授知识的构成与涂尔干学派紧密相关。从他的职业生涯来看，许德珩并未如周恩来等人一样成为职业革命家，而是在不同高校中担任教授职位。他回国后首先在中山大学任教，“我在学校讲授社会学和社会主义史”[④]。蒋介石叛变革命后，为了躲避反革命分子的追捕，许德珩只身前往武汉，“在武汉第四中山大学任教，讲授社会学”[⑤]。后赴上海大陆大学，讲授社会主义史和唯物论辩证法。[⑥] 1929 年受邀任暨南大学历史社会系主任，“讲的是唯物辩证法和历史唯物论”[⑦]。抗战期间，许德珩在重庆璧山的社会教育学院任教，“讲授唯物史观社会学”[⑧]。从上述职业经历来看，许德珩

① 许德珩：《为了民主与科学：许德珩回忆录》，中国青年出版社 1987 年版，第 135 页。
② 许德珩：《为了民主与科学：许德珩回忆录》，中国青年出版社 1987 年版，第 112 页。
③ 许德珩：《为了民主与科学：许德珩回忆录》，中国青年出版社 1987 年版，第 112 页。
④ 许德珩：《为了民主与科学：许德珩回忆录》，中国青年出版社 1987 年版，第 137 页。
⑤ 许德珩：《为了民主与科学：许德珩回忆录》，中国青年出版社 1987 年版，第 145 页。
⑥ 许德珩：《为了民主与科学：许德珩回忆录》，中国青年出版社 1987 年版，第 155 页。
⑦ 许德珩：《为了民主与科学：许德珩回忆录》，中国青年出版社 1987 年版，第 159 页。
⑧ 许德珩：《为了民主与科学：许德珩回忆录》，中国青年出版社 1987 年版，第 204 页。

所教授的知识与他在法国学习的知识联系紧密，尤其是与其社会学的授业恩师布格勒相似，主要教授社会学和社会思想史（许德珩偏重讲授社会主义史）。

其次，在社会实践上，许德珩并未和许多留法生一样只专注于学术研究，成为某一领域某个主题的专家，而是积极参与政治变革，担任社会职务，发表演讲，以实际行动贯彻自己在法国习得的社会学知识和社会主义理论。例如，1927 年 3 月初，刚刚回国的许德珩就应黄埔军校政治部主任熊雄之约，在黄埔军校的新生中发表了三次讲演，“我的三次讲演总题目是《社会主义史》，内容是讲社会主义的发展史”[①]。在政治职务方面，除了中华人民共和国成立后许德珩担任的国家领导职务之外（曾任全国政协副主席、全国人大常委会副委员长），在中华人民共和国成立之前，许德珩还曾于 1927 年 7 月中旬至 9 月间短暂地担任了国民革命军总政治部代主任，并于 1945 年发起创立了民主党派“九三学社”。这种以社会学家身份积极参与社会活动的精神和实践都深受法国涂尔干学派的影响，与其师布格勒甚至是涂尔干的人生经历都极为相似。由于国情不同，法国涂尔干学派左倾的社会活动及其对法国社会主义运动的亲近最终促成法国确立了一种福利国家制度，而以许德珩为代表的中国留学生在新民主主义革命中最终走向了科学社会主义。

最后，在许德珩的学术研究，甚至在其上述职业生涯和社会实践中，我们都能发现一个明显的转变，它也与涂尔干学派的影响紧密相关。有学者曾指出：

> 在留法前期，曾深受资产阶级社会学家涂尔干等人的影响；在二十年代中后期，他彻底抛弃了涂尔干等资产阶级社会学，毅然接受了马克思主义的唯物史观和社会主义思想，成为中国社会学中马克思主义学派的杰出代表之一。之所以说许德珩是一名马克思主义社会学家，是因为他在其代表作《社会学讲话》（上卷）中，明确

① 许德珩：《为了民主与科学：许德珩回忆录》，中国青年出版社 1987 年版，第 168 页。

地提出了一些马克思主义的观点。[①]

很显然，这种观点把许德珩翻译的涂尔干著作《社会学方法论》视为其前期的社会学代表作，而把《社会学讲话》一书视为其后期的社会学代表作。但是，《社会学讲话》一书并非一蹴而就，如许德珩自述，“在这半年时间里（指1933年上半年——引者注），我把历年教书的讲义重新加以整理，先写出了《社会学讲话》上卷，约三十多万字，由北平大学法商学院开办的好望书店出版”[②]。也就是说，这本马克思主义社会学著作只是从1927年许德珩回国任教至1933年研究成果的荟萃。而真正能代表其思想转变的学术成果应上溯至1927年4月，许德珩在武汉《中央日报》副刊上发表的译作《社会主义之路与工农联合》一文。“当时我教书的工作量并不繁重，同志们鼓励我为报纸写点东西。适逢我带的书籍里有布哈林的《社会主义之路与工农联合》小册子，约两万五、六千字。我每天译一千五、六百字，在武汉《中央日报》的副刊上发表。”[③] 当时，许德珩并不懂俄语，因此他带回的《社会主义之路与工农联合》小册子应为法译本。20世纪初，法国左翼社会主义报纸《人道报》（1920年成为法国共产党机关报）以“共产主义文库”（Bibliothèque communiste）为题，组织翻译了一大批列宁、布哈林等人的俄语原著，其中就包括《无产阶级革命和叛徒考茨基》（*La Révolution prolétarienneet le renégat Kautsky*，1921）、《共产主义ABC》（*ABC du Communisme*，1923）等，影响了大批中国留法生的作品和这本小册子——《社会主义之路与工农联合》（*Le Chemin du socialisme et le Bloc ouvrier-paysan*，1925）。

由此可见，许德珩在回国之前就在法国阅读和购买了大批马克思主义的书籍。而且许德珩本人也承认，“五四运动以后，我到法国勤工俭

① 柯元：《略论许德珩在中国现代社会学上的地位和作用》，《九江师专学报》（哲学社会科学版）1991年第3期。

② 许德珩：《为了民主与科学：许德珩回忆录》，中国青年出版社1987年版，第171页。

③ 许德珩：《为了民主与科学：许德珩回忆录》，中国青年出版社1987年版，第171页。

学，寻找救国救民的真理。我接触了许多法国的社会学家，念过孔德等人的书，后来读了卡尔（指卡尔·马克思——引者注）的书，才真正找到了社会演变的规律。这个规律就是我在黑板上写的卡尔的一段话。我开的《社会学》，就是根据卡尔的学说讲课”①。1922 年 10 月底，完全掌握了法语之后，许德珩离开第戎的语言学校，重新回到巴黎大学社会学系注册学习，而据他本人回忆，1925 年暑期，“我这时已接受了马克思主义经济学说”②。而且，1925 年 8 月，许德珩便在《晨报副刊》上连载发表了《圣西蒙的百年祭》这篇介绍社会主义发展史的文章。③可见，许德珩接受马克思主义社会学理论的时间应当为 1922 年 11 月底④至 1925 年，而这段时间也是他解决了语言问题后，正式在巴黎大学社会学系学习的阶段。结合上文对当时巴黎大学社会学系教学情况的介绍，我们甚至可以断言，正是在布格勒的课堂上，许德珩正式接受了马克思主义社会学和科学社会主义理论。

除了布格勒的教学和实践对许德珩产生了巨大的影响，让他走向马克思主义社会学和科学社会主义之外，涂尔干社会学理论本身也促使许德珩最终选择了社会主义道路。“许德珩从接受资产阶级改良主义到接受三民主义，从接受涂尔干等资产阶级社会学家的社会学理论到接受唯物史观社会学和社会主义，这个转变是痛苦的，选择是艰难的。”⑤ 然而，这个痛苦的转变前后仍然具有一种一致性，这种一致性就是“群观”——国家话语。“正是因为许德珩有强烈的群体意识，才决定了他在社会活动中，必然有明确的价值取向和鲜明的政治倾向。”⑥ 的确，从五四运动开始，许德珩就表现出强烈的爱国主义精神，并一直致力于

① 马句：《回忆许德珩老师在北京大学——纪念五四运动 90 周年》，《北京党史》2009 年第 3 期。

② 许德珩：《为了民主与科学：许德珩回忆录》，中国青年出版社 1987 年版，第 145 页。

③ 该文为许德珩第一次介绍社会主义史。

④ 据笔者查证，1922 年巴黎大学开课时间为是年 11 月。

⑤ 柯元：《略论许德珩社会活动的特点》，《九江师专学报》（哲学社会科学版）1990 年第 2 期。

⑥ 柯元：《略论许德珩社会活动的特点》，《九江师专学报》（哲学社会科学版）1990 年第 2 期。

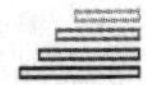

建立一个民主和科学的新中国。如上文所述，涂尔干学派的社会学强调“社会事实”和“集体表象”，即从群体的角度去研究社会，解释社会现象，并试图解决社会问题。与此同时，涂尔干学派的研究体现出明显的实证主义和科学倾向，这也就是许德珩最初选择在法国学习社会学的根本原因，即渴望找到一种科学的方法去解决中国社会的问题。结合具体的历史语境，在法国涂尔干学派的学术影响下，许德珩选择了科学社会主义的道路来拯救中国。

值得一提的是，源自法国涂尔干学派的学缘结构和社会学家的社会身份也为他具体的科学社会主义实践和马克思主义社会学思想的传播提供了一种掩护和便利。“由于他是以一个爱国的社会学学者和教授的身份从事社会活动，这就使得他能较顺利地开展工作……因此，许德珩以教授、学者的身份来从事社会活动，这既是其社会活动的特点，又是其斗争策略有艺术性的表现。”①

20 世纪初，涂尔干学派把社会学作为社会科学的核心。因此，凡是那个时代赴法学习人文社会科学的中国青年，必定都或多或少地接触过法国社会学，也通过涂尔干学派了解了一些社会主义的理论。因此，除了许德珩之外，谢征孚、卫惠林等其他留法学者也曾经受涂尔干学派的影响，发表过一些涉及社会主义的文章。前者曾发表了《法国现代社会学的趋势》，其中介绍了涂尔干有关社会主义的研究，指出“涂尔干对于社会主义的研究，完全与他在社会学方面的研究一样，纯以科学的立场为出发点的”②；后者亦有多篇文章涉及社会主义，其中较为重要的有《涂尔干教授的社会主义批评》（《时代前》1931 年第 1 卷第 1 期）。与谢征孚的文章相比，卫惠林对涂尔干有关社会主义之研究的介绍显然更为翔实。该文洋洋洒洒共有 20 页之长，重点介绍了涂尔干对“社会主义”和“社会科学”两个概念所做的辨析。然而，由于个人的

---

① 柯元：《略论许德珩社会活动的特点》，《九江师专学报》（哲学社会科学版）1990 年第 2 期。

② 谢征孚：《法国现代社会学的趋势》，《社会学刊》1931 年第 3 卷第 1 期。

人生经历不同，这些学者最终并没有选择科学社会主义道路。尽管如此，我们还是能够从中看到法国涂尔干学派对20世纪上半叶中国社会主义思想传播的影响。

第四节　涂尔干与李璜

从学理上看，涂尔干的社会学与孔德的学术思想有着密切关联。虽然涂尔干因孔德并没有进行切实的、针对社会事实的研究而批评它并不是一种严格的社会学，但是孔德的社会学思想毕竟为涂尔干的社会学提供了科学的方向，并且在广义上来看，二者在“社会”的伦理上也是一脉相承的。尽管孔德提倡的“秩序”与“博爱”最终走向了“人类教”，但是涂尔干却在其基础上发现了人与人之间的关系，以及建立在这种关系之上、作为实体的“社会”，并致力于提倡“社会团结”和“集体意识”。因此，我们可以说，从孔德到涂尔干，19世纪下半叶到20世纪初的法国社会学发展都是“后大革命”时期的产物，二者相继而生。暴力革命结束了王国的君主政体之后，在大革命和普法战争期间所激发的爱国情感和民族主义中，法国的思想家必须要为新型的共和国找到合适的人际伦理，并重新塑造国民与国家的关系。同时，近代科学的发展逐渐颠覆了基督教建构知识的权力。因此，被赋予“科学”之形象的社会学研究自然就承担起这一重大的历史使命，并成功地为法兰西共和国的“国家”话语而服务。

回到中国，清末民国时期的中国历史也一直处于外族入侵和国家转型的张力之中。虽然在时间上比法国大革命晚了一百多年，但在处境上却有一定的相似之处。加上西学东渐的浪潮和一批批留法学生学成归国，法国社会学思想必然要被运用到中国实践当中。因为它在某种程度上成为科学的、现代的“国家”话语代言人之一，所以法国社会学，尤其是涂尔干的社会学必然被20世纪二三十年代的中国学者推崇，并在“社会学中国化”的浪潮下被用来解决中国的问题，参与设计中国的“国家”话语。至于具体的解决方法或者设计方案，不同学者给出

了不同的答案。选择马克思主义和社会主义的部分留法学者虽然一开始也曾与涂尔干学派打交道，但是最终超越后者的思想；而热衷于民族主义乃至国家主义的反动学者却视涂尔干的社会学说为理论来源，开始了他们构建“国族”、塑造“国家”的社会政治实践。

一　涂尔干的社会学与国家观

1789 年，法国大革命造就了欧洲近代史上第一个具有现代意义的共和国。这种新型的国家与传统的王国不同，它建立在公民与公民的关系之上。在随后的历史中，法国先后经历法兰西第一帝国、复辟的波旁王朝、七月王朝、法兰西第二共和国、法兰西第二帝国等不断变换的政权。直至法兰西第三共和国时期，政治局面才相对稳定。

涂尔干就是在第三共和国历史中成长起来的法国第一代社会学家的杰出代表。这一批社会学家普遍认为人类必须通过参与社会而实现自我构建。“社会”无疑是涂尔干理论的核心。通过反思大革命以来法国社会的种种问题，尤其是为了应对暴力革命频发的社会动荡，回应共和国激发的公民个体意识，涂尔干将整体观照下的“社会”以及社会规律置于首位。因此，在国家的问题上，涂尔干主要有两种态度。

首先，在学理上，涂尔干所要研究的并非政治社会学视野下的“国家”。因此，他对国家的认识建立在“社会”概念之上。对于“社会”“集体意识”等概念的范围，涂尔干的立场比较模糊。他从未指明“社会”的边界是否可以大到与国家相等，抑或是否可以将民族视为社会，但是，在涂尔干的理论中，社会一定是与个人相对立的，如他所言，“因此，当社会学家致力探求社会事实的某种秩序时，他必须努力把这些社会事实视为与它们的个体表现所不同的东西”①。因此，正是这种模糊化的处理方式，关于“社会事实”的研究既可以缩小为某个家族，亦可以上升为某个民族国家。无论是针对家族还是国家，他的社会学理论总

① Emile Durkheim，*Les règles de la méthode sociologique*，Paris：Félix Alcan，1895，p. 57.

是突出共同体意识高于个人意识，并且强调社会规则主导个人行为。

其次，在实践上，涂尔干批评了自大革命以来一直盛行的卢梭的国家学说，认为该学说“带有狭隘的个人主义倾向：个人是社会的主导原则，而社会仅仅是个人的总和”①。站在这一立场上，涂尔干主张国家是干预个体行为、确保社会运转的有效手段。“如果没有国家权力的话，一个社会是不可能存在的。为了确保特定公约的履行，认可这种契约权利，阻止一切可能妨碍社会总体利益的事情，国家是必不可少的。而且，国家必须足够强力，以遏制所有的个体意志、相互之间毫无关联的个人利益以及一切放纵的贪欲。”② 渠敬东教授曾指出，在涂尔干的学说中，“国家首先在情感的意义上是能够使公民凝聚起来的神圣存在，她既有着所有人共同生存的历史渊源，也在现实中体现为所有人的道德归宿……国家必须要承担全体人的思想活动，要为整个社会提供复杂而清晰的思考”③。由此可见，与更加强调公民个体权利与意志的卢梭不同，涂尔干的社会学理论更加关心国家治理下的国民社会，关注国家与个人之间的关系。在 1898 年的社会学课程上（后来以“*Leçons de sociologie. Physique des moeurs et du droit*”为题结集出版，在汉语语境中被译为《职业伦理与公民道德》），涂尔干一针见血地指出：

> 事实上，国家自身的意志并不是与个人截然相对立的。只有通过国家，个人主义才能形成……他们并非像个人主义的功利主义者或康德学派所说的那样，是一种自足的整体，国家仅仅是他们的反映，因为他们通过国家，而且惟有通过国家，才能获得一种道德存在。④

---

① ［法］涂尔干：《职业伦理与公民道德》，载渠敬东编《涂尔干文集》（第 2 卷），上海人民出版社 2001 年版，第 104 页。

② Emile Durkheim, «Communauté et société selon Tönnies», in *Revue philosophique*, N. 27, 1889, p. 421.

③ 渠敬东：《追寻神圣社会——纪念爱弥尔·涂尔干逝世一百周年》，《社会》2017 年第 6 期。

④ ［法］涂尔干：《职业伦理与公民道德》，载渠敬东编《涂尔干文集》（第 2 卷），上海人民出版社 2001 年版，第 69 页。

可见，对涂尔干而言，国家被视为一种客观存在的渠道和手段，以确保多数的个人能够结成一个有道德的社会群体。因此，涂尔干的国家观是双向的，不仅强调个人对国家的义务，国家亦需承担对个人的义务，并将不同的个人整合起来。

另外，还必须强调的是，涂尔干的"国家"观是基于"民族—国家"模式之上的共和国理念。甚至，更准确一点说，涂尔干并没有把"民族—国家"概念中的"民族"与"国家"区分开来对待。他强调"民族"（指nation）的政治性与文化统一性必然联系在一起，认为"只有当民族性（nationality）与国家（state）同处一地时，'民族'方可存在"①。涂尔干对国家民族性的强调也曾招致许多批评，"普遍论者（universaliste）或者人文论者（humaniste）之抗辩彼等不满于社会学（指涂尔干的社会学）之增长狭隘的民族主义（un nationalisme étroit），因为彼为国家（l'Etat）甚至为政府之故而牺牲人类（l'humanité）之利益"②。蔡华教授认为，这种民族中心主义和唯科学主义甚至影响了涂尔干关于血缘关系的研究和认识。③ 关于这一点，我们需要明白涂尔干之"民族国家"论的历史语境，也就是法兰西第三共和国的历史事实。1871 年，刚刚成立的法兰西第三共和国就必须面对历史上内忧外患最为严重的时刻。在国家内部，资产阶级和工人阶级的矛盾日益尖锐，并最终激发了人类历史上的第一场无产阶级革命——巴黎公社运动。

与此同时，法国还面临着严重的民族危机。1870 年，色当战役的惨败不仅宣告法兰西第二帝国寿终正寝，而且也让法国陷入一场抵抗外敌入侵的战争。最终，普法战争的失败为法兰西第三共和国埋下了民族主义的种子，以梯也尔为首的共和派正是在复兴法兰西民族的愿望中巩固了共和国的制度。"德雷福斯案件"将这一民族主义的狂热呈现得更加明朗。"费里法案"在实现教育世俗化的同时，也把民族主义的思潮

---

① 王希恩：《当代西方民族理论的主要渊源》，《民族研究》2004 年第 2 期。

② 常导之：《法国社会学家杜克汉氏之教育学说》，《民铎杂志》1929 年第 10 卷第 4 号。

③ 蔡华：《人思之人》，云南人民出版社 2009 年版，第 43 页。

灌输给法国民众。然而，值得注意的是，涂尔干对这种民族主义也保持了警惕。在涂尔干的通信录中，他写道："我尤其有理由认为共和派自己孵化了民族主义。他们把复仇的观念和重获军事胜利的渴望变成了一个民族集体意识的基础，这样做并非没有代价的。"① 因此，与民族主义相比，涂尔干更倾向于一种爱国主义，他"对基于民族国家性质的'爱国主义'的解说更有影响力"。② 而且，这种"爱国主义越是保持沉默，就越会产生有效的作用；它的目的，直接指向社会的内部事务，而不是外在扩张"。③ 从这个意义上看，涂尔干的"国家"是高于"民族"的，而"民族"更多的呈现为一种公民道德和自豪感，为"国家"发挥凝聚个人的功能而服务。而"国家"则成为治理公民最重要的工具，"他（指涂尔干——引者注）把国家视为独立的理性工具，尤其是社会冲突的理性工具……国家的角色不是去表达大众不假思索的想法，而是为这种不假思索的想法增添一种更加冷静的思想，因此，这种思想与大众不假思索的想法一定是不同的"。④ 由此，在《职业伦理与公民道德》一书中，涂尔干提出，"国家的基本义务就是：必须促使个人以一种道德的方式生活"。⑤ 留美博士邱椿在阐述涂尔干理论与"国家"话语之间的关联时亦指出，根据涂尔干的理论，"在现存的一切社会之中，最有组织，有个性，有权威的社会是国家。国家是文化发展的现阶段中最崇高的一个实在。它是'政治的社会'，是法兰西民族精神的具体表现，是一个超个人的物质的和精神的存在"。⑥

至于如何培养国民道德，让个人适应这种新型的国家与国民之间的关系呢？涂尔干提出的解决方案是通过教育，因为在涂尔干的思想

---

① Emile Durkheim, «Lettres de Durkheim à E. Fournière», 28 octobre 1902, in *Revue française de sociologie*, janvier-mars 1979, p. 119.

② 王希恩：《当代西方民族理论的主要渊源》，《民族研究》2004 年第 2 期。

③ ［法］涂尔干：《职业伦理与公民道德》，载渠敬东编《涂尔干文集》（第 2 卷），上海人民出版社 2001 年版，第 80 页。

④ Emile Durkheim, *Leçon de sociologie*, Paris: Presse Universitaire de France, 1950, p. 111.

⑤ ［法］涂尔干：《职业伦理与公民道德》，载渠敬东编《涂尔干文集》（第 2 卷），上海人民出版社 2001 年版，第 74 页。

⑥ 邱椿：《涂尔干的社会的唯实论》，《现代知识（北平）》1947 年第 1 卷第 4 期。

中，“教育为社会的事物，其意谓要使儿童与特定的社会（une société déterminée）而非与一个广汜的社会（la société in genere）相接触”。[①]那么，这种特定的社会是什么呢？根据涂尔干的理论，这种特定的社会首先与历史上曾经存在的宗教的社会或者贵族的社会不同。在当时法国的历史语境中，这一特定的社会就是共和国治理下的社会。其次，这种特定的社会还体现在不同国别之间的差别，简言之，就是法国的社会与其他国家的社会不同，那么法国的教育自然也与其他国家的教育有所差异。综合来看，涂尔干教育思想的核心就是塑造适应当下社会需求（即法兰西第三共和国）的道德，因为“在涂尔干看来，社会问题是集体精神衰落所导致的后果，因此必须重新意识到社会的有机团结”[②]。晚年的涂尔干曾直接宣称，“这个目标（指教育的目标——引者注），就是伟大的法兰西道德，这是我们每个人对国家的义务，对人类的义务！”[③] 可见，这种道德并非个人伦理，而是社会道德和国家义务。“据涂尔干的见解，道德实有三种通于一切德性的基本元素，或基本精神，是即第一，纪律的精神；第二，牺牲的精神；第三，自治的精神。……为社会团体而牺牲，特别为祖国而牺牲，那就是德性中之第二种基本元素了。”[④] 由此可见，涂尔干的社会教育思想与爱国主义甚至民族主义是紧密相连的。

二　涂尔干与20年代留法生

1. 走向法国社会学的中国留法生

即使涂尔干的社会学说中包含着“国家”话语，但是它也只是在法国特定的历史语境中产生。尽管涂尔干本人并非以法兰西第三共和国

---

① 常导之：《法国社会学家杜克汉氏之教育学说》，《民铎杂志》1929年第10卷第4号。

② George Weisz, «L'idéologie républicaine et les sciences sociales, Les durkheimiens et la chaire d'histoire d'économie sociale à la Sorbonne», *Revue française de sociologie*, N. 20, 1979, p. 84.

③ 转引自渠敬东《追寻神圣社会——纪念爱弥尔·涂尔干逝世一百周年》，《社会》2017年第6期。

④ 崔载阳：《涂尔干小学训育论》，《广东省教育会杂志》1929年第1卷第2期。

为研究对象，其研究也只是为了解释教育在任何特定社会中所扮演的道德塑造者之角色，但是我们仍无法断言这种教育学说与法兰西第三共和国的历史境遇毫无联系。事实上，法兰西第三共和国的教育正体现了涂尔干的国家观，因此，它自然以弘扬爱国主义为主要使命，乃至一定程度上激发了民族主义。那么，涂尔干这种以法兰西第三共和国为具体语境的“国家”话语是如何传播到中国，并影响中国的“国家”话语的呢？

在笔者看来，中法之间在“国家”话语上的关联主要得归功于20世纪二三十年代赴法留学的学者群，尤其是留法勤工俭学运动中赴法学习的青年学生，他们当中许多人或直接学习，或间接接触了法国尤其是以涂尔干为代表的年鉴学派社会学和民族学。在法国专修社会学、民族学和人类学，回国后继续在该领域从事研究的知名学者主要有许德珩、杨堃、崔载阳、邓孝情、叶法无、胡鉴民、李万居、谢征孚、谢康、卫惠林、吴俊升、刘真如、徐益棠、柯象峰等。至于在法国间接接触社会学理论的学者则人数众多，难以考证。综合而论，这批赴法留学的学者群具有以下几个特点，通过这些特点我们也许可以解释法国社会学理论是为何可以以及如何影响中国的“国家”话语。

首先，这些学者人数巨大，据统计，仅在1919—1920年，以勤工俭学的方式赴法留学的中国学生就达到了17批共1670余人①，在人数上已经可以和留美生、留日生相当了。虽然，这一批批勤工俭学留法生并非全部以社会学为专业，但是其中大部分人接触或涉猎过法国社会学知识。② 而且，法国社会学研究素来重视实证研究，强调实际调查，因此，从这一角度来看，勤工俭学的方式让大部分学生进入法国工厂，对法国社会以及社会运动有了直接的认识。这些留学生回国后，往往都会

---

① 数据引自裴毅然《20世纪初的两次留学大潮》，《寻根》2014年第1期。

② 法国的高等教育制度允许学生不受专业限制，可以自由听课。其时，法国社会学派影响甚大，所以许多并非以社会学为专业的学生都可以接触和学习法国社会学，如王力主修实验语音学，但也翻译了涂尔干的著作《社会分工论》；谢康主修文学，回国后却主要研究民族学，成为我国著名的民族学家。

或直接译介法国乃至西方的社会学知识，或通过参与社会运动的方式间接践行他们在法国接触的各种社会学思想。

其次，与以往的留学生相比，赴法勤工俭学的中国学生家庭背景相对较差。其中许多人的家庭往往无法支撑他们的留学费用，因此，他们只能通过半工半读的形式来完成学业。由此可知，20 年代留法生的背景非常复杂，大致分为两派，其一为家境富裕派，以李璜等人为代表；其二为家境较差的学生，他们在法国的生活费需要靠勤工俭学赚取，以邓小平等人为代表。这两派在法国的斗争可以说是中国当时国内矛盾在异域的衍生，两派皆提出自己的政治主张和国家观念，这一点与留美生或留日生不同。

再次，五四运动对留法生的影响巨大。其中，有些人如许德珩等，在国内刚刚参加完“五四运动”，就走上了赴法勤工俭学的道路；“五四运动”期间已经在法国留学的青年亦积极了解“巴黎和会”的进展和内容，把这些消息及时传递到国内，点燃了“五四运动”的火炬。无论所学何种专业，“五四运动”前后赴法留学的青年都具有强烈的爱国主义倾向。他们纷纷结社，积极寻求救国之道。如“新民学会”中就有三分之一的成员都在此时赴法留学。① “少年中国学会”亦有大部分会员赴法留学，该会宗旨就以科学精神、社会活动和少年中国为三层目标。而这些赴法留学的会员回国后亦沿着这条宗旨，或通过学术活动，或通过社会运动，积极为国家富强而努力。

最后，法国社会学家的影响。当时，留法归国后从事涂尔干译介的学者大部分是在巴黎大学学习社会学、直接受教于涂尔干的合作者或学生。许德珩、李璜、叶法无、李万居、谢征孚等人在巴黎大学学习时的授课教师主要有布格勒、福克内两位。涂尔干去世后，这两位接掌了巴黎大学社会学课程的教鞭，也延续了涂尔干介入社会活动的传统②，积极在课堂上介绍和分析各种流行的社会思潮，参与当时法国的政治社会

① 数据引自裴毅然《20 世纪初的两次留学大潮》，《寻根》2014 年第 1 期。

② 涂尔干曾参与“德雷福斯案件”，与左拉等人一起为德雷福斯辩护。

活动。以布格勒为例。除了介绍涂尔干的理论，据李璜回忆，布格勒还曾开设“马克思和蒲鲁东的思想比较”① 课程；与此同时，在政治上，布格勒是无政府主义者。法国社会学家兼容并包的态度，对于马克思主义和无政府主义之国家观念在中国留学生中的传播亦起到重要的推动作用。

2. 涂尔干与中国的“国家”话语研究

其实，早在列维－布吕尔（也称来维－勃吕尔）在北京大学长达两个小时的讲座中②，中国学者就特别注重法国涂尔干社会学与“国家”之间的关联。综述该讲座的记者特别记录了列维－布吕尔的原话，“但从他方面看来，又是很新的一种学问（指法国以涂尔干为代表的社会学知识——引者注），为什么呢？因为我们研究人类社会生活的事实，国何以兴，何以亡；革命是怎样发生的，人群是怎样进化的。这些正头六脚七零八乱的事实，冥冥之中，都有一个天然的法则管束他们”③。因此，为了寻求这个“天然的法则”，上述留法学者在法国义无反顾地选择了社会学。回国后，他们便将自己在法兰西第三共和国的所见、所闻、所学与所想带回中国。

如果仅从学术研究来看，这些留法学者至少在以下不同领域继续译介和研究涂尔干的思想，并和涂尔干的“国家话语”保持密切关联。我们可以将他们分成社会学研究、教育学研究和民族学研究三类学者群体。至于民族学研究群体，本章第一节已经通过谢康的个案展开论述，因此，下文将集中讨论社会学和教育学中的不同个案。

在社会学研究群体当中，我们先从一位社会学的“外人”④ 说起，即我国著名的语言学家王力先生。笔者认为，王力先生之所以翻译涂尔干的《社会分工论》一书，是因为受到了出版社的操纵。那么，商务

---

① 参见李璜《学钝室回忆录》第三章《留学法国的生活》，传记文学出版社 1973 年版。

② 关于列维－布吕尔在北大的演讲可参看第三章第五节。

③ 来维－勃吕尔：《法国近世社会学》，敬轩记录，《北京大学日报》1920 年 4 月 9 日。

④ 此处用“外人”一词并非指王力先生对社会学知识一窍不通，而是指他并非以社会学的研究作为自己的事业。

印书馆为什么要操纵一个当时以翻译法国文学作品为主的青年学者去翻译《社会分工论》呢？

留法博士谢征孚曾评价道，“吾人深信涂尔干的著作亦将与孔德、孟德斯鸠、卢骚（现译为‘卢梭’——引者注）等等的著作在世界上同样地永远不朽的，特别是他的《社会分工论》”①。凭借《社会分工论》一书就将涂尔干与与孟德斯鸠、卢梭等人并置，这个评价是相当高的，而且也反映出国内学者已经认识到《社会分工论》的重要性。结合另外两篇与《社会分工论》相关文章的出版时间（一篇为文人龙翻译的《社会分工论》节选，《三民主义月刊》1934 年分三篇刊载；另一篇为宋家修翻译的《世界名著解题：涂尔干的“社会分工论》，《商务印书馆出版周刊》1935 年刊载）可知，1934—1935 年，这些文献遥相呼应，共同推出了涂尔干在博士论文基础上撰写而成的《社会分工论》。宋家修时为商务印书馆编辑，因此其所翻译日本学者神田丰穗的文章从学术角度对王力先生这部商务印书馆的译作进行推介，文中亦在开篇处专门提及“本书有王了一（即王力——引者注）先生译本，商务印书馆发行，汉译世界名著之一，定价二元八角”②，可知该文更加重视宣传和广告的效果。

而文人龙节译的《社会分工论》就别有深意了。他的译文开篇就讨论“社会连带”和“个人责任”，强调“国家”话语。而且，译者还故意改动了选译章节的标题。原文第一篇第一章的原名为“决定社会分工的机能之方法”，被译者改为“社会连带与社会分工之关系”。原文第一篇第二章的题目“论机械的社会连带”则得以保留。由此可知，涂尔干的“社会连带”（现译“社会团结”）概念是译者翻译的核心。而在译序部分，文人龙亦指出：

① 谢征孚：《法国现代社会学的趋势》，《社会学刊》1931 年第 3 卷第 1 期。

② 神田丰穗：《世界名著解题：涂尔干的“社会分工论”》，宋家修译，《商务印书馆出版周刊》1935 年新第 153 期。

> 每一个现代中国的有心人，总会感觉到我国的民族命运，正濒于危殆之中。最根本的原因，在详细的分析之下，就可知道不在社会经济的破产，也不在政治军事的混乱，更不在帝国主义的侵略……平心而论，我民族命运近数十年来之濒于危殆，原因还在民族的道德问题。①

由此可见，译者的翻译动机正是渴望以涂尔干《社会分工论》中的“社会连带”理论来建立“民族道德”，从而救“民族国家”于危亡。

文人龙的个案表明，以“社会连带”来拯救“民族国家”在当时已经成为学界的普遍认识之一。加上 1934 年红军开始长征，胡汉民与蒋介石的纷争告一段落（文人龙发表译文的刊物《三民主义月刊》正是由胡汉民主办）、商务印书馆总经理由王云五担任等历史事件来看，我们就可以理解商务印书馆操纵出版《社会分工论》的意义所在了。而且，商务印书馆的这个案例亦证明了当时中国学界对涂尔干社会学理论解决中国问题的渴望，而这也是社会学中国化的早期表现。与几乎同时代吴文藻、孙本文等留美生主导的“社会学中国化”实践相比，留法生自发的早期社会学中国化实践更加关注中观乃至宏观的问题，即充分利用以涂尔干为核心的法国年鉴学派理论之功能性，以其社会本体论、集体意识论和社会连带论等关键论题来参与“民族国家”的建构，服务于当时的“国家”话语和“国族”意识。当然，这些留学法国的社会学家、民族学家和人类学家也非常重视将法国社会学年鉴学派的理论运用于微观问题的研究（如杨堃、卫惠林等人），但是与留美生相比，留法生们的“国家”观更加强烈和鲜明。

无独有偶，当时的教育学研究亦有此种期盼。在教育学研究群体当中，最重要的学者当为崔载阳博士。有学者认为：

> 就在教育界大力传播和应用杜威的道德教育理论之际，舒新城

① 文人龙：《社会分工论》译者序，《三民主义月刊》1934 年第 3 卷第 4 期。

> 等一批教育家便对杜威所宣扬的美国式“民主”及其教育是否适合中国国情的问题进行了反思，并提出了质疑……伴随着“杜威热”的逐渐降温，法国社会学家、教育学家涂尔干的道德教育学说逐渐引起国人的关注。[①]

在“杜威热”式微和“涂尔干热”渐兴的转折中，留法博士崔载阳起到了最为关键的作用。他在法国的博士论文题目为《涂尔干与杜威教育学说之比较研究》[②]，由此可见，崔载阳对涂尔干和杜威两人的教育思想都做过非常深入的研究。在这篇博士论文的序言中，崔载阳就热切地呼吁国人关注涂尔干的教育思想，“然而，因为杜威的教育思想至今仍在中国占据着统治地位，所以急需让涂尔干的教育学说走进中国的思想”[③]。

回国后，崔载阳更是在教育实践方面大力推行涂尔干的思想，因为涂尔干教育思想本身就非常重视“国家”，而且“涂氏且进而说教育是养成国民的特征之一要素。因为教育不仅是为某种国家所固有的，且同时与宗教、政治、道德上的制度同样，是能规定每个国家的特殊的风气，所以教育要伴随国家与时代而各异的”[④]。1928年，崔载阳首先在中山大学参与创立了“教育学研究所”，并提出要在小学课程中进行改革，实施一种能够全面灌输三民主义的课程，编写以三民主义为核心的教程[⑤]，并批判了以前的课程，认为它“不能造就三民主义的国民”[⑥]。至1935年，崔载阳发表了《民族中心教育的基本理论》一文，正式提出了“民族中心教育理论”。而该理论与涂尔干的社会学思想亦是紧密相连

---

① 肖朗、田海洋：《近代西方道德教育理论的传播与民国德育观念的变革》，《社会科学战线》2011年第7期。

② 该文法文原标题为«Etude comparative sur les Doctrines Pédagogiques de Durkheim et de Dewey»。

③ Choy Jyan, *Etude comparative sur les Doctrines Pédagogiques de Durkheim et de Dewey*, Lyon: Imprimerie BOSC Frères & RIOU, 1926, p. 10.

④ 朱介民：《涂尔干的社会学的教育学说》，《教育杂志》1931年第23卷第4期。

⑤ 崔载阳：《如何使小学课程主义化儿童化效率化》，《广州民国日报》（影印本）1929年4月14日。

⑥ 崔载阳：《批评小学课程暂行标准》，《教育研究》第60期（合订本），国立中山大学教育学研究所1928年版。

的，正如有学者指出崔载阳提出的民族中心教育师承涂尔干，是涂尔干教育思想在地化的产物，只不过涂尔干把共和国当作教育的中心，而崔载阳把民族当作教育的中心。[①] 从“造就三民主义的国民”到“以民族为中心”的教育观，看似从“国”变为“族”，但其内核仍然是一体的。因为涂尔干的国家观念本就是基于法兰西共和国的“民族—国家”模板。

图 3－2　崔载阳博士学位论文封面

说明：图片为笔者在法国拍摄。

再者，涂尔干与崔载阳的教育理念核心也是一致的。正如崔载阳所言，任何社会都会进行教育，也都有自己的教育，教育的核心目标也在于社会。可见崔载阳的“民族中心教育”思想不过是涂尔干教育思想

① 吴冬梅、杨林：《20 世纪 30 年代崔载阳的民族中心教育理论研究》，《教育学报》2015 年第 2 期。

的一次中国化而已，因为崔载阳认为，既然近代社会的最高形式就是民族，所以民族必然会成为现代教育的中心，而且“协进”是民族中心教育的根本属性，这是由中国民族的本质所决定的，因为“中国民族天然的是一个协进的民族”①。由此可见，因受涂尔干思想之影响，崔载阳的教育观亦与“民族国家”紧密相连，以适应并服务于当时中国的“国家”话语，他的“中国民族”理念是当时中国“国族”观之有机组成，他的“民族中心教育”理论亦是以“中国民族”为中心的“国族中心教育”。

由上可知，涂尔干把社会作为实体，并从社会团结（或社会连带性）的核心理论出发去阐释这一实体的内部构成。在其思想中，社会高于个人，而国家更是各种社会组织中的最高形式，因此也具有更大的权威。结合中国的时代背景，并经过 20 世纪 20 年代赴法勤工俭学运动中的留法生群体，涂尔干的社会学思想和国家观也被传播到中国。这批留法学者积极地将其运用于解决中国问题，尤其是重视社会团结、集体意识等理论，并通过社会学、教育学和民族学等不同学科参与“国民”培养和“国族”构建。

雷蒙·阿隆认为，“社会学家不可能不参与到他身处其中的社会冲突中。无论他是局限于局部研究还是尝试总体视角，他都会对社会秩序做出判断，而这一秩序的支持者和反对者都会为了自己的目的而使用这些判断”②。同理，除了学术研究，社会学尤其是以涂尔干为代表的法国社会学派也曾积极地参与社会实践，改造社会。回到 20 世纪 20 年代的中国，除了上述文人龙、崔载阳等专注于学术研究的学者，还有另一批留法生，他们既是社会科学的研究者，更是社会改革的实践者。北伐战争前后，这些留法生纷纷回国，把在法国习得的社会学知识和获得的社会活动经验带回中国，在各自不同的信仰中探索解决中国问题的新道路，其中一位重要的代表人物就是李璜。

---

① 崔载阳：《民族中心教育的基本理论》，《教育研究（广州）》1935 年第 60 期。

② Raymond Aron, *Archives européennes de Sociologie*, tome 1, 1960, p. 1.

三　李璜的国家主义社会实践

整个20世纪上半叶，与社会主义道路相比，涂尔干学派对中国国家主义思想的影响更加强烈。如果说涂尔干学派搭建了通往马克思主义社会学的一座桥梁，为赴法留学的中国马克思主义者提供了学习科学社会主义的机会，那么它对于国家主义派而言则是最重要的思想源泉和理论依据之一。

在这一派中，尤其以李璜的学术研究和社会实践为代表。在法国巴黎大学社会学系学习期间，他恰巧与许德珩为同班同学，“至于我再回巴大，仍旧在补格来（指布格勒——引者注）的社会学教授班上，其时与我同班听讲，用功较勤者为周炳琳（枚荪）与许德珩（楚僧）”①。此外，与许德珩类似，在学成归国后，李璜也是一位学者兼社会活动家。他不仅在社会学领域著述颇丰，同时也积极创建和领导了中国青年党，参与当时的政治活动。因此，以李璜为例不仅更具有代表性，同时也能更好地与许德珩的个案进行比较，从而进一步探求法国涂尔干学派与中国“国家”话语实践的关联。

1919年2月5日，李璜抵达法国。留学伊始，他在巴黎大学学习19世纪的法国文学。但是，很快李璜便远离了文学研究，因为李璜曾言自己的西方古代文学知识有限，难以深入地研究法国近现代文学，所以兴趣大减。② 之后，李璜把精力集中在对巴黎和会的报道，在异国他乡以新闻记者的名义陆续向国内发回和谈的新闻，这不仅表明他在法国参加了五四运动，更为这场运动的爆发传递了火种。与此同时，巴黎和会上中国丧权辱国的实际地位也深深地刺痛了李璜，为他后来提倡国家主义和创建“中国国家主义青年团”（后改名为“中国青年党”）埋下了伏笔。因病暂别巴黎后，1920年2月底，李璜又重回巴黎大学，这时他开

① 李璜：《学钝室回忆录》，传记文学出版社1973年版，第51页。

② 李璜：《学钝室回忆录》，传记文学出版社1973年版，第41页。

始接触历史学和社会学，“我对塞足博斯教授（Prof. Seignobos）的历史课与补格来教授（Prof. Bougle）（即布格勒——引者注）的社会学，大感兴趣，因立意去考这两科的文凭（Certihcat），以作硕士学位的基础”。[①] 后来，李璜离开巴黎，前往法国蒙彼利埃大学，学习法国文学史。然而，一年后，为了和他的姐姐李琦会合，李璜又再次返回巴黎，这已是1922年夏天。[②] 此时，李璜开始专攻社会学，如他本人回忆，“因是我在索尔朋（即巴黎大学——引者注）读书的最后两年（一九二二年秋至一九二四年夏），特别注重社会学，其求学环境便为法国当时社会学的一个派别气氛所包围着”。[③] 而这个派别就是涂尔干学派，这意味着李璜在法国所潜心学习的乃是涂尔干学派的社会学理论。

如上文所述，许德珩在其回忆录中只提到了福克内和布格勒两位涂尔干学派的学者，而且着重指明了布格勒对其的影响。而李璜则与许德珩不同，他提及自己在巴黎大学学习时的授课导师不仅仅有福克内和布格勒两位，还有莫斯、葛兰言等人。

> 分开来回忆我所领受，则补格来教授（即布格勒——引者注）的公开讲演与指导课程……大抵偏于涂派社会学对哲学批判这方面，所以我听了他两年讲“平等思想的来源”与“马克斯和蒲普东的思想比较”等课。至于富戈勒先生（即福克内——引者注）讲授教育学，乃强调社会环境的影响，而不大重视心理修养。穆士导师（即莫斯——引者注）与格拉勒讲师（即葛兰言——引者注），则偏于好取原始或半开化社会生活以与文明社会比较立论的涂派另一面。[④]

由此可见，李璜非常全面地学习了涂尔干学派的社会学理论，而且

---

① 李璜：《学钝室回忆录》，传记文学出版社1973年版，第45页。
② 李璜：《学钝室回忆录》，传记文学出版社1973年版，第51页。
③ 李璜：《学钝室回忆录》，传记文学出版社1973年版，第52页。
④ 李璜：《学钝室回忆录》，传记文学出版社1973年版，第53页。

在法期间也与该学派的上述重要成员保持了较为密切的联系。比如说，李璜曾私下多次请教福克内，据他本人回忆，几乎每周都会去请教一次当时还是讲师的福克内先生①；与莫斯的关系，李璜回忆在“比较宗教学”这门课上莫斯非常重视他这个中国学生②；至于葛兰言，李璜与他的联系则与《山海经》等汉文典籍有关。因为当时莫斯门下有位名叫麦斯托（M. Mestre）的研究生，该生同时也在中国文化研究院上课，所以李璜与麦斯托的老师格拉勒（M. Granet）（今译“葛兰言”）相识，并与后者同读《山海经》《竹书纪年》《穆天子传》等书③；甚至在回国前，李璜还与上述各位一一道别，可见关系非同寻常。

1924 年，李璜回国后也和许德珩一样在大学任教。时年二十九岁的李璜受聘于国立武昌大学，担任历史学教授一职。虽是教授历史学，但李璜仍然注重将社会学与历史学相结合。在“西洋史”课堂上，他开始用社会学的溯源论点去解释自石器时代以来人类文明发展演进的特定方式。④ 一年后，因其《社会学与历史学》一文深得时任北大历史系主任朱希祖的青睐，李璜接受了北大的聘约，担任历史系教授。在北京大学，李璜仍然教授课程“西洋史”，并在学生当中组织了史学研究会和社会科学研究会。在这些研究会的演讲中，李璜专门把社会学与史学结合起来，传授学生研究历史的新方法，甚至还做了题为《傩的意义及其演变》的讲座，用人类学的方法研究历史和民俗。⑤

至 1926 年，因北平政局动荡，李璜南下赴国立成都大学任教，据李璜本人回忆，他在四川任教期间已经不再担任历史学的讲课，而是教授社会学与教育学两门课程，可见他的学术研究转向。⑥ 之后至中华人民共和国成立前，李璜主要忙于青年党党务，逐渐远离大学讲坛，偶尔在大学内的演讲也以社会学为主。从上述李璜的教授生涯来看，李璜受

---

① 李璜：《学钝室回忆录》，传记文学出版社 1973 年版，第 46 页。
② 李璜：《学钝室回忆录》，传记文学出版社 1973 年版，第 52 页。
③ 李璜：《学钝室回忆录》，传记文学出版社 1973 年版，第 52 页。
④ 李璜：《学钝室回忆录》，传记文学出版社 1973 年版，第 115 页。
⑤ 李璜：《学钝室回忆录》，传记文学出版社 1973 年版，第 122 页。
⑥ 李璜：《学钝室回忆录》，传记文学出版社 1973 年版，第 142 页。

法国社会学影响比许德珩要更加深刻和广泛。虽然李璜在武大和北大任教期间主要讲授西方历史，但仍积极运用社会学的方法，从这个层面看，李璜的治史方法与涂尔干学派重要成员葛兰言非常相似。而且李璜在法国期间，二人已经共同运用社会学方法研究了中国古籍《山海经》。①

另外，从李璜的学术研究来看，我们也能明显地发现他接受了涂尔干的社会学理论。通观李璜的学术研究，大致可以分为两类，即非国家主义的学术研究和建构国家主义思想的学术研究。

在第一类研究中，李璜早年主要是从事法国文学的译介研究，自1922年于巴黎大学学习社会学后，李璜开始转向社会学研究，尤其是译介和运用涂尔干学派的理论和方法。通过以下两个方面，我们可以清晰地看到涂尔干学派对李璜学术研究的影响。

首先，与许德珩转而研究马克思主义社会学不同，李璜一直以来都非常强调涂尔干学派的科学性，并在其研究成果中多次引用涂尔干社会学的重要概念。例如，在《国家与社会》一文中，李璜强调“社会学既是社会事实的科学（Science des faits），我们当就社会事实说话”②；在《用社会学的眼光谭谭教育的意义及其作用》一文中，李璜与涂尔干的社会本位主义教育观保持一致，指出从社会学家的角度看，把个人生活的人改造成社会生活的人是教育的唯一目的。③

其次，李璜学术研究的主题和研究领域不仅与涂尔干学派保持一致，而且涉猎相当广泛，涂尔干、福克内、莫斯、葛兰言等人的研究特长都可以在李璜的研究中看到。例如，在其有关“傩”的研究中，李璜曾言：

> 但因为“傩”（即论语“乡人傩，孔子朝服立于阼阶”的那个“先腊一日”的逐疫古礼的大傩）这一篇讲演后，立刻引起国文系

① 李璜：《学钝室回忆录》，传记文学出版社1973年版，第52页。

② 幼椿：《国家与社会》，《长风（上海1929）》1929年第7期。

③ 李璜：《用社会学的眼光谭谭教育的意义及其作用》，《中华教育界》1925年第14卷第7期。

> 诸同事的注意……大为惊异。其实我在法国留学，即在巴黎大学研究院（又称巴大高等研究实习学院）早已下了这一种比较宗教学多时的工夫。①

可见涂尔干的宗教研究对李璜的影响，甚至李璜已经在巴黎完整地听过莫斯的“比较宗教学”课程；另外，李璜还研究过中国西南的少数民族如彝族、杜松人等，并发表了《罗罗之社会学研究》（载于《责善半月刊》1941年第2卷第7期）、《杜松人考》（由香港 Windmill Printing 出版，1964年）等民族学著作。据李璜本人回忆，在莫斯教授的课堂上：

> 我选择中国西南夷中的苗子民族的风俗信仰，特别将贵州、云南、四川这三省的省志与若干县志中所描述的苗人生活勾稽出来，并用邻近其他夷族如摆夷与蕃人之类生活信仰来相比较，写出一篇论文，大为穆士先生（即莫斯——引者注）所欣赏，批准给我一个证书（diplôme）。②

由此可见，莫斯的民族学研究方法对他的影响；另外，在与葛兰言的交往中，李璜受其影响，发表了许多有关中国民俗的研究成果，其中较有代表性的是1922年3—9月他在《时报》上发表的一系列阐释古代典故和民俗小短文计28篇，分别为《船（酒令）》《释迟明》《释力政》《孔子矢之》《情愫》《箕踞》《卖弄》《敛衽》《汉书褒贬》《史记有激而言》《佐佑古即作左右》《有腼其面》《论语》《八蜡》《炮烙》《袒裼袭》《如字古有与字一解》《期期》《方命》《子孙曾玄》《社稷》《么麿》《函丈》《南陔》《甘棠》《未央》《螟蛉蜾蠃》《弄瓦》。

第二类研究对于李璜而言不仅仅是一种学术研究，也是一种政治和社会实践，二者并行不悖。李璜本人认为，自己一生的大部分时间都耗

---

① 李璜：《学钝室回忆录》，传记文学出版社1973年版，第122页。
② 李璜：《学钝室回忆录》，传记文学出版社1973年版，第52页。

费在政治斗争上了，所以耽误了他个人所爱好的学术研究。[①] 然而，如果从整体社会学的角度看，李璜建构国家主义思想的实践同样也可以被视为学术研究，甚至可以说他在民国时期建立了一种“国家主义社会学”。虽然这种社会学理论和实践最终被历史证明只是幻想和错误，但是它毕竟是当时中国国情生发出来的一种历史事实，充分体现了西方社会学尤其是涂尔干学派的话语如何进入中国，如何参与当时中国“国家”话语的建构。

学界通常认为，李璜等人是为了抵制马克思主义在中国的传播才与曾琦等人合作组织了“巴黎通讯社”，以便在上海的《新闻报》、《先声周报》、《中华教育界》等媒介上发表鼓吹国家主义的文章。甚至在1923年，他将这些发表于不同刊物上的文章整理汇集成《国家主义的教育》一书，由上海中华书局出版，从此在“国家主义”的名号下开始组党活动。[②] 然而，在各自建立伊始，中国的马克思主义思想和国家主义思想却曾与同一个理论资源联系紧密，即法国的社会学理论和社会主义思想。苏联建国之初处在一片包围之中，所以，经历五四精神熏陶的中国青年只能前往法国，至少当时的法国工人运动十分活跃，对各种社会主义思想更为宽容，科学社会主义各种文献的法文本也非常丰富。因此，以李璜为首的国家主义派也在法国学习了社会主义思想。除了在布格勒教授的社会经济史课程上学习之外，李璜还一度积极地向国内译介了所学的社会主义知识，主要论文有《法兰西工党组织》（载于《少年世界》1920年第1卷第11期）、《社会主义与宗教》（载于《少年中国》1921年第3卷第1期）、《社会主义与社会》（载于《少年中国》1922年第3卷第10期）和《社会主义与个人》（载于《少年中国》1923年第4卷第1期）等。

然而，李璜的思想很快就偏离了科学社会主义思想，而倾向于民主社会主义。在笔者看来，这种思想发展深受法国涂尔干学派社会学家的

---

① 李璜：《学钝室回忆录》，传记文学出版社1973年版，第129页。

② 王志洋：《民国人物：李璜》，《民国档案》1994年第2期。

影响。李璜在讨论社会主义时首先接受了涂尔干定义社会主义的方法，如他在《社会主义与社会》一文中特别指出：

> 他们（指社会学家——引者注）既然着眼在求社会主义各学说中的共有原素，他们便将这各种学说类列起来，从最温和的讲坛社会主义一直到最激烈的公产主义，用比较的方法来抽出所谓的公有原素［请参看法国涂尔干 Durkheim《社会学方法的条件》和他在哲学杂志 *Revue Philosophique*（1893）上所发表的社会主义的定义 la Définition de Socialisme］①。

之后，李璜便完全接受了涂尔干关于社会主义的定义，“可以下个定义是：社会主义是要使现在纷乱状况中的经济活动，突然的或渐进的，移在有组织的状况里面。（这个定义还是本涂尔干所下的）。我们现在有了这个定义，便觉得社会主义四字要踏实多了”②。最后，在对科学社会主义的错误批评上，李璜还是深受涂尔干学派的影响，即从个人自由角度去批判苏联的社会主义革命，如李璜所言，“本来真正的社会主义与个人自由是不相冲突的，不但不相冲突，并且可以说他是为个人自由而从事的……集产主义者所主张的公道完全是片面的公道。因为他着想时，只见到静的社会一面而忘却动的个人”③。法国学者 Jean-Claude Filloux 在《涂尔干和社会主义》（*Durkheim et le socialisme*）一书中也分析了涂尔干对社会主义的态度，“他（指涂尔干——引者注）的基本打算是把个人主义和社会主义联系在一起，去建立社会机体的必要整合，这一切都是基于尊重人的自主和自由之上的”④。由此可见，李璜对社会主义的看法与涂尔干是基本一致的。

---

① 李璜：《社会主义与社会》，《少年中国》1922 年第 3 卷第 10 期。

② 李璜：《社会主义与社会》，《少年中国》1922 年第 3 卷第 10 期。

③ 李璜：《社会主义与个人》，《少年中国》1923 年第 4 卷第 1 期。

④ Pierre Birnbaum, *Filloux Jean-Claude*, *Durkheim et le socialisme*, in “Revue française de sociologie”, 1979, N. 20 – 1.

在背离了科学的社会主义道路之后，李璜又借助涂尔干学派的社会学理论提出了“国家主义”的思想。从发生学上看，国家主义的诞生与当时所发生的“临城劫车案”有关。然而，实际上，在该案发生前，即1923年春，李璜就已经与曾琦、余家菊等人在巴黎筹组国家主义政党了。该案发生后帝国主义借机要挟，企图接管中国铁路，从而激发了海外留学生的爱国热潮。于是，李璜等人便借此宣传国家主义，并加快组党的步伐，并于年底在巴黎举行了建党仪式。从形态学上看，李璜在《释国家主义》等文章中声称国家主义的对外政策是依靠国民自己的力量实现独立自主的政策，反对依赖西方列强的所谓国际主义[①]，而国家主义的对内政策则是团结广大民众的共同志愿，追求真正的民主，反对任何阶级的专制统治[②]。

然而，在笔者看来，无论是其发生还是形态，这种主义都与法国涂尔干学派的社会学理论紧密相连。1922—1924年正是李璜在巴黎大学学习涂尔干社会学的重要时期，也就是在这一阶段，李璜提出了“国家主义”思想，并开始从学理上建构“国家主义”。在李璜看来，国家主义所依据的主要力量源自国民对于自己国家的自觉[③]，而这种国民自觉论与本章所阐明的涂尔干国民道德论在本质上基本一致。1923年，李璜在《中华教育界》上发表《国民教育与国民道德》系列文章三篇，并首次提出了国家主义的概念。在这三篇系列文章中，李璜小心翼翼地从学理上推论“国家主义”。他从“什么是国？什么是国民？什么是国民教育?”[④]三个基本问题谈起，逐步从功能的角度提出国民教育培育祖国观念、国民道德和国民人格[⑤]，提出“国家便是一个社会，比家族较大的社会，国家主义便是主张国民个人的意识要与国家社会的意识沟通而打成一片罢了……所以这种甚深厚的连带关系，为国民的该当首先知道”[⑥]，并

① 李璜：《释国家主义》，《醒狮》1924年第5期。

② 李璜：《释国家主义》，《醒狮》1924年第5期。

③ 李璜：《国家主义及其运动》，《民声周报》1932年第30期。

④ 李璜：《国民教育与国民道德》（一），《中华教育界》1923年第12卷第12期。

⑤ 李璜：《国民教育与国民道德》（二），《中华教育界》1923年第13卷第2期。

⑥ 李璜：《国民教育与国民道德》（三），《中华教育界》1923年第13卷第3期。

最终以涂尔干的社会分工理论来阐释这种连带关系，即社会进化要依靠社会分工，社会分工越繁多社会成员之间的互助就越多，于是连带关系（今译“团结”）也就越紧密，国家的统一就是建立在这种团结之上[①]。1926年，李璜更是在《论说：国家主义之哲学基础》中指出国家主义之哲学基础是近世之心理学与社会学，心理学便是“自爱”的意识，社会学便是人的社会性，并以布格勒的理论论证道，“补格列（Bouglé，现今巴黎大学社会学教授）所谓的‘社会形（forme sociale）生出社会力（force sociale），社会力先个人之力而用事’”[②]。由此可见，李璜建构“国家主义”最重要的学术基础就是涂尔干学派的社会学理论。

在国家主义派的成员当中，许多骨干成员都曾在法国学习社会学。除李璜外，其他的重要人物还有叶法无、邱椿等。他们或对科学社会主义进行错误的批评，如叶法无认为，对于社会的研究往往会被个人主观的某种信仰或理想（如自由主义、社会主义等理论）所误导，因此导致无法切实地、科学地解释社会现象，让社会学或社会科学变成政治经济斗争的手段和工具，从而无法探索社会事实的客观规律[③]；或为国家主义摇旗呐喊，如邱椿提出在神圣性上，祖国和宗教是一样的，这便是“国家的唯实论”，也正是这一点才能让涂尔干的学生莫喇（Charles Mourras）放弃实证主义的“人类的宗教”，转而追求“国家主义的宗教”[④]，上述言论的出发点无一例外地都是涂尔干学派的社会学。

第五节　涂尔干社会学理论在中国

虽然第一位提出“社会学”语词的是法国学者奥古斯特·孔德，但是他的贡献主要是为社会学提供了实证主义的思想指导，而并非开创

---

① 李璜：《国民教育与国民道德》（三），《中华教育界》1923年第13卷第3期。

② 李璜：《论说：国家主义之哲学基础（二）：根据近今心理学与社会学的原则》，《醒狮》1926年第99期。

③ 叶法无：《涂尔干及其社会的社会学派思想》，《民族（上海）》1933年第1卷第4期。

④ 邱椿：《涂尔干的社会的唯实论》，《现代知识（北平）》1947年第1卷第4期。

了社会学或社会人类学的具体研究实践。具体在科学研究实践上取得重大突破，并且建立了社会学独有的研究范式的应是涂尔干。后者不仅是法国第一位社会学教授，创建了作为学科的社会学，而且还建立了第一个具有世界影响力的社会人类学派——年鉴学派，“在社会学和人类学领域，涂尔干影响了他研究团队中的许多成员，包括马塞尔·莫斯（Marcel Mauss）、保罗·福克内（Paul Fauconnet）、塞雷斯坦·布格勒（Célestin Bouglé）和吕西安·列维－布吕尔（Lucien Lévy-Bruhl）。此外，其他的思想家如莫里斯·哈布瓦赫、塔尔科特·帕森斯、阿尔弗雷德·拉德克利夫－布朗（Alfred Radcliffe-Brown）和克洛德·列维－斯特劳斯（Claude Lévy-Strauss）都同样深受涂尔干作品的影响。时间上更接近当代的社会学理论家们如斯蒂文·卢克斯（Steven Lukes）、罗伯特·贝拉（Robert Bellah）和皮埃尔·布尔迪厄（Pierre Bourdieu）亦都曾承认涂尔干对各自思想的影响”①。

这位在西方和马克思、韦伯齐名的法国社会学家在今日中国学界的影响虽然很大，但是涉及他的专门研究却远远不如后两位。仅以三位的名字作为篇名在知网数据库上的所有搜索结果为例，篇名中包含“马克思”的文献共有132020篇，篇名中包含“韦伯”的文献共有2193篇，篇名中包含“涂尔干”（以及“迪尔凯姆”“杜尔凯姆”等其他译名）的文献只有542篇。再以关键词在知网上搜索，关键词中包含“马克思”的文献共有53813篇，关键词中包含“韦伯”的文献共有3174篇，关键词中包含“涂尔干”（以及“迪尔凯姆”“杜尔凯姆”等其他译名）的文献只有1281篇②。可见，如果只比较韦伯和涂尔干的话，显而易见，当今中国学界对韦伯的关注明显比对涂尔干的要大得多。

然而，有意思的是，这两位生活年代大致相同（涂尔干生于1858

① 参见 Paul Carls，“émile Durkheim：Section 1）c. Intellectual Development and Influences”，in Internet Encyclopedia of Philosophy：http：//www. iep. utm. edu/durkheim。

② 搜索结果截至2018年3月18日。

年，卒于1917年；韦伯生于1864年，卒于1920年）的社会学家在清末民国的境遇是截然相反的。20世纪上半叶，韦伯的作品几乎没有受到国内学者的关注，而涂尔干的作品不仅被译介到国内，而且当时许多著名的中国社会学家如吴文藻、费孝通等人亦受到涂尔干学说的影响。在建构多民族国家和寻找中国文化的发展路径方面，涂尔干社会学中具有功能主义倾向的社会整体论为这些中国社会学的创立者们提供了理论依据。①

至于造成这一现象的原因，有的学者认为，马克斯·韦伯本来在德国以外国家的成名时间要比涂尔干晚，再加上中国最初对他的翻译又不是从德文直接译入，而是从美国的英语世界里转译，所以他和涂尔干虽为同代学者，但是中国社会学的早期研究很少有提及马克斯·韦伯的。② 笔者认为，还存在着另外两个原因。

第一，所有的文化交流首先是人的交流，因为文本和思想本身如果脱离了人的身体是无法独立存在并发生迁移的。因此，涂尔干的作品在20世纪上半叶的中国得以传播还应该归功于那个时期一批批热血的留法青年，他们当中有许多人在法国都选择了社会科学作为自己的专业，并接触到了涂尔干的社会学思想，之后把它传回国内。

第二，涂尔干的社会学思想核心是从整体论和功能论出发，把“社会”视为一个高于个人的实体，这与当时居主导地位的“国家话语”是相契合的，亦有利于构建一个高于个人的“国族”。如费孝通先生所言，“当我接触了功能派的先锋法国涂尔干的著作之后，对第二种看法发生了兴趣。他比较明确地把社会看成本身是有其自身存在的实体，和生物界的人体脱了钩”③。但是，“德国人M. 韦伯由于侧重从主观意图（意义）、个人行动去探讨社会的理解（versthen）、诠释的进路（interpretative approach），故鲜为人知”④，而且与20世纪上半叶的“国

① 陈涛：《涂尔干的中国遗产》，http：//cul. qq. com/a/20171115/025912. htm。

② 苏国勋：《马克斯·韦伯：基于中国语境的再研究》，《社会》2007年第5期。

③ 费孝通：《乡土中国　生育制度》，北京大学出版社1998年版，第332页。

④ 苏国勋：《马克斯·韦伯：基于中国语境的再研究》，《社会》2007年第5期。

家”话语亦多少有点格格不入。

一　中国涂尔干译介的源起

目前，国内学者普遍认为，涂尔干在中国的译介始于1925年许德珩先生翻译出版的《社会学方法论》①，笔者认为，实际上有关涂尔干的译介要早于这个时间节点。而且，最早把涂尔干介绍给我国学者的并不是一篇译文或者一本译著，而是一个人和一次学术讲座，而且此人还是法国当时鼎鼎大名的大学者吕西安·列维－布吕尔（Lucien Lévy-Bruhl，当时被国人翻译为“来维·勃吕尔”）。

1. 列维－布吕尔的来访

列维－布吕尔是法国著名的哲学家、社会学家和民族学家，涂尔干最重要的合作者之一。早年研究哲学，从1903年起，在涂尔干的影响下从社会学角度研究道德，后来又转向民族学，研究原初社会。1919—1920年，吕西安·列维－布吕尔从美国哈佛返欧，这位热衷环球旅行的大学者选择了从美国西向返欧的道路，沿途经过了日本、中国、菲律宾、爪哇和印度支那。② 在途经中国时，受到北京大学蔡元培教授的邀请，于1920年3月25日下午4时在北京大学第二院第一教室发表了题为《法国近世社会学》的演讲，主要内容之一就是介绍涂尔干（原文中译为“杜翰”）及其创立的“社会学年鉴学派”。演讲内容由记者敬轩记录并发表在4月9日、10日、19日和20日的《北京大学日报》上。

这次讲座首次将法国当时最新的社会学理论以及涂尔干介绍给国人。在这场持续了两个多小时的讲座上，列维－布吕尔开篇即点明自己想要向中国青年讲演的是“法国第一派杜翰 Durkheim 一派最新的社会学”③，

---

①　参见王林平《涂尔干社会学思想百年研究综述》，《学术交流》2008年第9期。

②　参见 Thomas Hirsch，«Un “Flammarion” pour l’anthropologie? Lévy-Bruhl，le terrain，l’ethnologie»，in *Genèses*，2013/1（n° 90）。

③　来维－勃吕尔：《法国近世社会学》，敬轩记录，《北京大学日报》1920年4月9日。

并简要阐述了从古希腊时代至孔德时期西方社会学的渊源。在这次讲座中，列维－布吕尔首先强调的第一个概念就是涂尔干的“社会事实”，提出只要肯细心研究，无论面对多么复杂的社会事实，学者们都可以最终推导出它的定理和原则。① 其后，演讲者又进一步指出，研究社会科学的两个要素，即社会学是研究社会事实的科学和要使用科学的方法来分析所要研究的事实。第一个要素，列维－布吕尔论述道，“这种社会真象，不能纯由个人解释，就是社会学所要研究的。我们日常生活，无时无地，不受社会真象的束缚”②，旨在指出社会学的价值和意义。至于第二个要素，他则首先简要介绍了涂尔干的生平和著作，其次便重点介绍了《社会学方法之规则》（今译《社会学方法的准则》）一书，强调了“借径于历史”和“比较的方法”。最后，列维－布吕尔引用了涂尔干的原话来结束自己的讲座，同时点明社会学的目的不仅仅是要找到社会事实的抽象理论，而且还向中国青年强调要将社会学的理论运用于社会中，以增加社会全体成员的幸福。③ 可见，从涂尔干社会学译介之始，理论和实践的重要性就是并置在一起的。

2. 20 世纪上半叶涂尔干译介概况

从此次讲座开始，国内学术和非学术的报刊陆续开始刊登有关涂尔干的相关译文或论文，按时间顺序大致统计如下（见表 3－1）。

表 3－1　　各类报刊中的涂尔干译介

篇名	作者	译者	刊物	页数	发表时间
《法国近世社会学》附记	敬轩	无	《北京大学日刊》第 585 期	3—4 页	1920 年
《讲演录：法国近世社会学》	Lucien Lévy Bru-hl	敬轩	《北京大学日刊》第 577—579 期	每期各 1 页	1920 年
《法兰西近代群学》	李璜	无	《少年中国》第 2 卷第 4 期	5—14 页	1920 年

① 来维－勃吕尔：《法国近世社会学》，敬轩记录，《北京大学日报》1920 年 4 月 9 日。
② 来维－勃吕尔：《法国近世社会学》，敬轩记录，《北京大学日报》1920 年 4 月 10 日。
③ 来维－勃吕尔：《法国近世社会学》，敬轩记录，《北京大学日报》1920 年 4 月 12 日。

续表

篇名	作者	译者	刊物	页数	发表时间
《社会学与社会的科学》	Emile Durkheim	许德珩	《少年中国》第3卷第10期	5—18页	1922年
《涂尔干的教育学》	Paul Fauconnet	邓叔耘	《中华教育界》第17卷第4期	1—6页	1928年
《涂尔干小学训育论》	崔载阳	无	《广东省教育会杂志》第1卷第2期	42—59页	1929年
《涂尔干的教育学说》	崔载阳	无	《教育研究（广州）》第13期	648—654页	1929年
《法国社会学家杜克汉氏之教育学说》	常导之	无	《民铎杂志》第10卷第4期	1—13页	1929年
《论Durkheim的社会学研究法》	何思敬	无	《社会科学论丛》第2卷第1期	71—88页	1930年
《法国现代社会学的趋势》	谢征孚	无	《社会学刊》第3卷第1期	1—10页	1931年
《在法国怎样学社会学》	杨堃	无	《中法教育界》第44期	21—43页	1931年
《五十年来法国社会学之一瞥》	谢康	无	《教育杂志》第23卷第9期	1—14页	1931年
《涂尔干教授的社会主义批评》	卫惠林	无	《时代前》第1卷第1期	58—77页	1931年
《涂尔干的社会学的教育学说》	朱介民	无	《教育杂志》第23卷第4期	1—16页	1931年
《涂尔干社会学及其批评》	叶法无	无	《国立劳动大学劳动季刊》创刊号	1—8页	1931年
《涂尔干传》	胡鉴民	无	《社会学刊》第2卷第2期	1—24页	1931年
《现代法国社会学》	吴文藻	无	《社会学刊》第3卷第2期	1—15页	1932年
《法国社会学史略》	Emile Durkheim	杨堃	《鞭策周刊》第2卷第7—8期	13—20页	1932年
《涂尔干氏的社会心理学说》	胡鉴民	无	《中法大学月刊》第1卷第4期	15—24页	1932年

续表

篇名	作者	译者	刊物	页数	发表时间
《法国社会学思想的发展及其派别》	叶法无	无	《大陆杂志》第1卷第7期	1—15页	1933年
《涂尔干及其社会的社会学派思想》	叶法无	无	《民族（上海）》第1卷第4期	585—605页	1933年
《涂尔干学派论》	奚仲午	无	《青年评论》第37、38、40期	10—12页	1933年
《现代法国社会学（二）》	吴文藻	无	《社会学刊》第4卷第2期	1—20页	1934年
《社会分工论》	Emile Durkheim	文人龙	《三民主义月刊》第4卷第1期	101—115页	1934年
《论机械的社会连带“社会分工论”第一篇第二章》	Emile Durkheim	文人龙	《三民主义月刊》第4卷第1期	101—115页	1934年
《社会连带与社会分工之关系“社会分工论”第一编第一章》原名《决定社会分工的机能之方法》	Emile Durkheim	文人龙	《三民主义月刊》第3卷第6期	131—147页	1934年
《墨独加尔的社会心理学与涂尔干的社会学》	Georges Davy	李万居	《时事类编》第2卷第27期	61—68页	1934年
《涂尔干教育学说之体系》	浦漪人	无	《江苏教育（苏州1932）》第4卷第9期	35—40页	1935年
《世界名著解题：涂尔干的“社会分工论”》	神田丰穗	宋家修	《商务印书馆出版周刊》新第153期	13—15页	1935年
《涂尔干的社会现象论》	李剑华	无	《中国新论》第1卷第7期	65—68页	1935年
《最近法国的社会学》	刘真如	无	《中山文化教育馆季刊》第3卷第1期	273—282页	1936年
《社会学家涂尔干的教育学说》	吴俊升	无	《国立北京大学社会科学季刊》第6卷第2期	311—379页	1936年
《涂尔干的教育学》	Paul Fauconnet	邓孝情	《青年中国》第26、27、28期	各1页	1947年
《涂尔干的社会的唯实论》	邱椿	无	《现代知识（北平）》第1卷第4期	14—16页	1947年

注：笔者统计制作。

这些译文或论文大致可以分成两大类。第一类介绍了涂尔干的社会学理论，而第二类重在讲述涂尔干的教育学理论。

二　社会学领域的涂尔干译介

在译介涂尔干社会学理论的文献当中，译文共 7 篇，分别由许德珩、杨堃、文人龙、李万居和宋家修等人译出；论文共 17 篇，其中李璜 1 篇、何思敬 1 篇、谢征孚 1 篇、杨堃 1 篇、谢康 1 篇、卫惠林 1 篇、叶法无 3 篇、胡鉴民 2 篇、吴文藻 2 篇、奚仲午 1 篇、李剑华 1 篇（两个刊物各刊载一次）、刘真如 1 篇、邱椿 1 篇。

1. 有关涂尔干的中文译事

在译文当中，许德珩、杨堃和文人龙译作的原作者都是涂尔干，而李万居的那篇译文原作者则是达维（Georges Davy），宋家修译文的原作者则是日本学者神田丰穗。

（1）许德珩的《社会学与社会的科学》一文选译章节源自涂尔干的法文著作 *Sociologie et Sciences Sociales*（即《社会学与社会科学》），译者选取了原著第一章"沿革"、第二章"社会学的类别"和第三章"社会学方法"三个部分。此篇译文的意义在于它是涂尔干作品最早的译文，尽管还只是原著的前三章，但是已经分别把涂尔干关于社会学的历史、分类以及研究方法等核心问题交代清楚了。这篇译文发表之时（1922 年 5 月 1 日），译者许德珩正利用"留法勤工俭学运动"的机会在法国留学，与之前列维－布吕尔的讲座相比，这是中国学者首次直接翻译涂尔干的理论并将其传播至国内，其意义是不言而喻的。

（2）杨堃翻译的《法国社会学史略》一文原名为《社会学》（*La Sociologie*），系涂尔干所著并于 1916 年出版，因此，此文的内容主要涉及涂尔干以前的社会学和涂尔干同时代的社会学，前者主要介绍了孔德的社会学思想，而后者主要介绍了勒普累（Le Play）和达尔德（Tarde）二人的社会学理论。在译文后的附记中，译者还对该文的内容进行了点评，认为涂尔干的这篇文章非常推崇孔德派的社会学，但是对勒普累和达尔德两位学者的社会学理论则语焉不详，分析得过于简略。[①]

（3）而文人龙的三篇译文则是源自涂尔干的另一部作品《社会分工论》，分别选取了原书序论（即导言）、第一编第一章“社会连带与社会分工之关系”（现译为第一卷第一章“确定功能的方法”）、第一编第二章“论机械的社会连带”（现译为第一卷第二章“机械团结，或相似性所致的团结”[②]），可见译者非常重视涂尔干有关“社会连带”（即“社会团结”）的概念，甚至认为这是解决当时中国问题的关键，如译者所言：

> 这一部《社会分工论》，原原本本说明了“社会的连带”及“社会的分工”；在这里，它指示我们在现代社会内所应守的道德，换言之，即所应负的责任。这是一部从事实里寻理论的专门著作，所以立论极精细，而篇幅亦宏大，然而在急于树立民族新道德的现在，将这部书从头到尾读一遍，总不致有耗费光阴之感吧！[③]

（4）李万居的译文并非涂尔干原著，而是出自法国社会学家乔治·达维（Georges Davy）之手。原书《昨日与今天的社会学家》（*Sociologues d'hier et d'aujourd'hui*）于1931年由巴黎菲利克斯·阿尔坎书店（Librairie Félix Alcan）出版，当时的李万居正在巴黎大学学习社会学，回国后随即将此书第三卷《墨独加尔的社会心理学与涂尔干的社会学》（La Psychologie sociale de Mc Dougall et la sociologie durkheimienne）译成中文。从题目看，似乎该文是把两个学派进行比较，其实不然，主要内容是从社会心理学和社会学两个角度切入讨论了“集团意识”（La Conscience collective，现译为“集体意识”）的概念。

（5）宋家修翻译的原文来自日本学者神田丰穗撰写的《思想辞

---

① ［法］涂尔干：《法国社会学史略》，杨堃译，《鞭策周刊》1932年第2卷第7—8期。

② 现在的篇名翻译参看［法］涂尔干《社会分工论》，渠东译，生活·读书·新知三联书店2000年版。

③ 文人龙：《社会分工论》译者序，《三民主义月刊》1934年第3卷第4期。

典》，分别从社会分工的作用、原因以及共通意识的衰退三个方面介绍了涂尔干《社会分工论》一书的主要内容。

除这些文章外，在20世纪上半叶还翻译出版了涂尔干的两部社会学著作。首先是1925年9月商务印书馆出版了许德珩先生翻译、蔡元培先生作序的《社会学方法论》（即《社会学方法的准则》，*les Règles de la Méthode sociologique*）一书。这本书是我国最早翻译的涂尔干著作，直至今天仍然是我们研究涂尔干思想的重要参考。从体例上来说，除了“序”（即蔡元培为该书撰写的序言）、“译者序言”和“本书译例”等译著中常有的说明性文字外，本书与原著保持了一致，包括八个章节，分别为“绪论”、“什么是一个社会现象”、“关于观察社会现象的条例”、“关于规则的与不规则的条例之分析”、“关于制定社会种类之条例”、“关于解释社会现象的条例”、“关于考察证据的条例”和“结论”。蔡元培对此译著的评价甚高，认为：

> 他（指许德珩）的译法，精审忠实，在他自记的译例上，可以看得出来。我曾经用原书检对一过，觉得他的译文，不但当得起信达两个字，而且有几处，因为原书颇涉晦涩，经他加以解释与例证，觉得比读原书更容易了解。我认为近年来最有价值的一本，谨为郑重介绍。①

须知当时的许德珩还只是在巴黎大学求学的一名学生，既无翻译经验，也无显赫名声，能得到学术大家蔡元培如此评价，足以证明此译本的价值。需要重点指出的是，原著中“fait social”（今译“社会事实”）是全书最为重要的概念，这一概念在许德珩的译文中被翻译为“社会现象”。这一语词翻译影响了后来许多的社会学研究者，如李剑华、奚仲午等学者在其论文中都沿用了许德珩的翻译。从客观的效果来看，把

① 蔡元培：《社会学方法论·序》，载［法］涂尔干《社会学方法论》，许德珩译，商务印书馆1929年版，第4页。

"fait social" 翻译为"社会现象"并非只是个人化的翻译，而且还把这一概念放大了，变成一种宏大问题的研究，也就更有利于法国社会学与"国家话语"的相互结合。

1935 年，商务印书馆又出版了王力先生翻译的《社会分工论》。在近现代中国的学术史上，王力先生留下了大量的经典作品。其中，涉及社会学的作品仅此一本。的确，作为一名语言学家、文学翻译家和散文家，王力先生翻译涂尔干这部《社会分工论》之举动似乎有些不务正业。而且，在王力先生的译本中，译者没有撰写译者序，未交代译书始末和动机，也没有像其他译著一样介绍原著的相关背景以及作出评论。至于王力先生本人的翻译动机，在其口述的《我和商务印书馆》一文中有所提及，他坦言自己在法国留学期间之所以从事一些翻译工作主要是为了解决经济上的困难，为此他翻译了二十多部小说，并在商务印书馆的要求下翻译了涂尔干的社会学著作《社会分工论》。[①] 可见，王力先生所翻译这部《社会分工论》是出于经济上的原因，而且受到出版商的操纵，加上译者本人并非专学社会学，所以王力先生就没有撰写译者序之类的文章。从译本本身的质量来看，经笔者对照原文后，可以说王力先生的译本做到"信、达"二字当无问题，而且时任商务印书馆编辑的叶圣陶先生则高度评价道，"信达二字，钧不敢言，雅之一字，实无遗憾"[②]。译本与原书体例保持一致，除了"导言"和"结论"部分外，主要内容分为三卷，分论"分工的作用"、"原因与条件"和"变态的形式"。值得注意的是，在涂尔干这部早期著作中，"la solidarité"是最为重要的概念。而在译文中，王力将其翻译为"连带性"（在今译版本中，该词被渠东翻译为"团结"）。从这个语词的翻译我们可以看出，王力先生并非对社会学一窍不通，他的翻译与当时我国社会学界对该词的普遍提法保持一致。早在 1913 年，章锡琛就在《东

① 王力：《我和商务印书馆》，载《王力文集》第 20 卷，山东教育出版社 1991 年版，第 518—519 页。

② 王力：《我和商务印书馆》，载《王力文集》第 20 卷，山东教育出版社 1991 年版，第 518—519 页。

方杂志》第10卷第2期上发表了《社会连带说》一文，介绍和阐释了法国的“社会连带”理论，只是在那个年代，章锡琛还未能了解涂尔干的社会学理论，故将此概念归功于法国政治家雷盎·波乔亚（Léon Bourgeois）①。从此，“社会连带”的概念逐渐在我国法律界和社会科学界推广开来。王力先生应是提前对这一概念有所涉猎，所以在翻译时选用了当时广为流行的译法。

2. 有关涂尔干的学术论文

在学术论文方面，则可分为总体介绍法国社会学的论文（其中包含涉及涂尔干及其学派社会学理论的部分）以及专论涂尔干社会学的论文两类。

第一，总体介绍法国社会学并兼论涂尔干社会学理论的论文主要有《法兰西近代群学》(李璜著)、《法国现代社会学的趋势》（谢征孚著)、《在法国怎样学社会学》(杨堃著)、《五十年来法国社会学之一瞥》（谢康著)、《现代法国社会学》（吴文藻著)、《法国社会学思想的发展及其派别》（叶法无著)、《最近法国的社会学》（刘真如著）等。

（1）李璜的《法兰西近代群学》一文是国人最早概述法国社会学（即群学）研究的成果。但是从内容上看，李璜只是介绍了孔德和涂尔干（原文中译为爱米尔·涂尔根）两位学者。关于孔德的社会学思想，李璜介绍了社会静力学和社会动力学，并指出孔德的“群学”本质上是人道主义的群学。② 关于涂尔干的部分占据了本文的主要篇幅，李璜从分析涂尔干对孔德以及斯宾塞等人的批判开始，指出涂尔干研究社会学的方法是完全客观的方法，它最重要的地方就是像自然科学剖析物质一样，把社会现实当作一件事物来解剖③，并进而介绍了涂尔干的《群学方法的条件》（*Les règles de la méthode sociologique*）一书和“群性”

---

① 章氏从日文原文中译出“距今十八年前（西历1896年），有法人雷盎·波乔亚者，创社会连带（solidarité sociale）之说”。参见章锡琛《社会连带说》，《东方杂志》1913年第10卷第2期。其实不然，这一概念的最早创立者应为涂尔干，后者于1893年撰写的《社会分工论》一书中正式提出“连带性”的社会概念。

② 李璜:《法兰西近代群学》，《少年中国》1920年第2卷第4期。

③ 李璜:《法兰西近代群学》，《少年中国》1920年第2卷第4期。

（conscience sociale，今译“社会意识”）的概念。

（2）谢征孚的《法国现代社会学的趋势》一文比李璜的文章更加全面。在这篇文章中，作者既介绍了涂尔干的“社会的社会学派”，也介绍了塔尔德的“个人主义的心理社会学派”。他在指出二者相互对立的同时，亦在结尾处指出涂尔干的社会学年鉴学派已经在实际上占据了绝对优越的地位。①

（3）谢康的文章从谢征孚文中的两个学派扩展到了三个学派，分别为“生物学的社会学派”、“心理学的社会学派”和“正统的社会学派”。第一个学派受进化论的影响较多，以“耶士丕拿”（A. Espinas）为该学派代表。第二个学派在法国以达尔德（Gabriel Tarde）的学说为代表，即把社会学视为一种“精神间的心理学”（psychologie intermentale），或者是一种“交互的心理学”（interpsychologie）的研究。第三个学派则是涂尔干的社会学派。作者在文中很明显非常推崇第三个学派，提出前两个学派代表着社会学研究的两种不良偏向，而一个真正的社会学家必须努力摆脱它们的影响，应该把研究社会行为作为主要目标。②

（4）其中最重要也是最全面的论文当属吴文藻的《现代法国社会学》一文③。综合该文上下两篇，一共分为“导言”、“一、孔德—涂尔干学派”、“二、黎伯勒（即 Frédéric Le Play，现多译为勒普累——引者注）学派”、“三、沃尔姆斯（即 René Worms——引者注）指导下的国际社会学社派”和“后记”五个部分，基本涵盖了当时法国社会学的各个重要学者和理论。在“孔德—涂尔干学派”一节中，作者首先阐述了涂尔干和孔德的学术渊源，并借涂尔干本人之口阐述了社会学的原理与方法，即“科学的社会学”、“社会事实”和“集合表象”论。之后还介绍了“涂尔干的宗教社会学”和“社会学年报派（今译‘年鉴

① 谢征孚：《法国现代社会学的趋势》，《社会学刊》1931 年第 3 卷第 1 期。

② 以上皆引自谢康《五十年来法国社会学之一瞥》，《教育杂志》1931 年第 23 卷第 9 期。

③ 该文分为上、下两篇，分别发表在《社会学刊》1932 年第 3 卷第 2 期和 1934 年第 4 卷第 2 期上。

学派'——引者注）的专题研究”。不止于此，吴文藻先生还介绍了该学派其他重要学者的贡献，主要有布葛雷（即 Bouglé，今译“布格勒”）和雷维蒲吕（即 Lévy-Bruhl，今译“列维－布吕尔”）两位的学术成就，最后，一并阐明了孔德—涂尔干学派的影响，指出“法国社会科学的现状及趋势，几乎可说全为孔德涂尔干学派的传统精神所盘踞”①。

（5）后来的《法国社会学思想的发展及其派别》《最近法国的社会学》基本是沿着吴文藻的方向继续阐述。前一篇文章中，除了前人所介绍的各派别之外，叶法无还补充了“富一叶（即 Alfred Fouille）的社会契约有机体说”。后一篇文章中，除了开篇介绍涂尔干的社会学说之外，刘真如还重点论述了 1931—1934 年法国出版的几本著作，主要有“白野的《法国道德史》”（A. Bayet：*Histoire de la morale en France*）、“来危白鲁尔的《原人心理之超自然及性质》”（Lucien Lévy-Bruhl：*Le surnaturel et nature dans la mentalité Primitive*）、“布独的《发明》”（G. Bouthoul：*Invention*）、“柏格森的《道德宗教之两渊源》”（H. Bergson：*Les deux sources de la morale et de la religion*）、“席米阳的《工资社会进化与货币》”（François Simiand：*Le salaire d'évolution sociale et la monnaie*）和“拉鲁的《艺术中之生活表现》”（Ch. Lalo：*L'expression de la vie dans l'art*）等。

第二，在专论涂尔干及其社会学理论方面的文章有《论 Durkheim 的社会学研究法》（何思敬著）、《涂尔干教授的社会主义批评》（卫惠林著）、《涂尔干社会学及其批评》（叶法无著）、《涂尔干传》（胡鉴民著）、《涂尔干氏的社会心理学说》（胡鉴民著）、《法国社会学思想的发展及其派别》（叶法无著）、《涂尔干及其社会的社会学派思想》（叶法无著）、《涂尔干学派论》（奚仲午著）、《世界名著解题：涂尔干的“社会分工论”》（宋家修著）、《涂尔干的社会现象论》（李剑华著）和《涂尔干的社会的唯实论》（邱椿著）等。

（1）《论 Durkheim 的社会学研究法》一文是最早专论涂尔干的文

① 以上皆引自吴文藻《现代法国社会学》，载陈恕、王庆仁编《论社会学中国化》，商务印书馆 2010 年版，第 54—97 页。

章。正如作者何思敬所说，该文的主要目的就在于讨论涂尔干社会学研究方法之准则，并从《社会学方法的基本准则》一书出发来论证这一准则的必要性和充分性①，全文更像是一篇读书心得，对书中的关键之处如社会事实、社会生活、社会环境等进行了引述和论证。

（2）卫惠林的文章是我国最早研究涂尔干有关社会主义之论述的研究。该文一开始就指出，“人们在已经颓丧的封建制度下面感到一个新时代的要求，这种要求用两种方法发展着，一种是偏于行动的，热情的，即‘社会主义’。另一种是偏于批评的，实证的，即社会科学”②。在这种基本立场之上，作者指出，涂尔干是在社会学学者的角度对社会主义进行评论，然而这些评论只是对空想社会主义的批评，“大部分是十九世纪以前的，即从十八世纪起回溯至柏拉图、比果的理想家在小说式的著作中所陈述的对未来社会的希望与计划。我们很不幸不能看见他对于十九世纪的社会主义者的详细的检讨”③。

（3）叶法无撰写的《涂尔干社会学及其批评》和《涂尔干及其社会的社会学派思想》在结构上大致相同。前一篇发表年代稍早，内容亦较少，只包含“引言：法国思想的两大潮流”和“涂尔干的生平及其著作”两个部分，且文后作者指明未完待续，而实际在同一刊物的后续期号中并未找到续文，因此后一篇文章可能就是包括前一篇文章及续文的完整版本，其内容包含了“引言”、“涂尔干的生平及其著作”、“社会现象与社会的实在”、“社会学的方法”、“社会学的系统”、“伦理与宗教”、“涂尔干学派的发展”和“结论”八个部分。如作者所言，在这一篇文章中，“涂氏社会学的重要的理论都有大要的说明”④。

（4）留法博士胡鉴民在回国后不久就撰写了两篇文章，而且这两篇文章都是以涂尔干及其理论为中心内容，即《涂尔干传》和《涂尔干氏的社会心理学说》。前一篇文章特点并不鲜明，与同时代其他介绍

① 何思敬：《论 Durkheim 的社会学研究法》，《社会科学论丛》1930 年第 2 卷第 1 期。

② 卫惠林：《涂尔干教授的社会主义批评》，《时代前》1931 年第 1 卷第 1 期。

③ 卫惠林：《涂尔干教授的社会主义批评》，《时代前》1931 年第 1 卷第 1 期。

④ 叶法无：《涂尔干及其社会的社会学派思想》，《民族（上海）》1933 年第 1 卷第 4 期。

涂尔干思想的论文类似，全文分为“引言”“他的生平”“他的著作与学说”“他的思想来源”“他的活动与影响”等五个部分，基本全面介绍了涂尔干社会学理论的来龙去脉、主要内容和后续影响。尤其值得我们注意的是，在该文的第五部分，作者除了介绍涂尔干的积极影响外，还特别分析了他的消极影响，即“就是他的学说所引起的思想革命：他对于别派的攻击与别派对他的攻击”①，前者主要包含三个方面，即“涂氏与哈氏的心理论——量的社会学的心理论，是要打倒法国代表形而上学的余孽柏格森”、“涂氏的社会现实说与法国心理学派社会学者塔尔特氏 Tarde 的模仿说对立”和“涂氏的‘社会学的自然主义’是打倒法国的生物学派代表华尔姆斯氏 Worms 的”②；后者则“除上述各派的反攻外，还有宗教派学者的攻击、历史派的攻击、综合派的攻击”③。此外，该文还首次附录了《涂氏著作一览表》，提供了涂尔干 42 篇作品的法文清单。

胡鉴民教授的第二篇文献则非常有特点，本着“把涂尔干氏的社会心理学说找出来”④ 的目的，作者提出“社会学就是社会心理学”，分析了“社会心理”与“个人心理”之间的差异，并进一步归纳了社会心理的四种心理形式（即社会之流，思潮，宗教、伦理和法律的表现，概念思想）和六个特征（即外在性、超个人性、普遍性、特殊性、强制性和非人格性），最后还阐释了社会心理支配个人心理的方式。

（5）奚仲午《涂尔干学派论》一文分成三次，分别在《青年评论》第 37 期、38 期和 40 期上连载。该文主要包含“学说”和“批评”两个部分。在“学说”部分与其他文章类似，主要介绍了涂尔干的社会学理论。作者所要突出的是“批评”部分，因此该部分在全文中所占的比重最大。该部分主要围绕“个人表象不是社会现象的一部分吗”、“社会现象之来自个人或来自社会是难分别的”、“社会现象果真都是

① 胡鉴民：《涂尔干传》，《社会学刊》1931 年第 2 卷第 2 期。
② 胡鉴民：《涂尔干传》，《社会学刊》1931 年第 2 卷第 2 期。
③ 胡鉴民：《涂尔干传》，《社会学刊》1931 年第 2 卷第 2 期。
④ 胡鉴民：《涂尔干氏的社会心理学说》，《中法大学月刊》1932 年第 1 卷第 4 期。

有强迫性的吗”和“社会现象只为社会自身决定吗”四个问题展开讨论，最终得出结论，“涂氏学派之这种片面的见解，实在是他们最大的弱点”①。

（6）李剑华的《涂尔干的社会现象论》一文从社会学理论的角度阐释了涂尔干提出的“社会现象”（即“社会事实”）概念；而邱椿的论文更多的是从哲学的角度，讨论社会何以成为一种实在，以及这种实在的具体体现，并且提出涂尔干的“社会唯实论”不仅变成了一种“社会的宗教”，而且还是一种“社会决定论”和一种“道德唯实论”②。

3. 涉及涂尔干的综合性学术专著

此外，还有一些综合性的社会学教材或著作亦有介绍涂尔干的相关章节。

（1）最早的当属1924年常乃惠撰写、中华书局出版的《社会学要旨》，其中第十四章《社会学的源起及其派别》把西方社会学分成唯物派、唯心派和综合派进行介绍，并且把涂尔干置于综合派之首。

（2）此后，1930年，在《近世六大家社会学》第六章中，崔载阳也专章介绍了涂尔干的社会学理论。

（3）1936年好望书局出版的许德珩撰写的《社会学讲话》第二编第一章第九节专节介绍和批判了涂尔干的新实证学派的社会学说。在该文中，作者指明：

> 他（指涂尔干——引者注）是一方面批评孔德，而其实只是继承了孔德的学说更把它扩大化；他一方面批评了心理学派，骂他们之把个人心理的现象看做社会现象的基础，是把社会学附属于心理学，而其实他自己也只是把群众心理，算作是社会现象的基础，这样，他与心理学派社会学者的理论虽有某种程度上之不同，然而其把人类精神的心理的现象算作是社会学研究的基础还是一致的；

① 奚仲午：《涂尔干学派论》，《青年评论》1933年第40期。
② 邱椿：《涂尔干的社会的唯实论》，《现代知识（北平）》1947年第1卷第4期。

并且他对于社会之发展和变革的动因问题，也和一切其他的唯心论者一样，都是不能够作一个科学的解答出来的。[①]

（4）1948年张少徵撰写的《法国六大社会学思想家：孔德主义的研究》中第七章专章全面介绍了涂尔干。该章包括“生平”、“方法”、“学说”和“批评”四个部分。其中，在“方法”部分中，作者重点介绍了客观主义、集团生活、归纳法、分离法等社会学方法。在“学说”部分，则主要介绍了集团表象主义、社会团结、自杀现象、宗教、冲突与合作、伦理法典与社会控制等概念。在“批评”部分，作者则从社会唯实论、社会现象的强迫性、社会至上主义、自杀观和社会交互作用等角度对涂尔干的社会学说进行了批评。

三　教育学领域的涂尔干译介

在第二类涉及教育的文献当中，译文两篇，都由邓孝情（即邓叔耘，据笔者考证，邓叔耘为邓孝情笔名[②]）翻译；论文共6篇，其崔载阳2篇、常导之1篇、朱介民1篇、浦漪人1篇、吴俊升1篇。

（1）邓孝情翻译的《涂尔干的教育学》一文原作者是福克内（Paul Fauconnet）。该文原为福克内为涂尔干著作《教育与社会学》（*Education et sociologie*）所撰写的序言，原题为《涂尔干的教育学事业》（L'oeuvre pédagogique de Durkheim）[③]。该译文分别以邓叔耘和邓孝情两个名字（前者为笔名）分别于1928年和1947年发表了两次，由于邓孝情于1932年去世，所以1947年的文章以“遗译”的形式发表。这位中国青年党的骨干之所以翻译这篇文章，不仅仅是因为该文把涂尔干的教育实践与他的社会学紧密联系在一起，教育在某一方面也被视为一

---

① 许德珩：《社会学讲话》，好望书局1936年版，第160—161页。

② 参见陈正茂《敝帚自珍：陈正茂教授论文自选集》，台北：秀威出版社2009年版，第266页。

③ 参见Emile Durkheim，Education et sociologie，Paris：Librairie Félix Alcan，1922。

种社会事实，涂尔干的教育学说乃是他社会学的一个主要成分[1]，而且在涂尔干的教育思想中，“民族国家”的概念占据着主导地位，涂尔干曾指出教育因民族而不同，每种民族都有自己的教育，而且人们可以辨别该民族的教育，就像辨别它的伦理组织、政治组织、宗教组织一样。[2]

（2）在原创性的论文方面，最早介绍涂尔干教育思想的是崔载阳。他曾于1921—1927年在法国里昂大学留学，以《涂尔干与杜威教育学说之比较研究》一文获得博士学位后便回国任教，并长期研究教育思想。《涂尔干小学训育论》与《涂尔干的教育学说》两篇文章都是崔载阳归国后发表的文章，于1929年分别发表在《广东省教育会杂志》和《教育研究（广州）》上。崔载阳在前一篇文章的末尾写道，“此则于涂尔干所著的《小学的道德教育》一书里面言之，而此书尚未出版也（应指在中国尚未出版——引者注）”[3]。据笔者考证，崔载阳的这篇文章所介绍的教育思想源自涂尔干于1902—1903年在巴黎索邦大学所教授的《教育科学》课程的讲义，该讲义已于1925年由Paul Fauconnet撰写说明，并由巴黎Librairie Félix Alcan出版社以《道德教育》（*L'éducation morale*）为书名出版。而此时崔载阳正在法国留学，因此该文就是对全书两个组成部分之内容的介绍，即“第一部分：道德的要素”（Les éléments de la moralité）和“第二部分：如何在儿童身上形成道德的要素”（Comment constituer chez l'enfant les éléments de la moralité）。

而后一篇文章则是崔载阳对涂尔干教育思想的总结和归纳。该文原本是崔载阳先生在福州的一次学术讨论会上的讲稿，主要从社会学的角度介绍了涂尔干的教育思想。全文从介绍涂尔干的教育实践和研究开始，开篇指出，“涂氏的教育学说显然纯粹是一种社会学派的教育学说”[4]。随后，该文介绍了不同时代儿童教育的社会因素，提出

---

① Paul Fauconnet：《涂尔干的教育学》，邓叔耘译，载《中华教育界》1928年第17卷第4期。
② Paul Fauconnet：《涂尔干的教育学》，邓叔耘译，载《中华教育界》1928年第17卷第4期。
③ 崔载阳：《涂尔干小学训育论》，《广东省教育会杂志》1929年第1卷第2期。
④ 崔载阳：《涂尔干的教育学说》，《教育研究（广州）》1929年第13期。

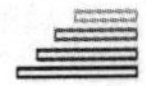

"他(指涂尔干——引者注)极力主张:在事实上绝对没有所谓个人的教育,亦绝没有所谓人类的教育。一切教育都是为社会所有,亦都是为社会而有",而且"社会的要传给儿童的集合意识、时代精神,应全在教材上表现"①。文末,该文作者把涂尔干的教育思想总结为"据涂氏的见解,儿童如果真能发展,他必为社会化的发展,而绝非固有天性之发展。其次,儿童如果真能自动社会化,他是必因为受了社会强迫而后自动地社会化。教育无论在哪一方面,都决不能脱离社会,社会是教育的中心和起点"②。相对于当时流行的、重视个体主义的杜威教育思想,这种观点非常新颖。

(3)1929年,曾经留美、留英,刚从德国回国的学者常导之也在《民铎杂志》上发表了《法国社会学家杜克汉氏之教育学说》一文。常导之,原名常道直,是我国近现代史上非常著名的教育家。由于他曾先后在美国、英国以及德国留学,所以尤其擅长比较各国的教育思想和制度。本篇论文虽以杜克汉(即涂尔干)的教育思想为题,而其内容亦兼顾各国同时代的教育思想。在介绍涂尔干教育思想的部分,常导之与崔载阳相似,都重在从社会学角度介绍涂尔干的教育思想,亦提出"教育即幼年者之社会化"③。与崔载阳强调民族主义的教育不同的是,常导之更愿意替涂尔干辩护,"彼就其(指涂尔干——引者注)为教育家言之,并未尝有将国家的目的置于人类的目的之上",而且"杜氏实无低抑个人(dépersonnalisation)之意。若形成人格确为教育之目的,而且使教育社会学,即吾人依杜氏可断定:在'社会化中可能个性化'。此实为杜氏之原意"④。另外,常导之还将涂尔干社会学的教育思想与德国的"sozial Pädagogik"(社会教育学)和美国的"educational sociology"(教育社会学)进行了简单的比较,指出将社会学与教育学相结合是一种国际化的思想趋势和教育理念。

① 崔载阳:《涂尔干的教育学说》,《教育研究(广州)》1929年第13期。
② 崔载阳:《涂尔干的教育学说》,《教育研究(广州)》1929年第13期。
③ 常导之:《法国社会学家杜克汉氏之教育学说》,《民铎杂志》1929年第10卷第4号。
④ 常导之:《法国社会学家杜克汉氏之教育学说》,《民铎杂志》1929年第10卷第4号。

（4）除这些文章外，1930年上海民智书局还出版了崔载阳翻译的《道德教育论》。在这部译著出版之前，崔载阳就已经把原著的主要思想通过上文提及的两篇论文介绍给国内的读者了。从西方的教育思想史来看，涂尔干这部教育学论著的意义是非常重大的，它首次确立了道德教育的重要意义，并且将其从宗教中分离出来，并赋之于崭新的、世俗的共和国式社会道德观。该书“一反传统道德学的主观主义方法而采用社会学的实证方法，从历史与现实的事实中分析那些具有规律性的德性元素，从而得出纪律精神、牺牲精神及意志自由为人必须服从的道德律”①，并具体阐释了如何通过教学手段来将上述三种品德灌输于儿童。这部译著和译者上述的两篇论文一起正式将涂尔干的教育思想引入国内，对之后我国的教育事业产生了巨大的影响。

（5）朱介民的《涂尔干的社会学的教育学说》（1931）、浦漪人的《涂尔干教育学说之体系》（1935）和吴俊升的《社会学家涂尔干的教育学说》（1936）等三篇论文就是对这种影响的响应。《涂尔干的社会学的教育学说》一文在开篇“引言”部分的末尾着重指出，“涂氏的学说（指涂尔干的教育学说——引者注），在我国学术界介绍过的，仅有崔载阳君的《涂尔干的教育学说》一文。但国人对于他的学说尚未引起注意，故我较详细的再来介绍一下”②。由此可见，本文作者是受到了崔载阳之前发表的论文的影响。然而，本文作者朱介民（原名戴介民③）不仅更详细地介绍了涂尔干的教育学说，而且还颇有见地地评价该学说的优点和缺点。优点方面，概括而论仍然是涂尔干以社会为教育之中心的发现；至于缺点方面，早已是中国共产党党员的作者则从“与涂氏的社会学说相反的唯物论派的社会学说之对于社会的观念。他们说社会并不原就是一种共同精神与共同动作，乃是为能制造劳动器具

---

① 肖郎、田海洋：《近代西方道德教育理论的传播与民国德育观念的变革》，《社会科学战线》2011年第7期。

② 朱介民：《涂尔干的社会学的教育学说》，《教育杂志》1931年第23卷第4期。

③ 参见马洪林《巴克先生的教学著述生涯——怀念恩师戴介民教授》，http：//alumni. ecnu. edu. cn/s/328/t/528/29/0a/info141578. htm。

的人类之劳动结合"[①] 这一观点出发，对涂尔干的教育学说提出了两点质疑[②]。

浦漪人是当时一位来自基层的教育工作者，热衷于发表和出版教育学方面的论著。他的《涂尔干教育学说之体系》一文总共6页，篇幅相对较短。从内容上看，这篇文章更像是对崔载阳、朱介民等人的论文进行总结而得的一个摘要，全文全面而又简要地介绍了涂尔干的生平、社会学说、教育学说及其优缺点等内容，主要观点与前人一致。

吴俊升曾经赴法留学，并在巴黎大学获得教育哲学博士学位，其《社会学家涂尔干的教育学说》一文亦是洋洋洒洒，有69页的篇幅。如作者所说，"本文只以作客观的介绍为目的，不拟作价值的判断"，因此，该文分成四个部分（最后还有一个结论部分），分别从涂尔干的生平和著作、涂尔干的社会学思想、涂尔干研究教育的方法、涂尔干研究教育而建立的学说等四个方面进行了翔实的介绍，最终在结论部分，作者指出，"就上面所论，我们可以得一要义，即是涂尔干的教育学说完全是他的社会学的应用"[③]。

四　20世纪上半叶涂尔干译介的特征

以上是涂尔干及其学说在20世纪上半叶的译介情况，综合而论，我们可以发现以下几个鲜明的特征。

首先，这些文献的发表时间主要集中在1920—1936年。以表3－1为例，发表于1920—1936年的文献共32篇，占总量的94%；尤其是

① 朱介民：《涂尔干的社会学的教育学说》，《教育杂志》1931年第23卷第4期。

② 第一个疑问是：社会虽是由人类结合的，但人类之所以要结成社会，并不是社会自身，亦不是什么共同精神，当然还有它的基本的原动力存在着；因为，涂氏以社会为教育的中心和出发点岂不是在根本上就发生动摇吗？第二个疑问是：人类在社会里，他们之对于自然界、社会以及人与人之间，在实际上是要发生相互作用的；那么，涂氏之以社会为中心而且有近于机械的解说，亦岂不是有不对的地方吗？参见朱介民《涂尔干的社会学的教育学说》，《教育杂志》1931年第23卷第4期。

③ 吴俊升：《社会学家涂尔干的教育学说》，《国立北京大学社会科学季刊》1936年第6卷第2期。

1927—1936年的文献共28篇，占总量的82%；而发表于1936—1945年的文献数量为0；发表于1945—1949年的文献数量为2篇，占总量的6%。造成这一现象的原因主要有以下四点。

第一，国内相对稳定的局势。从五四运动之后至抗日战争全面爆发之前，中国的政治形势相对稳定。尤其是1927年北伐战争之后，国民政府至少从表面上统一了中国，为学术活动提供了相对安定的环境，从而为这一时期译介涂尔干乃至其他西方学者的思想提供了稳定的社会环境。

第二，广泛开展的留学运动。辛亥革命前后，中国青年留学西方的人数越来越多，频率也越来越稳定，尤其是留美和留法事业均获得了长足的发展。从1909年起，利用“庚子赔款”赴美国留学的学生陆续学成回国，直接把西方的社会学理论带回中国。而自1912年留法俭学会成立后，通过勤工俭学之方式赴法留学的学生更是直接接触到法国涂尔干学派的学说，并将其译介回中国。因此，这些在西方直接学习涂尔干学说的学子们为涂尔干的译介事业提供了最为重要的“人”的要素。

第三，“社会学中国化”的学术潮流。民国前期，大量的留学生赴欧美学习社会学，以留美生为例，据统计，1909—1929年，清华历届留美生学习社会科学的人数占各科总数的23.84%①。这些留学生回国后不仅译介西方的理论，还掀起了一场“社会学的中国化”运动。

> 20世纪20年代以后，面对近代中国层出不穷的社会问题，在社会学学科化不断加深的过程中，第一代从国外学成归来的中国社会学者逐渐意识到了构建符合中国本土实际的社会学的重要性。于是，逐步摆脱西方社会学的莫大影响、实现社会学的中国化，便成为20世纪三四十年代中国社会学者面临的一个重要任务，社会学中国化也由此迎来其第一次浪潮。②

---

① 数据引自魏善玲《民国前期出国留学生的结构分析（1912—1927）》，《华南农业大学学报》（社会科学版）2012年第1期。

② 文军、王琰：《论孙本文与社会学的中国化》，《哈尔滨工业大学学报》（社会科学版）2012年第5期。

1940年，吴文藻在《〈社会学丛刊〉总序》中正式总结了这场运动，并提出，如果想要让注重现实的社会学植根于中国，就必须要把理论融入事实，推行一种综合的社会学研究。① 其实，这场“社会学中国化”运动的影响不仅仅是研究中国的具体社会问题，还推动了中国学术的民族主义趋势。于是，对涂尔干学说的译介就直接与二三十年代的国家主义、民族主义以及共产主义各思潮之间的争论紧密相连。

第四，国家话语与社会问题。自1919年五四运动结束后，源自西方的“科学”和“民主”观念渐渐渗透到广大的民众当中。越来越多的青年人开始走向西方，寻求科学的救国之路。而西方社会学，尤其是涂尔干的社会学就成为众多青年留学生的选择，因为这种社会学最重要的理论就是把“社会事实”当作一个独立的实体来进行研究。而且，这种社会学不仅可以具有一种宏观的视野，以研究作为实体的“国家”或“民族”，也可以采用一种中观的维度，去研究某个社群或者具体的社会问题如婚姻、自杀等。在20世纪二三十年代，这两种路径的社会学都在中国的土地上生根发芽，取得了长足的发展②。

其次，参与译介涂尔干学说的作者或译者大多曾留学海外，尤其以20世纪20年代留法生居多。从某种程度上说，他们形成了一个受法国社会学影响的学者群。以上文所介绍的涉及涂尔干的各种文献之作者或译者为例，共计十七人，其中留法生有十二人，占比71%。这些留法生主要有许德珩（1920—1927年留学法国）、杨堃（1921—1931年留学法国，博士）、崔载阳（1921—1927年留学法国，博士）、邓孝情（1921—1927年留学法国）、叶法无（留法具体年代不详，与沈沛霖为留学时代的同学，因此应为20世纪20年代前期③）、胡鉴民（1922—1931年留

① 吴文藻：《〈社会学丛刊〉总序》，载《论社会学中国化》，商务印书馆2010年版，第4页。

② 1940年，吴文藻等人主编了一套《社会学丛刊》，其中甲集主要以“社会学理论及方法为范围”，征稿范围既包括普通社会学，也兼顾特殊社会学，既有“有关于文化的功能方面如经济社会学、法律社会学、宗教社会学、道德社会学或艺术社会学；也有关于团体的制度者，如家族社会学、阶级社会学、专业社会学、民族社会学或国家社会学”。参看吴文藻《〈社会学丛刊〉总序》，载《论社会学中国化》，商务印书馆2010年版，第4页。

③ 参见沈沛霖《沈沛霖回忆录》，江苏文史资料出版社1998年版，第170页。

学法国，博士）、李万居（1926—1932 年留学法国，博士）、谢征孚（1927—1931 年留学法国，博士）、谢康（1927—1937 年留学法国，博士）、卫惠林（1927—1930 年留学法国）、刘真如（1928—1930 年留学法国）、吴俊升（1928—1931 年留学法国，博士）等。除了上述留法生之外，曾大力译介涂尔干的学者还有留美生邱椿（1920—1925 年先后留学美国和德国）、吴文藻（1923—1929 年留学美国）、常导之（1925—1928 年先后留学美国、英国和德国）等三人，留日生李剑华、何思敬[①]等二人。而且在这些留法生中，在法国获得博士学位的比例非常高，总计七人，在这些留法生中所占比例为 58%。由此可见，这批留法时间接近的高层次社会学者回国后，自然会把他们在法国所学的社会人类学知识运用到中国的各类研究当中，形成一个有实无名的“法国学派”。

最后，教育学界与社会学界的共同参与。涂尔干的学说主要集中在社会学领域，其研究教育学的成果主要是三本其去世后出版的著作，分别为《道德教育论》、《教育和社会学》和《教育思想的演进》。其中，《道德教育论》发表于 1902 年，《教育和社会学》发表于 1924 年，而《教育思想的演进》发表于 1938 年。因此，除了《教育思想的演进》一书，其他两本著作都应为 20 年代的留法生所熟读。而且，《道德教育论》和《教育和社会学》都曾全文或部分被翻译成中文，译介到国内。而涂尔干的社会学论著只有《社会分工论》和《社会学方法论》被翻译成中文，所占比例远低于涂尔干教育学论著的翻译。由此可见，我国学者非常重视涂尔干的教育学说，可以说不亚于涂尔干的社会学说。崔载阳在法国留学期间专门研究涂尔干教育思想，他指出，“涂尔干研究训育的第一步就是要找寻道德生活中之最基本的元素；第二步就是研究如何将这些德性的元素构之于儿童精神内。第一步的问题

---

① 何思敬通晓法文，而且在中山大学任教期间与许德珩联系密切，并从许德珩处借阅大量法文社会学书籍。参见许德珩《为了民主与科学：许德珩回忆录》，中国青年出版社 2001 年版，第 138 页。

是社会学的问题，第二步的问题是教育学的问题”[①]。可见，我国学者并未将涂尔干的教育学思想与社会学思想割裂开来，并且主动从社会学角度思考教育问题，把教育当作一种社会事实来研究。与此同时，把教育当作灌输德性的主要社会手段，其本质上也是受国家话语的影响，当作培养国民的重要手段。

从列维－布吕尔的讲座开始，经过二三十年代以留法生为主体的法国学派之译介，涂尔干的学说逐渐为民国时期的学者所熟知。这种以“社会事实”为对象的社会学不仅与功能学派的社会学研究紧密联系在一起，而且与“自杀”、“失范”、“宗教”以及“乱伦禁忌”相比，它的“社会连带性”（即社会团结）、“集团意识”（即集体意识）、“社会分工”等概念以及“训育国民”的倡议和社会学研究方法的运用都更为该时期的学者所重视。因此，从这些被国人偏爱的关键概念中，我们可以明显地发现它们与“国家”话语之间的关联，即通过一种科学的社会学方法来凝聚国民，构建国族，从而打造一个现代的国家（在当时是指“中华民国”）。从这一角度来说，涂尔干的译介事业在民国时期迎来高潮并非一个偶然现象，它既是“国家”话语所推动的学术选择，亦是“国家”话语得以自我完善和实现的手段。

综上所述，自严复翻译《群学肄言》以来，“群学”的研究成为显学，其原因正是“群学”即为“群”的科学，包含了科学的“群观”，更重要的是，它被视为救国救民之良方。由此，“群学”在辛亥革命前后不仅激发了“群”的概念，更将这个概念上升为“国家”话语，以替代延续了几千年的“王朝”话语，彰显群观的“民国”也从此替代了“帝国”。然而，“中华民国”之新名号却并不意味着一个崭新的、统一的和富强的国家。五四运动也敲醒了许多青年，促使他们借助“赴法勤工俭学”之机，前往法国寻找救国的真理。20 世纪初的法国社会学正是涂尔干学派的天下，这个学派诞生于法兰西第三共和国内忧外患之际（内部有延续不断的工人运动，外部则面临与德、奥的战争），

---

① 崔载阳：《涂尔干小学训育论》，《广东省教育会杂志》1929 年第 1 卷第 2 期。

其核心概念“社会事实”、“社会分工”、“集体意识”和“有机团结”（即有机连带）等不仅开创了社会学、民族学与人类学研究的新天地，亦反映出契合法国国情的“国家观”。既然国家为社会的最高组织形式，从社会唯实论到国家唯实论也就顺理成章，教育也自然成为培养国民道德论的有利方式。通过 20 世纪 20 年代的留法生群体，涂尔干学派的国家观或通过文本译介的方式，或通过个体践行的方式来到中国，开启了科学社会主义和国家主义两条不同的道路。如陈三井所言：

> 国家主义与共产主义是两个在思想上极端相反的主义：一个主张爱国，认定“国家利益高于一切”；一个主张国际工人联合，实行世界革命，认为“工人无祖国”。一个主张全民政治（即民主政治），要建设一个全民福利的国家；一个主张阶级专政，要打破国界，建立一个以工人为中心的共产世界。一个主张全民合作；一个主张阶级斗争；一切的一切，都是相反的。①

而且，在历史上，这两派之间也展开了激烈的斗争，最终共产主义的理想和社会主义的道路战胜了“醒狮派”。尽管如此，在 20 世纪 20 年代，这两派的出发点是一致的，即寻找一条拯救中国的道路。而且在中国的具体国情中，这两派所有的理论和实践都体现出强烈的“国家”话语，并同一切个人主义做斗争。也就是在这个层面，他们都受到了法国涂尔干学派的影响，并且试图将各自在法国所获得的理论资源运用于中国的具体语境当中。

> 新中国成立后，马克思主义被确立为国家指导思想的理论基础，出于意识形态的原因，马克思主义主张的阶级斗争和社会革命思想与 **A.** 孔德以来西方社会学以秩序和进步为标的的政治保守主

① 陈三井：《旅欧教育运动：民初融合世界学术的理想》，台北：秀威出版社 2013 年版，第 197 页。

义存在着严重抵牾，于是在 1952 年的高等学校院系调整中取消了社会学的教学和研究。①

但是，“国家”话语早已经建立起来，涂尔干学派的社会学学说虽然暂时远离了大学讲坛，但是其“国家高于个体”的社会观仍然影响着当代中国。另外，由于对“国家”话语的不同运用，少数转型为马克思主义社会学的留法社会学者积极地参与到新中国的建设当中，而大多数与涂尔干思想关联更为紧密的国家主义派社会学者则被迫离开中国大陆，或前往中国台湾，或流落异国，最终法国涂尔干社会学派在中国的影响逐渐式微，清末民国时期涂尔干学派与中国留法生的话语关联也逐渐不为人所重视。

① 苏国勋：《马克斯·韦伯：基于中国语境的再研究》，《社会》2007 年第 5 期。

第四章　从艺术到民族：面向本土的田野描写

自1986年克利福德和马库斯等主编的《写文化：民族志的诗学与政治学》出版以来，人类学和民族学的看家本领即民族志也就被视为一种知识生产，被当作人为的文化书写。在另一个领域，文学和艺术也在不断地向文化靠拢，同样被视为文化的呈现。于是，民族志与艺术（包括文学在内）都可以被视为“文化的表述”。其实，法国民族学家莫斯早就意识到，“社会生活最核心的源泉，就是一整套表征（representations）”①。于是，在这个点上，我们也就可以理解为什么有些学者能够在艺术和民族学、文学和人类学等不同领域轻松切换，同时也可以理解为什么像凌纯声这样的民族学家一开始学习的是音乐，为什么杨成志这样的民族学家会长期关注民间艺术。因为无论是艺术还是民族志，在20世纪上半叶的中国，它们都是面向本土的田野描写，也是面向人类的多样表述。

需要特别指出的是，前两章中的“实证”和“国家”话语更为宏观。在20世纪上半叶，它们的影响范围已经远远超出学术领域，可以说是一种普遍化的观念，甚至拥有一定意识形态权力的话语，控制着那个时代几乎所有进步知识分子的思维与言行。而本章中的“民族”与下一章中的“民俗”这两个话语则相对微观（如果我们把民族主义语境中的“民族”都放在“国家”或者说“民族—国家”的话语中去讨

① ［加］马塞尔·福尼耶：《莫斯传》，赵玉燕译，北京大学出版社2013年版，第3页。

论），它们更加偏向于学理。从这层意义上看，它们从语词到话语的过程（即话语化）与民族学、民俗学二者的学科化过程紧密相连。完成学科化的“民族”与“民俗”也就演变为一种学术性的话语，具有话语权，而且影响范围很广。尽管这两个语词已经完成通俗化，成为日常用语而被广泛接受，但是在20世纪上半叶，它们几乎都是从知识分子的话语和学术中发生和展开的，因此也可以把它们视为学术性的话语。在这一点上，它们与“实证”和“国家”有所不同。

然而，本章的“民族”话语并非与前文中的话语毫无关系。恰恰相反，它之所以能在20世纪30年代的学术界产生巨大影响，正是因为前文中的“实证”与“国家”已经成为抽象的观念和话语，并促使中国的知识分子去解决实际具体的中国问题。本章也正是在前文论证的“实证”和“国家”话语后，继续深入和细化中法之间的话语关联。

此时，从法国留学归国的民族学家[①]把社会研究的重心放在了非汉社会和边疆研究，即“民族”（尤其指少数民族）之上。关于“民族”的概念有大小两种不同的阐释，即国家层面的“民族”和族群层面的“民族”，如“中华民族”与“五十六个民族”这两个概念之间的关系。国家层面的“民族”源自西方的“民族国家”样板，在中国近现代民族主义思潮中对应着“中华民族与中国”的观念历程。族群层面的“民族”则对应着持有不同文化的人群社会，在中国语境中是指五十六个民族。

至于社会学与民族学之间的关系，在涂尔干和莫斯看来，民族学就是比较社会学。[②] 而且，“文化”一词也不受当时法国民族学者待见，他们认为这个词比“文明”更加糟糕。[③] 因此，在这一意义上，如果我们说

---

① 在当下学术语境中，关于民族学家和社会学家的称谓往往是相互混用的。这不仅反映了中国人类学、社会学、民族学研究所受的西方影响各不相同，也反映了学界对社会学、民族学和人类学边界看法的不确定性。本书所指的民族学家是指从事中国民族文化，尤其是少数民族文化研究的学者，而社会学家是指从事社会问题和社会生活研究的学者。参见王建民《民族学的学科地位及其与社会学的关系》，《中央民族大学学报》1995年第1期。

② ［法］马塞尔·莫斯：《人类学与社会学五讲》，林宗锦译，广西师范大学出版社2008年版，第4页。

③ Marcel Mauss, «Fait social et formation du caractère», dans Sociologie et sociétés, Vol. 36, No. 2, automne 2004.

法国民族学与社会学联系紧密，那么二者之间的关联点并非文化，而是“社会事实”，只不过民族学有比较的方法和视野而已。而且，由于学术发展和个人因素，法国的社会学研究也在莫斯那里逐渐过渡到民族学研究。而且，正是因为这种比较的方法，法国民族学研究从一开始就是跨学科的，里面既有形态学描写也有历史学，既有心理学也有统计学①。

受法国社会学研究向民族学转向的影响，莫斯的中国弟子重在研究被边缘化的少数族群，尤其是中国西南地区的彝族、瑶族、苗族等民族。而本章所要研究的“民族”话语也正是指后者，即族群研究中的“民族”话语。另外，在关联方式上，这些留法民族学学者也与之前的蔡元培、许德珩、李璜等人不同，他们与导师莫斯之间的关联更为直接，而且他们大多数人在法国获得了硕士或博士学位，他们用法文撰写的毕业论文也与法国的中国少数民族研究者展开了直接对话。凌纯声的瑶族研究、杨成志的倮倮族（即彝族）研究和徐益棠对云南三大族群（即壮族、彝族和傣族）的研究等都曾在法语语境中发表。这些研究不仅深受莫斯的影响，同时亦为莫斯提供了族群研究的中国案例。

第一节 从古典音乐走向本土田野的凌纯声

作为近代中国最著名的民族学家之一，凌纯声的名字在所有中国民族学、人类学史著作中反复出现。这不仅仅是因为凌纯声的老师是法国著名学者莫斯，更因为凌纯声是第一批走进本土田野的中国人类学和民族学者，甚至可谓其中最杰出者之一。也正因为他在田野调查和民族志写作方面的成就，人们甚至会误认为他和莫斯之间在学术上已经没有什么关联（因为莫斯本人很少实地从事田野调查工作）。笔者认为，这种印象极为错误。事实上，无论在方法论方面还是在理论方面，凌纯声都

① Marcel Mauss, «Rapports réels et pratiques de la psychologie et de la sociologie», dans *Journal de Psychologie Normale et Pathologique*, 1924. Communication présentée le 10 janvier 1924 à la Société de Psychologie.

深受莫斯的影响。只不过由于中法两国国情不同，民族学和人类学的发展阶段也不同，凌纯声不可能像他的老师莫斯那样通过阅读大量科学民族志的方式来研究中国的族群。

然而，学界似乎遗忘了凌纯声的另一层身份，即音乐家凌纯声。学界普遍认为，艺术与文学的关系非常紧密。尤其在中国古典文学之中，琴棋诗画往往融合在一人一文中，王维诗歌的绘画属性、李白诗歌的歌唱属性都是明证。但是，当音乐家和人类学家、民族学家的身份合二而一时，人们多少会感到奇怪。如果从“写文化”的人类学和艺术的文化性角度来看，音乐家凌纯声对人类学家、民族学家凌纯声的影响，演奏古琴之凌纯声到走入田野之凌纯声的转向就值得关注。

一　《霓裳羽衣》与凌纯声的音乐知识

1919 年，在南京高等师范学校（东南大学的前身）教育科学习的凌纯声除了学习教育学之外，还把古琴作为选修专业，并能演奏《关山月》《秋江夜泊》《平沙落雁》等乐曲。毕业后，凌纯声获聘为东南大学附属中学教务主任，但是他的研究兴趣完全是在音乐和音乐教育上。由于他在音乐上的造诣，又在东南大学学习工作之故，在当时他被人们称为“东南音乐家”[①]。即使在法国留学期间，凌纯声也没有放弃音乐。虽远渡重洋，但他还是把自己心爱的古琴带至法国，并举办了多场音乐会。“他曾于 1927 年夏出席在德国法兰克福举行的国际音乐会，并在会上着汉服弹奏琴曲，照片刊登在中国学院期刊，被音乐家王光祈收入《中国音乐史》。”[②] 此外，1929 年 5 月，他还在吉美博物馆（Musée Guimet）参加了一场中国音乐会。在这场音乐会中，除了参加丝竹合奏，凌纯声还用古琴独奏了《关山月》。这些在域外的音乐表演不仅证明了凌纯声高超的音乐水平，同时也通过他的身体实践把中国文化传播至域外。

---

① 严晓星：《“东南音乐家”凌纯声和〈霓裳羽衣〉》，《藏书》2007 年创刊号。

② 尹文：《百年南高松不老 梅松又传琴瑟声》，《东南大学学报》2015 年总第 1272 期。

除了在德国和法国演奏古琴，他还曾编写过音乐书籍。1928 年 3 月，上海商务印书馆出版了凌纯声与童之弦合编的《霓裳羽衣》一书，并请他的古琴老师吴梅校订并作序。在序言中，吴梅说道：

> 壬戌之秋，承乏南雍，凌君纯声、童君之弦时来讲艺，暇日以此谱授之。……后辗转奏演，历毗陵、吴门、邗上，声誉隆起。晚近庠序论歌舞古剧，未能或之先也。今夏应同人之请，以此谱付刊，其嘉惠后学之盛心，更不可及。……纯声方游学法京巴黎，肄习音乐。夫巴黎固乐府之渊薮也，试以此谱演之，余知必为彼都人士所激赏，或不敢薄视吾国，谁谓音乐为小道哉！①

这段话不仅交代了凌纯声学琴的经历，也表明了本土音乐家心中与西方音乐对话的渴望。

另外，在这部乐谱中，凌纯声表现出了高超的谱曲才能。这在他后来的田野考察和民族志写作中也大显身手。

图 4－1 《霓裳羽衣》中的五线谱

资料来源：凌纯声、童之弦：《霓裳羽衣》，上海商务印书馆 1928 年版，第 2 章第 5 页。

---

① 凌纯声、童之弦：《霓裳羽衣》，上海商务印书馆 1928 年版，第 1—2 页。

通过图 4－1 我们可以发现，凌纯声已经能熟练地使用五线谱（在该书中，凌纯声和童之弦还使用了工尺谱和简谱来谱曲）。在法国学成归国后，凌纯声前往东北赫哲族居住地进行田野考察，并完成了中国第一部科学民族志《松花江下游的赫哲族》。在该书中，凌纯声详细地记录了赫哲族的音乐，并用五线谱来为之谱曲。如果没有良好的音乐谱曲能力，他在当时是无法用五线谱来记录曲调的。

图 4－2　《松花江下游的赫哲族》中的五线谱

资料来源：凌纯声：《松花江下游的赫哲族》（上册），国立中央研究院历史语言研究所（单刊甲种之十四）1934 年版，第 161 页。

由此可见，音乐家凌纯声不仅没有干扰民族学家凌纯声的研究，反而还有助于后者的田野考察和民族志写作。与前面的刘半农、谢康等案例一样，从文艺走向人类学（从他们后期的研究来看，主要是民俗学、社会学和民族学），并不是要用人类学去取代文学，而是用人类学去激活文学，用文学去丰富人类学。与此同时，促成他们学术转向的正是实证、国家、民族等话语，他们自身学术实践的转向就是这些话语的表述。

二　莫斯的民族学与凌纯声的学术转向

在抗战中，凌纯声遗失了所有的古琴和曲谱，从此他不再弹琴，专心致力于中国边政学研究。1949 年，凌纯声以民国政府官员的身份前往中国台湾，重建了中研院的民族学研究团队，并在台湾大学担任人类学系教授一职。在凌纯声的人生历程中，我们会明显地发现他从音乐到民族、从艺术到田野的转向。但是这一转向并非突然，至少作为兴趣的音乐演奏和作为学术的民族研究曾在很长的一段时间里并存于凌纯声的生命中。而且，追溯凌纯声民族学研究的源头，应回到他在法国的学习经历。

1926 年，凌纯声前往法国留学，抵达后即在巴黎大学注册学习。学界普遍认为，他在法国师从莫斯，学习民族学和人类学，1929 年通过答辩后获博士学位。回国后，凌纯声就一直在中国民族学建设和研究领域不懈努力，他先是在中研院社会科学研究所、历史语言研究所担任研究员，后任该院民族学组主任。抗战爆发后，凌纯声先后担任了边疆教育馆馆长、民国政府蒙藏教育司和边疆教育司司长、边疆文化教育馆馆长等行政职务。此外，他还致力于中国的民族学教育，在国立中央大学社会学系和边政学系教授民族学、边政学。

凌纯声在民族学研究方面的贡献主要体现在实地调查和民族志写作两个方面。1929 年 4 月，由于在法国留学期间并未做过田野调查，所以在时任中央研究院院长蔡元培的激励下，作为中研院民族学组研究员的凌纯声和商成祖一起赴东北考察满—通古斯语民族。这不仅仅是中国第一次科学的人类学田野调查，也是凌纯声本人的第一次田野调查。后来，在 30 年代，他又先后调查了湘西苗族、浙江畲族和云南彝族等少数民族。在所有这些考察中，对东北赫哲族的调查和研究最为重要和出名，凌纯声也借此开创了以中研院为代表的“南派”所具有的民族学实地调查研究之传统。同时，他的两本民族志作品《松花江下游的赫哲族》（1934）与《湘西苗族调查报告》（1948）更是成为中国近代民族学研究和民族志写作的最佳范本。由于战争的缘故，凌纯声在 40 年代开始把研究的重心转向了边政建设和边疆民族研究方面。自此，凌纯声的研究从对单一少数民族的调查逐渐转而重视整个中国南方乃至东南亚的不同民族文化之间的联系，从文化传播的角度对整个区域的文化进行了深入分析。

在上述凌纯声的民族学研究历程中，虽然研究对象和方法与莫斯有所不同，但是我们还是能够发现，莫斯对凌纯声民族学转向后的研究产生了极大的影响。

1. 凌纯声在法博士学位论文中的莫斯影响

凌纯声赴法国留学距今已经 90 多个年头，其就读的巴黎大学高等中国学院（Institut des Hautes Etudes Chinoises）也在不断的分裂和整合中面目全非，经笔者在巴黎市档案馆的查访，除了证实他在 1926 年 10 月正式注册上课外，也并无太多的收获。此外，在有关莫斯的各类传记中，或无记载，或寥寥数语，如西方最重要的莫斯研究专家马塞尔·福尼耶在其撰写的法文版《莫斯传》中写道，“班上还有一位勤奋的中国学生，他叫凌”①。

UNIVERSITÉ DE PARIS · FACULTÉ DES LETTRES

Recherches Ethnographiques sur les YAO
dans la Chine du Sud

THÈSE POUR LE DOCTORAT D'UNIVERSITÉ

PAR

LING ZENG SENG

PARIS
LES PRESSES UNIVERSITAIRES DE FRANCE
1929

图 4－3　凌纯声博士学位论文封面

资料来源：图片为笔者在法国拍摄。

① Marcel Fournier, *Marcel Mauss*, Paris: Fayard, 1994, p. 242.

所幸的是，笔者在法国国家图书馆里找到了凌纯声当年博士学位论文的原本。该论文以打字的方式写成，署名为 LING ZENG SENG（即凌纯声），上面注明他是高等中国学院的学生，1929 年毕业于莫斯创立的巴黎民族学学院（Institut d'ethnologie），其博士学位论文题目为《关于中国南方瑶人民族志的研究》（Recherches Ethnographiques sur les YAO dans la Chine du Sud）。

至于凌纯声为什么以此为题目来完成自己的博士学位论文，原因不得而知。但是，从上述标注的学生信息来看，凌纯声刚刚到法之时可能是打算在汉学领域完成自己的学业，因为他的学籍注册地在巴黎高等中国学院。后来在中国学院遇到了葛兰言（1925 年，葛兰言参与创建了该学院，并成为该学院的管理者之一，兼教授中国语言和文化），于是他通过葛兰言结识了莫斯。加上当时巴黎大学民族学学院也是刚刚创立，所以凌纯声很有可能受新学科和新方法的吸引，改学民族学。

在论文前言中致谢的段落，我们可以读到以下文字：

> 在此我要深深地感谢莫斯和葛兰言两位教授，感谢他们愿意指导我的论文研究工作，并不竭余力地引导我的学业。我还要真诚地感谢福克内、里维和普尔日斯基（Przyluski）教授，从他们那里我获得了许多社会学和人类学知识。我同样还要感谢麦斯特（Mestre）先生，他是高等中国学院的讲师。在论文写作过程中，他曾为我阅读手稿，修改翻译。①

由此，我们可以更正或补充一些国内关于凌纯声先生生平的不当之处。首先，凌纯声并不只是莫斯一人的学生，他应是莫斯和葛兰言两位共同指导的博士生。其次，凌纯声在法国所学的知识应该是横跨了汉学和民族学两个紧密相连的领域，其中葛兰言和普尔日斯基都是法国社会

① Ling Zeng Seng, *Recherches Ethnographiques sur les YAO dans la Chine du Sud*, Paris: Les Presses Universitaires de France, 1929, p. Ⅵ.

学年鉴学派中的汉学研究者（后者主要以越南为研究对象），另外福克内是社会学教授，而里维则是法国博物馆学领域的重要学者。另外，凌纯声以“瑶人”为题目所写的论文应该是仓促之举，如上文所说，凌纯声在法国调整过自己的研究重心。因此，凌纯声在撰写这篇名为“民族志”的论文之前，并没有任何的田野考察基础，而且当时的现实条件也无法让凌纯声回到中国进行田野考察。

另外，从论文内容上来说，这是一篇历史研究加文献翻译所构成的论文，是一篇对涉及瑶人的“民族志”的再研究。全文除题目封面外，包括“前言”（2页）、“瑶人地理分布图”（共计1页）、“第一部分：历史介绍”（共计28页）、“第二部分：文献”（共计124页）、“参考文献”（共计1页）。作为文章的主体，论文第一部分一方面主要研究瑶人的迁移和当今居住地，分析了瑶人的地理分布；另一方面则是对这些族群的历史做了一个简短的介绍和分析。这一部分应是作者通过历史文献分析后撰写而成。在第二部分开始，作者就坦言“在第二部分，我们整理和翻译了在法国所能收集到的官方文献。对这些民族志文献的翻译是一项艰苦的工作……某些段落可能很难理解，我们将不得不在以后的田野中核实”①。此外，这一部分又分成三个小节，分别为“名实相符的瑶人”（Les Yao proprement dit）、“壮人”（Les Tchouang）、“佬人”（Les Lang）。

从上述介绍来看，在这篇博士论文中，我们已经可以发现一位受莫斯影响的年轻中国民族学者了。

首先，在方法论上，此时的凌纯声和他的老师一样，没有做过任何的田野调查，但是对历史文献的收集和分析已经初见功底。这一方面首先是由于凌纯声本人学识所在，另一方面应是受了莫斯民族志方法的鼓励。另外，在对历史文献的使用上，凌纯声也接受了他老师的观点。莫斯在《民族志手册》中写道，“一个前往田野的民族志学者应该了解前

① Ling Zeng Seng, *Recherches Ethnographiques sur les YAO dans la Chine du Sud*, Paris: Les Presses Universitaires de France, 1929, p. V.

人已经知道了什么，这是为了能找到人们所不知道的"[1]。由此可见，在涂尔干看来，文献是需要和田野考察相互印证的，而凌纯声虽然无法从事田野考察，但是很明显他已经知道了这一方法的目的，所以他才会把有些难以理解的段落留待田野中核实。另外，在技术上，凌纯声以地图来反映瑶人的分布，这也是莫斯在《民族志手册》中所要求的。

其次，凌纯声为什么把"壮人"和"佬人"都放在这篇博士论文中呢？笔者认为，这也是因为作者受到了莫斯的影响。众所周知，通过比较，莫斯提出了他的"文明论"，即如爱斯基摩的季节性迁移一样，无论是文明内部还是在文明之间都存在着族群迁移和互动。在文献研究中，凌纯声发现"舍弃了'蛮'的共同称谓后，他们当中的不同部落接受了新的名字，即瑶人、壮人和佬人。他们都和汉人一起生活在中国南部，也是人数最多最重要的部落"[2]。由此可见，凌纯声认为这三个部族是同源的。这一观点也为他在以后的边疆研究中提出"夷汉同源说"奠定了理论基础。

2. 凌纯声本土民族学研究中的莫斯影响

凌纯声获得博士学位后，就接受了中研院的聘请，在该院民族学组担任当时唯一的研究员。在蔡元培等人的鼓励下，凌纯声带着在法国学会的民族学本领，开始在中国从事田野考察和民族学研究。在此过程中，莫斯的影响一直都存在，并且也会在中国的语境里发生变异。

首先是民族志方法论上的影响。在《民族志手册》一书中，莫斯提出，"社会学和描写民族志要求我们必须既是文献专家，又是历史专家和统计学家，甚至是能够描写某个完整社会生活的小说家"[3]。在凌纯声的《松花江下游的赫哲族》中，我们能充分了解凌纯声是真正的文献专家、历史学家和统计学家，他也能做到莫斯对"描写"的强调。在书中，凌纯声首先就是从历史角度阐释了东北的古代民族，并在中国

① Marcel Mauss, *Manuel d'ethnographie*, Paris: éditions sociales, 1967, p. 6.

② Ling Zeng Seng, *Recherches Ethnographiques sur les YAO dans la Chine du Sud*, Paris: Les Presses Universitaires de France, 1929, p. V.

③ Marcel Mauss, *Manuel d'ethnographie*, Paris: éditions sociales, 1967, p. 6.

古代文献中找到了有关赫哲族的记载。

其次，实地调查问题格上的影响。据凌纯声本人所言，他的《民族学实地调查方法》一文是“根据作者五次实地调查的经验和参考几本民族学方法论的名著如：*The Royal Anthropological Institute*：*Notes and Queries on Anthropology*……”[①]。而莫斯在其作品《民族志手册》一书中亦推荐上述英文著作的问题格[②]。此外，凌纯声的问题格包括了23项，这些项目都在莫斯的《民族志手册》中有所体现。在技术手段上，凌纯声所提倡的笔记、绘图记录、实地观察和访问等方法也是与莫斯的著作保持一致的。因此，我们有理由相信，凌纯声虽然在法国并没有做过正规的民族学田野调查，但是这些方法的确是他在莫斯的课堂上学会的。当然，凌纯声也把自己在中国实际考察的经验写进了这篇文章中，如在拍照方法上，凌纯声建议“小的相机如能买Lveica或Contax最好，因土人最怕照相，尤其是妇女，用这种相机，在他们不知不觉中无论静止与行动时都可以摄取”[③]，这就是他个人在中国调查的经验之一。

再次，文明传播论的影响。莫斯虽与德奥的传播学派没有直接的理论继承关系，但是他也提出了自己的文明传播论。在莫斯看来，文明具有在不同社群或族群间相互借用、相通和共享的特征。[④] 而关于民族学的定义，凌纯声提出它“是研究文化的起源、发达、散布及传演的科学”。[⑤] 而且，“在描述赫哲人的社会生活时，凌纯声展示了他从莫斯和里弗斯学到的好东西……莫斯寻求发展一种文明理论，这种理论使社会学家将文化间技术和知识的相互借用视为历史的一个重要方面”[⑥]。在《松

---

① 凌纯声：《民族学实地调查方法》，《民族学研究集刊》1936年第1期。

② Marcel Mauss, *Manuel d'ethnographie*, Paris: éditions sociales, 1967, p. 9.

③ 凌纯声：《民族学实地调查方法》，《民族学研究集刊》1936年第1期。

④ Marcel Mauss, *Les civilisations*: *éléments et formes*, Exposé présenté à la première Semaine internationale de synthèse, Civilisation. Le mot et l'idée, La Renaissance du livre, Paris, 1930.

⑤ 凌纯声：《民族学实地调查方法》，《民族学研究集刊》1936年第1期。

⑥ 王铭铭：《民族学与社会学之战及其终结——一位人类学家的札记和评论》，《思想战线》2010年3月。

花江下游的赫哲族》一文中，凌纯声就强调了赫哲族文化中存在的跨文化借用现象。然而，与莫斯的群体相互借鉴相比，凌纯声的研究相对更加偏向其所处的民族，因而也就具有一种民族中心主义的倾向。受此影响，凌纯声提出在满人、汉人、当地部落以及古代亚洲人部落之间存在着文化接触和文化借用，而把通古斯人排除在外。

最后，文明事实论的影响。莫斯和涂尔干曾在《关于文明概念的笔记》（Note sur la notion de civilisation）一文中指出，有些社会现象超出了单一社会的历史时段。它们在空间上超越了单一民族的范围，在时间上超出了单一社会存在的历史阶段。它们的存在方式在某种程度上来说是超民族的。于是，这种超民族的社会现象就会构成“文明事实”（faits de civilisation）①。而且，莫斯认为，包括民族在内的社会群体并非唯一的凝聚群体，在族群之上还存在着规模更大的文明体。② 笔者认为，在这一“文明事实”理论的影响下，赴台的凌纯声把自己的民族学研究重心转向了“东南亚古文化”。在各类民族志材料的基础上，并通过比较的方法，他认为中国台湾原住民文化与中国内陆西南少数族群文化存在着一种类似性，由此提出了“东南亚古文化”的整体概念。这一概念所要建构的就是隐藏在各种表象之下的中国南方古文化，这一古文化不仅是中华文明的源头之一，也是整个东南亚古代文明的源头之一。从这一角度看，凌纯声的“东南亚古文化”与莫斯的“文明体”是一脉相承的。但是，二者的差别在于凌纯声在政治上是一个“国家主义者”③，因此其超越民族的“文明事实”最终会落入国家主义的立场。如他的边疆研究就强调“今天中国边疆的重要，不仅边地资源为国家生命线，而边疆民族尤为国族的生命线。且边民乃我同宗兄弟，至今流落在化外者，亟应加以教养，使其能得归宗入族，早日实践国父的

---

① Marcel Mauss et émile Durkheim, «Note sur la notion de civilisation», dans *Année sociologique*, N. 12, 1913.

② Marcel Mauss, *Les civilisations*: *éléments et formes*, Exposé présenté à la première Semaine internationale de synthèse, Civilisation. Le mot et l'idée, La Renaissance du livre, Paris, 1930.

③ 参见凌纯声《国家主义与中国的音乐教育》,《中华教育界》1925 年第 15 卷第 1 期。

国内民族一律平等之遗教”①。

第二节　“民族”话语与少数民族的文学

通过上述凌纯声之个案，我们可以发现法国的“民族”话语不仅吸引了凌纯声的研究目光，甚至对他个人长期的民族学研究都产生了巨大影响。为了更加深入地探讨法国“民族”话语与中国的关联，我们从个案进入更大的文学，乃至艺术领域，分析法国“民族”话语如何与中国文学发生关联。从表面上看，法国民族学或者说“民族”话语与中国文学似乎没有什么关联之处。要谈这个问题，首先需要指出的是，这里的“文学”采用的是文学人类学的“大文学观”②，它既包括精英文学，也包括民间文学；既包括汉族文学，也包括少数民族文学；既包括文字文本，也包括声音文本、身体文本。

曹顺庆教授曾指出，我国的少数民族文学研究被西方、汉族和精英话语三重霸权所压迫③。的确，在这些霸权的压制下，少数民族文学不仅长期被我国的中国文学史书写忽视，甚至长期不被西方的中国文学研究重视。目前，美国对中国的少数民族文学研究已经有了很大的发展，而且国内学界对此也有相关的再研究。但是，对于法语世界里的中国少数民族文学，国内学界的研究仍然是凤毛麟角。甚至是连法语世界里的中国少数民族研究，学界给予的关注都不够。很明显，造成这一局面的原因是英语霸权的影响，也就是说，以“英语世界”代表“西方”，从而遮蔽了“西方”一词应有的多样性。

回到中法“民族”话语上来，在法语世界里的中国少数民族及其文学之译介虽然从总量上来说少于汉语文学和精英文学，但是仍然是法国人类学、民族学研究和中国学研究中不容忽视的重要内容。事实上，

① 凌纯声：《中国边疆文化》（上），《边政公论》1942 年第 1 卷第 9—10 期。

② 徐新建：《表述问题：文学人类学的起点和核心——为中国文学人类学研究会第五届年会而作》，《西南民族大学学报》（人文社会科学版）2011 年第 1 期。

③ 曹顺庆：《三重话语霸权下的少数民族文学研究》，《民族文学研究》2005 年第 3 期。

在少数民族研究的某些方面，法国的中国学研究已经取得了很高的成就，例如法国的彝学研究在西方中国学研究中就处于领先地位。另外，在苗学方面，法国也取得了诸多成就。在这些法国的中国少数民族研究中，文学是如何进入的呢？

一 法国“民族”话语与苗族文学

1. 法国早期的苗学研究

目前我国的学者关于法语世界中最早的苗族研究看法并不统一。王慧琴曾在《关于苗族的族源问题》中提及法国苗学的最早成果始于20世纪上半叶法国传教士萨维那，后者编写了多部苗学著作，如《苗法词典》（*Dictionnaire miao-tseu-français*）与《苗族史》（*Histoire des Miao*），并认定苗族起源于里海和波斯湾之间[①]。杨昌国在《国外苗学的历史梳理》一文中则认为法国的苗学研究应该上溯至19世纪八九十年代，当时法国的人类学家如德·卡特勒法热、韦尔努和拉戒基埃等人在《人类种族通史》、《人类的种族》和《越南北部的两年》等文中研究了苗族的体质和种属问题。[②]

然而，据笔者考证，这个时间还可以再往前追溯。J. C. Prichard 在《人类自然史：人类的不同种族》（*Histoire naturelle de l'homme*：*les différentes races humaines*）一书中指出，在秦始皇建立中华帝国之时，有许多土著居民仍然居住在中国内地的山区里。由于对这些部落一无所知，所以该书作者沿用了中国人的说法，把他们都归类到野蛮的民族。该书在称呼上也沿用了汉人的方式，把他们叫作苗（Miao）和苗子（Miao-tseu）[③]。然而，这本书并非专门研究苗族，因此也就一带而过。后来的 Eusèbe-

① 王慧琴：《关于苗族的族源问题》，《思想战线》1982 年第 6 期。

② 杨昌国：《国外苗学的历史梳理》，《贵州民族学院学报》（哲学社会科学版）2004 年第 1 期。

③ J. C. Prichard, *Histoire naturelle de l'homme*：*les différentes races humaines*, Paris：JB. Baillière, 1843, p. 310.

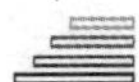

Fr. De Salles（1849）也沿用了这种说法，把苗族划入野蛮土著的一类。M. A. de Quatrefages（即上文的德·卡特勒法热）在1867年撰写的《人类学进展报告》（*Rapport sur les progrès de l'anthropologie*）一书中描写了苗族的体质。1876—1878年，德理文（Hervey de Saint-Denys）把马端临著《文献通览》中的《卷三百二十八·四裔考》翻译成法语，题名《中国藩部民族志》（*Ethnographie des peuplesétrangers à la Chine*），其中第二部分对苗族的族源和分支都有较详细的介绍。

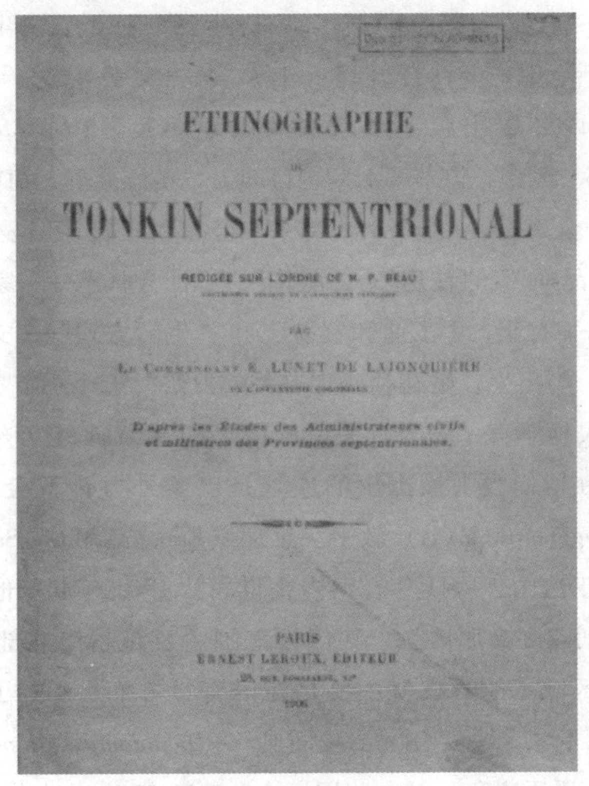

ETHNOGRAPHIE

TONKIN SEPTENTRIONAL

RÉDIGÉE SUR L'ORDRE DE M. P. BEAU

LE COMMANDANT E. LUNET DE LAJONQUIÈRE

D'après les Études des Administrateurs civils et militaires des Provinces septentrionales.

PARIS

ERNEST LEROUX, ÉDITEUR

图4-4　《东京北部的民族志》封面

资料来源：图片为笔者在法国拍摄。

1883年，法国占领了越南全境，将其变为自己的殖民地——印度支那。自此以后，法国对自己印度支那领地内的各民族都进行了较为细致的民族志考察。然而这些民族志并不是由经过专门训练的民族学家来完成的，而涉及苗族的重要民族志考察则主要由两位殖民地军官和一位传教士来完成。

这两位殖民地军官分别是 E. Lunet de Lajonquière 和 E. Diguet。前者于 1906 年出版了《东京北部的民族志》（*Ethnolographie du Tonkin septentrional*）一书。该书专辟一章介绍苗族，题目为“Mèo”，主要介绍了越南苗族的分布、起源、支系、体质特征、生理特征、物质生活、村庄、服饰、生计方式、手工业、贸易、精神生活（舞蹈和音乐）、宗教信仰、巫师、节庆、神话与传说、科技、家庭生活、婚姻、出生、葬礼、服丧、社交生活、财产、社会组织、司法、语言文字等部分①。

后者于 1908 年出版了《东京的山地居民》（*Les Montagnards du Tonkin*）一书。其中，该书第七章题目即为“苗族族群”（Du Groupe ethnique Mèo），全章分为“苗人、族称、起源和迁徙、偏爱的居住地”、“身体和精神品质”、“住房”、“服饰”、“社会状态——家庭和部落”、“经济状况——农业、手工业和贸易”和“生活方式——文化水平——宗教思想——与出生、婚礼和死亡有关的习俗”七个小节②。

除了殖民地军官，法国有关苗族最早的专门研究应该归功于天主教传教士。在他们当中最杰出的应该是巴黎外方传教会（Société des Missions étrangères de Paris）教士萨维那（François Marie Savina），他于 1876 年出生于法国，1941 年在河内去世。从 1901 年起，他就被巴黎外方传教会派到印度支那传教，其传教范围主要是越南北部和广西边境的苗族生活区域。他的成就主要是在语言学方面，编写了多部与苗族语言有关的工具书，主要有《苗法词典》（*Dictionnaire Miao-tseu-francais*，内附有一个苗语语法和一份法苗词汇表，1916 年）、《法苗词汇》（*Lexique francais-mèo*，1920）、《苗法入门》（*Abecedaire meo-francais*，1920）和《苗族史》（*Histoire des Miao*，1924）等。从某种角度上说，他应该

① E. Lunet de Lajonquière，*Ethnolographie du Tonkin septentrional*，Paris：Ernest Leroux，1906，pp. 296 – 321.

② E. Diguet，*Les Montagnards du Tonkin*，Paris：Augustin Challamei，1908，pp. 129 – 144.

是法国当时最著名的苗学专家。在他出版的第一部专著——《苗法词典》的开篇部分，萨维那撰写了一篇《东京苗族概述》（Notice sur les Miao-Tseu du Tonkin），也可被视为是有关苗族的民族志作品。其中，这位苗学专家也依次描写了越南苗族的源头、居住地、支系、住房、地理环境、生计方式、饮食、节庆、婚礼、葬礼等主要内容。[①]

图 4－5　《东京的山地居民》封面

资料来源：笔者在法国拍摄。

① François Marie Savina, «Dictionnaire Miao-tseu-francais», dans *Bulletin de l'Ecole française d'Extrême-Orient*, Tome XVI, 1916, pp. III－VII.

在以上三部涉及苗族的法文民族志作品中，我们可以发现两个细节。首先，在结构和内容上，这三部民族志虽然篇幅不长，但是已经具有民族志的各项特征。而且，三部民族志的内容分布大致相同，从历史溯源到宗教仪式基本上囊括了民族志写作的各个部分。这表明这些殖民军官和传教士多少都接受了人类学和民族学训练。其次，这三篇早期的民族志几乎都没有涉及苗族文学。只有在《东京北部的民族志》一书的“神话与传说”部分简单地介绍了一则苗族的神话——洪水神话，其中内容翻译如下：“苗族人都知道洪水传说。讲的是一对兄妹在大洪水中幸存，二人结婚后，妹妹生下一个葫芦，葫芦籽种到地里就长成了人。”① 可见，这则神话概述无论是篇幅、情节还是内容都极其简单，也不以审美为目标，很难在真正意义上被视为“文学”。

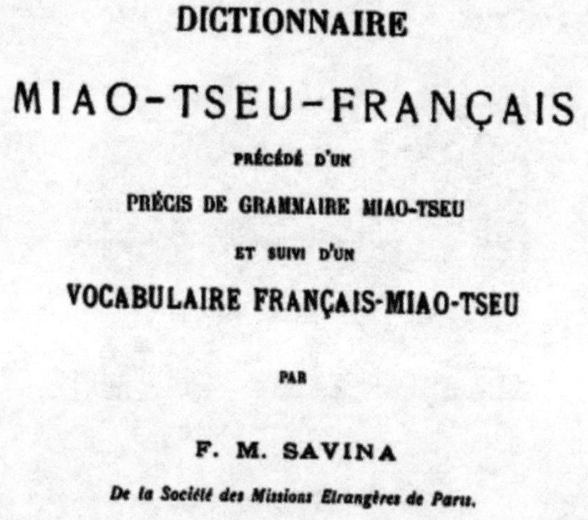

DICTIONNAIRE

MIAO-TSEU-FRANÇAIS

PRÉCÉDÉ D'UN

PRÉCIS DE GRAMMAIRE MIAO-TSEU

ET SUIVI D'UN

VOCABULAIRE FRANÇAIS-MIAO-TSEU

PAR

F. M. SAVINA

De la Société des Missions Etrangères de Paris.

图4-6 《苗法词典》封面

资料来源：笔者在法国拍摄。

2. 法国“民族”话语与苗族文学：以凌纯声为例

即便上述法国有关苗族的民族志作品已经具备科学民族志的基本要

① E. Lunet de Lajonquière, *Ethnolographie du Tonkin septentrional*, Paris: Ernest Leroux, 1906, p. 314.

素，但它们都是法语语境对苗族的他者表述，都是殖民地军官或者传教士出于政治治理或宗教传播等目的所做的应用性调查。因此，1947 年出版的《湘西苗族调查报告》才真正地代表着世界苗学研究的高峰。通过与上述法语语境的民族志相比，我们会发现凌纯声苗疆考察的真正价值，同时也能更清楚地察觉以莫斯为代表的法国现代民族学对他的影响。

1933 年 5 月 1 日至 8 月 1 日，根据民国政府中央研究院社会科学研究所（后并入史语所）民族学组的计划，凌纯声、芮逸夫和摄像师勇士衡到湘西的凤凰、乾城、永绥三县的边境地带，从事对苗族的田野调查，而《湘西苗族调查报告》就是这次田野调查的民族志成果。在序言部分，作者指出这本书写就于 1939 年，1940 年交付排版，但是因战事爆发而未能出版。1938 年，历史语言研究所出版了《人类学集刊》第 1 卷第 1 期，该期刊物上以芮逸夫的名义发表了《苗族的洪水故事与伏羲女娲的传说》一文，内容上是提前发表了凌、芮二人在上述苗疆考察过程中所收集的几个苗族洪水神话。终于到了 1947 年，《湘西苗族调查报告》一书得以出版。初版时该书分为上、下两册。其中，上册为调查而得的报告，而下册为苗族民间文学作品集。

在内容上，书中依次为“一、苗族名称的递变”、“二、苗族地理分布”、“三、苗疆人生地理”、“四、苗族的经济生活”、“五、家庭及婚丧习俗”、“六、政治组织——苗官”、“七、屯田”、“八、巫术与宗教”、“九、鼓舞与游技”、“十、故事”、“十一、歌谣”及“十二、语言”等主要部分。另外在格式上，全书图文并茂，图片又主要有两种，即手绘图和照片。除了上述主体部分，全书还包括序言、参考书目和图版，共计 471 页（未计算图版）。

暂不论内容多寡，与上述法国苗族民族志相比，《湘西苗族调查报告》多了游技、故事（包含神话、传说、寓言和趣事四个小部分）、歌谣（包含苗歌略说、音标及其他符号说明和苗歌记音等三个小部分）等部分。换言之，凌纯声、芮逸夫的民族志作品比法国民族志更加注重收集和整理苗族的文艺作品。笔者认为，造成这一差异的原因有以下三点。

首先是歌谣运动的影响。北大“歌谣运动”已经开始运用人类学的理论、方法和视野。在这场运动中，中国知识分子不仅收集和整理了中国的民间歌谣，还扩大了中国文学的疆界和内容。除此之外，还有许多著名的作家如闻一多、郑振铎等人纷纷把目光投向了中国神话以及中国民间文学，进一步推动了科学式的田野考察与文学创作二者的联合。总而言之，民国时期“歌谣运动”最终沟通了官民二级，并开创了民俗学和民间文学研究的新天地①。

其次是非殖民化的立场。法国上述民族志的“去文学化”目的在于制造野蛮人的形象。在进化论的视野中，掌握文字并且使用文字进行文学创作，这无疑是专属文明人的标志。而在法国人眼中，越南北部的那些山里人——“苗子”（法国上述三个民族志中都使用这个带有贬义的称呼）无论如何也不会有文学。这也就为法国的文化殖民提供了最有利的依据。然而，凌纯声等中国民族学家的本土研究则不会带有这种殖民化的立场。

最后，莫斯的影响。虽然莫斯开创了法国现代民族学，但他本人很少从事田野考察。然而，如果我们因此就认为莫斯对田野考察一窍不通的话，那就大错特错。据莫斯本人所言，他教学的一部分就是在描述性的民族学课程中完成的，这门课的内容包括“概述教育”和《民族学手册》的书籍②。而在《民族学手册》这本书中，莫斯明确地向他的学生们教授田野考察的具体操作，其中第五章“审美”部分就明确包含了游戏和艺术，前者包括手头游戏和口头游戏两类，而后者包含造型艺术和音乐艺术两类，在音乐艺术中，莫斯明确地把收集和研究舞蹈、音乐与歌唱、戏剧、诗歌和散文等都作为田野考察的对象③。

另外，在图片的使用方法上也能看出莫斯的影响。上述法国学者撰

① 参见徐新建《民歌与国学——民国时期歌谣运动的兴起与演变》，博士学位论文，四川大学文学与新闻学院，2002 年，第 171 页。

② ［法］马塞尔·莫斯：《人类学与社会学五讲》，林宗锦译，广西师范大学出版社 2008 年版，第 86 页。

③ Marcel Mauss（1926），*Manuel d'ethnographie*，Paris：éditions sociales，1967，p. 101.

写的民族志中，作者们所使用的图片全部是照片，而莫斯所使用的图片不仅有照片，还包括了手绘图，仅以下面的图例来进行比较。

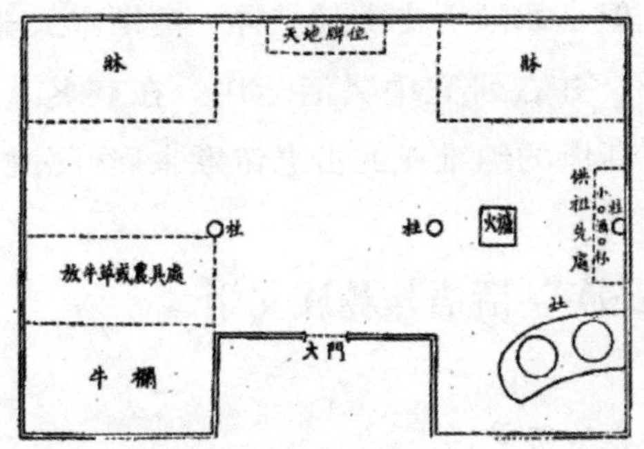

图 4－7　凌纯声所画之图

资料来源：凌纯声、芮逸夫：《湘西苗族调查报告》，商务印书馆 1947 年版，第 40 页。

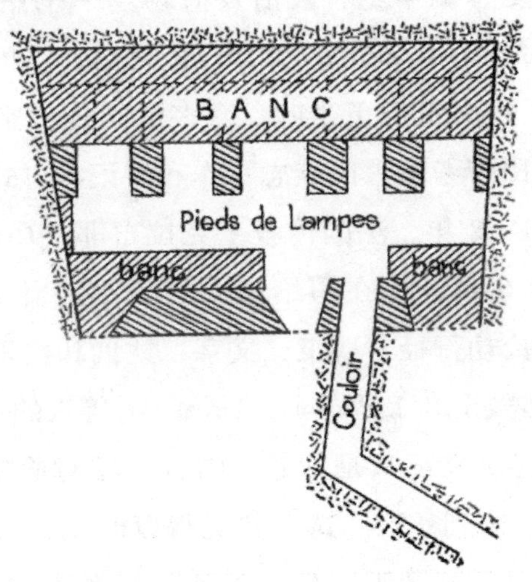

图 4－8　莫斯所画之图

资料来源：Marcel Mauss，«Essai sur les variations saisonnières des sociétés eskimo. étude de morphologie sociales»，dans l'*Année Sociologique*，tome IX，1904—1905。

虽然两幅图风格不同，但都很好地反映了室内物品的摆放位置。这一共同点表明，凌纯声在法国巴黎大学民族学专业所受的训练非常标准。而且，与彰显他者视角、进化观念和殖民霸权的照片相比，手绘图的使用更加学术和规范，也更加客观地反映其他族群的文化习俗。

其实，我们在莫斯的作品中也能看到他对文学的态度。虽然他本人不是一个文学家，但是如同历史文献一样，莫斯本人非常热衷于整理不同族群的民间文学，并在研究中灵活运用。在其名著《礼物》一书的引言中，就引用了斯堪的纳维亚的古老诗歌来展开分析①。

二　法国“民族”话语与彝族文学

1. 法国早期的彝学研究

早在18世纪，法语世界就出现了有关彝族的描写。1735年，法国耶稣会士杜赫德（Jean-Baptiste Du Halde）就在《中华帝国及其所属鞑靼地区的地理、历史、编年纪、政治及博物》一书中专门撰写了《倮倮族》（De la Nation des Lolos）一节。自此之后，法国彝学研究一直没有中断。尤其是到了19世纪下半叶，众多法国传教士和殖民军官进入中国西南地区，以田野考察、民族志写作和游记等方式对彝族进行了详细的研究和书写。1862年，法国传教士克拉布耶（Crabouillet）到川南彝区传教。1872年6月，他在写给家人的信中对彝族的服装、宗教、行政、部落战争、抢劫行径、奴隶、文字、饮食和娱乐都做了简略的介绍②。之后，法国传教士 B. J. Ponsot、Gorostarzu 等人的传教报告中均有涉及彝族。然而，上述研究都只是开始，内容也相对简单。直到1885年，维亚尔（Paul Vial）来到彝区，这一状况得以改变，法国彝学研究也因他而达到了高峰。此后，马丁（E. C. Martin）、李埃达（A. Liétard）等其他传教士也取得了许多成果。甚至，法国探险家马德罗尔宣称“关于倮倮的研究已经成为法国中国学的一个潮流”③。

---

① 参见［法］马塞尔·莫斯《礼物》，汲喆译，上海人民出版社2002年版，第1页。

② François Louis Crabouillet, «Les Lolos», in *Les Missions catholiques*, Lyon, tome V, 1873, pp. 71 – 72, 93 – 94, 105 – 107.

③ Alfred Liétard, Les lo-lo p'o, une tribu des aborigènes de la Chine méridionale, Muster: Aschendorff, 1913, p. Ⅶ.

1907年，西方最重要的汉学杂志法国《通报》上刊载了一篇长达91页的论文，题目为《倮倮人：问题的现状》（Les Lolos. Etat actuel de la question）。这篇论文的作者是法国当时最著名的汉学家兼民族学家亨利·考狄（Henri Cordier），他热情洋溢地向西方世界介绍了法国军人兼探险家多隆（d'Ollone）率领的考察队在1906—1907年横穿彝区之壮举。从西方彝学研究史来看，这次考察的确是西方世界甚至是整个彝外世界第一次有记载的、横穿彝区的考察。从时间上看，这次考察比杨成志深入大凉山考察要早22年。

> 多隆上尉刚刚在中国完成一次令人瞩目的旅途，他从建昌的首府——宁远府出发，在光若瀚神父（Père de Guébriant）和波伊夫（Boyve）中士的陪同下，穿越了大凉山，独立倮倮的领地……我们毫不怀疑多隆上尉已经收集了大量的信息……他是第一位横穿大凉山的探险家，第一位自西向东横穿这片被视为“禁区”的山脉之人。①

然而，考狄的这篇文章并不只是对多隆此次考察的歌功颂德，而是如作者所说，“在等待这次在彝学研究史上写下重要一笔的考察成果发布前，我们有必要把至今为止关于这个民族的研究进行一次汇总，以便我们更好地判断多隆考察的最新成果”②。在此目的下，考狄对截至1907年法国乃至西方的彝学研究做了非常详尽的整理和介绍。从内容上看，全文分为七个部分，分别为“汉文文献”、“倮倮之地”、“倮倮起源”、“倮倮姓名”、“倮倮手稿”、“倮倮语言”和“欧洲探险家”。在每个部分下，考狄把相关领域内西方（以法国为主）杰出的彝学研究者和他们的著作都细致地进行分析，并将关键内容汇编。在涉及彝族之汉文文献中，考狄主要介绍了Bridgman、Playfair、Clarke、Devéria和

① Henri Cordier, «Les Lolos. Etat actuel de la question», in *T'oung Pao*, 1907, p. 597.

② Henri Cordier, «Les Lolos. Etat actuel de la question», in *T'oung Pao*, 1907, pp. 597 - 598.

Sainson 等学者的成果；在“倮倮之地”部分，主要是以 Vaulserre 为主；在“倮倮起源”部分，主要介绍了 Vial 和 d'Ollone 两人的观点；在“倮倮姓名”部分，主要有 Baber、Bons d'Anty、Vial 和 Bourne 等人的研究成果；在“倮倮手稿”部分，主要介绍了 Mesny、Crabouillet、Baber、Vial、Terrien de Lacouperie、Bourne、Charria 等学者的收集和整理成果；在“倮倮语言”部分，主要有 Doudart de Lagrée 和 Boell 的贡献；全文笔墨最多的在最后这一部分，主要介绍了自马可波罗以来 28 位曾经在彝区考察和生活过的西方学者。

该文中，考狄基本上已经把当时几乎所有西方的彝学研究成果收入囊中。在内容上也基本涵盖了涉及彝族的历史文献、彝族的族源、组织、仪式、信仰、文字、语言等各个方面，然而，无论是在考狄的这篇文章中，还是在他汇总的这些探险家之研究成果中，鲜有提及彝族文学。只有一个例外，即法国传教士保罗·维亚尔。

2. 法语世界里的彝族文学：维亚尔与杨成志的比较

考狄在他的文章中不仅提及维亚尔在倮倮文字方面的功劳，“他（指维亚尔——引者注）提供了许多倮倮书写的样本”①，并且专门介绍了维亚尔在彝族文学方面的贡献，“他（指维亚尔——引者注）专门用了一章的篇幅介绍彝族的文学和诗歌”②，并且转引了维亚尔有关彝族文学的重要观点，“这种文学是完全由形象和比喻构成的，这些形象都是源自于大自然，源自于人们的所见、所感、所触和所食”③。此外，考狄还摘录了一段维亚尔翻译的彝族洪水神话，以便人们可以将它和其他作家讲述的洪水灾难进行比较④。

如果我们回到维亚尔本人创作的彝学作品《倮倮：历史、宗教、习俗、语言和文字》（*LES LOLOS*：*Histoire*，*religion*，*mœurs*，*langue*，*écriture*），就能更好地发现维亚尔在彝学方面的贡献。如考狄所言，维

① Henri Cordier，«Les Lolos. Etat actuel de la question»，in *T'oung Pao*，1907，p. 666.
② Henri Cordier，«Les Lolos. Etat actuel de la question»，in *T'oung Pao*，1907，p. 666.
③ Henri Cordier，«Les Lolos. Etat actuel de la question»，in *T'oung Pao*，1907，p. 666.
④ Henri Cordier，«Les Lolos. Etat actuel de la question»，in *T'oung Pao*，1907，p. 666.

亚尔将整个第四章都用于介绍彝族文学（《倮倮的文学和诗歌》，De la littérature et de la poésie chez les Lolos）。该部分一开始就指出彝汉文学的异同，“倮倮的文学和汉人文学一样，语句流畅，但都过于偏好重复。但是，和汉人文学相比，倮倮文学在词的节奏和韵律上要弱一些，而思想和情感的直率方面则更胜一筹”①。可见，在维亚尔的心中，彝族文学和汉族文学同样重要，各有特点。

此外，维亚尔还对彝族诗歌的特点进行了分析。在他看来，彝族文学中的比喻来得都很突然，章法也并不相同。而且，彝族诗歌也会押韵，通常每行只有五个或者三个音节，意义往往落在每行第五个字上。作为案例，维亚尔还翻译了两首彝族歌曲，分别为“婚礼歌”和“新娘哭嫁歌”。而且维亚尔还注意到了彝族诗歌的歌唱性本质，尝试用五线谱为这些歌唱的诗歌谱曲。他说，“这些哭嫁歌的乐曲也非常单纯，可以说只是一种转调、呜咽、哭泣和叹息”②。

图4-9 维亚尔为彝族诗歌《妈妈的女儿》谱曲

资料来源：Paul Vial，*LES LOLOS：Histoire*，*religion*，*mœurs*，*langue*，*écriture*，Chang-hai：Imprimerie de la Mission catholique de l'orphelinat de T'ou-sé-wé，1898，p. 37。

---

① Paul Vial，*LES LOLOS*：*Histoire*，*religion*，*mœurs*，*langue*，*écriture*，Chang-hai：Imprimerie de la Mission catholique de l'orphelinat de T'ou-sé-wé，1898，p. 30.

② Paul Vial，*LES LOLOS*：*Histoire*，*religion*，*mœurs*，*langue*，*écriture*，Chang-hai：Imprimerie de la Mission catholique de l'orphelinat de T'ou-sé-wé，1898，p. 37.

维亚尔还指出，彝族诗歌的日常性和生活性，“这种哭歌来自每天的生活。人们可以即兴发挥，如内心的痛苦、撕破的衣服、身体的扭伤、美好的天气、劳作的疲惫等等”①。除了哭嫁歌之外，他还发现彝族并不只是歌唱自己的痛苦，他们还会把故乡、土地和旅行写进诗歌里。在比较了宁蒗县、澄江府和路南州三地彝族诗歌的相似唱段后，维亚尔发现彝族诗歌的唱词并不固定，而且内容具有很大的随机性。

尽管这并不是一本关于彝族文学的专著，其中收集的彝族文学作品数量也非常有限，但是这并不妨碍维亚尔从客观的角度找到彝族文学的独有价值。在整理和分析了彝族文学文本之后，维亚尔指出，“我们可以认为所有这一切都停留在原始的状态，但是他们却并不是堕落族群的野蛮人，而是和我们一样都是帕米尔高原或其他地方先父们的子孙”②。

在维亚尔之后，李埃达（Alfred Liétard）也在1913年出版的《云南倮倮泼——南中国的一个土著部落》（*Au Yun-Nan les Lo-lo P'o. Une Tribu des Aborigènes de la Chine méridionale*）一书中研究了彝族的文学。在该书第三部分第二篇中，李埃达研究了彝族的“诗歌——歌曲”，其主要观点基本与维亚尔相同，都认为倮倮泼喜欢唱歌，而且“倮倮的诗句一般有五个音步……音乐很简单，乐曲少有变化……倮倮什么都唱，即兴而唱”③。与维亚尔不同的是，李埃达提及了倮倮人的情歌，并记录了9首歌曲。

除了法国学者外，自20世纪30年代起，我国学者也开始陆续发表本土的彝学研究。其中以杨成志的成果最为突出。目前，有学者认为，中国的彝学研究是从丁文江开始的，理由是丁文江“比杨成志更早看到彝文……而且直到丁文江编辑的《爨文丛刻》出版，杨成志也没有

① Paul Vial, *LES LOLOS*: *Histoire*, *religion*, *mœurs*, *langue*, *écriture*, Chang-hai: Imprimerie de la Mission catholique de l'orphelinat de T'ou-sé-wé, 1898, p. 34.

② Paul Vial, *LES LOLOS*: *Histoire*, *religion*, *mœurs*, *langue*, *écriture*, Chang-hai: Imprimerie de la Mission catholique de l'orphelinat de T'ou-sé-wé, 1898, p. 38.

③［法］保禄·维亚尔、［法］阿尔弗雷德·李埃达：《倮倮·云南倮倮泼——法国早期对云南彝族的研究》，郭丽娜等编译，学苑出版社2014年版，第212页。

出版他搜集到的彝文文献”①。关于这一判断，笔者认为不妥。丁文江出版《爨文丛刻》是在1936年，而杨成志在其1935年写成并出版的博士学位论文中就已经在法语世界发表了他所搜集的彝族文献，从时间上来说比丁文江更早；从影响力上来说也比丁文江更大，因为杨成志通过该书成功地与法国彝学进行对话，并补充了法国彝学的不足。

而且，更有意义的是，在法文著作《倮倮的文字与手抄经典》（*L'écriture et les manuscrits Lolos*）一书中，杨成志不仅收集和整理了更多的彝族故事和诗歌，而且还有效地在他的论证中使用了这些文学材料。从这两点上看，杨成志对彝族文学的理解显然要高于维亚尔。

在彝族文学的整理上，杨成志根据文献的功能，把自己收集的倮倮手抄经典分成了二十三个类别，其中涉及文学的主要是“传说与故事”和“民间歌谣”两个类别。与上述维亚尔的彝族文学研究相比，杨成志的研究显然更为完整，不仅有诗歌，还有故事。而且，与考狄、维亚尔将彝族神话与西方神话进行比较的兴趣相比，杨成志显然更具有客位的立场，他从功能上指出这些传说是长者向孩子们传授部落的历史。此外，他还指出有一类传说记录的是毕摩的年代表，它通过提及毕摩的名字来解释每一代的历史。在彝族诗歌方面，杨成志更加偏向于使用“歌谣”（Chanson）一词而不是“诗歌”（poésie）一词。而且，与维亚尔、李埃达等人有限的资料相比，杨成志在大凉山收集了100多首彝族歌谣，并把这些歌谣分成了七类，即“情歌”、“新年歌”、“婚礼歌”、“火把节歌”、“送葬歌”、“童谣”和“史诗歌”。

杨成志还主动运用文学资料，尤其是神话传说来解释文化现象。例如，关于倮倮文字的形成，杨成志首先介绍了五则不同的起源传说，分别为“吉禄传说”、“爨文传说”、“孔子传说”、“李老君传说”和“猴子传说”。然后，杨成志分别解释了这五种传说背后的意义，例如“孔子传说”就体现了汉文化对彝族文化的影响。

由此可见，无论是从文学文本的丰富程度还是从文学研究的深入程

---

① 欧阳哲生：《中国的彝文研究从丁文江开始》，《中国民族报》2009年2月27日。

度，杨成志都已经超过了维亚尔。与法国传教士简单地记录和介绍彝族文学相比，杨成志则倾向于把彝族文学当作文化现象来进行分析。

三 法国“民族”话语对中国少数民族文学的影响

马伯乐在为杨成志博士论文所写的序言中明确指出，长期以来，只有外国人才会研究倮倮。他们主要是探险家，例如戴维斯少校（Major Davies）在云南，多隆上尉在四川；此外还有一些传教士，如维亚尔神父（P. Vial）在云南石林，李埃达神父（P. Liétard）在云南大理，光若瀚神父和格拉布耶神父在四川等。这些学者不仅出版了彝文词典，而且还以民族志的方式记录了彝族的生活、习俗、信仰和体质。然而，“空间距离更近的中国本土学者只是出于好奇才在某些官方的省志或地方志里描写这些‘野蛮人’，而且千篇一律，陈词滥调……只有这几年，这种奇怪的现象才有所改观，徐益棠、刘忠贤（音译，Liu Chung-Hsien——引者注）才分别用法文或英文向我们展示了中国人对该问题的兴趣”①。

从马伯乐的看法中，我们可以把法国民族学、人类学对中国少数民族的研究分为两个阶段。

在第一个阶段中，法国的苗学或彝学研究者占据着统治地位。这一时期也是法国传统民族学的鼎盛时期，活跃在法国民族学和人类学研究领域的并不是专业的民族学家，而是殖民地官员、军人和传教士。虽然他们或多或少地都接受过人类学和民族学的训练，但是正如郝瑞所指出的那样，在西方的中国少数民族研究中，“无论是自然科学家或是社会科学家，都明显的是一种种族主义者的范式。……首先要谈到的是吕真达，巴伯也可列入其中，在他们的眼里，彝族的历史是人种史”②。因此，虽然这些西方的苗学和彝学专家在介绍中国少数民族方面做出了贡

① Young Ching-Chi, *L'écriture et les manuscrits Lolos*, Genève: Publications de la bibliothèque sino-internationale, 1935, p. 3.

② ［美］斯蒂文·郝瑞：《田野中的族群关系和民族认同》，巴莫阿依等译，广西人民出版社2000年版，第64页。

献，但是，我们不能忘了多隆等人的考察目的是为了找到“不属于黄色人种的民族”①。由此可见，这一阶段法国的中国少数民族研究是被“种族”话语控制的。在这种“种族”话语的阴影中，文学作为文明的高级产物似乎不会在落后的种族里发生，因此也往往被过滤掉。

批判这一“种族”话语的同时，我们还应该看到该时期法国苗学或彝学研究在方法论意义上的成就，尤其是它们对田野考察的提倡。当多隆在中国西南的彝区和苗区考察一番后，他提出“存在问题之广泛性和复杂性，这并非一时一刻能得以解决。中国的非汉种族构成另一个世界。……需要对他们进行长期的研究和大量的实地考察”②。除此之外，这些法国的中国少数民族研究者特别重视多学科共同参与的研究范式。如多隆所言，“也许各个学科的知识，在这里都可以发挥作用。例如，从地理角度看，有必要测绘出这三个民族（彝族、苗族和藏族——引者注）聚居区的地图……从历史学角度看……历史学家有必要去寻求其中波澜壮阔的故事。从考古学和碑铭学角度看，应该搜集调查所有历史遗迹和铭文……从民族学和人类学角度，有必要搜集各种传承、民俗、社会政治组织原理、人体体型、性格等资料。从语言学角度看，有必要研究这么多种族的语汇、文字、书法等”③。尽管多隆忽略了文学的参与，但是基于这种实地考察和跨学科研究范式之上的民族志写作必定会为少数民族文学留下发挥的空间。

在第二个阶段中，中国本土的民族学家开始成长起来，并逐渐成为中国少数民族研究的主导者。在这一过程中，我们可以发现以莫斯为代表的法国现代“民族”话语起到了关键性的作用。作为莫斯的中国学生，凌纯声、杨成志等人对苗族和彝族文学的关注首先就是继承了莫斯的“民族”话语。与进化论的“种族”话语相比，莫斯的“民族”话语源自涂尔干的社会学理论，因而也更加强调民族文化的功能。从这一

① ［法］多隆：《彝藏禁区行》，辛玉等译，新疆人民出版社1999年版，第2页。

② Henri d'Ollone, *Les derniers barbares*, Hong Kong: You-Feng, 1988, p. 371.

③ ［法］多隆：《彝藏禁区行》，辛玉等译，新疆人民出版社1999年版，第3页。

角度看，收集和研究中国少数民族文学就必然是中国本土民族学者的职责所在。而且，有效地使用这些文学文本去阐释民族文化也是莫斯民族学研究的重要方法和范畴。田野考察、跨学科范式和民族志写作也不再是服务于殖民政策的工具和满足人们猎奇心理的渠道，而是客观地、平等地研究民族文化，发现文化多样性的有效方式。从这一意义上看，中国少数民族文学必然会和人类学紧密相连，前者为后者提供了重要的研究资料和视域，后者为前者带来了有效的研究方法和范式。它们二者相辅相成，共同承担起解读文化意义、关注人类命运的使命。

第三节　莫斯与杨成志

与涂尔干个案呈现的中法之间的间接话语关联不同，莫斯与中国的关联更加紧密，他还是一群中国青年的授业恩师，所指导的中国籍博士有三位，先后分别是凌纯声（1926—1929 年留法）、徐益棠（1928—1933 年留法）和杨成志（1932—1935 年留法）。这是涂尔干学派内指导中国博士生最多的学者，也是话语关联最为紧密的学者。因此，在自己的学术研究从社会学转向民族学后，莫斯也就把这一法国现代民族学传播到了中国，其中最重要的中介就是他的中国学生，尤其是他的三位博士生。

与留美学者相比，这群中国留法民族学者群人数不算太多，主要骨干人物由凌纯声、徐益棠、杨成志、杨堃、卫惠林、谢康、胡鉴民、柯象峰等组成。然而，他们身上却表现出共同因素，即其中的大多数集中在民族学领域。篇幅所限，这里无法一一分析，笔者仅选择“莫斯与杨成志”为个案，来分析“民族”话语下中法之间的影响与对话。

一　莫斯的“社会”与“民族”话语

法国派的中国民族学家都曾经在 20 世纪 20 年代末至 30 年代赴法国学习。虽然当时的法国社会学研究领域里有许多非常重要的社会学家和民族学家，例如罗伯特·赫兹（Robert Hertz）、亨利·于贝尔（Henri Hubert）、莫里斯·哈布瓦赫（Maurice Halbwachs）、吕西安·列维－布吕尔（Lucien Lévy-Bruhl）、乔治－亨利·里维埃（Georges-Henri Rivière）、保罗·里维（Paul Rivet）等，但是其中最有影响力的还是要数马塞尔·莫斯。这位涂尔干的外甥凭借自己的杰出贡献，从涂尔干手中接过了法国社会学年鉴学派的领导权。而且，在莫斯的主持下，《社会学年鉴》早已不是简单的出版物，而是以它为核心形成了真正意义上的"学者群"。凭借涂尔干的威名，该群体在知识和精神两个方面都获得了长足的发展。尤其是在这个团队中，学者们实现了真正意义上的分工①。而在这个分工当中，最具有牺牲精神和团结能力的学者就是莫斯。莫斯本人总结道，如果要从数量上来衡量的话，他把自己研究工作的最大部分都献给了《社会学年鉴》的撰写、编辑和出版②。

然而，目前中国学者对这位伟大的法国民族学家所给予的关注实在太少，只有他的《礼物》一书多少还曾被人们研究过。但是，最为严重的是，几乎所有人都忽略了他与中国的关系。这种关系既体现在话语关联上，也体现在他本人杰出的民族学汉学创作上。首先在话语关联方面，他培养了好几位中国民族学家（凌纯声、徐益棠、杨成志都是在他的指导下完成博士学位论文的撰写），把自己民族学研究的理论和方法传授给了他们。其次，他的作品中不仅多次出现中国的身影，而且莫斯本人还创作了《中国的丧葬仪式》（*Rites funéraires en Chine*，1899）、《中国的鬼神与巫术》（*La démonologie et la magie en Chine*，1910）和《中国的鬼神》（*La démonologie en Chine*，1913）等汉学论文三篇。因此，我们有必要重新从中法之间话语关联的角度重新审视这位伟大的民族学家，以补充现有的中西文化交流史，尤其是在文学和人类学领域的交流。

---

① Emile Benoit-Smullyan, "The Sociologism of Emile Durkheim and His School", in H. E. Barnes, *An Introduction to the History of Sociology*, Chicago: University of Chicago Press, 1948, p. 521.

② Marcel Mauss, «L'oeuvre de Mauss par lui-même», dans *Revue française de sociologie*, 1979, N. 20 – 1.

1. 莫斯人类学研究简论

马塞尔·莫斯是20世纪上半叶法国最重要的社会学家、民族学家和人类学家之一，被誉为“法国民族学之父”。1872年5月10日，他出生于法国埃比纳尔市（Epinal），是法国最为著名的社会学家涂尔干的外甥，早年曾在巴黎和波尔多两地的大学里学习哲学。1898年，涂尔干创办了《社会学年鉴》，该刊物在宗教方面的研究与编辑就交给了莫斯负责。在他的研究生涯伊始，他对宗教仪式投入了极大的兴趣，之后开始转向比较社会学、民族学和人类学的研究。与涂尔干的世界性声誉相比，他的影响更多集中在法国国内。在受到莫斯影响的人当中，最著名的当属20世纪下半叶法国结构人类学大师克劳德·列维-斯特劳斯。1925年，莫斯在巴黎大学里创办了“民族学研究院”（Institut d'ethnologie）。1931—1939年，他获得了法兰西学院的教授席位，主讲民族学。主要论著有《论几种原初的分类形式：有关集体表象的研究》（*De quelques formes de classification-contribution à l'étude des représentations collectives*，1903）、《论爱斯基摩人社会的季节性变化：社会形态的研究》（*Essai sur les variations saisonnières des sociétés Eskimos. étude de morphologie sociale*，1904—1905）、《论礼物：古式社会中交换的原因与形式》（*Essai sur le don. Forme et raison de l'échange dans les sociétés archaïques*，1923—1924）、《民族志手册》（*Manuel d'ethnographie*，1926）等。

由于莫斯本人几乎没有在任何出版社出版过专著，他的研究成果主要都是以论文的形式发表在《社会学年鉴》上，所以在他去世之后，法国出版社陆续将他的文章合集出版。综合这些论文的主要内容，我们大致可以将莫斯的研究分为以下四类，即关于神圣性的社会功能研究、关于诸文明之多样性和集体表象的研究、关于社会学的分类和社会凝聚的研究以及具有强烈人类学倾向的研究。

关于神圣性的社会功能方面，莫斯早在一战爆发之前就把学术兴趣主要集中在研究原初社会的祭祀和宗教上。在《论几种原初的分类形式：有关集体表象的研究》（De quelques formes primitives de classification. Contribution à l'étude des représentations collectives）和《论爱斯基摩人社会的季节性变化：社会形态的研究》（Essai sur les variations saisonnières des sociétés Eskimos. étude de morphologie sociale）两篇文章中，莫斯提出了在功能上社会物质条件与集体表象之间相互联系的观点，这一观点在他以后的研究中得以进一步的发展。一战结束后，涂尔干学派的许多青年学者都死于战祸，涂尔干也因此一蹶不振。于是，莫斯又承担起领导涂尔干学派的任务，并继续自己在民族学与社会学方面的研究。在《论礼物：古式社会中交换的原因与形式》（Essai sur le don. Forme et raison de l'échange dans les sociétés archaïques）一文中，他对礼物交换这一社会现象进行了细致的研究，认为礼物是一种具有宗教、经济和社会道德等诸多意义的社会现象，交换礼物的制度可以确保社群内部成员间的团结，维护社群内部结构的稳定，保障社群等级分化的合法性。在这一时期，他同时在民族学和社会学两个方面都有贡献，其思想对英美派的社会或文化人类学家如拉德克利夫－布朗、马林诺夫斯基和雷德菲尔德等人都有重要影响。

在关于诸文明之多样性和集体表象的研究上，莫斯所做出的努力最多。在他所有的研究中，他分别研究了澳大利亚人、印第安人、尼日利亚人、印度人、托雷斯海峡人、中国人、色雷斯人、爱斯基摩人、艾达人、特里吉特人、新西兰人等部落、族群或文化中的信仰、宗教、仪式、巫术、神话等。例如，在《论爱斯基摩人社会的季节性变化：社会形态的研究》一文中，莫斯首先简要地描绘了爱斯基摩人（因纽特人）的地理环境，然后从语言、社会组织、定居点和边界、宗教信仰、社会道德等方面描述了爱斯基摩人的社会组织方式。此外，他还描写了爱斯基摩人定居点的分布、规模和特点，并统计了不同性别、年龄和户籍的组成比例。由此可见，这已经包含了民族志写作的各个主要因素。

至于社会学的分类和社会凝聚的研究，莫斯和涂尔干一样都是希望能够找到给社会进行分类的基本方式，涂尔干希望通过宗教，而莫斯则试图通过研究原初社会和原始文化来实现。例如，莫斯认为，人类早期对社会进行分类的方式便是献祭。此外，在《社会学分类的组成部分》（Divisions et proportions des divisions de la sociologie，1927）一文中，莫斯区分了社会学的两种研究内容，即社会形态学和社会生理学（physiologie sociale）。前者与传统的社会学研究相同，既研究社群也研究物质现象，它包含了社会学中最紧凑的各个部分；后者包含了社会行为、社会实践、教育和集体观念与情感。①

最后，在莫斯晚年的研究中，有一种明显的人类学倾向。《社会事实和性格的形成》（Fait social et formation du caractère）和《人类心智的一种类型：人的概念和自我的概念》（*Une catégorie de l'esprit humain*：*la notion de personne*，*celle de moi*）构成了在二战爆发前莫斯晚年最主要的学术贡献。前者是莫斯为了1938年夏天在哥本哈根举行的"人类学与民族学国际年会"而作。该文主要讨论的是文明与性格的关系，在这里，莫斯把所有的"社会事实"重新命名为"文明事实"，他提出"一个社会就是人、人所拥有事物、人的表象以及实践之整体，例如技术、艺术、宗教、法律等。而这些集体表象和实践的整体又形成了集体心智"②。此外，莫斯还提出身体行为会受社会决定的命题，"迪蒙声称，莫斯仅仅依据走路的方式就可以把一个英国人和一个法国人区分开来，而且莫斯还提出，虽然存在种族差异和长时间的种族对抗历史，南部美国人的身体运动形态基本上是一样的"③。基本上来说，这些研究都已经把目标转移到人的身上，并试图找到文明或社会对人的心智及行为的影响。

2. 从"社会"话语到"民族"话语

莫斯在社会学和民族学两个领域都有较高的地位，其理论贡献也很复杂。在笔者看来，产生这一现象的主要原因在于两个方面。一方面，法国的社会学研究传统实际上就是人类学范式。虽然孔德、涂尔干等人

① Marcel Mauss，«Divisions et proportions des divisions de la sociologie»，dans*Année sociologique*，Nouvelle série，No. 2，1927.

② Marcel Mauss，«Fait social et formation du caractère»，dans*Sociologie et sociétés*，Vol. 36，No. 2，automne 2004.

③ ［挪威］弗雷德里克·巴特、［奥］安德烈·金格里希、［美］罗伯特·帕金、［美］西德尔·西尔弗曼：《人类学的四大传统：英国、德国、法国和美国的人类学》，高丙中、王晓燕、欧阳敏、王玉珏译，商务印书馆2008年版，第220页。

并没有使用“人类学”（Anthropologie）这个单词（原因是该词已经被同时代法国其他学者用来指称体质人类学了），但是他们的研究都具有一种人类学关怀和意义，因此涂尔干学派的研究往往也具有一种哲学式的思辨，而不能简单地以社会学或民族学论之。另一方面，涂尔干和莫斯都不认为在社会学和民族学研究之间有什么太大的区别，他们甚至把“民族学”视为社会学发展的更高阶段，即比较社会学。因此，莫斯的研究一直都非常推崇系统性的比较，他相信社会生活虽然在时间和空间上存在不同，但是仍然具有一种周期性再现的模式。与建构某种理论或者推导某种普遍性的规则相比，莫斯更加注重对社会事实的描述，以便在通过分类和比较之后找到不同社会中所存在的类似结构。也就是在这一意义上，莫斯的民族学自然会发展到“文明事实论”的目标上，因为他希望能对范围更大的社会生活进行解释，这也就是“文明的事实”（faits de civilisation）。虽然莫斯本人几乎没有从事过田野调查，但这并不代表他不重视民族志。尽管莫斯身兼领导涂尔干学派的重担而无法像马林诺夫斯基那样去做长时段的田野调查，但是他长期广泛地收集和研读民族志的习惯让他仍然能对不同族群的社会现象进行有效的分析。

虽然，从他研究成果的内容来看，我们很难简单把他归为社会学家或民族学家。但是，从他的整体学术创作和实践来看，我们可以发现明显的转向，即莫斯从早期的社会学研究逐渐转向了后期的民族学研究。但是，这样的分期也很难绝对化，因为即使是在早期研究，也就是跟随涂尔干一起研究的阶段中，他就已经创作出民族学性质的论文了，例如，1910 年，他曾发表了《印第安普埃布罗人的组织和神话》（Mythologie et organisations des Indiens Pueblo）一文，其中运用了大量的民族志文献。在他后期独立研究的阶段，他也曾撰写了《多分部社会中的社会凝聚》（La cohésion sociale dans les sociétés polysegmentaires，1931）一文，重点讨论了结构比较松散之社会的集体整合与社会凝聚，体现了强烈的社会学特征。

涂尔干去世之后，我们会发现，莫斯在民族学领域方面所做的研究已经远远多于他在社会学领域的研究。但是值得注意的是，社会学与民族学更多的是关注角度的不同，在方法上二者是非常相似的，例如埃文斯-普理查德曾经评价道：

> 他（指莫斯——引者注）潜心钻研民族志资料以及一切可供利用的语言学素材；但是，他之所以能够成功，则完全因为他同时也是社会学方法的大师。莫斯就像一位深入乡野的人类学家那样工作，以训练有素的心智，投入到那些原始民族的社会生活中去。他不仅观察他们的生活，同时也经验了他们的生活。①

从这个角度看，我们完全可以把莫斯视为一位民族学家，或者说人类学家。而且，我们还要看到他为民族学学科所做的贡献。这种贡献并不在于他留给了我们多少新的理论，而在于他以无私的精神把自己的时间都贡献给了《社会学年鉴》，贡献给了民族学研究的正规化和学科化。自此之后，在法国社会科学研究领域，“民族”也就成了可以和“社会”并置的重要话语。

另外，莫斯还特别注意收集民族志档案。自1896年莫斯与亨利·于贝尔在巴黎高等研究院相识后，二人就共同收集了大量的民族志材料和各种手稿。② 这些民族志档案至今仍保存在法国当代出版业记忆研究院（Institut Mémoires de l'édition contemporaine）。最重要的是，莫斯于1925年创建了巴黎民族学学院，该所民族学研究机构“一部分是为了训练职业的民族学专家而成立的”③。除此之外，莫斯还担任了法兰西学院民族学讲师，并于1938年5月开始主持该院宗教研究分部的工作。基于莫斯为推动法国民族学事业所做的种种努力，法国当时的民族学界将其视为“法国所有民族学研究的忠诚守护者”④。

---

① ［法］莫斯：《礼物》，汲喆译，上海人民出版社2002年版，第220页。

② Jean-François Bert, «Les archives de Marcel Mauss ont-elles une spécificité? —le cas de la collaboration de Marcel Mauss et Henri Hubert», dans *Durkheimian Studies*, 2010, 16 (1).

③ 吴文藻：《布朗教授的思想背景与其在学术上的贡献》，载《社区与功能——派克、布朗社会学文集及学记》，北京大学出版社2002年版，第253页。

④ Carl Sachs, *Les instruments de musique de Madagascar*, Paris, travaux et mémoires de l'Institut d'Ethnologie, tome XXVIII, 1938, p. VIII.

 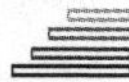

在研究的主要内容上，莫斯更是表现出了从社会学向民族学的转向。首先，莫斯很早就表现出了对原初社会的兴趣。1901 年，他被任命为法国高等实践研究院“未开化民族宗教史”方向的研究员，这也需要他更加关注原初社会的民族。他还结识了弗雷泽，二者之间的友谊也鼓励他朝这个方向做更多努力。后来，“人们很快就发现他（指莫斯——引者注）成了一位民族志学者。他的目标就是让学生们了解民族志的事实，而且他还宣称他只相信这些事实”①。为了鼓励学生们去从事民族志田野考察，莫斯专门撰写了《民族志手册》，这本书并不比那些做过田野考察的学者写出来的差，而且里面列出来的清单甚至要比马林诺夫斯基的田野考察细致得多。

但是，到二战爆发前，也就是莫斯晚年的研究中，我们还可以发现一种不甚明显的人类学倾向，即从关于社会、民族、文明的讨论回到人本身。具体而言，就是研究人类性格的形成和人类心智。而且，如果我们把涂尔干和莫斯放在一起进行比较的话，我们会发现后者的人类学特征更加明显，“在我们今天看来，莫斯是这两人当中显得更为人类学化的一个，而且他有可能在强调人类学材料在研究工作中的重要性方面影响了涂尔干……他青睐事实更甚于理论的作风使他比他的舅舅更加实证主义化”②。因此，我们可以用整体人类学的名义来统称莫斯的研究，其中涵盖了他在社会学（或社会人类学）和民族学（或文化人类学）两个方面的著作。

二　莫斯对中国学生的影响

王建民在《中国民族学史》一书中指出：

---

① Robert Deliège, *Une histoire de l'anthropologie*, Paris: Seuil, 2006, p. 69.

② ［挪威］弗雷德里克·巴特、［奥］安德烈·金格里希、［美］罗伯特·帕金、［美］西德尔·西尔弗曼：《人类学的四大传统：英国、德国、法国和美国的人类学》，高丙中、王晓燕、欧阳敏、王玉珏译，商务印书馆 2008 年版，第 220 页。

> 老一代的中国民族学家中，有不少曾在法国留学。凌纯声、杨成志、杨堃、徐益棠、卫惠林等均先后受业于法国民族学家莫斯（M. Mauss，1872—1950 年）、瑞伟（Rivet）等人的训练，受法国民族学派的影响较大。较为注重实地调查资料，或多或少地保持了法国民族学派“宁肯为事实牺牲理论，绝不肯为理论而牺牲事实”的学术态度。①

的确，与涂尔干相比，莫斯并不是那么热衷于创建理论。虽然他没能像英美派的文化人类学家们那样频繁地在全世界寻找和出入自己的田野，但是他却是把实证方法放在更高的位置。而且，莫斯也并非没有理论，只不过他的理论都是基于民族志材料和社会事实。甚至于他的舅舅涂尔干不得不提醒他，以免他陷入一种无意义的、博学的炫耀。他告诉莫斯，“不可能穷尽所有的事实，而且这么做也没有意义。只需要掌握关键事实就可以了”②。

因此，莫斯对中国留法民族学者群体的影响就体现在以下几个方面。

首先，体现在研究对象的选择上。莫斯本人就研究了十多个不同的族群，而且这些族群往往是原初社会形态的，例如对印第安普埃布罗部落的研究等。因此，他的学生也往往以这个方向来做研究。凌纯声和杨成志两位已经专节讨论，因此暂不展开讨论。徐益棠的博士学位论文以《云南省的三大种族》（Les trois grandes races de la province du Yun-nan，1933）为题目，其中分析了壮族、彝族和苗族三大民族。胡鉴民虽然不是莫斯的博士生，但是也深受其民族学研究的影响，在回国后发表了《羌民的经济活动形式》一文。

其次，体现在民族学研究的方法上。莫斯对民族志材料的强调也深深地影响了这批中国民族学家。不过，对于莫斯而言，民族志材料可以在当下去田野中获取，也可以是历史文献。因此，这些留法学者身上都

① 王建民：《中国民族学史》（上卷），云南教育出版社 1997 年版，第 154 页。

② Robert Deliège, *Une histoire de l'anthropologie*, Paris: Seuil, 2006, p. 70.

体现出了田野考察和历史文献分析的双重本领。如凌纯声、徐益棠二位远离田野点，但还是凭借运用历史材料完成了他们的博士学位论文写作。在他们回国后又表现出突出的田野考察才能，如徐益棠回国后就对广西象平间瑶民进行了田野考察等。

最后，部分留法归国的民族学家还积极地译介莫斯的民族学著作。事实上，与孔德和涂尔干相比，直至今日，国内学界对莫斯的译介所做甚少。而且由于莫斯重方法而轻理论的教学态度往往也让他的学生无法引用他的理论。例如在凌纯声和杨成志的博士学位论文中，都没有直接出现与莫斯有关的引用。因此，莫斯在国内的译介往往就是由留法民族学家来完成的，尤其是杨堃。早在1936年，杨堃在《法国民族学之过去与现在》一文中，就简要地介绍了莫斯强调民族志记录的观点及其创建的巴黎民族学学院。1938年，杨堃在《社会学界》第10期上发表了《莫斯教授的社会学学说与方法论》一文，共75页。这是迄今为止最为重要的研究莫斯的成果之一，其中在社会学说部分重点介绍了“社会学之分类与统一”、“普通社会学”、“社会形态学”、“社会生理学”、“宗教社会学”和“社会学与民族学”六个方面。1944年，杨堃又在《中国学报》上发表系列文章《法国社会学家莫斯教授书目提要》五篇，按照论著、传记、书序、短论、书评、讨论、报告、讲演以及其他参考书目等类别，非常全面地介绍了莫斯的民族学作品书目。

值得注意的一点是，因为这些留法民族学者往往在研究中会使用历史文献的做法，所以学界把他们称为“人类学研究的历史派”，甚至把整个南方的人类学研究都称为“历史派”（即南派），笔者认为，这一看法值得补充，因为在人类学研究中使用历史文献，这恰恰是他们的法国老师莫斯民族学研究中的最重要特征之一。因此，如上文所述，或许将这一派称为“人类学研究的法国派”才能更好地反映中法之间围绕“民族”话语所产生的关联。

三 莫斯与杨成志的民族学研究

除了凌纯声，我国近现代民族学和人类学史上法国派的重要人物还有杨成志先生。他于1923年春进入岭南大学历史系学习。毕业后，杨成志就加入刚刚成立的中山大学民俗学会。在史禄国等人的影响下，杨成志于1928年对凉山彝族进行了长达一年的田野调查，开创了中国学者独立自主地调查和研究西南少数民族的历史。1932—1935年冬天，杨成志赴法国巴黎大学民族学研究院学习。该院著名教授如马塞尔·莫斯、保罗·里维和巴比扬（Papillant）等人都给杨成志上过课。在系统地学习法国民族学和人类学理论以及整理和保藏民族文物的方法，并获得民族学博士学位后，杨成志回到中山大学人类学部，并担任该部主任一职，成为中山大学人类学系的最早创建者之一。回国后的杨成志除了继续在民族学方面进行调查和研究，还恢复了中山大学民俗学会。该会刊物《民俗》季刊也在他的努力下重新出版。

通观杨成志的彝学成就，他不仅是第一位在彝区完成田野调查的中国学者，也是第一位收集、整理和发表彝族文献的中国学者。除前文提及在法语世界与法国汉学界展开的对话外，杨成志也同样在汉语世界发表了一系列彝学研究成果。早在1931年，他就已经发表了《云南倮倮族的巫师及其经典》一书。可见，无论是在本土还是在域外，杨成志都是当之无愧的中国彝学第一人。

1. 杨成志赴法前的民族学研究

与其他留法民族学家不同，在赴法前，杨成志就已经独立完成了自己的田野考察。1928年，曾在法国学习的俄国人类学家史禄国及其夫人、容肇祖、杨成志等四人在“中央”研究院与中山大学联合派遣下前往云南调查当地的少数民族。然而，在调查刚刚开始一个月后，其他三人因各种原因都返回广东，只有杨成志一人决定继续调查。关于此种挫折，杨成志写道，“我当时觉得有两种背驰的情感：一以为调查民族是我国新辟的学田，播种的人安能任它荒废？一以为土匪遍野和山谷崎

 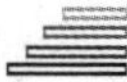

岖的滇道，独行独往恐易陷于危险！结果我的勇敢心战胜了畏惧，于是乎这种调查的重大担子遂由我一人独挑”①。在这段历时一年零八个月的田野调查中，杨成志在四川与云南交界的彝族地区行走约400公里，进入村庄200多个，并在该地区生活了两个多月，充分调查了彝族的社会组织、语言文字和生活习惯等。② 在这次田野调查的材料之上，杨成志发表了《倮倮族的文献发现》《倮倮太上清静消灾经对译（倮倮文—汉文）》《倮倮族的巫师及其经典》《倮倮的语言、文字与经典》《倮倮文明源流探讨》《云南民族调查报告》等调查成果，在国内彝学研究领域引起了不小的轰动。

2. 杨成志在法国的民族学研究

赴法之前在彝区的田野考察为杨成志赴法留学奠定了坚实的田野调查经验和丰富的民族志材料。这个基础让杨成志在法国的学习和凌纯声等人有着巨大的差别。如果说凌纯声的博士学位论文是在有限的条件下对莫斯民族学研究理论与方法的初次尝试的话，那么杨成志的博士论文则是与法语世界里彝学研究的对话。

1935年，杨成志完成了题目为《倮倮的文字与手抄经典》（*L'écriture et les manuscrits Lolos*）的博士学位论文。与凌纯声的小试牛刀相比，杨成志的这篇论文刚刚完成答辩就得到日内瓦中国国际图书馆的资助，在法语世界出版，成为法国彝学的一篇重要论文。甚至在短短的时间内，法国著名汉学家马伯乐（Maspero）就为这本即将出版的论文写了序言，向法语世界介绍了这本彝学著作。他对此评价道，大量未发表的材料构成了杨成志的研究基础，这也赋予了该博士学位论文一种特别的意义尽管人们无法期待杨成志博士已经解决了有关彝族文字的所有问题，例如它的起源、发展史和用法等，但他给人们呈现了一种更加完整的研究和观点。③ 由此可见，法

① 杨成志：《云南民族调查报告》，《国立中山大学语言历史研究所周刊》1930年第十一集。

② 参见杨成志《单骑调查西南民族述略》，《国立中山大学语言历史研究所周刊》1930年第10卷。

③ Young Ching-Chi, *L'écriture et les manuscrits Lolos*, Genève: Publications de la bibliothèque sino-internationale, 1935, p. 3.

语世界非常看重这本彝学著作。

图 4－10　杨成志的博士学位论文

说明：图片为笔者在法国拍摄。

在内容方面，该论文也是非常翔实的。除了引言、结论和参考文献外，论文一共分为七章，分别是“词源学研究”、“关于倮倮文字起源的传说”、“倮倮文字的宗教和巫术功能”、“倮倮文字的构成”、“倮倮人的碑刻”、“关于倮倮手抄经典的独特观察”和“倮倮手抄经典的分类”。由此可见，与凌纯声论文的文献翻译相比，杨成志已经在掌握大量第一手文献的基础上做了翔实的分析。

在笔者看来，这篇文本最为重要的是，杨成志已经在其中开始主动与西方彝学对话。这种对话主要体现在两个方面。首先体现在论文的参

 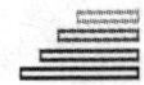

考文献中。凌纯声论文的参考文献大部分是在法国所能搜集的中文历史文献，如《广西通志》《广东通志》等；仅有的8篇法国学者撰写的文献中有6篇是研究越南的法文文献，1篇是研究古代中国的语言的，1篇是研究苗族历史的，可见其无法与西方的瑶学或者说中国西南研究进行对话。而杨成志博士学位论文的参考文献，光是页数就长达7页，其中半数以上都是外文文献（以法语文献为主，兼有英语和德语文献），法国彝学研究专家维亚尔（Paul Vial）、李埃达（Alfred Liétard）等人的所有研究成果赫然在列。通过参考文献的比较，我们发现，只有在充分了解的基础上，对话才有可能产生。其次，杨成志还专门撰写了"欧洲旅行家们关于手抄经典的了解情况"一章，其中对西方彝学关于手抄经典的情况进行了概述，并指出西方彝学最大的问题就是忽略或者无法获取这些手抄经典。例如，在评价法国著名汉学家、探险家吕真达（A. I. Legendre）的彝学研究时说，"他（指吕真达——引者注）承认自己从来都无法学习倮倮的语言，他也无法获取任何倮倮巫术的书籍"[①]。由此可见，杨成志的博士学位论文可以被视为中法彝学对话的起点。由于对杨成志彝学水平的赏识，1934年，莫斯带领杨成志以及其他学生一起参加了国际人类民族科学协会会议。在这次会议上，杨成志宣读了法文论文《倮倮语言、文字与经典》，该文后来被英国人类学杂志《人类》翻译成英文发表。

除了上述在法语世界或英语世界的对话，杨成志还于1933年用法文撰写了《关于"云南省三大种族"一文的评论》，对徐益棠的博士学位论文提出了自己的看法。该文一开始就引用了法国彝学家维亚尔（Paul Vial）的一段话，"如果在研究中国大量的种族而且想要达成某种结果的话，绝对必须要关上所有的汉语书籍，亲自到他们的土地上做调查"[②]。很明显，杨成志不认为仅仅利用在巴黎找到的一些汉语典籍就

---

① Young Ching-Chi, *L'écriture et les manuscrits Lolos*, Genève: Publications de la bibliothèque sino-internationale, 1935, p. 37.

② Young Ching-Chi, Observations sur les trois grandes races de la province de Yun-Nan, dans *Revue anthropologique*, 1933, p. 431.

能够研究西南的少数民族，并对这种做法提出了异议。第一点异议就是关于“种族”（race）这个词的使用。杨成志指出，种族这个词是用来指那些身体类型上不同的人群，而“可以确定的是倮倮、僰人和苗子完全不是种族，而仅仅是一些部落”。① 第二点异议在于徐益棠选择的材料。徐益棠选择了一些汉语和外文典籍来构成他的研究基础，然而在杨成志看来，其中大部分文献没有任何的条理性。② 第三点异议在于徐益棠不加批判地沿用了汉语典籍和 Deniker、Déveria 两位错误的见解。例如，杨成志严厉批判了徐益棠居然会沿用 Deniker 关于年老的壮人会长出尾巴以及人吃人等这些荒谬的说法。③ 第四点异议，杨成志批判了徐益棠的论文缺乏逻辑性，因为论文描写了倮倮、僰人和苗子的取名方式后并没有得出任何基本的民族志观点。④ 当然，杨成志在文章一开始就解释这是友好的学术探讨，但是，我们已经能发现这位年轻的中国民族学家已经具备了良好的批判意识。

综合来看，杨成志在法国的民族学研究也受到了莫斯的影响。首先是表现在方法论上，杨成志和莫斯一样并不反对使用历史文献，而且正如上文指出的，莫斯认为，使用历史文献可以在田野中更好地验证它，批判它。很显然，杨成志已经开始学会这种方法了。其次，杨成志已经接受了莫斯的民族学理论，尤其上文曾分析的“文明论”。在《关于“云南省三大种族”一文的评论》中，杨成志也曾指出，科学的民族志就是要描述不同民族走向文明的历史⑤。最后，和莫斯一样，杨成志也特别强调民族志在民族学研究中的作用。在博士学位论文的结论部分，

① Young Ching-Chi, Observations sur les trois grandes races de la province de Yun-Nan, dans *Revue anthropologique*, 1933, p. 432.

② Young Ching-Chi, Observations sur les trois grandes races de la province de Yun-Nan, dans *Revue anthropologique*, 1933, p. 435.

③ Young Ching-Chi, Observations sur les trois grandes races de la province de Yun-Nan, dans *Revue anthropologique*, 1933, p. 436.

④ Young Ching-Chi, Observations sur les trois grandes races de la province de Yun-Nan, dans *Revue anthropologique*, 1933, p. 436.

⑤ Young Ching-Chi, Observations sur les trois grandes races de la province de Yun-Nan, dans *Revue anthropologique*, 1933, p. 431.

杨成志特别指出，“鉴于很难做出一种所谓的综合，我们坚持使用了民族志的方法，这也是确保真实最有效的方法”①。而且，在杨成志的博士学位论文中，我们也可以发现他运用田野考察和民族志方法的基本目标也和莫斯是一致的，“莫斯方法论的要点是通过描述性的观察来进行到一个更加深入的层面，他或是强调把不同现象联系起来的系统性，或是发现一些结构性关系的框架等。总之，对他而言，观察永远是科学的起点，而不是终点”②。

3. 莫斯与杨成志的“民族”话语关联

除了上文中分析的杨成志在法国时从莫斯那里学会的民族学理论与方法，杨成志回国后的研究实践还表明了他与莫斯话语关联中既存在着影响，也存在着变异。

让我们首先来分析莫斯的“民族”话语对杨成志回国以后学术研究的影响。笔者认为，这种影响首先体现在学术实践上。1935 年，杨成志回国后，他仍然继续自己在民族学领域的研究，尤其是继续自己的彝学研究，先后发表了《关于倮倮起源的假说》（1936）、《倮倮文法概要》（1936）、《四川大凉山倮倮的社会组织》（1937）三篇法文论文。经笔者对比分析，这三篇论文在内容上与他的博士学位论文并无直接关系，应为杨成志回国后在彝学领域的深入研究。1937 年，杨成志在广东北江地区考察瑶人，并发表论文两篇。

另外，在杨成志回国后的研究中也表现出了人类学的倾向。如上文所述，在莫斯学术晚期的时候，他从“文明”理论逐渐扩展到思考文明与人的关系以及人的本质问题。而杨成志赴法留学时期正是处于莫斯学术的晚期，因此，他也就受到莫斯人类学转向的影响。他充分肯定人类学的价值，认为它影响了全部人文科学的领域，使其中许多旧概念和理论根本动摇而启示了新的问题。他对人类学早期发展的贡

① Young Ching-Chi, *L'écriture et les manuscrits Lolos*, Genève: Publications de la bibliothèque sino-internationale, 1935, p. 63.

② René König, «Marcel Mauss (1872—1950)», dans *Revue franco-allemande de sciences humaines et sociales*, 2014, N. 17.

献亦在于对学科的发展历程的梳理。难能可贵的是，他指出“我们固知人类学是研究种族和文化两大方面的综合新科学，但种族与文化的研究对象均以‘人’为出发点，在我们的脑海中实应记得‘人’不是这种人，又非哪种人，却是唯一的‘人’，这才是人类学的真正目的”①。他的这种对普遍性的人的追问和莫斯的“人类的人的圣性”② 是一脉相承的，尽管杨成志并非一个摇椅上的人类学家，但是他仍然从莫斯那里受到了这种形而上的、哲学的人类学的影响，而这一点恰恰是法国人类学的最大特点。

在变异方面，主要是杨成志学术研究的民俗学转向。首先，在民俗学转向方面。从 1937 年后，杨成志在民族学方面的研究就逐渐减少了，而民俗学方面的研究则增强了。杨成志自法国学成归国之日起，就在中山大学系统地讲授法国的民族学和人类学理论。与此同时，他还非常关注中国民俗学的理论发展和民族博物馆的建构。除了重新组建中山大学民俗学会，他还亲自担任《民俗》刊物的主编，并将该刊改为季刊。1936—1943 年，这本刊物一共发行了两卷共八期的内容。除此之外，他还积极发表有关民俗学的论文，如《现代民俗学——历史与名词》《民俗学之内容与分类》等。然而，虽然在莫斯的民族学研究中也有民俗的内容，但是民俗学在法国的语境中并没有独立成为学科话语。因此，杨成志的民俗学转向可被视为莫斯“民族”话语的变异。要知道在法国现代民族学中，莫斯甚至都没有使用“民俗”（即法文 folklore）一词。产生这一变异的原因有三：其一是杨成志早年的学术研究就是从民俗学开始的，因此他在一生中都对此保持着极大的兴趣。其二在于中国的民俗学研究语境。自五四运动以来，民俗学在我国就逐渐上升为独立的学科，话语力量不断增强，因此也会激发学者的研究兴趣。其三在于杨成志的工作需要。他回国后就担任了《民俗》杂志主编，因此必

① 杨成志：《人类学史的发展》，《国立中山大学研究院文科研究所集刊》1943 年第 1 卷第 1 期。

② ［法］马塞尔·莫斯：《人类学与社会学五讲》，林宗锦译，广西师范大学出版社 2008 年版，第 81 页。

然会把更多精力集中在民俗学领域。

第四节　莫斯民族学研究与中国

当今中国，任何一本介绍西方社会学史、民族学史或人类学史的书籍都不会忽略莫斯，他的《礼物》一书更是所有人类学学习者的必读书目。然而，直至今日，国内学界对莫斯的研究还存在许多空白，而且莫斯的许多著作也没有被翻译成中文，这也在国内学者和莫斯之间造成了一种隔阂，使得后者的许多重要成果和思想无法为中国学者所了解，尤其是莫斯与中国之间的关联更是未受到学界的重视。

的确，与孔德、涂尔干等人相比，莫斯在民国时期的译介要少得多。甚至直至今日，由于多种原因，被翻译成中文的莫斯著作也只有寥寥数本。2005 年，原先为赵丙祥、梁永佳主编，后由王铭铭主编的《现代人类学经典译丛》收入并翻译了《巫术的一般理论》、《论技术、技艺与文明》和《人类学与社会学五讲》三本莫斯的著作。在此之前，《礼物》一书已经被翻译成中文，有两个不同译本，分别由上海人民出版社（《礼物》，2002 年）和中央民族大学出版社（《论馈赠》，2002 年）翻译出版，《社会学与人类学》一书也已经由上海译文出版社（2003）翻译出版。除此之外，还有涂尔干和莫斯合著的《原始分类》也已经有了相应的中文版本。然而，与莫斯的所有论著相比，这仅仅是其中的一小部分，正如他本人所言，仅仅是在《社会学年鉴》上，他就已经发表了共计 2500 页的论文①。

另外，即使在上述有限的译文中，我们也能发现莫斯与中国之间的关联。尽管莫斯从未来过中国，但是他对中国的了解却相当全面和深入。在法国涂尔干学派中，莫斯的不少同事和好友都非常了解中国。列维－布吕尔曾亲自来到中国，葛兰言更是一位著名的汉学家，

---

① Marcel Mauss, «L'oeuvre de Mauss par lui-même», dans *Revue française de sociologie*, 1979, N. 20－1.

马伯乐与莫斯之间的联系也非常紧密。而且，在19世纪末20世纪初，一大批法国殖民官员、军人、传教士和汉学家们源源不断地把中国的知识带回法国。通过这些记录中国的民族志作品，远在万里之外的莫斯已经能够从民族学和人类学的角度研究中国了，正如他对其他族群的研究一样。

一　汉语世界里的莫斯

如上文所述，自21世纪以来，汉语世界里的莫斯译介虽然数量不多，但已经逐渐有了起色。除了莫斯著作陆续被翻译成中文，学者对莫斯的研究和运用莫斯理论来分析中国问题的成果也越来越多。莫斯的交换理论、文明事实等诸多思想都在汉语世界里再次受到关注。

但是，回到20世纪上半叶，我们发现，与孔德、涂尔干两位相比，莫斯在中国的译介非常少。总体而言，我们可将这少量的莫斯译介分成两类，即综合性的译介和专门性的译介。前者是指在综合性介绍法国社会学或涂尔干学派社会学的书文中论及莫斯的部分。后者是指以莫斯为专门对象进行译介的文章。

在第一类中，主要有《五十年来法国社会学一瞥》（谢康，1931年）、《法国现代社会学趋势》（谢征孚，1931年）、《现代法国社会学》（吴文藻，1932年）和《涂尔干及其社会的社会学派思想》（叶法无，1933年）等论文。这些论文有关莫斯的译介部分最长的可达一两段（谢康和叶法无两篇），短的仅有寥寥数句（谢征孚和吴文藻两篇）。在内容上，这些译介主要传递了以下几个信息。第一，在介绍莫斯与涂尔干之关系上，它们都一致强调莫斯是涂尔干最忠实的门人，指出“他（指莫斯——引者注）现在是继续涂氏主编《社会学年报》……企图修改、补正，发挥涂氏的学说而已”①。第二，在介绍莫斯的学术身份上，这些句段大都指出莫斯“长于人类学的及民族学的社会学，这就是说

① 叶法无：《涂尔干及其社会的社会学派思想》，《民族（上海）》1933年第1卷第4期。

从人类学、民族学、人种志等方面做社会学的研究"①。第三，在介绍莫斯的成果方面，这些句段或没有涉及，或仅仅罗列一些莫斯的论文名称。其中，吴文藻介绍了莫斯的《礼物》一书，指出"最近摩斯（即莫斯——引者注）发表一篇研究论文，名《赠与论》（Le Don，Forme archaique de l'Echange，见《社会学年报》新编，第一卷，1925 年），专门讨论初民部落中酋长分物与飨宴以求荣的风俗，土称'波特拉'（Potlach）。这是交换最古的形式，在经济制度史上有重大的意义"。②

在第二类中，也就是曾专门以莫斯为研究对象的学者主要有卫惠林和杨堃。这两位都曾是莫斯的学生，其中卫惠林是莫斯培养的民族学硕士。而杨堃的硕博士学习主要是在里昂完成的，后在导师古恒教授（Maurice Courant）推荐下，赴巴黎进修两年。在此期间，杨堃通过葛兰言认识了莫斯，并在其的课堂上听讲。据弗里德曼（Maurice Freedman）所言，"他（指葛兰言——引者注）的学生们并不想成为社会学家，对民族学感兴趣的学生人数也非常少。但是，杨堃就是这少数学生中的一个，他不仅参与了葛兰言的小圈子，也参与了以莫斯为中心的学术大圈子"③。

卫惠林是民国时期少有的莫斯著作译介者。1935 年，他把 1930 年莫斯发表的 Les Civilisations：éléments et formes 一文翻译成中文，命名为《文化的要素及其形态》，发表在《社会科学研究（上海）》第 1 卷第 4 期上。然而，这篇文章并未引起学界重视，莫斯的研究也未在中国受到更多的关注。

杨堃是 20 世纪上半叶中国最重要的莫斯译介者。1938 年，杨堃在《社会学界》第 10 期上发表了《莫斯教授的社会学学说与方法论》一文。与其说这是一篇学术论文，还不如说它是一本学术小册子，因为该文长达 75 页。1943 年，杨堃先在《国立北京大学法学院社会科学季

① 谢康:《五十年来法国社会学一瞥》,《教育杂志》1931 年第 23 卷第 9 期。

② 吴文藻:《现代法国社会学》,《社会学刊》1932 年第 3 卷第 2 期、第 4 卷第 2 期。

③ Maurice Freedman, «Marcel Granet, 1884—1940 Sociologist», in *Marcel Granet*, *The Religion of the Chinese People*, Oxford: Basil Blackwell, 1975, p. 17.

刊》第 2 卷第 4 期，后又于 1944 年在《中国学报》上分五期刊载了《法国社会学家莫斯教授书目提要》一文，亦有近 100 页。而且，据杨堃本人所言，这两篇长文原本打算以专著出版，然而由于战祸频发，所以不得不在期刊上分开发表。因此，我们可以用看专著的眼光来看待这部莫斯研究专论。

在内容上，该译介成果分为两编，上编（即《莫斯教授的社会学学说与方法论》一文主要内容）为“正文”，包含了弁言、绪论、莫斯的社会学学说三个部分①，除了介绍莫斯的生平概况，还重点介绍了“社会学之分类与统一”、“普通社会学”和“社会形态学”三个莫斯的理论，其中尤其以社会形态学部分为重点。下编（即《法国社会学家莫斯教授书目提要》一文主要内容）是“书目提要”，包括了论著、传记、书序、短论、书评、讨论和其他参考书七个部分，共计 416 条。其中从“论著”至“讨论”部分是对莫斯本人所著书文的整理和介绍，共计 367 条。从这些内容上，杨堃对莫斯的译介虽然在论文数量上并不多，但是不论是从篇幅还是内容上看，这几篇论文都具有非常高的学术价值和水准。可以说，杨堃对莫斯所做的这些译介，已经极大地弥补了民国学界在莫斯译介方面的缺憾。

至于民国学界不重视译介莫斯的原因，笔者认为有以下六点原因。

第一，缺少出版商的中介作用。莫斯本人几乎从来没有通过出版社出版过著作，就连他最著名的作品《礼物》都是在 1923—1924 年发表在《社会学年鉴》期刊上。因此，无论是在中国还是在英美世界，也就没有出版社愿意推动莫斯的译介。

第二，外语翻译存在障碍。当时，《社会学年鉴》是用法语编辑的，而且只在法国出版。然而，国内通晓法文的译者数量并不多，而且莫斯的著作在当时也没有英文译本，所以外语障碍也就成了一个非常重要的原因。另外，据杨堃所言，“莫斯不仅不是一个通俗的作家，

① 杨堃原计划的“社会生理学”、“宗教社会学”、“社会学与民族学”、“方法论”和“结论”等章节都未能完成。

而且还是一位极难懂的作家。而他所以难懂的缘故，据我推想，不外以下两因：一、他所使用的字词特别丰富……二、他的思想异常细密而且深奥……有此两因，不仅他的文章最不易懂，而且最不易于翻译。自然，他的学说亦最不易介绍”[①]，这更加打消了普通译者翻译莫斯著作的积极性。

第三，走向田野考察的中国学生。如上文所述，莫斯培养了不少中国学生，可是当这些学生回国后就立即把在法国所学的民族学本领运用到中国的本土。他们几乎都成为民族学家，一头扎进本土的田野，忙于民族志写作而疏于翻译。

第四，时代因素阻碍莫斯译介。不仅翻译需要时间，而且学者形成一定的影响力也需要时间。在 20 世纪初，当中国学界掀起一股西学译介的潮流时，莫斯尚未出名。到了 20 世纪 30 年代，莫斯成为法国乃至西方举足轻重的社会学年鉴学派之领袖时，又逢中国抗日战争爆发，因此更无人顾及翻译莫斯的民族学著作。

第五，学术思想与民国时期的“国家”话语相违背。与涂尔干的国家观不同，莫斯的学术思想更加强调文明的意义，而弱化国家的作用。如上一章所论述，20 世纪 20 年代学习社会科学的留法生们回国后大多成为国家主义派或社会主义者的社会学家。如莫斯所言，“文化（今译文明——引者注）的另一种通俗意义，是适用于一民族学的习性，风俗，工艺等所构成的系统。此民族是否统一或组合的都无关重要”[②]。很明显，这一思想只能吸引无政府主义者卫惠林，而不可能受到中国国家主义派或马克思主义社会学家们的青睐。

第六，涂尔干的阴影。如谢征孚所言，“他（指涂尔干——引者注）的忠实的门徒在巴黎大学文科有布格勒 Bouglé、福克内 Fauconnet，在高等研究学院 Ecole des Hautes Etudes 有摩斯 Mauss，此外还有羽伯尔 Hu-

---

① 杨堃：《莫斯教授的社会学学说与方法论》，《社会学界》1938 年第 10 期。

② ［法］马塞尔·莫斯：《文化的要素及其形态》，卫惠林译，《社会科学研究（上海）》1935 年第 1 卷第 4 期。

bert、亚尔布发奇 Halbwachs、西谟 Simiand 等也都是有名的大学教授和有名的著作家”[①]。的确，当时国内学界就是把莫斯当成涂尔干的“忠实门徒”，因此，中国的社会学家们无论如何是不会抛弃涂尔干而反过来去追求他的门徒莫斯的。

由此可见，莫斯译介在 20 世纪上半叶的中国语境中一定是困难重重的。与此同时，这也证明了文字译介不可能是莫斯的“民族”话语与中国学者发生关联的主要方式。

二　莫斯研究中的中国

在莫斯的学生们当中曾经流行一种说法，即“莫斯教授无所不知”[②]。的确，从莫斯曾研究过的族群来看，他已经把所有的主要文明都放在自己的视野当中了。在其中，莫斯当然不会忽略中国文明。通观莫斯发表的主要法文著作，我们可以把莫斯对中国的研究分成两类。

第一类如在《礼物》第三章对“中国法律”的运用一样，中国只是被当作研究材料的一部分，与其他案例一起阐明一个人类问题，即“中国人也认为，在物和其原理的所有者之间，存在着一条无法割断的纽带”[③]。

第二类，除了在浩瀚的著作中零星使用中国材料，莫斯还曾以中国为题目，专门撰写了三篇汉学研究论文。这些论文虽然与他其他的社会学、民族学和人类学研究相比篇幅很少，但是却反映出了莫斯本人对中国的喜爱和对中国文明的重视。

1. 作为研究材料的中国

在莫斯的许多著作中，他都或多或少地运用过中国的案例。经过初

① 谢征孚：《法国现代社会学趋势》，《社会学刊》1931 年第 3 卷第 1 期。

② René König, «Marcel Mauss (1872—1950)», dans *Revue franco-allemande de sciences humaines et sociales*, 2014, N. 17.

③ ［法］马塞尔·莫斯：《礼物》，汲喆译，上海人民出版社 2002 年版，第 164 页。

步统计，笔者将以表4－1来反映莫斯运用中国案例的具体情况。

表4－1　　莫斯作品中的中国案例

发表时间	法文原名	中文译名	中国案例
1903年	De quelques formes primitives de classification（avec Emile Durkheim）	《原始分类》（与涂尔干合著）	中国的符号象征；中国的占星术；中国的生肖和历法；中国的五行；中国的图腾；中国典籍
1923—1924年	Essai sur le don	《礼物》	中国婚礼的嫁妆；中国人面子的概念；中国法律
1926年	Parentés à plaisanteries	《随意的亲属关系》	中国的王朝及其神话
1927年	Divisions et proportions des divisions de la sociologie	《社会学的分类及其范围》	中国的药典；中国语言中的性别区分；中国的马车技术
1930年	Les civilisations：éléments et formes	《文明：基本要素和形式》	中国的文明；中国文字、典籍、戏剧和音乐；佛教文明
1934年	Fragment d'un plan de sociologie générale descriptive	《描写性总体社会学计划的片段》	中国的历史变迁
1938年	«Une catégorie de l'esprit humain：la notion de personne，celle de "moi"»	《人文思想的一个范畴：人的观念、自我的观念》	中国的个人观念

注：图表为作者本人统计制作。

通过表4－1，我们可以发现几个特点。

首先，从案例的内容上来看，莫斯对中国的了解是非常全面的，包括了中国的历史、风俗、哲学、文艺、法律、历法等各个方面。

其次，从时间分布上来看，进入20世纪20年代，莫斯对中国案例的引用明显加大。这不仅反映了莫斯对法国汉学研究成果的关注（例如莫斯曾多次提及葛兰言的最新作品），也反映了当时巴黎大学民族学研究院和中国学院之间的良好关系。巴黎大学的这两所院系都是成立于1925年，而且两院之间的教学联系也非常密切，莫斯和葛兰言分别为这两所院系的主要负责人。

最后，莫斯对这些案例的使用并不是对中国的某一方面进行详细的描述，他考虑的是如何运用这些案例来论证某个普遍的人类现象，如分类、交换、亲属关系、个人观念和文明等。

2. 作为研究对象的中国

除了上述中国案例外，莫斯还曾撰写了三篇把中国当作研究对象的论文。从质量上看，它们已经达到了当时法国汉学的最高水平。这三篇论文分别是《中国的葬礼仪式》（Rites funéraires en Chine）①、《中国的鬼怪和巫术》（La démonologie et la magie en Chine）② 和《中国的鬼怪研究》（La démonologie en Chine）③，第一篇介绍的是中国的葬礼，后两篇主要研究中国的灵魂崇拜。

作为社会学家和民族学家的莫斯为何会撰写这三篇论文呢？

首先是与莫斯本人当时的研究方向紧密相关。虽然莫斯本人并非汉学家，但是他一直都对宗教和巫术研究抱有极大的兴趣。1899 年，时年二十七岁的莫斯正在巴黎高等实践研究院历史文献学部和宗教学部学习语言（尤其是梵语）和宗教学，为他关于祈祷的博士学位论文准备材料④。1901 年后，他又在巴黎高等实践研究院获得了未开化民族宗教史的教职，因此也就特别留意搜集宗教信仰方面的文献。

其次是受到他的老师之一——法国东方学家、汉学家 Sylvain Levi 的影响。莫斯曾把前者称呼为"我的第二个舅舅"⑤。如果说莫斯的宗教学研究直接受益于他的舅舅涂尔干的话，那么他的东方学（尤其是汉学）知识则直接受教于他的这位老师。这位法国佛教和梵文学者曾于 20 世纪 20 年代来中国考察，并受邀在北京大学讲演"法兰西学院史略"⑥。

---

① Marcel Mauss, «Rites funéraires en Chine», dans *Année sociologique*, N. 2, 1899, pp. 221 à 226.

② Marcel Mauss, «La démonologie et la magie en Chine», dans *Année sociologique*, N. 11, 1910, pp. 227 à 233.

③ Marcel Mauss, «La démonologie en Chine», dans *Année sociologique*, N. 11, 1913, pp. 208 à 211.

④ Marcel Fournier, *Marcel Mauss: a biography*, Princeton University Press, 2006, p. 43.

⑤ Jean-Paul Colleyn, «Le sacrifice selon Hubert et Mauss», dans *Systèmes de pensée en Afrique noire*, 1976, N. 2, pp. 23 -42.

⑥ 钢和泰：《西耳文勒韦教授逝世》，《北京图书馆月刊》1935 年第 9 卷第 5 号。

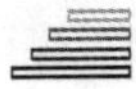

最后，莫斯撰写这三篇论文最直接的目的还是为法国《社学会年鉴》期刊撰写书评。这三篇文章并非意味着莫斯的研究重心转向了汉学，而是因为当时荷兰著名汉学家高延（J. M. de Groot）在1892—1910年陆续出版了《中国宗教体系——它的古代形式、演变、历史、现状以及相关的风俗、传统和社会制度》（*The Religious System of China. Its Ancient Forms*, *Evolution*, *History and Present Aspect. Manners*, *Customs and Social institutions*）六卷本。第一篇文章是对该书前三卷内容"对亡者的处理"的回应，第二篇文章是对该书第五卷内容的书评，同样，第三篇文章是对该书第六卷内容的介绍。

除了对相关内容的概述，莫斯还从三个方面点明了高延汉学宗教学研究的成就和中国葬礼的社会性：第一，高度评价用社会学和人类学来研究汉学的方式。莫斯指出，"在这部著作中，作者充分研究了宗教现象与社会制度的关系，因此，该书对于社会学家而言具有极高的价值"①。第二，肯定了高延研究方法的客观性。高延充分使用了历史文献和田野考察资料，因此"从根本上讲，他的方法是客观的。高延所研究的是在非人格形式下宗教的实践和信仰史"②。第三，指明中国葬礼反映的两个家庭社会学的事实。莫斯认为，"因为葬礼与家庭结构密切相连，所以它表现了两个社会事实。一是葬礼等级由亲等关系决定……二是人们可以从中发现中国行政和封建组织的父权制特征"③。

由此可见，莫斯对中国的书写从本质上讲仍然是服务于他的社会学、民族学和人类学研究的，他并不满足于把中国的相关习俗描述下来，而是把它们作为案例来进行比较和阐释，最终实现社会学和人类学的研究旨趣。同时，在此我们也可以发现莫斯的中国书写也预示了法国中国学研究的人类学转向，而且这种既强调历史文献乃至文学文献，又

① Marcel Mauss, «Rites funéraires en Chine», dans *Année sociologique*, N. 2, 1899, pp. 221 à 226.

② Marcel Mauss, «Rites funéraires en Chine», dans *Année sociologique*, N. 2, 1899, pp. 221 à 226.

③ Marcel Mauss, «Rites funéraires en Chine», dans *Année sociologique*, N. 2, 1899, pp. 221 à 226.

提倡运用田野考察所得的民族志的方法也很好地被葛兰言、白乐日、谢和耐等汉学家继承和发扬。但是，这种在法国学术语境中发展起来的汉学人类学范式却未必能在中国语境中一帆风顺，由下文中葛兰言的境遇可见一斑，这也是中法之间围绕“民族”和“民俗”话语而展开的关联所要面对的阻碍。

从艺术到民族，这不仅仅反映了凌纯声个人的学术变化，也指明了艺术和民族之间并不存在不可逾越的楚河汉界。从根本上来说，写文化的民族志与写文化的文艺是相通的，甚至相互激发。凌纯声就把自己的音乐能力运用到民族志当中，而凌纯声、杨成志等人的民族学研究也从来就没有忽略过少数民族文学。从这个角度看，中法之间围绕“民族”话语而展开的关联促使了中国民族学家的本土面向，后者纷纷走进中国的田野，以科学民族志的方式描写着中国的多民族文化与文学。来自法国的“民族”话语也在中国的田野实践里完成了在地化，这一在地化的过程中既有影响，也有变异。

另外，和前两章的“实证”话语和“国家”话语相比，中法之间围绕“民族”话语而展开的关联在事实上更加依靠人与人之间的具体接触和对话，这是一种直接的关联，也是莫斯和他的中国学生之间所形成的日常接触、话语影响和学术榜样。从关联的意义上讲，虽然双方的语境不同，但是在双方都在场的情况下，我们可以期待这种直接的交流是双向的。虽然蔡元培、许德珩和李璜等人也掌握较好的外语能力，但是由于自身的准备不足，所以话语关联在他们身上仍然是一种影响和变异。然而，到了杨成志这里，在掌握外语能力和具备田野经验的基础上，他已能够和西方学者就彝学的问题进行对话，并在法语世界里和不同声音展开较量。因此，话语关联的方式也就不仅仅局限于单向的影响、接受和变异。莫斯与中国的关系也是围绕“民族”话语展开的一种话语关联。由于中法双方语境的差异等诸多原因，莫斯在汉语世界里的译介并不充分。然而，与此相对的是，在莫斯的研究中却出现了大量的中国案例，这不仅反映了法国中国学（或汉学）研究中丰富的他者表述，也反映了法国民族学研究中整体的人类维度。

第五章　从先秦到现代：由“民俗”贯通的文学人类学

表述是文学人类学的核心问题。① 文学人类学认为，文学即表述。在人类古代文明的知识体系和价值观念中，以文字为代表的精英文学虽然掌控了更大的权力，但是在此阶段，民俗和民间文学并没有完全消失，它仍然在民众的文学生活里得以延续，并为精英文学提供养分。民俗也是表述，只是在历史的某个阶段被遮蔽了而已。无论是在中国还是在法国，在“眼光向下的革命”之后，民俗开始逐渐上升为一种科学话语。俗文学和俗文化的表述意义重新得到重视，在此意义上，民众的风俗生活就是人类的文学生活，民俗也就成为文学人类学的重要领域和核心阵地。从学科史来看，民俗成为“学”的过程不仅有本土基因，也有西来元素，其中法国的“民俗”话语②曾起到了非常重要的作用，一群法国的中国学人类学家③从一开始就用科学方法和实证精神观照中国不同民族的民间文学和风俗习惯。可以说，“民俗”贯通了法国人类学的中国研究，亦开启了中国文学人类学的早期研究。

---

① 徐新建：《表述问题：文学人类学的起点和核心——为中国文学人类学研究会第五届年会而作》，《西南民族大学学报》（人文社会科学版）2011 年第 1 期。

② 目前，我国民俗学界比较重视英、美以及苏联的民俗学研究，而忽略了法国民俗学的中国影响，因此，本书首先试图梳理法国民俗学的中国译介史，并进而寻找中国文学人类学早期的法国理论资源。

③ 常常又被称为“汉学人类学”，结合法国话语兼有汉族面向和少数民族面向的因素，“中国学人类学”一词能够更好地指称法国人类学中的中国研究。

在这群法国的中国学人类学家中，以葛兰言最为著名。他是法国涂尔干学派和汉学传统共同的传人，其著作《古代中国的节庆与歌谣》在西方现代中国学研究中独树一帜。在该书中，葛兰言率先使用涂尔干学派的社会学方法来研究中国古代最著名的文学作品《诗经》。这种研究方法除了在法国汉学界吸引了人们的注意，并没有得到法国之外学术界的一致好评。尤其是在中国，葛兰言的汉学研究激起了巨大的争议，李璜、丁文江、杨堃等学者纷纷表达了对葛兰言的批评或赞誉。然而，要理解葛兰言，就必须要回到法国的民族学和人类学领域，正如葛氏的中国弟子杨堃所言，“中国的史学家及社会学家，如不先认识莫斯，即不能了解葛兰言（Marcel Granet）。如不知道葛兰言，那无论如何，在中国文化史之建设的途径中，总是一件憾事”①。

在笔者看来，也许只有从文学人类学的跨学科视域下重读葛兰言，重视葛兰言与杨堃之间的话语关联，我们才能得到更为公允的评判。首先，在材料的选择上，以莫斯为代表的法国民族学和人类学研究者就不仅重视对历史和文学文献的使用，而且也重视田野考察的研究成果，从而研究其中所隐藏的仪式和文化，这一点颇类似文学人类学提倡的“多重证据法”。而作为莫斯的嫡传弟子，葛兰言和杨堃等人都继承了这一本领。其次，在研究目标上，如葛兰言本人所言，“我很惋惜中国学者为什么不在几部认为较古而较可相信的书，如《诗经》、《春秋》等书内去寻求自己文化的渊源和原始形式，而要令西方人来胡猜呢！……从文字方面去考求——单从这种凌乱的文法文规的中国文字方面去寻求——古书的真伪，简直是一种令人悲哀的事情”②。由此可见，葛兰言的理想并非文字考据，而是要研究文字之上的文化大传统，这与文学人类学“大、小传统”的理论也是相通的③。最后，通过文字表述，看到其中

---

① 杨堃：《法国社会学家莫斯教授书目提要》，《国立北京大学法学院社会科学季刊》1943年第2卷第4期。

② 转引自李孝迁《葛兰言在民国时期的反响》，《华东师范大学学报》（哲学社会科学版）2010年第4期。

③ 参见叶舒宪《探寻中国文化的大传统——四重证据法与人文创新》，《社会科学家》2011年第11期。

以歌谣为代表的口头传统和以仪式为代表的身体传统，这也与文学人类学的大文学观相契合。从某种意义上说，无论是文字文本、口传文本还是身体文本，它们最终都只是表述的文本。从内核上来说，它们指涉共同的文本，即人类的文学性，如毛诗序所言，“在心为志，发言为诗。……言之不足，故嗟叹之。嗟叹之不足，故永歌之。永歌之不足，不知手之舞之，足之蹈之也”。无论是对于人类学还是对于比较文学而言，它们也只有在这一点上才能达到真正意义的“人观”和“总体文学”。

第一节　法国的“民俗”话语与民间文学

在法国文学的传统上，民间文学的身影从来都没有完全缺席过。上溯至中世纪文学，无论是从创作者还是从内容上看，菜场亚当的戏剧创作和《列那狐传奇》都是民间文学的典范。文艺复兴彻底地提高了法国文学创作者的地位，但是从拉伯雷到夏尔·佩罗、拉封丹，法国文学中从不缺乏从民间汲取养分的作家。

至19世纪，无论是浪漫主义还是现实主义，象征主义还是自然主义，法国作家们也都把民众作为自己的写作对象之一。不仅如此，自法国大革命之后，法国文学界也掀起了一场“眼光向下的运动”，许多法国作家开始自发地关注民间的文学，甚至开始与农民对话，整理民间故事。例如，梅里美就曾经宣称，“在历史当中，我只对那些民间流传的趣闻逸事感兴趣”①。

文学家的参与不仅很好地记录了民间风俗、保存了民间文学，同时也吸引了更多学者的目光。自19世纪下半叶以来，快速发展的法国人类学和民族学不仅在全世界收集域外族群的民族志，同时也在法国境内的不同地方、不同族群当中从事田野考察，搜集民间资料，整理法国本土的民间文学。因此，从一开始，法国民族学就将民俗和民间文学纳入

① Pierre Pellissier, *Prosper Mérimée*, Paris: Tallandier, 2009, p. 1.

了自己的研究范畴，后两者在法国也一直没有被视为独立的学科，如在法国学术体系中成长起来的我国著名民俗学家杨堃就认为，“民俗学乃是民族学的一个分支”[①]。因此，与英、美和俄、苏的民俗学影响不同，法国“民俗”话语对中国民俗学和民间文学研究的影响，基本上都是通过法国民族学和人类学学科展开的。

一 从自在走向自觉的“民俗”：法国文学界的关注

1789 年，法国大革命爆发。在这场革命中，法兰西不仅在人类历史上率先推翻了君主专制，更是在全国乃至整个欧洲范围内点燃了民众参与革命的热情，提高了民众的政治地位。共和国模式、公民身份以及教育普及化刹那间成为民主的标志。这一时期的文学亦深受其影响，尽管仍然是文人精英掌控着文艺的舞台，但文学已经把目光彻底地从王公贵族身上移开，注视着民间的凡夫俗子。如范·热内普所说，“与农民交谈，愉快地了解他们的需要、他们的判断方式和情感对于那些上层阶层来说也不再是什么有失身份之事了”。[②]

19 世纪，许多法国作家不仅从民间获取故事题材，更具有一种民族学家的气质，自发地收集和记录民俗，整理民间文学，并结集出版，其中以乔治·桑的成就最高。这位主要在法国外省生活的女作家对自己的家乡贝里注入了极大的情感。她认为，“农民是史前时代留给我们唯一的历史学家”，而且“口头传统是被书籍遗漏了的历史，它在民间的符号中得以保存”[③]。1851—1855 年，乔治·桑陆续撰写了《贝里的风俗与习惯》（*Moeurs et coutumes du Berry*）、《乡间夜晚的幻象》（*Les Visions de la nuit dans les campagnes*）等作品，试图记录和分析贝里地区的风俗习惯和民间信仰。1858 年，乔治·桑更是把自己收集的 12 篇贝里

---

① 杨堃：《民俗学与民族学》，载《民族学与社会学》，四川民族出版社 1997 年版，第 228 页。

② Arnold Van Gennep, *Le Folklore*, Paris: Librairie Stock, 1924, p. 12.

③ Georges Lubin, *Préface de la Promenade dans le Berry*: *Moeurs*, *coutumes*, *légendes*, Bruxelles: Editions Complexe, 1992, p. 17.

地区传说和5篇描写贝里地区风俗的文章结成一个文集出版，并取名为《乡野传说》（*Légendes rustiques*）。法国学者达尼埃尔·贝尔纳（Daniel Bernard）把乔治·桑誉为“法国民族志的先驱”。他认为：

> 她（指乔治·桑——引者注）的孩提时代都是在诺昂的村民们中间度过的，因此对他们的风俗、传统、习惯有着非常细致入微的观察，对来自岁月深处的口头文学亦保持着非常敏锐的意识。她用民族志学者式的目光注视自己周围的农民和乡土世界。在她的整个一生当中，她不停地标注、核实、观察和记录大量的细节，就像后来民俗学家们所做的那样。①

通过这些法国精英作家的号召和示范，法国知识界直接掀起了一场民间文学收集整理的热潮。1843年，特奥菲尔·马里翁·杜梅尔桑（Théophile Marion du Mersan）整理出版了《法国民间歌曲与歌谣》，随后又陆续出版了5部不同的民间歌谣集。外省各个地方的名人也纷纷收集和整理本地的民间文学与风俗，如艾尔弗雷德·莱斯内尔·德·拉萨尔（Alfred Laisnel de La Salle）出版了《法国中心地区的传说与信仰》等。在这股热潮的推动下，1853年法国公共教育部委托佛尔图尔－安贝尔（Fortoul-Ampère）起草并颁布了《与法国民间诗歌有关的法令》，其目的就在于指导和组织关于收集整理民间文学的工作，因为“这些财富每一天都会被时间带走，乃至不久以后就会消失”。②

另外，像乔治·桑这样热衷于民间文学与风俗的作家所做的不仅仅是收集工作，他们同样还凭借着自己高超的思维和广阔的知识去分析这些作品与现象，提出了许多即使在今天看来都是极为重要的概念与观

---

① Daniel Bernard, “George Sand: pionnière de l'Ethnographie”, *George Sand, une Européenne en Berry*, Poitiers: Amis de la Bibliothèque Municipale du Blanc et Comité du bicentenaire George Sand, p. 121.

② Fortoul-Ampère, *Instructions relatives aux poésies populaires de la France*, Ministère de l'Instruction publique, 1853.

点。例如，在谈到民间想象时，乔治·桑提出了“集体记忆”的概念，她认为“民间想象一直以来都只是某种集体记忆的模糊形态或者变化形态”①；在涉及民间文学的时候，乔治·桑提出了“口头文学”的概念，指出，“我们可能没有很好地提醒那些研究者，要知道同一个传说会有数不尽的版本，甚至每一个村庄、每一个家族、每一个茅屋里都有自己的版本。口头文学的特点就在于这种多样性。乡村诗歌就和乡村音乐一样，有多少个个体就有多少个改编者”等。②

二　从兴趣走向科学的“民俗”：法国人类学的贯通

如果说19世纪前七十年间，法国作家对民俗和民间文学的关注更多的停留在知识分子的个人兴趣上，那么，19世纪后三十年至20世纪初，法国的民族学和人类学的参与才掀起法国民俗和民间文学的高潮。

在法国历史上，1870年是非常重要的年份。那一年，普法战争爆发。随后，法兰西第二帝国的失败和巴黎公社运动让这个国家顿时陷入分裂和动荡之中。以加斯东·帕里斯（Gaston Paris）为首的法国民族学者呼吁回到古代文学和传统文化中去找到爱国主义，以避免法兰西的分裂。与此同时，亨利·盖多斯（Henri Gaidoz）和欧也尼·罗兰（Eugène Rolland）主编的《梅吕西娜：神话、民间文学、传统和习俗汇编》在1877—1912年共出版了10卷，其中民间故事、传说、神话、诗歌和歌谣占据了总篇幅的三分之二以上。这套汇编的出版也彻底拉开了法国民间文学研究的大幕。1885年，保罗·赛比约（Paul Sébillot）创建了法国民间传统协会，并从1886年开始每月定期出版刊物《民间传统杂志》（*Revue des Traditions Populaires*）。在这个协会里，聚集了一大批重要的法国民间文学研究者，其中有欧也尼·罗兰（Eugène Rolland）、埃米尔·亨利·卡尔努瓦（Emile Henri Carnoy）、菲利克斯·阿

① George Sand, *Légendes rustiques*, Paris: Calmann-Lévy, 1858, p. Ⅳ.

② George Sand, *Légendes rustiques*, Paris: Calmann-Lévy, 1858, p. Ⅴ.

尔诺丹（Félix Arnaudin）、夏尔·马丁·普洛瓦（Charles Martin Ploix）、勒内·巴赛（René Basset）和约瑟夫·鲁（Joseph Roux）等，他们共同把口头文学研究放在协会使命的第一位①。

当然，对于这一时期的法国民间文学研究来说，法国民族学家和民俗学家保罗·赛比约是最重要的实践者和理论家之一。在实践方面，赛比约所取得的成就让人叹为观止。1880 年发表《上布列塔尼地区的传统、迷信与传说》之后，赛比约陆续出版了 26 部关于法国各地民间文学的作品。1904—1906 年，赛比约完成了他的巨著《法国的民俗》（*Le Folklore de France*），“这部巨著……汇集了 15000 至 16000 个左右的‘事实’，其中有故事、歌谣、传说、谜语、谚语，同样还有偏见、习俗、迷信、儿歌等。它是法国乃至所有法语国家民间传统的名副其实的清单”。②

此外，赛比约的杰出贡献还体现在他为法国的民间文学研究乃至民俗学研究奠定了理论基础。他的第一个理论贡献在于首先确定了民俗的含义。“1886 年，保罗·赛比约提出用‘传统民族志’（ethnographie traditionnelle）来指代全部的风俗、习惯、信仰、迷信、小人书和民间图画，而‘民俗’则还包含‘口头文学’，也就是说故事、传说、歌谣、谚语和谜语等。”③ 由此可见，赛比约首次从学术的角度肯定了民间文学和口头文学的价值。除此之外，赛比约还从学术史发展的角度分析了民俗学的不同阶段。他认为，刚开始，民俗学的领域是非常局限的，它只包括了故事、传说、民间歌谣、谚语、谜语和儿歌等被书本忽视的内容，也就是口头文学。后来，为了解释某些神话，民俗学也开始包含方言等内容。再后来，民族志开始进入民俗研究领域。从此，民俗

---

① 在创建之时，该协会就把自己的研究对象分为六个大类，分别是：1. 口头文学；2. 游戏与娱乐；3. 传统民族志；4. 激发传说与习俗观念的语言学研究；5. 民间艺术；6. 与民众信仰和叙述有关的文学创作。参见 Paul Sébillot，“Programme & But de la Société des Traditions populaires”，*Revue des Traditions populaires*，1886，tome 1er。

② “Avant-propos de l'éditeur”，*Le Folklore de France*，Paris：Editions IMAGO，1986.

③ Geza de Rohan-Csermak，*Ethnographie*，http：//www. universalis-edu. com/encyclopedie/ethnologie-ethnographie/#i_ 90679.

学的研究进一步扩大，习俗、信仰、迷信等所有这些构成一种民众心理的事物就逐渐被补充到上述研究材料当中了。因此，民俗学也就成了一门新科学，它的定义如下：

> 一种民众阶层或者进化不发达民族之传统、信仰和习俗的百科全书，同时还兼有口头文学和上层文学的相互影响；这是对遗存的研究，如同参照某些部落之相似社会状态而进行的史前史研究那样，这些遗存亦可以上溯至人类的早期，它们多少有些变异地被保存在最文明的民族当中，有时甚至不自觉地被保存在最有学问的思想当中。①

通过这样的定义我们可以看出，赛比约的民俗学已经深深地打上了人类学的烙印。

另外，赛比约还首次把“口头文学”的概念理论化了。“在口头文学的名称下，我们发现了对于不识字的民众来说，到底是哪些东西替代了识字之人所创作的文学作品。这种文学先于书面文学。我们发现它存在于所有的地方，而且根据民族进化程度之不同，它所具有的活跃程度也不同。”②

与此同时，赛比约对口头文学的内容进行了分类，主要有故事、歌谣、谚语、儿歌、谜语等五个大类。其中，故事包含了个人冒险故事、宗教传说（或者仙女、超自然力量的故事）、诙谐故事等。歌谣则分别与历史、爱情、习俗、职业等相关。有些歌谣用来说教，有些歌谣用于舞蹈。还有一些诙谐歌谣也值得收集。而且歌谣往往与民间音乐相联系，因此也要收集歌谣的曲调。谚语则主要分为两类，第一类与道德观念相关，第二类与一些真实可见的对象相联系。儿歌长期被人们忽视，

---

① Paul Sébillot, “Le Folk-lore”, *Revue d'Anthropologie*, troisième série, tome 1er, 1886, p. 293.

② Paul Sébillot, “Programme & But de la Société des Traditions populaires”, *Revue des Traditions populaires*, 1886, tome 1er.

然而它们也是一种珍贵的信息来源。它们往往非常悠久，而且有一些是古老的宗教仪式遗留下来的。与儿歌相联系的还有誓言和粗话。谜语则可以分为普通意义上的猜谜和一些诙谐的问题。

由此可见，在19世纪的后三十年中，由于民族学（或者文化人类学）的介入，法国的民俗研究快速地实现了自己的科学化。与此同时，与英、美人类学传统相比，法国民族学对待民间文学和民俗也更加包容，因此也就正当地把民俗学纳入了自己的研究范畴。这一现象可谓是一把双刃剑。一方面，法国民俗研究因此得以进入科学的领域，吸引了更多学者的参与。另一方面，由于法国民间文学逐渐融入民俗学研究，后来又进一步融入民族学研究领域，所以长期以来，法国民俗研究和民间文学并未形成一种专门的、独立的学科。

第二节　中法之间的"民俗"话语关联

无论是在法国还是在中国，民俗"话语"的演变从一开始就和文学紧密结合在一起，这是因为民俗和文学从根本上讲都是人类的创造物，只不过在表现形式上有所不同而已，民俗的内容更加宽泛，它不仅仅可以是以语言文字为载体的人类创造物，还可以是通过身体、声音、图像、仪式等一系列人类行为来表现的人类创造物。即使文学变成了贵族和知识精英专有的一种"消遣"，它也没有完全和民间脱离关系。

人类学进入后，"民俗"上升为现代之"学"，开始演变为一种科学观念、意义场域和知识范畴，也就是说具有了话语的形态。然而，在中法两国的不同背景中，"民俗"话语虽不等同，却有关联。在法国语境中，人类学和民族学是本土学术体系中生成的学科，它们对本国民俗文化与民间文学的研究最终被归入民族学的知识谱系；而在中国语境中，西来学术话语虽内在相通，但形态各异，"群学"、"社会学"、"人类学"、"民族学"、"人种学"、"民人学"、"民情学"与"民俗学"等诸多语词相互混淆，概念相互交错，最终英美的民俗学话语占了上风，在民族学之旁另辟民俗学的学科。但是，我们不能就此断定法国"民俗”话语就与中国无关。事实上，它曾深深地影响了中国的“民俗”话语，并赋予后者更多的“学”性。

一 从先秦至现代：中国民俗和民间文学的本土传统

通常，我国的民俗学史书写会把本土民俗学发展史分为两个基本阶段。它以1918年的歌谣运动为分界线，将从先秦至民国初年的中国民俗学研究命名为“中国古典民俗学”；将民国初年至今的中国民俗学研究定义为“中国现代民俗学”。

第一阶段，早在先秦时期，“民俗”一词就已经在汉语世界诞生了。最早使用“民俗”语词的记录可以追溯至《管子》一书。该文大约成书于公元前7世纪，在其中的《正世》篇中，管子从君主治世的角度提出“古之欲正世调天下者，先观国政，料事务，察民俗”。《礼记·缁衣》中说，“故君民者，章好以示民俗”。《荀子·乐论》中提出，“乐者，圣人之所乐也。而可以善人心。其感人深，其移风易俗。故先王导之以礼乐，而民和睦”。通过这些论述，我们可知，先秦时期，中国古代知识分子就特别重视民俗在君王治国方面的重要作用。

因此，围绕上述经世济民的思想，历朝历代都有大量的民俗典籍问世。在先秦时期问世的重要民俗典籍主要有《诗经》、《易经》、《内经》、《山海经》、《仪礼》、《礼记》和《楚辞》等。其中，《诗经》和《楚辞》都是中国最早的民间文学，记载了不同地方的各种歌谣、仪式、神话和传说等。自汉入唐，除了官方修订的史书如《史记》《汉书》等记载了各地风俗，还有文人编写的诸多民俗典籍。择其要而论之，主要有刘歆撰写的《西京杂记》、崔寔的《四民月令》、应劭的《风俗通义》、常璩的《华阳国志》等，其中干宝的《搜神记》更是搜集了大量的民间传说和神话故事。宋元至明清时期的民俗典籍则更是多了许多具有少数民族视野的作品，如《溪蛮丛笑》记载了湘西黔东地区苗族、土家族和仡佬族的习俗。《桂海虞衡志》记述了岭南地区的少数民族风俗等。至清朝末年，张亮采编纂的《中国风俗史》是我国第一部风俗史专著，研究了自太古至明朝的社会风俗。

在这些早期的民俗著作中，我们已经能够看到与现代民俗学相通的研究方法。例如自先秦以来，中国官府就有采风问俗的制度，到民间去收集以民歌民谣为主的民俗资料。这种研究方法已经具有人类学和民族学研究的实地考察的雏形。除此之外，还有文献考据的方法也与西方民族志（尤其是法国）对历史和文学文献的利用相通了。

当然，以上这些民俗研究都是古代文人为了辨风正俗而编写的，它们虽为后来的现代民俗学研究提供了许多宝贵的素材，但毕竟还缺乏现代科学的精神和方法，因此，民俗学真正成为一门学科和话语还是自歌谣运动开始。

概括而言，第二阶段的中国现代“民俗”话语主要体现在以下四个方面。

第一，在北京、广州和杭州等地形成了民俗学研究的三个中心。在北京主要是以北京大学的歌谣研究会为主，在广州主要是以中山大学民俗学会为主，在杭州主要是以杭州中国民俗学会和浙江大学民俗周刊社为中心。这些民俗学研究的重要机构纷纷汇集了一大批民俗学家，开展了诸多民俗调查活动，各自取得了丰硕的成果。

第二，发起了一系列的民俗调查活动，在民俗搜集方面取得了巨大成就。仅在出版的调查成果方面，《歌谣周刊》、《京报副刊》、《民俗周刊》以及其他一些报刊就经常性地发表风俗调查方面的文章。在这些书籍报刊上搜集资料汇编而成的民俗学著作主要以《中华全国风俗志》、《中国社会史料丛钞》和《北平风俗类征》三部为最重要。以《中华全国风俗志》为例，该书为胡朴安所编著，共有66万字之多，分为上、下两编。上编主要是摘选历代古籍中各个省区的民俗资料，下编则是摘录近代报纸杂志上刊登的各地民俗资料。

第三，众多学者在各类刊物上发表了大量涉及民俗和民间文学的研究论文。除此之外，还有大量的民俗学专著出版。仅仅是以“民俗”命名的书籍就有方纪生的《民俗学概论》（1934）、林惠祥的《民俗学》（1934）、常任侠的《民俗艺术与考古论集》等。

第四，汇集了一大批重要的民俗学家，其中包括周作人、刘半农、顾颉刚、常惠、李家瑞、胡愈之、容肇祖、江绍原、林惠祥、杨堃、杨成志、钟敬文、娄子匡、张次溪等。

当然，以上成就离不开西方的影响。这种影响主要是通过两种方式实现，一种是译介了大量的西方民俗学论著，另一种是有许多学者出国留学，受到西方民俗学家的直接影响。回国后，他们也就自然把西方导师的理论和方法运用到中国本土的民俗学研究上。

二　民族学和人类学：中国民俗和民间文学的法国范式

在民俗学的西方影响中，法国的影响最不易辨认。因为如上文所述，在法国的民俗学研究历史中，强势的民族学将民俗学完全纳入了自己的研究领域，从这个意义上说，在20世纪上半叶，法国的民俗学并未形成独立的学科，甚至于法国的民俗研究者也不太使用源自英语的“民俗”（folklore），而是更加偏向于使用本土的“民间传统”（tradition populaire）。但是，这并不是说法国的民俗学研究对中国就没有影响。恰恰相反，它在中国也曾取得很大的成绩，甚至可以说形成了一种“法国范式”。与对英国民俗学的理论译介相比，这种“法国范式”的民俗学影响更加偏向于民族学和人类学的方法，并且在中国学研究领域取得了很高的成就。当然，我们也不能忘了这一时期胡愈之和杨堃两位学者在译介法国民俗学方面的成绩。

1. 法国民族学和人类学方法在汉学研究中的运用

与英国民俗学的影响不同，法国民俗学在中国的最早形态并非理论或著作的译介，而是把法国民族学和人类学的方法运用在汉学研究中。造成这一特点的主要原因在于，20世纪上半叶法国汉学研究处于世界领先的地位。如雷海宗所言：

> 由夏德至今日二十余年的光景，国内史学界的成绩虽然可怜的很，西洋支那学界却有非常惊人的进步。尤其是法国最近出来一群

后起之秀，其中国历史之知识可与国内所谓饱学宿儒相比，其见识则高超不知若干倍。①

可见国内学者对法国汉学，尤其是法国汉学研究方法的推崇。具体到个案上，以下将分别以戴遂良（Léon Wieger）和中法汉学所来阐述法国汉学在中国民俗学上的成就。前者是法国著名的传教士兼汉学家，代表了20世纪初至20世纪20年代法国在中国民俗方面的研究水平。后者是一个机构，其团队成员包括法国汉学家铎尔孟（André d'Hormon）、甘茂德（Huon de Kermadec）和中国学者杨堃（社会学）、曾觉之（法国文学）、傅惜华（俗文学）、高名凯（语言学）、聂崇岐（历史学）等，代表了20世纪30—40年代法国汉学中中国民俗研究的成绩。

首先来看看戴遂良的中国民俗研究。这名法国耶稣会传教士一共写了62部著作，主要都是涉及中国的语言、哲学、宗教、历史和民俗方面。因为在汉学方面的杰出成就，1919年，巴黎国际历史学协会把他评选为“最有影响的汉学家”之一。然而，戴遂良在中国民俗研究上的成就源于他的传教士身份，同时也毁于他的传教士身份。由于传教士需要面向社会底层，需要长年累月地与底层民众交谈，这不仅要求传教士具备非常好的汉语水平，同时还让他们有机会接触到中国民间的各种习俗。也正是利用这一便利条件，戴遂良得以从事他的中国研究，尤其是他的中国民俗研究。然而，他的传教士身份也让他的汉学研究难以得到法国正统汉学家的好评。戴遂良本人强烈的传教意识，导致了其目标在于为西方传教士在中国推行天主教提供必要的中国文化知识，“这种强烈的传教意识导致主观性和片面性凸显于戴遂良的汉学研究之中”②。于是，这一点招致了法国正统汉学家对他的批评。这些批评主要有两类，一类是批判戴遂良的西方中心主义和天主教中心主义，代表人物有

① 雷海宗：《夏德——中国上古史》，《社会学刊》1931年第2卷第4期。

② 谢海涛：《浅析戴遂良的汉学研究》，《文汇报》2013年12月23日。

戴密微，他指出戴遂良“思想狭隘，不放过任何机会来贬低、嘲讽不信教的中国人”[①]；另一类是批判戴遂良的著作缺乏学术性和规范性，代表人物有沙畹，他对戴遂良的《历史文献》一书评价道，“这部著作缺少其所依赖的权威性资料的出处，也未曾提供支持自己观点的论据……作者在对史实的描述中添加了大量的个人见解”[②]。尽管戴遂良的研究存在着诸多缺陷，但是从田野搜集民俗并整理民间故事的方法还是有许多可取之处，也为中国民俗保存了许多材料。也正是从戴遂良开始，法国汉学才逐渐注意到中国民俗的价值。

在戴遂良的著作中，与民俗学相关的主要有《民间叙事》（*Narrations populaires*）和介绍宗教语言的《民间道德与风俗》（*Morale et Usage*）、《近世中国民间故事集》（*Folklore Chinois Moderne*）、《中国宗教信仰及哲学观点通史》（*Histoire des croyances religieuses et opinions philosophiques en Chine depuis l'origine jusqu'à nos jours*）等。其中，以《近世中国民间故事集》为代表，该集一共收集了222则中国古代民间故事，并首次使用西方学术索引的方式来汇编这些收集而来的民间故事，从中归纳出21个故事类型和70个母题。这一方法在中国民间故事研究中尚属首次，而且也更加便于西方读者了解中国民俗。因此，从这些角度来看，戴遂良的中国民俗研究无论是从方法上，还是从资料保存上都具有一定的积极意义。需要指出的是，戴遂良只是当时法国传教士研究中国民俗的个案之一。除此之外，禄是遒（Henri Doré）、顾赛芬（Sèraphin Couvreur）等其他法国传教士也分别研究了中国的迷信、仪式等民间风俗。

至于中法汉学所，这是一个纯粹的学术机构。由于之前法国汉学在中国的重要阵地北京中法大学受抗日战争的影响不得不南迁，所以法国驻华大使馆准备在北京设立一个法国汉学研究所，以维持法国汉学在西方汉学中的领先地位。

---

① 谢海涛：《浅析戴遂良的汉学研究》，《文汇报》2013年12月23日。
② 谢海涛：《浅析戴遂良的汉学研究》，《文汇报》2013年12月23日。

1941 年 9 月 1 日，在北京前中法大学旧址内，法国驻华大使戈思默（Henry Cosme）亲自主持了中法汉学研究所的成立仪式，并宣布由铎尔孟担任该所所长。此时的中法汉学研究所非常简单，只设立了民俗学组。该组所有的研究工作都交给留学社会学家、民族学家和民俗学家杨堃负责，他当时正任燕京大学社会学教授。除了杨堃，其他的研究人员大致有两类，一类是留在北京并对法国汉学有兴趣的中国学者，诸如曾觉之、傅惜华、高名凯等；另一类是从法国或者法属印度支那派来的法国留学生，由中法双方的学者共同指导这些法国留学生的汉学研究。至 1941 年 11 月，中法汉学所又成立了法文研究班。1942 年 9 月，该所设立了语言历史组和通检组。1943 年 5 月，汉学研究所图书馆也得以组建。

通过上述介绍，我们大致可以发现中法汉学所的几个特点。第一，从成立之日起，该所就是一个纯粹的学术机构，而且该所的学术研究主要是围绕汉学展开的。在战乱中能有一方研究的净土，中法汉学所在近十年时间里做出了大量的成绩。第二，该所虽然名为“汉学研究所”，但是其研究的方式与传统汉学乃至远隔万里之外的法国汉学有所不同，后者主要从事的是历史文献的研究，而中法汉学所则是以民俗学研究为最主要的工作，并且深受法国民族学的方法的影响，从事田野考察，搜集民俗。在杨堃的领导下，该汉学所取得了卓越的成绩。

《汉学》杂志是该所出版的研究期刊，在其第一辑中专文介绍了自 1941 年 10 月至 1944 年 7 月中法汉学研究所的主要工作，主要包括以下三个大类、九个方面①。第一个类别的是对中国民俗的收集与整理，具体内容有以下五个方面。

（一）五祀研究。中法汉学所民俗学组系统性地对五祀问题展开了研究，拟共计发表七篇论文，分别为《导论》《通论》《论中溜》《灶神考》《行神考》《门神考》《结论》，最后还附上书目提要以及研究资料。主要讨论了古史研究的概况、五祀的名称、五祀种类以及起源、五

① 石埼壬：《本所工作概况》，《汉学》1944 年第 1 期。

祀与五行的关系、战国前后的五祀、中溜的意义及其在五祀中地位的演变、灶神的起源及演化、行神的意义及演变、门神与户神等问题。其中，杨堃的《灶神考》为此系列论文的第四篇，已经在该所学报《汉学》第1辑（1944年出版）上发表。

（二）风土全志之编纂。该所考虑到中国缺乏翔实的风俗资料书籍，于是计划编纂《中国风土全志》，将各省县志所载的风土一门编纂成辑。从体例来看，全书按照省、县两级区划编排，主要有四个部分的内容。第一部分为总说，介绍一县的历史沿革；第二部分为提要，以题解的方式解释所录方志的纂修、内容、版本情况；第三部分为正文，全文的记录；第四部分为校勘记，校对和记录县志的不同版本，对其中记载风土一门之异同加以校对、记录。这项工作起始于1942年9月，主要通过抄录国立北京图书馆里收藏的方式。截至1944年6月，该所研究人员已经抄录了河北省123个县、山东省89个县、山西省80个县的风土，初稿整理完毕的有河北省115个县、山东省83个县、山西省71个县。

（三）神祃资料之搜集、整理与研究。该项工作的神祃资料收集工作，主要有杜柏秋、于鹤年以及其他各方友好寄赠或代购的神祃3900余件，共4900余张，其中，比较罕见的作品为四川、湖南、湖北、江西、广东等地的神祃。中法汉学研究所对神祃资料的整理主要有三个步骤。第一步登记，内容包括登记号码、分类号码、名称、类别、地别、采集方式、采集日期、张数、尺寸及备注等；第二步制作目录卡片；第三步制作研究卡片，内容包括登记号码、分类号码、来历、式样、功用、备注及参考书籍。

（四）年画资料的搜集、整理与研究。首先仍然是年画资料的收集，据该所工作概况介绍，中法汉学所保存的年画，大部分为杜柏秋从各地购买的作品，当然，还有不少作品是通过捐赠或者代购的方式收藏的，共计350余件，其中尤其以四川、陕西、河南等地制作的年画较为珍贵。在整理程序上，此项工作的步骤及其条目、格式与上述神祃的收集和整理相同，只是在类别项内有所改动，填写内容为戏剧、故事、颂祝、讽刺、风景等。

（五）照像资料的搜集、整理与研究。中法汉学研究所民俗学组专门设置了照相室，专门负责相片资料的收集。但凡与民俗学有关的各种活动，如岁时风俗、服饰、居室、游艺、习惯、礼节及民间技艺等都在拍摄范围之内。该室共拍摄各种傀儡戏、年节风俗、民间技术、国剧身段、姿势语言等相片600多张。这些照片尺寸都长13厘米、宽11厘米，贴于特制的大卡片上，卡片附有简单的说明，上面记载了登记号码、分类号码、摄制日期、像中人物及备注等。

中法汉学所民俗学组的第二类工作是编制民俗学分类表。根据该所工作概况介绍，这一工作主要参考北大图书馆学专家刘国钧编写的《中国图书分类法》中礼俗部分的分类来进行。同时还参考了布鲁塞尔十进分类法（Classification décimale de l'I. I. B.）中民俗学类的详细条款，并以该组所收藏资料的实际情形进行修改，经过研究所研究员共同详密研讨才撰写成初稿。此后，中法汉学研究所内有关民俗学的日报、杂志论文和书籍上的资料以及照片资料等都按此法分类。

该所民俗学组的第三类工作为摘录各类已出版文献中的民俗学资料。其中主要包括以下三个方面的内容。

（一）为日报论文编辑索引。此项工作是将日报中有关民俗学的资料加以搜集，其程序按圈划、剪贴、制作卡片三个步骤进行，卡片内则注明篇名、著者、日期、版次等项内容，然后按该组所制民俗学分类表排列。民俗学组在其成立后的三年多内，共剪贴11000余件。

（二）为杂志论文编辑索引。此项工作是将研究所图书馆所收藏的杂志中有关民俗学的论文制成卡片，该卡片包括论文名称、著者、卷期、页次及出版年代等项内容，然后将此卡片按该组所制的民俗学分类表排列。

（三）为西方的中国民俗研究著作编辑索引。截至1944年，民俗学组主要是为法国神父禄是遒的《中国迷信研究》和荷兰汉学家格鲁特（J. M. De Groot）的《中国宗教系统》等书编制人名、书名通检及研究卡片。

此外，北京中法汉学研究所还非常重视向公众展出它的藏品。如1942年7月，该所就举办“民间新年神像图画展览会”。按原定计划，该展览会从7月16日开始，一共持续15天，后来因为参观人数众多，展览会不得不延长10天，至8月10日才最终结束。

综上所述，中法汉学所民俗学组在杨堃的领导下已经取得了很大的成绩，而这一成绩如法国民族学中的民俗学研究一样，并不在于提出某种理论，甚至连对民俗的主观分析都较少，而是把重心放在收集和整理民俗上。从这个角度看，法国赛比约和范·热内普民族学式的民俗研究对该所的工作产生了巨大影响。此外，该所的风格还深深地打上了杨堃个人的学术风格的烙印，即为相关资料整理提要、编辑索引。例如在上文中论及杨堃对莫斯的译介方面，杨堃就花了大量的时间和精力整理《法国社会学家莫斯教授书目提要》。

2. 法国民俗学的汉语译介

最早对法国民俗学进行译介的是胡愈之先生。1928年，由于激烈地批判蒋介石在四一二运动中的暴行，胡愈之不得不流亡法国，在法国巴黎大学学习国际法。在此期间，胡愈之接触到了法国民族学和人类学的相关理论，并将法国学者莫里斯·倍松（Maurice Besson）的《图腾主义》一书翻译成中文。

这本书首先是于1929年在《一般》期刊的第8卷第4期和第9卷第4期上刊载，后于1932年11月由上海开明书店出版。全书一共八个章节，分别为"图腾主义是什么""澳洲土人的图腾主义""美洲印第安人的图腾主义""马达喀斯加的图腾主义""亚洲的图腾遗迹""非洲的图腾主义""古代世界的图腾主义""图腾问题及其解释的理论"。通过该书对图腾主义的解释，我们会发现它具有非常明显的涂尔干社会学特征。例如该书强调图腾主义对社群而言的宗教功能，说"图腾主义便是原始人们的宪法。对于此种原始的宪法的研究，能使我们了解某种社会的如何组成，某种概念的如何产生，而且也许更能使我们明白某种宗教的概念在昏暗的史前时代已微露曙光"①。

胡愈之先生翻译此书的目的并不明确，但是他后来并未把图腾或者

① Maurice Besson：《图腾主义》，胡愈之译，《一般》1929年第8卷第4期。

 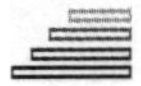

说民俗学作为自己的研究方向。而以民俗学家、民族学家的身份翻译法国民俗学研究成果的当属杨堃。也许正是因为杨堃是这一领域的专家，所以他对译本的选择也比胡愈之要更加经典。

他主要译介了法国两位民俗学家的理论和方法，分别为汪继乃波（今译范·热内普，Arnold Van Gennep）和葛兰言（Marcel Granet）。当时，虽然范·热内普并非涂尔干学派的成员，但是他的成就也是在民族学和民俗学两个方面，尤其以仪式研究理论和法国民俗整理闻名，并积极地编写了《法国当代民俗学手册》（*Manuel de folklore français contemporain*）。

1932—1933 年，杨堃连续在《鞭策周刊》上发表了两篇介绍性（《介绍汪继乃波的民俗学》和《汪继乃波的民俗学》）的论文，同时还翻译了范·热内普的《民俗学的方法》《民俗学之纲目》等文章，同样发表在《鞭策周刊》上。通过这些论文和译文，刚刚回国工作的杨堃就把法国民俗学的研究方法带回国内。例如在《民俗学之纲目》一文中，杨堃就把法国的分类法译介至国内，文中提到“仅想观察与搜集事实并不算完，我们还应知道怎样去作分类……为的观察能有结果，须先知道从前的探求者整理事实所用的‘纲目’”①。此外，该文除了介绍英国民俗学会和侯夫满可来叶（Hoffmann-krayes）的纲目，还介绍了法国民族学家、民俗学家赛比约（即杨堃译“塞毕犹”，Paul Sébillot）的纲目。

至于葛兰言，杨堃从 1942 年开始在《国立北京大学法学院社会科学季刊》上分三次发表了《葛兰言研究导论》一文，文中不仅介绍了葛兰言的主要研究成果，更是强调了葛兰言的研究方法。《葛兰言研究导论》上篇主要包含“引言”和“葛兰言的学术背景”两个部分，强调了沙畹的汉学研究和涂尔干、莫斯的社会学与民族学研究对葛兰言的影响；在《葛兰言研究导论》中篇中，杨堃主要介绍了葛兰言的研究方法，强调葛兰言研究中国之方法的独特性在于运用涂尔干学派的社会

① 汪继乃波：《民俗学之纲目》，杨堃译，《鞭策周刊》1933 年第 2 卷第 21 期。

学理论来分析古代中国的社会、文化、宗教、礼仪和风俗。《葛兰言研究导论》的下篇主要是葛兰言著作的书目提要，分为“著作”“论文”“其他著述”三个部分，非常详细地记录了葛兰言本人的绝大部分著作和他人对葛兰言著作的评论。

综合分析以上的译介情况，我们可以了解到民国时期法国“民俗”话语与中国的关联基本是在方法论方面。而且，这种方法论主要是法国社会学和民族学的方法。虽然范·热内普并非涂尔干学派的成员，而且实际上他在法国也一度被涂尔干学派的民族学研究边缘化，但是他对中国民俗学的影响仍然是民族学方面的理论和方法，尤其是在法国本土民俗学研究的纲目学方面。

第三节　民国时期的“葛兰言争议”

如上文所述，在20世纪上半叶，中法之间围绕“民俗”话语所产生的关联，主要在法国汉学的中国民俗研究和法国民俗研究的中文译介两个方面。然而，一位人物在这一话语关联中尤为重要，即葛兰言。无论是在法国汉学的中国民俗研究还是在法国民俗研究的中文译介方面，我们都能看到葛兰言的身影。葛兰言本人的研究都是以中国民俗作为对象，如他的成名作《古代中国的节庆与歌谣》，就是直接把“歌谣”和“节日”当作分析的对象。又如上文所述，葛兰言的著述和方法都已经被杨堃介绍到国内，而且除了杨堃，李璜、雷海宗、丁文江、王静如等人甚至围绕葛兰言展开了一场大讨论。

关于这场大讨论，桑兵先生最早提出民国时期的“葛兰言争议”这一提法。通观20世纪上半叶的法国汉学后，他提出，“与伯希和、高本汉、马伯乐等人久为中国学者所称道的情形相反，葛兰言以社会学方法解析中国古史的创新，在中国本土却长时间反应平平”[①]。的确，与莫斯仅仅把中国当作案例不同，作为汉学家，葛兰言的学术研究完全以

① 桑兵：《国学与汉学——近代中国学界交往录》，浙江人民出版社1999年版，第13页。

中国为对象，甚至他的社会学思想都是通过研究古代中国文明而得来。葛兰言也凭借这一点被莫斯指定为接班人，成为法国社会学年鉴学派第三代代表人物（尽管他后来不幸先于莫斯逝去）。然而，葛兰言不仅没有像涂尔干那样被中国学者热捧，甚至连莫斯那样对中国学生潜移默化的影响都没有，而是在中国遇到了巨大的挑战。

王铭铭教授曾言，“葛兰言……这样的人物，一般本会引来大批中国追随者，为其借外来和尚念经提供理由和题材，为自己的社会科学‘搭便车’、‘走出国门’做铺垫，但奇怪的是，恰是在中国，葛兰言的命运比英语世界还要挫折得多”①。也许用“挫折”一词有些言过其实，但是葛兰言的确在中国引发了争议，争议的三方分别以李璜、丁文江和杨堃为代表。

一 独特的史学观点：李璜的评价

李璜曾经回忆：

> 适之要我为新月杂志写文……适之认为介绍法国的历史学方法的文字无妨，再三约定，我只得写了一篇长文，介绍法国涂尔干派的对古史研究的社会学方法，并及于法国汉学家用此方法对中国古史的研究贡献。文分三期在《新月》上发表出来。我其初只署的一个“幼春”，而适之认为《新月》货真价实，从来无假，乃由他添上木旁用我真名“幼椿”二字发表，尚未发生问题。②

在李璜的回忆录中，这一事件发生于1928年。然而，李璜的记忆出了一点小差错，他于1929年在《新月》上发表的文章为《法国支那学小史》，而同年分三期连载的文章是发表在《长风》杂志上，为《古

① 王铭铭：《葛兰言（Marcel Granet）何故少有追随者？》，《民族学刊》2010年第1期。

② 李璜：《学钝室回忆录》，传记文学出版社1973年版，第157页。

中国的跳舞和神秘故事》（*Danses et légendes de la Chine ancienne*）。前一篇文章是对法国汉学史的介绍，后一篇则是译介葛兰言的著作。据李璜本人说，撰写前一篇文章的缘由是“因为译述法国少年支那学者格拉勒（Marcel Granet，jeune Sinologue de la France，伯希和向我常这样的称呼他，他确也算是法国支那学者中后起之秀）的《古中国的跳舞与神秘故事》，引起我编述法国支那学的渊源，以告我国学术界的兴趣”①。由此可见，葛兰言的著作激发了他译介法国汉学的兴趣，也可知葛兰言对他的影响。

在《古中国的跳舞与神秘故事》一书开始，李璜交代了翻译这本书的背景是北京大学同事徐旭生邀请他翻译一下这本葛兰言的新作。而且，李璜在法国期间与葛兰言的关系也非常要好，据李璜在此文中讲述：

> 因为引起了我的一个很好的回忆。我在巴黎大学的第三年，习社会学、历史学时，与格拉勒先生（今译葛兰言——引者注）最熟，他每逢在巴黎大学教完书后——他在巴黎大学中国学术讲座当讲师——总是约着我和另一位法国学生名叫麦斯托（M. Mestre）的，我们一同出了索尔朋（La Sorbonne），一路谈着，从圣米舍尔大道（Bd. Saint Michel）经过观象台（l'Observatoire），直到他家门前，立着又谈了一会，终各自分手。我们谈的大半是古中国的神秘故事和古希腊神话的比较。②

可见，葛兰言在出版这本书之前就与李璜交流过有关中国民间故事的情况，而且也正是由于他们二人相互熟悉，而且又同时受过法国社会学的熏陶，所以李璜对葛兰言的著作基本上是给予了相对客观的评价，他首先指明葛兰言此书的贡献在于方法上，“把他的治学方法写点出

① 李璜：《法国支那学小史》，《新月》1929年第2卷第9期。

② 李璜：《古中国的跳舞与神秘故事》，《长风》1929年第1期。

来，也或者于中国国学界，有些补益”①。

在具体介绍这本书的策略上，为了让读者更好地了解此书，李璜一开始特别“陈述一下近今社会学家和历史学家对于上古史——特别是有史以前所欲解答的一个问题”②。另外，在肯定了葛兰言用社会学方法研究中国古史的创新之处外，李璜也提到了葛兰言所犯的一些错误，“在这里，我本着求真的态度，把格拉勒先生对于中文的误解，和对于引用的过当处，也就我个人见得到处，加以纠正”③。由此可见，李璜对葛兰言研究的态度是中立的，既肯定了葛兰言的成绩，也指出了葛兰言的失误。李璜于1933年又通过中华书局，以专著的形式出版了《古中国的跳舞与神秘故事》。在该书序言里，李璜开篇就指出，“这本小书不过是一篇读书录，我愿意把它发表了，因为我觉得可以给中国古史研究一个新的观点——社会学的观点”④。

二　糟糕的汉学研究：丁文江批判

1929年，葛兰言发表了他最重要的作品之一《中国文明》（*La Civilisation chinoise*）。此后不久，这本书便快速而又草率地被翻译成了英文⑤。1931年，当爱国学者丁文江看到这个糟糕的英文版《中国文明》后，便在英文版《中国社会及政治学报》（*Chinese Soc. & Pol. Sci. Rev.*）第15卷第2期上发表了一篇长篇评论“Prof. Granet'sLa Civilisation Chinoise”，对葛兰言及其作品展开了猛烈的抨击，认为他至少犯了以下三类致命的错误，即：

> 1. 误将理想当事实，如以男女分隔制为古代普遍实行，殊不

---

① 李璜：《古中国的跳舞与神秘故事》，《长风》1929年第1期。

② 李璜：《古中国的跳舞与神秘故事》，《长风》1929年第1期。

③ 李璜：《古中国的跳舞与神秘故事》，《长风》1929年第1期。

④ 李璜：《古中国的跳舞与神秘故事》，中华书局1933年版，第1页。

⑤ 后来，Maurice Freedman认为这个英文版本里面错误太多，因此不能算是一个很好的译本。

知那只是儒家的理念。2. 误读文献而得出与自己方法相合的错误事实观念。3. 先入为主地曲意取证，尤其认为《诗经》尽属农民青年男女唱和。事实一错，立论根据全失，用以发现事实的方法自然无效。①

当时和丁文江持相同观点的中国学者不在少数。吴文藻也曾认为，“不过葛氏大都是根据历史文献，来做比较研究，其方法尚欠谨严”②。此外，批评声比较激烈的还有雷海宗。

他也在1931年表达了自己对葛兰言的批评。关于法国汉学的近作，雷海宗很明显更喜欢法国传统汉学家的研究。在将葛兰言的《中国文明》与马伯乐的《中国上古史》进行比较后，他说，“两书的方法与性质并不相同。以评者个人看，加氏（指葛兰言——引者注）著作的价值不及马氏。其原因有二，一是关于方法的，一是关于态度的。方法方面，因加乃认为中国春秋以前的年代完全不可靠……这虽是要紧的方法，但也未免过度。第二是关于态度的，就是加氏认为中国古代政治史的材料完全不可靠……所以他把政治史略讲几句后，就去讲法制史”③。但是，尽管如此，雷海宗还是肯定了葛兰言在方法上的创新，提出“历史学者不读此书，可不要再谈中国的封建制度”④。

三　有效的社会学方法：杨堃辩护

1931年初，刚刚回到国内的杨堃虽然不赞同丁文江的批评，但是并没有急于和丁文江展开论战。1938年，杨堃首先在《社会学界》第10期上发表了《莫斯教授的社会学学说与方法论》一文，为给葛兰言

① 王铭铭：《葛兰言（Marcel Granet）何故少有追随者?》，《民族学刊》2010年第1期。

② 吴文藻：《布朗教授的思想背景与其在学术上的贡献》，见北京大学社会学人类学研究所《社区与功能——派克、布朗社会学文集及学记》，北京大学出版社2002年版，第270页。

③ 雷海宗：《夏德——中国上古史》，《社会学刊》1931年第2卷第4期。

④ 雷海宗：《夏德——中国上古史》，《社会学刊》1931年第2卷第4期。

翻案提前做了铺垫。1939 年，杨堃终于同样用英文撰写了“Marcel Granet：An Appreciation”一文，并发表在《燕京社会学界》（*The Yenching Journal of Social Studies*）上，正式开始为葛兰言辩护。在该文中，杨堃首先介绍了葛兰言的学缘与方法论，然后正面对丁文江的批评做出回应。1943 年，在上述英文版论文的基础上，杨堃再次用中文撰写了长篇论文《葛兰言研究导论》，深入地阐述了葛兰言学术研究的成果与方法。

至于葛兰言为什么会遇到这么大的批评，杨堃认为，“不幸的是，葛兰言与中国的学者们缺少私人的联络。他的研究方法完全不同于中国新旧派别的汉学研究”①。随后，杨堃认为最不幸的是葛兰言遇到了可怕的敌手丁文江。“在丁文江并不谨慎、只是基于个人作品与有害的讥讽下，中国学界对葛兰言的误解就更加严重了”②。在这篇文章中，虽然杨堃表明自己并非想替老师辩护，但是他还是义愤填膺地提出必须要先理解学者的作品，然后才能对他进行评论。至于丁文江的看法，杨堃提出疑问，首先，丁文江是否能够完全读懂法语；其次，杨堃认为即使丁文江的法语水平不错，但是他还是有可能无法理解葛兰言的研究③。

在杨堃看来，读懂葛兰言的关键是要弄清楚他的身份，因此，杨堃提出了一系列的问题：

> 葛兰言究竟是一位史学家呢，还是一位社会学家呢？如说他仅是一位社会学家，他为何还口口声声自称为史学家？并自己承认带有史学家的偏见？而且，从他的方法论上去看，不是史学家，焉能那样谨慎，严密？……诸如此类，不是史学家，能这样么？……因为他的唯一的法宝，不就是自己承认，是从社会学派所学来的社会

① 转引自吴银玲《杨堃笔下的葛兰言——读〈葛兰言研究导论〉》，《西北民族研究》2011 年第 1 期。

② 转引自吴银玲《杨堃笔下的葛兰言——读〈葛兰言研究导论〉》，《西北民族研究》2011 年第 1 期。

③ 转引自吴银玲《杨堃笔下的葛兰言——读〈葛兰言研究导论〉》，《西北民族研究》2011 年第 1 期。

学分析法么？如说他是史学家而兼社会学家，或者是社会学家而兼史学家，然而他在什么地方是社会学家？又在什么地方是史学家呢？而且，史学家与社会学家的分别，究竟在何处呢？[①]

在这一系列的问题之后，杨堃提出了自己的看法。他认为以前的汉学研究总是要把史学与社会学区分得很清楚，结果导致二者相互完全不了解。但是，到了民族学进入史学研究的时代，到了民俗学进入汉学研究的时代，这种清清楚楚的界限就被打破了，以前的时代也一去不复返了。如果一个现代的史学家不满足于简单地叙述历史的话，那么就必须使用社会学的方法。正如杨堃的反问，“而今葛兰言用社会学分析法去研究我国的文化史，不是很有成绩吗？若再退一步讲，葛兰言的成绩，或者尚不一定完全可靠。然而，他所指示的这个方法，是否也值得注意呢”[②]？

的确，在笔者看来，“葛兰言争议”的核心原因就在于丁文江误读了葛兰言的学术身份和写作目的。葛兰言虽为法国著名汉学家，但并非中国史专家，而是民族学和民俗学家。也就是说，葛兰言虽然以中国为对象，但是其目的仍然是想呈现一个异于西方社会的文明，也就是说，他在本质上还是社会学家、民族学家和民俗学家，其目的不在于讲中国历史，而是分析中国的古代文明。作为涂尔干学派的第三代领导人，“葛兰言专攻中国古代文明，以其丰厚的著述，实现了社会学、古代社会研究与汉学的综合”[③]。

对此，笔者认为，桑兵的解释可谓得当，他说：

中国学术界对葛兰言感到生疏，除了他后来不到中国，与中国学者缺少联络，著作译成中英文的少而且晚，以及治学方法与中国

① 杨堃：《葛兰言研究导论》，四川民族出版社 1997 年版，第 140—141 页。
② 杨堃：《葛兰言研究导论》，四川民族出版社 1997 年版，第 140—141 页。
③ 王铭铭：《葛兰言（Marcel Granet）何故少有追随者?》，《民族学刊》2010 年第 1 期。

新旧两派史学家和国学家俱不相合，而中国的社会学者对于国学和西洋汉学一向不大注意，不能打通之外，更重要的还在于其方法与中国史学的特性不尽吻合。①

第四节　葛兰言与杨堃

在上文中，笔者已经部分地阐述了葛兰言与杨堃之间的话语关联。它至少体现在两个方面。首先是杨堃对葛兰言民俗学著作的译介。其次是在民国的“葛兰言争议”中，杨堃积极地为他的老师葛兰言进行辩护。然而，除了这两点，我们还可以从文学与人类学、民俗与民族学两个维度去审视葛兰言与杨堃之间的话语关联。

文学和民俗都是人类文化的重要体现方式，如果我们用“大文学观”来审视文学的话，那么除了精英文学和文字文学，它还可以是民间文学、口头文学、身体文学、仪式文学等。同样，如果我们用表述理论来思考民俗的话，后者也和文学一样，都是族群文化的一种表述。从这两个意义上讲，文学与民俗也就相互融会贯通了。另外，对于人类学与民族学而言，它们之间的关系就更为紧密了。首先在整体人类学中，民族学又被称为文化人类学，是人类学四大部类中的一种。而且，在法国的民族学传统中，社会学、民族学和人类学既是一条从孔德、涂尔干、莫斯、葛兰言到列维－斯特劳斯的学科发展之路，也是在不同立场上对同一实践的不同命名。以对中国民俗的研究而言，法国话语的核心是民族学式的，那么对于法国人而言，这种研究既可以是民族学研究、人类学研究，还可以是汉学研究。尤其是对于葛兰言和杨堃二位而言，如果要更好地理解他们，更好地解读他们之间的话语关联，也许文学人类学是更好的选择，因为他们的学术实践都有文学与人类学的两个面向。

---

①　桑兵：《国学与汉学——近代中国学界交往录》，浙江人民出版社 1999 年版，第 9 页。

一　文学与人类学：葛兰言的古代中国研究

当今学界，人们往往重视从人类学角度去研究葛兰言，然而，对于笔者而言，在葛兰言的研究中还有一个重要的文学面向。具体而言，这种文学面向体现在歌谣和神话两个方面。

首先来看看葛兰言研究中的中国歌谣。中国“五四运动”如火如荼之时，葛兰言出版了《古代中国的节庆与歌谣》一书，该书集中反映了他对中国歌谣的理解，至少表现了下面五条诗学原则。

第一，《诗经》民歌论。在葛兰言看来，《诗经》并非如后世道德学家们所言，是儒家思想的文学体现。甚至，从某种意义上来说，它应该属于民间文学而非儒家经典。尤其是在葛兰研究了《诗经》及其评注者的思想后，他发现“撇开注释去阅读，我们会感到，《诗经》中的诗歌都是民歌，尽管传统已经把这些歌谣变成了深奥的学者之作”。①

第二，《国风》仪式论。按照葛兰言的看法，《国风》中的诗篇应该反映的都是中国文明的一些早期习俗，而不是经典的道德教诲。而且，葛兰言认为，从本质上看，这些习俗就是仪式。后世的文人为了封建道德和君王统治的目的逐步歪曲诠释了《国风》中的仪式性意义。他们把这些诗篇与历史联系在一起，以此来传递一种道德和政治哲学的准则。“直到汉代，《诗经》最终成了道德判断的象征形式，承载起了道德教化功能”②。

第三，歌谣节庆化。在《古代中国的节庆与歌谣》的第二部分“古代的节庆”中，葛兰言曾把王室的春季节庆解释为一个求子的节庆，也是玄鸟归来之日所举行的节庆。通过这一点，葛兰言联想到简狄在春分献祭仪式行浴时吞玄鸟卵而怀孕的故事，并论证“中国人通过

---

① 葛兰言：《古代中国的节庆与歌谣》，赵丙祥、张明宏译，广西师范大学出版社 2005 年版，第 6 页。

② 覃慧宁：《葛兰言〈古代中国的节庆与歌谣〉的学术意义》，《西北民族研究》2006 年第 4 期。

塑造节庆仪式与自然规律的统一秩序来实现人类社会共同体的情感和人与自然环境的一体性”①。

第四，“比兴”道德论。葛兰言认为，《诗经》中的艺术手法并非简单的文学创作，而是反映了丰富的道德内涵。例如，在书中，葛兰言专门解释了《诗经》中的比兴手法。“中国人显然是这么认为的：他们认为，这些主题是‘比’或‘兴’，也就是说，它们显然都是诗歌表意的文学手法。但如果真这样的话，那这些诗人是多么的缺乏想象力啊！他们的想象力又是多么的单调！……这些术语与其说是文学家使用的创作手法，不如说是卫道士运用的一个体系”②。

第五，“对称”观念论。在全书的结论中，葛兰言指明《诗经》中所表现出来的“对应”和“对称”的观念是最初中国人的宇宙观。例如，《国风》中歌谣的形制就表现出了这种“对称”关系。其中的许多歌谣是通过男女二重对唱来完成的，“为了表现他们的感情，面对面的演员借助这样一种芭蕾舞似的言语姿势逐渐地展开。因而，他们发展出两两对称的布局。……在整体布局的两边，其韵律和乐章都是对应的……布局的对称要素在意义上也是对应的”③。

其次，在葛兰言的中国歌谣研究中，还隐含着一种神话思维，即以神话的方式来对待中国古史，这一思维具体体现在以下两个方面。

一方面，首先体现在对史料的处理上。葛兰言并不把有关中国上古的叙述当成准确的史料，而是恰恰相反，他把这些史料与神话混合在一起。连司马迁《史记》中的许多史料都被葛兰言视为一些半神话、半历史的文献，“其最不可让人接受之处，恰是他观念中神话与历史混合的做法……这对于那些认定《史记》为‘信史’的中国学者，恐怕最难以理喻”④。然

① 杨秀明：《闻一多与葛兰言的中国古代文化研究比较》，《中央民族大学学报》（哲学社会科学版）2014 年第 4 期。

② ［法］葛兰言：《古代中国的节庆与歌谣》，赵丙祥、张明宏译，广西师范大学出版社 2005 年版，第 38 页。

③ ［法］葛兰言：《古代中国的节庆与歌谣》，赵丙祥、张明宏译，广西师范大学出版社 2005 年版，第 185 页。

④ 王铭铭：《葛兰言（Marcel Granet）何故少有追随者?》，《民族学刊》2010 年第 1 期。

而，历史文献本身也只是对历史事件的一种再表述①，从这个意义上讲，有关无文字上古时代的文献材料与神话之间可能的确存在着某种相通之处。由此来看，葛兰言的方法就不仅仅是社会学那么简单了，我们可以说他的方法就是文学人类学的早期运用。也就是说，葛兰言对待文献和神话的方式是类似的，他都把这两者视为一种表述，甚至是再表述。因此，对于葛兰言的汉学研究而言，他并不是要看到真实的历史事件，而是要看到这些表述背后的人类学意义乃至人类意义。在这一点上，葛兰言处理文献的方式与莫斯等人并无不同。

另一方面，葛兰言的汉学研究体现了一种神话主义。王铭铭教授认为，葛兰言把历史文献与神话相混合的方法其实“是一种人类学的心态史研究”②。葛兰言非常重视古代中国的歌谣与神话，因为在他看来，这些歌谣与神话是解读中国史前世界人类思想的关键所在。虽然后世文人不断阐释、修改、提炼甚至是歪曲，但是都无法掩盖中国文明源自无文字时代的神话思维。在这一点上，葛兰言的神话主义与文学人类学“大、小传统”的理论也是一致的，即在文字传统（即“小传统”）之前或之下，还有一个无文字或非文字的传统（也就是“大传统”），古史的神话思维正是这一“大传统”的组成部分，它是小传统的源泉③。

由此可见，葛兰言研究的中国民俗与中国古史在本质并不完全是民

---

① 参见徐新建《历史就是再表述——兼论民族、历史与国家叙事》，《文艺理论研究》2014年第4期。

② 王铭铭：《葛兰言（Marcel Granet）何故少有追随者?》，《民族学刊》2010年第1期。

③ “大、小传统”原本是美国人类学家雷德菲尔德在《农民社会与文化》一书中提出的理论概念。大传统原本指的是以城市为中心，社会中少数上层人士、知识分子所代表的文化；小传统指的是在农村中多数农民所代表的文化。雷德菲尔德认为，小传统处于被动地位，在文明的发展中，大传统地位和话语权高于小传统，农村不可避免要被城市同化。而在本书中使用的“大、小传统”的概念是我国著名文学人类学家叶舒宪教授对雷氏理论的改造和颠覆。在叶教授看来，有文字的传统才是“小传统”，而无文字的传统是“大传统”。笔者在对葛兰言的研究中发现，葛氏很早就注意到中国文明的“无文字”传统，即神话和歌谣的特性，并且从“有文字”的传统中（如对《诗经》的解读）发现了内在的、深层的、被遮蔽的“无文字”传统（即“大”传统）。虽然葛氏并未使用“大、小传统”的语词，但是笔者认为，他的研究实际上已经为我国文学人类学的诞生提供了一个思想资料和方法借鉴，因此从文学人类学的角度才能更好地理解葛兰言的研究和著作，从而以一个新的角度回应“葛兰言之争”。

俗学或历史学的研究范式，而是一种跨学科的研究范式，至少葛兰言跨越了文学、历史学和人类学三大领域。因此，如果我们用文学人类学的观点来看待莫斯的研究的话，其中研究文字表述的方式，甚至于对“大、小传统”的反思无疑都是具有先驱意义的。

二　民俗与民族学：法国话语影响下的杨堃

随着时间的逝去，20 世纪上半叶许多留法学者都逐渐被学界淡忘，尤其是在中法文化交流的领域。当我们回顾这段历史，有一个人的名字一定会引起我们的注意，他就是杨堃。从 1921 年起就赴法留学，到 1931 年方才回国的杨堃在法国完成了他的硕士学位论文和博士学位论文。这位在法国待了十年的中国留学生不仅仅获得了学位，而且可以说，他几乎把法国社会科学里的精华都学了一遍。因此，在本书的末尾仅谈他和葛兰言之间的话语关联是不完整的，我们应该要从整个法国话语来看他身上所体现的中法关联。其中，法国汉学留在他身上的是民俗学的影响，而法国社会学则以民族学的影响为重点。

杨堃在法国的学习本来都是在里昂中法大学完成，而且他的导师古恒教授（Maurice Courant）也是当时里昂大学著名的汉学家。他的成绩良好，所以在古恒教授的推荐下前往巴黎进修，师从葛兰言。但是杨堃的兴趣绝不仅仅在于汉学，他很快就认识了莫斯等人，与法国社会学年鉴学派联系起来，“他（指杨堃，引者注）不仅参与了葛兰言的小圈子，也参与了以莫斯为中心的学术大圈子”①。由此，杨堃开始从法国汉学和社会学这两个顶尖的学科中获取知识的养分。

据杨堃教授本人回忆：

我在 1930 年通过的博士论文《关于中国祖先崇拜的问题》，

① Maurice Freedman，«Marcel Granet，1884—1940 Sociologist»，in *Marcel Granet*，*The Religion of the ChinesePeople*，Oxford：BasilBlackwell，1975，p. 17.

> 直译应为《作为中国家族指导原理之祖先崇拜研究》，这本书是在我离开法国后，我的导师古恒教授替我出版的，1934 年在里昂鲍思方兄弟出版社正式出版，我在这本书中所谈的祖先崇拜，除了文献资料外，我还根据自己的调查资料，这本书还是有一定参考价值的，周星教授已准备译成中文，正式出版。①

根据这段自述，我们可以发现杨堃当时已经有了将自己的博士学位论文译成中文的打算，但是直至今日，该文的中文译本尚未出版。杨堃认为，他的博士学位论文有两个方面的材料，一方面是文献资料，另一方面是自己实地调查的资料。从资料收集的方法来看，杨堃已经具备汉学研究和民族学研究的双重方法。为了更好地了解杨堃的思想，笔者在巴黎法国国家图书馆找到了杨堃博士学位论文的法文本。该文的出版时间虽为 1934 年，但在文末里昂中法大学院长签名的落款时间是 1930 年 5 月 19 日，因此可推算杨堃的博士学位论文答辩时间应该在 1930 年。

除了序言，该文总共包括两个部分，第一部分题为“祖先崇拜”，总体介绍了中国的祖先崇拜及其原因；第二部分包括了九个章节，分别为“第一章：祖先的功能（《诗经》）”、“第二章：不同时期的祖庙”、“第三章：典礼”、“第四章：行政继承人有权支配家庭财产”、“第五章：继承制度”、“第六章：立遗嘱人去世时的遗产构成”、“第七章：去世后遗产的管理”、“第八章：遗产的分配”和“第九章：家产与族产”。

由此可见，杨堃这篇博士论文的主题不仅仅是解释中国人的祖先崇拜，而且更主要的是从功能主义的角度分析这一祖先崇拜在家庭构成（人与财富）方面的作用。从这一主题的选择来看，我们就能看到涂尔干社会学中的功能主义对杨堃的影响。

① 杨堃：《杨堃自叙》，《史学理论研究》1998 年第 4 期。

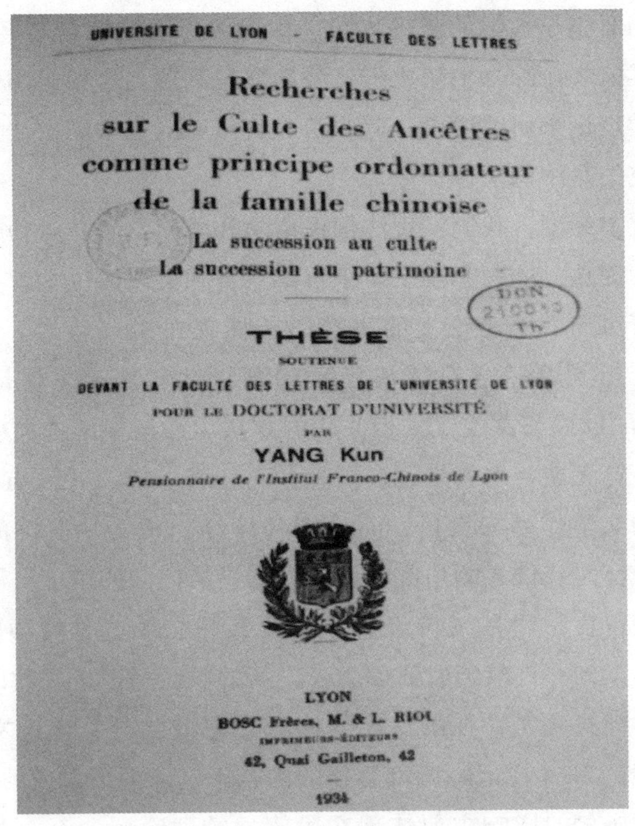
UNIVERSITE DE LYON - FACULTE DES LETTRES

Recherches
sur le Culte des Ancêtres
comme principe ordonnateur
de la famille chinoise

La succession au culte
La succession au patrimoine

THÈSE
SOUTENUE
DEVANT LA FACULTÉ DES LETTRES DE L'UNIVERSITÉ DE LYON
POUR LE DOCTORAT D'UNIVERSITÉ
PAR
YANG Kun
Pensionnaire de l'Institut Franco-Chinois de Lyon

LYON
BOSC Frères, M. & L. RIOU
IMPRIMEURS-ÉDITEURS
42, Quai Gailleton, 42
—
1934

图5-1　杨堃博士学位论文封面

说明：图片为笔者拍摄于法国国家图书馆。

在该书的序言当中，杨堃明确地指出对他博士学位论文写作有直接影响的法国老师们，“我们首先要感谢爱斯嘉拉（Escarra）教授的选题建议。其次，我尤其要感谢马伯乐（Maspero）、葛兰言（granet）和爱斯嘉拉（Escarra）教授，他们的著作为我的研究提供了基础。最后，我尤其要感谢里昂大学的两位老师莫里斯·古恒（Maurice）和布尔贾德（Bourjade），他们在我的研究过程中给予了我耐心的指导”①。在这些学者当中，爱斯嘉拉、马伯乐、葛兰言和古恒都是法国汉学家，而布

① Yang Kun, *Recherches sur le Culte des Ancêtres comme principe ordonnateur de la famille chinoise*, Lyon: BOSC Frères, 1934, p. 2.

尔贾德是当时里昂大学的教务人员，由此可见法国汉学对杨堃的影响。在这些汉学家中，除马伯乐之外，爱斯嘉拉和葛兰言都运用了法国社会学与民族学理论来研究中国，其中葛兰言研究的是中国古代文明，而爱斯嘉拉研究的是中国法律。

通过文本细读，我们发现法国民俗学和民族学研究对杨堃博士论文的影响最为深重，这一影响主要来自葛兰言和莫斯两位学者。

葛兰言对杨堃博士论文的直接影响体现在对《诗经》的解读上。上文已经分析了葛兰言对《诗经》的独特性运用，尤其是葛兰言把《诗经》中的歌谣与古代仪式相关联的方法。在杨堃的论文中，这一点也展现得一览无遗。也就是说，杨堃和葛兰言一样，并没有把《诗经》当作纯粹的文学作品来赏析，而是把《诗经》视为功能性的文本。只不过，葛兰言是从仪式的角度，而杨堃则是从信仰的角度。例如，在该文中，杨堃曾言，“在《诗经》中，尤其是在最古老的颂歌《商颂》中，我们会读到一首献给殷商创立者成汤的颂歌……这些歌词已经明显地表明了对神灵真实存在的古代信仰”①。除此之外，该论文还大量地引用《诗经》和《礼记》两部著作的内容来论证中国古代的祖先崇拜。

莫斯对杨堃的影响主要体现在民族学的理论概念上，尤其是曼纳（mana）的概念。在莫斯的《礼物》一书中，“曼纳”指的是一种“礼物之灵”，与财产紧密相连，是一种具有权威的神秘力量。在杨堃的博士学位论文中，他没有使用通常意义上的鬼神概念，而是使用了“manes”一词来表示“祖先之灵”。而且，这种“祖先之灵”与仪式紧密相连，为了证明这一点，杨堃引用了《礼记》里面记载的宫廷祭祀典礼②。杨堃指出，这种祖先之灵是中国祖先崇拜的核心，也是家庭财产得以继承和延续的关键所在。

以上可见法国涂尔干社会学和民族学话语对杨堃的影响，这种影响

---

① Yang Kun, *Recherches sur le Culte des Ancêtres comme principe ordonnateur de la famille chinoise*, Lyon: BOSC Frères, 1934, pp. 12－13.

② Yang Kun, *Recherches sur le Culte des Ancêtres comme principe ordonnateur de la famille chinoise*, Lyon: BOSC Frères, 1934, p. 29.

一直延续到杨堃回国后的民俗研究和法国话语译介上。事实上，杨堃把涂尔干学派的所有代表性学家都挨个地译介到了汉语世界，他们分别是孔德、涂尔干、莫斯、葛兰言甚至是勒普雷，这一点在本书的前面几章均有体现。正如杨堃本人所言，“我在解放前主要是受了法国社会学年鉴派的影响，方法比古典进化论派严密得多，尤其是关于原始社会史、家族、婚姻、图腾主义的论述”①。但是，杨堃又不是完全被动地受其影响，他还试图将法国社会学派的理论与方法在地化和中国化，于是“谈了很多中国和世界的民族问题”②。

当然，由于杨堃毕竟在法国汉学中学习，因此法国汉学尤其是他的导师古恒也对杨堃产生了许多影响，集中体现在法国汉学研究中整理材料和编辑书目的本领。如他的老师古恒教授就是以编写了《高丽书目》（*Bibliographie coréenne*，1895—1897）而闻名于法国汉学界。在上文中，我们也曾提及杨堃收集书目以及编纂书目提要的本领，这应该就是直接得益于古恒的指导。

王铭铭教授曾提及莫斯与杨堃之间的关联，他说“杨堃在巴黎完成学业的时候正是葛兰言发展他的文明理论之时……杨堃在书评中曾简要提及葛兰言的书，但他甚至没有机会将其与自己的民族学研究勾连起来”③。这一看法很有道理，但是我们还是应该回到民俗与民族学的跨学科视野中去看杨堃的研究。由于杨堃身上所具有的法国汉学和民族学双重学缘结构，而且对于杨堃而言，他的目的也主要在于实现法国话语的中国化，而并不是对世界文明进行比较研究，因此，杨堃的研究自然就不会直接移植葛兰言的文明理论，而是一边译介法国社会学和民族学理论，一边将其运用于中国民俗和民族研究的本土田野当中。

综上所述，与英国的民俗学研究相比，法国民俗学研究有着自己的特点，它从文学中走出来，又迅速接受了法国民族学的理论，并被纳入

---

① 杨堃：《杨堃自叙》，《史学理论研究》1998年第4期。

② 杨堃：《杨堃自叙》，《史学理论研究》1998年第4期。

③ 王铭铭：《民族学与社会学之战及其终结——一位人类学家的札记和评论》，《思想战线》2010年第3期。

民族学的学科之中。因此，在20世纪上半叶，法国“民俗”话语与中国的关联存在着极强的民族学特点。在中国“民俗”话语完成现代化转型之前和之后，法国“民俗”话语都一直都活跃在法国汉学研究当中，早期的汉学家戴遂良等人以传教士的身份得以深入中国的民间生活，通过实地考察的方式获取了大量的民俗资料和民间文学文本。然而，传教士的身份让他们无法摆脱西方中心主义和天主教中心主义，因此尽管在民俗资料的收集方面取得了巨大成就，但是在分析和研究方面，往往就不如其他汉学家那么客观。除此之外，在杨堃的领导下，法国汉学研究所民俗学组也在抗战期间做了大量的资料收集和编目工作，很好地保存了神祃、年画等珍贵的民俗资料，但是和戴遂良等传教士相同，他们更多的是具有一种法国民族学研究的范式，重在运用科学的方法，如田野考察、编目等，而在理论上创见不足。

可是，当20世纪上半叶最重要的法国汉学理论家葛兰言运用法国社会学方法得出新的有关中国古代文明的理论创见时，中国的史学界和国学家又给予了严厉的批评，纷纷指责葛兰言在方法和考据上的缺陷。简而言之，就是认为葛兰言的研究太不历史了。尽管李璜曾对葛兰言有过正面的评价并且预感到葛氏的方法可能不会被国内学界接受，但是争议还是产生了。葛兰言的弟子杨堃积极地为他辩护，可是由于时代变迁等因素，葛兰言的成就还是在某种程度上被忽视了。

其实，如果要真正地了解葛兰言的研究，最理想的学科切入是文学人类学。首先，葛兰言的著作本身就是一个跨学科的成果，至少跨越了民族学、历史学和文学三大领域。其次，葛兰言的研究具有极强的文学性和人类学性，他对《诗经》民歌属性和对《史记》神话属性的提炼都可以从文学人类学的表述理论去解释。尤其是他的神话思维，为中国文字文明的“小传统”接上中国古代无文字历史的“大传统”。此外，其中的仪式、宗教、节庆等概念也具有极强的人类学性。

从这一角度看，如果想要更全面地理解杨堃的学术研究，我们也需要从文学与人类学、民俗与民族学的双重视域入手。在杨堃的博士学位论文中，作者大量使用了《诗经》《礼记》《西游记》《聊斋志异》等

中国文学典籍来阐释一个人类学问题，即“祖先崇拜”与“家族构成”。杨堃回国之后，他在民俗学、民族学甚至社会学、历史学等领域的跨界研究也正是法国诸多“话语”与他产生关联的体现。从个案的意义来看，围绕葛兰言与杨堃的关联有影响、论争、在地化和中国化等形式，这其实也是20世纪上半叶中法之间话语关联的缩影。

结　语

1915 年，陈独秀在《青年杂志》上敬告青年："国民而无世界知识，其国将何以图存于世界之中？"① 可见，与被西方的坚船利炮轰开国门的 19 世纪相比，20 世纪上半叶的中国已深知闭关锁国终将亡国灭种，中西交往也进入了崭新的阶段。大批青年或是译介西学，或是走出国门，抑或将西方的知识运用来解决中国的问题。然而，西方是一个多样的西方，其中不仅仅有英语世界，还有法语世界、德语世界、俄语世界等。因此，以中法之间的话语关联作为研究对象，既加深了我们对西方多样性和差异性的认识，从而了解了中法话语关联的特性，又破除了学科的界限，以话语为核心，以文学和人类学为视域，从中发现围绕西来的话语，中法之间的交流在不同学科里，或与其他西方国家一起产生影响，或独自展现自己的独特魅力。

话语本是语义模糊的语词。在本书中，"话语"概念是指一种被视为层级系统的，拥有权力化的意义场域而且包含诸多次级对象的复杂观念及其实践。这种层级系统主要包括关键语词、意义场域和观念话语三个层面。某一关键语词经过翻译引入、文本书写、个体实践和社会行为之后演化为权力性话语的过程即为话语化。

需要注意的是，源自西方的语词在中国的话语化过程中往往并非独自完成，法国话语常常和英国、美国、德国话语混合在一起，协同发生

① 陈独秀：《敬告青年》，《青年杂志》1915 年第 1 卷第 1 号。

作用。也正因为这一点，西方话语内部之间的差异和不同国别产生的影响也就容易被忽视。可是，常常共享同一关键语词的西方话语是在不同历史文化中生成的，因此内部之间也存在着差异性和多样性。然而，由于“西方”一词的笼统性和英语世界在全球的霸权，所以今天有必要关注源自法语、德语、俄语等其他外语世界的话语。它们虽不会另辟新词，但也赋之以新意。

法国的“科学”与“实证”话语有自己影响中国的轨迹。它在文学上的表现可从科学小说的译介和中国留学生弃文从科的实践中得以体现。从话语译介并形成意义场域的过程看，它与孔德的实证主义哲学紧密相连。法国的“国家”话语对中国的影响也是由来已久，从19世纪末孟德斯鸠的宪政思想、20世纪初法国大革命的民族国家观再到二三十年代以社会团结和集体意识为核心的涂尔干“国家”话语，都对中国产生了影响。我国学界对启蒙思想和法国大革命已有深入研究，而在它们的阴影下，涂尔干的“国家”话语在中国语境中的表现即使不算突出，但也不是无迹可寻。它和当时深受法国涂尔干学派影响的国家主义联系紧密。“社会”和“民族”话语在20世纪上半叶的法国学术界并非彻底分开。事实上，莫斯等法国现代民族学家也把民族学称为“比较社会学”。到了列维·斯特劳斯的时代，人类学的概念在法国得以树立。从社会学、民族学到人类学，三个看上去各不相同的名称在法国语境中其实都指涉人类学，或者说“整体人类学”。法国社会学和民族学在20世纪上半叶之所以并未分家，也正是因为他们都具有人类学性，并以人类社会的问题为研究对象。然而，这一法国特性到了中国后就发生了变化，法国的民族学在中国真正地变成了“民族”之学，或者说“少数民族”之学，而失去了“整体人类学”的特征和追求①。“社会”话语被留学英、美的社会学家持有，而以凌纯声、杨成志等人为代表的留法派除了人们熟知的强调运用历史文献，还有受莫斯影响的

① 2009年，北京大学蔡华教授出版的《人思之人》一书正是对这一问题的回应，并在人类问题和人类学问题上重新与法国话语对话，与世界其他话语对话。

特点，即对民间文学，尤其是对少数民族文学的收集和研究。“歌谣”与“民俗”本就是中国的原生语词。自先秦以来，中国就有“采风问俗”的制度。然而，现代民俗学的建立离不开西学的影响。当“北大歌谣运动”扩大为“中国民俗研究”之时，民俗学也就不得不借助西方科学来完成学术化。在此过程中，法国范式为中国民俗学带来了涂尔干学派的社会学和民族学方法。尽管葛兰言的模式受到丁文江的质疑，但是杨堃还是极力维护他的老师，并在实践中尝试运用葛兰言的方法。

文学与人类学既是本书的视域，也是上述话语的意义场域，它们分别代表了人文科学和社会科学两大门类，而且二者之间的关联非常紧密。如果仅仅限于文学中的呈现或者人类学中的意义，对这些观念和话语的把握就往往有失片面。例如，外国文学和比较文学研究已经充分讨论了法国现实主义在中国的影响。然而，如果我们把影响研究的领域放大到观念史和思想史的角度，我们从中还能发现“科学”与“实证”话语的影响，特别是孔德的实证主义。作为人类可以对话和互通的观念，它们在中法两国都产生了影响。在文学交流史的背后，还有人类学交流史，共同形成了20世纪上半叶中法之间的话语关联史。

二

立足于已有的研究，本书试图从以下三个方面来实现创新。

首先是研究方法上的求新。从影响研究、平行研究、跨学科研究直至今天的跨文明研究，在总体文学和世界文学的理想下，比较文学的研究方法就一直处于不断的变化和更新之中。面对亨廷顿的“文明冲突论”，比较文学中国学派基于人类文明的差异性和多样性，分别提出变异研究和跨文明研究。后者把跨文明对话作为最重要的组成部分，也尝试提出许多具体的研究方法。在跨文明研究的新阶段，话语研究是中国学派最重要的研究方法之一。从该领域的现状来看，已有研究主要围绕文学话语展开。然而，在世界近现代史中，与文学话语并置的还有人类学话语。话语既可以诞生于学科之前，也可以发生于学科之后；既可以影响于学科之内，也可以作用于学科之外。或者说，在本质上，本没有文学话语和人类学话语之分，它们首先都是人类话语。在跨文明对话之中，这些话语之所以在不同文明中旅行、影响和对话也是因为“未裂的道术”和“攸同的心理”。因此，本书尝试以话语为关键词和核心，以文学和人类学为论域，尝试一种既跨国、跨文明，又跨学科的研究。在本书的五个章节中，笔者在对语词话语化的过程进行分析（第一章）后，就以具体案例的方式首先呈现该话语在文学中的表现（后四章），并进一步追问隐藏在其中、更为学理化的人类学表述，从而更为深入和全面地展现中法之间的观念交流史、话语关联史和思想对话史。

其次是研究对象上的创新。传统的比较文学研究对象往往是某一文本、作家或文学理论在不同国家、文化或文明中的影响、接受、译介或变异等。尽管这些研究已经非常成熟而且聚集，但是它也正因此而容易导致研究碎片化，人为地把系统的、延续的文学关系分割成单向的渊源、流传、媒介、接受等研究。因此，本书的研究提倡把中法之间的话语关联作为主要的研究对象，以此尝试一种综合性、整体性的研究，其中包含了影响、接受、对话和变异等不同的关联形式，以适应不同时期、不同语境和不同话语关联的复杂情况。

最后是研究材料上的创新。本书的资料主要有三类：一，20 世纪上半叶人文社会科学领域相关中国留法生的博士学位论文；二，孔德、涂尔干和莫斯等人的法文专著与论文，以及关于上述学者的法文传记；三，19 世纪至 20 世纪初法国主要人类学期刊中涉及中国少数民族的论文。以上材料多为国内学界稀见文献，其中笔者对刘半农、谢康、崔载阳、凌纯声、杨成志和杨堃等学者法文博士学位论文的运用尚属国内学界首见。

二

从具体形态上看，本书围绕四次中法话语关联的紧密程度各不相同。从个案角度来看，孔德与以蔡元培为代表的中国知识分子之间完全是间接的联系。涂尔干与20年代留法生之间是一种“半间接”的联系。这批留法生通常都在1919年五四运动前后抵达法国，而涂尔干则刚刚在两年前，也就是1917年去世。从时间上看，这批留法生也没能和涂尔干建立起实际的交往，但是他们和涂尔干学派的其他成员，尤其是和涂尔干的同行布格勒关系紧密。后者当时在巴黎大学的课堂上主讲社会经济史，其中的内容既涉及涂尔干的社会学理论，亦对社会主义的有关内容进行讲解，因此也更广泛地吸引了接受不同信仰的中国青年，形成直接的师生关系。这些中国青年与涂尔干之间也就产生了“半间接”的联系。作为“法国现代民族学之父”，莫斯与清末民国时在法留学的中国民族学者群保持直接的联系。仅计算博士学习层面，莫斯就有四位中国学生，先后是杨堃、凌纯声、徐益棠、杨成志等（其中凌、徐、杨都是他指导的博士生，杨堃则是他的进修生），这四位回国后都成为我国著名的民族学家。最后，葛兰言与杨堃之间的话语关联也源自直接的联系，杨堃亦成为葛兰言在中国最重要的支持者和译介者。

以下将重点概括这四次中法之间话语关联的主要内容和关联路径。

1. 中法之间围绕“科学”与“实证”话语的关联

早在康熙皇帝时期，法国国王路易十四就已经派遣掌握了近代科学的传教士来访中国，然而他们并未成为科学的先驱，而是成了皇帝的侍讲和钦差。鸦片战争的坚船利炮让国人首次见识了科学的威力，“师夷长技”的科学观促使清政府与法国合作，开办了中国近代第一所科技学府——福州船政学堂，并培养了第一批留法生。与此同时，法国传教士也不遗余力地在民间开办教会学校，一定程度上普及了“科学”观。这些交流都只是“前科学话语”时期中法之间围绕“科学”的接触。

甲午战败之后，中国知识分子对“科学”语词及其意义场域的认识迎来了再一次升华。“科学”不再仅仅是御敌之器，更是救国之道。在“科学”形而上的过程中，“实证”成为最核心的要素。直至五四运动，不断观念化的“科学”语词和“实证”相结合。由此，西方的各种“实证”思潮也就应运而入。孔德的法国实证主义成为斯宾塞实证哲学和杜威实用主义的中间者，其“三段论说”不仅为“科学”话语化奠定了最后一块进化论基石，也为“实证”话语提供了哲学基础。孔德的“实证”原本更加偏向于“经验”之意义场域，在中国语境中它很明显地偏向了“真实”之意。在“玄科大战”中，实证与科学一起，打败了“虚无”和“玄学”，取得了最终胜利，并以作为意识形态的科学主义和实证主义发挥巨大作用。

在文学中，“科学”和“实证”话语在中国掀起了法国科学小说的译介热和法国现实主义的借鉴热。在文字文本之外，它还激发了赴法留学青年的思维和实践，以刘半农为个案的留法生纷纷选择一种科学的门类和实证的学问来求学，并期待将其带回国内，解决中国的实际问题。在这一话语权力的影响下，刘半农搁置自己已经纯熟的文学事业，开始在法国学习实验语音学，立志以科学和实证的方式搞清楚中国主要方言的所有音调。

在文学领域的影响研究背后，法国“科学”和“实证”话语还通过对孔德的译介渗入以蔡元培为代表的中国知识分子思想。孔德与蔡元培并无实际交往，二者生活年代相去甚远。但是，在实证哲学和科学教育这两点上，蔡元培深受孔德及法国实证主义的影响，身体力行，创办了多所以“孔德”命名的学校。

整个20世纪上半叶，孔德“实证”话语在中国的影响虽不够深入，但还是相当广泛。除了蔡元培的科学教育，中国学者至少在实证哲学和社会学两个领域介绍和接受了孔德的主要理论。与孙中山思想颇为接近的孔德“实证”话语在中国试图发挥“秩序”与“进步”的功能，孔德的社会改良观也凭借“科学的社会学”之面貌而被民国时期的诸多知识分子接受。与法国本相不同的是，孔德晚年思想中的人道主义和“人道教”在中国几乎难有回应。上述法国“实证”话语在地化和中国化的历程也注定它将被当作资本主义的思想观念来清算。

2. 中法之间围绕“群学”与“国家”话语的关联

在今天的语言习惯中，我们已经不再使用“群学”这一语词。但是，对于严复而言，“群学”不仅仅体现译词的原则，而且他还希望借

"群学"来激活"群"的概念，以此来实现维新派的政治主张。也就是从19世纪末20世纪初开始，在中国开始形成颇有影响的"群观"。这一"群观"虽然还有"社群""族群"等维度，但在辛亥革命前后，它还是不可避免地走向了"国家"观念。从君主立宪到三民主义，再到科学社会主义，虽然国家历经"帝国"、"民国"和"共和国"的不同称谓，但是形而上的"国家"观念和"国家"话语却从来没有褪色。值得一提的是，"国家"话语还有许多共享的意义场域如"民族—国家"中的"民族"等语义。在此，笔者将其一起归入"国家"话语当中论述。

在政治层面，法国建立了人类历史上第一个现代共和国。因此，自百日维新以来，法国各种"国家"观得以在中国持续传播。孟德斯鸠的"宪政国家"观、法国大革命所代表的"民族—国家"观都依次在戊戌变法之后的革命中发挥作用。这些看似不相同的国家观都与不同时代的语境紧密相连，而自20年代下半叶开始，尤其是在北伐战争之后，除了三民主义，中国还产生了两种思潮，即社会主义和国家主义。在20世纪上半叶的中法观念交流史和思想对话史中，它们都与法国涂尔干学派的"国家"话语有所关联。

与"科学"和"实证"话语相同，基于涂尔干社会学理论上的"国家"话语也与当时中国文学紧密相连，从两个个案就可见一斑。留法博士谢康尝试从文学转向社会学的学术实践，以及他跨越文学与社会学两大领域的博士学位论文就表明涂尔干社会学理论对他的影响。这一影响也促使他参与了当时有关"国族"的讨论。而国家主义文学观更是与涂尔干学派的"国家"话语紧密相连。因此，为了更深入地探寻中法两种文化关于"国家"的思想交流，有必要研究涂尔干学派的"国家"话语及其对中国的影响。

涂尔干学派的"国家"话语诞生于当时法国的历史文化语境。同时代的法国虽然早早地完成了社会制度的革命，但是历经普法战争和第一次世界大战磨难的法兰西也萌生出强烈的"集体意识"和"共和国道德"，这就是涂尔干学派的"国家"话语。在它之下，还有涂尔干关于“社会分工”和“有机团结”的社会学理论。与此同时，涂尔干的“国家”话语还特别重视教育，认为教育是培养国民的完美方式。

由此可见，涂尔干在中国的译介也与中国的社会学紧密和教育学相关。通过对涂尔干译介的文献整理和分析，我们发现中国当时的知识分子更加偏爱“社会事实”“社会团结”“集体意识”“社会分工”“国民道德”“训育国民”等理论，而少有译介“自杀”、“失范”、“宗教”和“乱伦禁忌”等研究。这一点也表明了当时涂尔干译介与“国家”话语之间的联系。

尤其要注意，对于涂尔干而言，社会学是一门实践的科学，而且社会学的最终效果也只能回到实践当中。于是，法国涂尔干学派与20年代留法生之间的话语关联就不仅仅是理论的旅行，而且还是实践的榜样。本书既从涂尔干“国家”话语在中国的学术研究出发，也以布格勒对许德珩、李璜的社会实践影响为个案，以整体性地把握围绕“国家”话语，涂尔干及其学派与20年代中国留法生在观念及其实践（即话语）上的关联。许德珩和李璜这对法国同窗虽然走向了不同道路，他们对革命和阶级斗争的认识截然不同，但是在社会实体论和集体主义倾向上无疑都是受到了涂尔干学派的影响。

3. 中法之间围绕“社会”与“民族”话语的关联

“社会”与“民族”是一组语义可以伸缩的话语符号，放大可以指“社会主义”和“民族主义”，但是本书把这两者都放到“国家”话语中去讨论，因为虽然二者并不相同，但是在“救国”的时代需求面前，二者是一致的。因此，本书第三组话语指的是作为学术话语的“社会”和“民族”。从学科上来看，这里的“社会”话语对接着社会学，而“民族”话语对接着民族学。从对象上来看，“社会”话语与社群研究相关，而“民族”话语涉及族群研究。

需要再次指明的是，本部分讨论的重点话语其实是“民族”。之所以将“社会”与“民族”并置，首先是因为在法国话语中，民族学也被称为“比较社会学”。其次，“社会”与“民族”话语其实共同指向“人类”话语。

在内容上，本书首先辨析的是中国人类学北派和南派之差异，并试图从他们各自的学缘背景上对此进行解读。在“社会”这一语词演变成学术性话语的过程中，英美派社会学家影响最大，而法国派的学者则更多地致力于“民族”一词的学术化、话语化和在地化。这不仅仅是因为法国派的学者与民国政府的联系更加紧密，更是因为他们和法国导师莫斯之间的话语关联。而且，这种话语关联也体现在他们对民间文学的关注上。以苗学研究为例，在凌纯声的《湘西苗族调查报告》之前，法国有关苗族的民族志研究几乎没有涉及苗族的故事和歌谣。而在笔者看来，中法之间围绕“民族”话语的首要关联就体现在文学上，即对中国少数民族文学的关注和运用。在个案上，就体现为莫斯对凌纯声的影响。

作为涂尔干学派第二代成员中最杰出的代表，除了早年与涂尔干、福克内一起从事过社会学研究，莫斯将自己的主要精力都集中在民族学方向的研究中。虽然莫斯本人并没有做过重要的田野考察，但这并不意味着他只是一个热衷“摇椅”的人类学家，也不意味着他没有对偏重田野考察的学生产生影响（事实上，持该见解的学者不在少数）。如果通读莫斯的法文著作，我们会发现他的研究不仅仅是对不同族群的比较研究，而且他还非常重视民族志教学和培养民族学家的事业。最重要的是，莫斯对中国和他的中国学生非常友好，也为中国早期的民族学研究培养了一批重要的学者。另外，莫斯“民族”话语的核心在于“文明事实论”。他把涂尔干的“社会事实”往前推进了一步，提出了“文明事实”的概念，这个概念也是他从社会学转向民族学的最重要原因。

总结莫斯和凌纯声、杨成志的话语关联，我们可以发现以下几个要点。首先是在民族志方法论上，凌纯声和杨成志受莫斯的影响，特别重视历史和文学文献。其次，在田野考察上，凌纯声、杨成志的调查方法和问题格也深受莫斯影响。再次，在民族学理论上，莫斯的文明事实论和文明传播论对凌纯声的文化传播论产生了重要的影响。最后，在关联方式上，除了法国话语对中国话语的影响，该阶段的话语关联已经有了实质的对话，其中以杨成志与法国彝学的对话为代表。

4. 中法之间围绕“歌谣”与“民俗”话语的关联

与上述话语不同，“歌谣”与“民俗”并不完全是西学的概念。无论是作为语词还是作为实践，它们早在先秦时期就已经诞生。在1918年“北大歌谣运动”之前的漫长历史中，我们可以把这一时期的“民俗”称为中国古典民俗研究。这种古典研究最大的特点是自上而下地“采风问俗”，或为了给皇帝增添乐趣，或为了让朝廷制定方略，或为了使官府“移风易俗”。

“北大歌谣运动”开始之后，一方面由于中国学者的自觉，另一方面受到西学的影响，最初的“歌谣征集”演变为后来的“民俗研究”。伴随着西方民俗学的传播和接受，中国现代民俗学也就诞生了。这一学科化的完成正式标志着“民俗”话语的诞生。它虽保持了原来的语词，但其意义场域、价值范畴、话语权力都已经远远高于古典民俗。

然而，由于法国语境中“民俗”的发展是在文学与民族学合力推动下完成的，所以在20世纪上半叶，它最终成为法国民族学的研究范畴之一，而没有成为一个独立的学科。因此，从这个意义上讲，法国的民俗学研究从一开始就带有极强的文学人类学特征，民间传统、口头文学等都是它的重要概念。在中国现代民俗学的发展历程中，法国的影响虽然不如英、美那么明显，但也在研究对象和研究方法等方面提供了重要借鉴。以戴遂良为代表的法国汉学家和民族学家在河北献县搜集了大量的民间故事与传说，而葛兰言则为中国民俗学研究带来了新的研究方法，即涂尔干学派的社会学方法。

但是，由于葛兰言最初以中国经典作品《诗经》和中国古史为研究对象，所以中国学者尤其是史学家从一开始就非常在意葛兰言的研究。然而，双方的立场不同。葛兰言并非历史学家和考据学家，而以丁文江为代表的中国学者也不是社会学家和民族学家，争议或许就由此产生。尽管杨堃极力为他的法国老师辩护，但是他本人毕竟也是社会学家和民族学家。对于历史年代和历史考据方法的问题，杨堃终究无法替他的老师回答，而中国当时的史学家又无法理解社会学的理论与方法。

也许这一矛盾能在今天文学人类学中得到较为满意的解决。在文学人类学的表述理论当中，历史也是一种再表述①。文字传统不再是大传统，因此，研究中国民俗不必拘泥于文字。而且，也只有运用多重证据法才能更好地研究无文字的文明，验证有文字的历史。

三

总结了20世纪上半叶中法围绕上述四个话语、四对个案展开关联的具体内容和路径之后，本书尝试提出以下六个观点。

第一，本书认为，近现代中法之间的交流除了表层的器物、技艺、人员、文本旅行，还有更深层次的话语关联。具体到20世纪上半叶的历史语境而言，这种话语关联主要围绕科学与实证、群学与国家、社会与民族以及歌谣与民俗等四组话语展开。这些深层的话语关联影响甚至操纵了表层的文化交流。

第二，我们可以发现20世纪上半叶中法之间的话语关联具有跨学科性。文本、作家或文学理论的跨国影响往往只是在文学研究领域里发生。20世纪上半叶法国对中国现代文学的影响也总是指法国浪漫主义、现实主义、自然主义、象征主义和唯美主义在中国的接受，或者是指某一文学作品（如《茶花女》《巴黎圣母院》等）在中国的译介。然而，在文学交往之上，还有更为深层的观念和话语交流。如法国“实证”话语在中国的影响不仅仅体现在法国现实主义文学的译介，同样还体现在孔德实证哲学对蔡元培等中国知识分子观念和实践上的影响。

第三，我们可以辨认出该时期话语关联所呈现出的整体化倾向。这种整体化倾向就体现在关联形式的多样性，即渊源、流传、译介、接受、变异等文学关系相互交织。以“国家”话语为例，它的渊源在涂尔干的社会学理论当中，尤其是在《社会分工论》一书中。这本著作

① 参见徐新建《历史就是再表述——兼论民族、历史与国家叙事》，《文艺理论研究》2014年第4期。

提供了“有机团结”“集体意识”等理论。经过20年代中国留法生的译介，这些概念逐渐流传至国内，结合李璜等人对这些理论的接受和阐释后，在中国语境中发生变异，形成“国家主义”的主要思想。由此可见，研究话语必须要从这种关联整体性去把握。

第四，话语关联还具有身体力行的特征。也就是说，话语关联的载体和表现不仅仅有文本，还有事象。通常，比较文学研究的注意力集中在文本上，因此可能会忽视人的存在和作用。人类学的进入会重新把目光聚集在话语对话者（即话语持有者和话语接受者）的身体实践上。因为与文学作品的文本性不同，作为观念的话语被表述的方式是多样的，它既可以通过文字文本来表述和传播，也同样可以通过人们的身体实践得以实现。例如，受到“实证”话语影响的刘半农不仅会创作出模仿民间文学的作品，同时还会亲身到民间去采集和整理民间文学和民俗事象。

第五，法国话语的线性演进已经被压缩成中国话语的共时并置。从孔德到涂尔干，再到莫斯与葛兰言，我们会发现这四者之间存在着线性演进，因此对于他们持有的人类学话语而言也就存在线性发展的历程，简而言之，就是从“事实”到“社会事实”，再到“文明事实”与“中国文明”。这一历程在法国经历了四代人近八十年的时间，而这一流派的人类学话语被译介到国内后，“实证”、“国家”、“民族”和“民俗”话语被压缩到二十年的时间里共时并置。同时，这四种话语的中国接受者也几乎生活于同时代。

第六，在被接受之后，法国话语会通过接受者来完成在地化。这种在地化并不一定落实到具体的地理空间上，它同样可以在接受者身上所承载的文化空间里完成。例如，在接受涂尔干的“国家”话语之时，李璜仍然在法国求学，但是他身上所体现的文化性会要求法国“话语”与之相适应，完成一种人在异乡的在地化。通观20世纪上半叶中国留法博士生撰写的博士学位论文，可以发现，这些论文都是以中国为研究对象，这也证明他们在法国所接受的“话语”在他们身上完成了在地化。

四

不仅只有20世纪上半叶中法之间的话语关联被学术史忽视，20世纪下半叶中法之间的话语关联也有待深入研究。因此，从文学和人类学的角度重新恢复历史的活力，并激活今天中、法两国，乃至汉语和法语两个世界的话语关联、观念交流和思想对话从来都是未完成的研究。它不仅仅可以探索多样性的中法交流，还可以让我们从相互表述中看到差异，从而学会“美美与共”。此外，本研究还存在着诸多有待完善之处，例如对话语的关注还可以再深入；个案也可以更加丰富；以话语为核心，探求文学性和人类学性的共生也可以做得更加清晰等。面对种种不足，笔者自然无法懈怠，也将会以本书的最后一个句号为新的起点，虚心向各位前辈和同行求教学习，希望将来把研究的问题再往前推进。

参考文献

一　中文部分

（一）中文著作

北京大学中法文化关系研究中心：《汉译法国社会科学与人文科学图书目录》，世界图书出版公司 1996 年版。

蔡元培：《蔡元培全集》，中华书局 1984 年版。

曹顺庆：《比较文学教程》，高等教育出版社 2010 年版。

曹顺庆：《比较文学学》，四川大学出版社 2005 年版。

陈独秀：《陈独秀文选——德赛二先生与社会主义》，上海远东出版社 1994 年版。

陈端志：《五四运动之史的评价》，香港中文大学 1973 年影印本，生活书店 1936 年版。

陈惇、孙景尧、谢天振：《比较文学》，高等教育出版社 1997 年版。

陈平原：《20 世纪中国小说史：第壹卷（1897—1916）》，北京大学出版社 1989 年版。

陈勤建：《文艺民俗学导论》，上海文艺出版社 1991 年版。

陈三井：《旅欧教育运动：民初融合世界学术的理想》，台北：秀威出版社 2013 年版。

陈正茂：《敝帚自珍：陈正茂教授论文自选集》，台北：秀威出版社 2009 年版。
程金城：《文艺人类学的理论与实践》，民族出版社 2007 年版。
方克强：《文学人类学批评》，上海社会科学院出版社 1992 年版。
费孝通：《乡土中国·生育制度》，北京大学出版社 1998 年版。
冯桂芬：《校邠庐抗议》，中州古籍出版社 1998 年版。
葛兆光：《中国思想史》第二卷，复旦大学出版社 2000 年版。
耿昇：《法国汉学史论》，学苑出版社 2015 年版。
顾颉刚编：《古史辨》，上海古籍出版社 1982 年版。
顾颉刚编著：《孟姜女故事研究集》，上海古籍出版社 1984 年版。
关敬吾：《民俗学》，中国民间文艺出版社 1986 年版。
韩锦春、李毅夫编：《汉文"民族"一词考源资料》，中国社会科学院民族研究所 1985 年版。
胡鸿保：《中国人类学史》，中国人民大学出版社 2006 年版。
胡适：《胡适的日记》，中华书局 1985 年版。
胡适：《科学与人生观》序，山东人民出版社 1997 年版。
胡适：《我的歧路》，《胡适文存二集》，亚东图书馆 1924 年版。
黄明同、吴熙钊：《康有为早期遗稿述评》，中山大学出版社 1988 年版。
蒋廷黻：《中国近代史》，上海古籍出版社 2004 年版。
金观涛、刘青峰：《观念史研究：中国现代重要政治术语的形成》，法律出版社 2009 年版。
康有为：《康子内外篇》，中华书局 1988 年版。
康有为：《南海康先生口说》，吴熙钊、邓中好校，中山大学出版社 1985 年版。
李大钊：《〈法学通论〉批注》，《李大钊全集》第 1 卷，河北教育出版社 1999 年版。
李璜：《学钝室回忆录》，传记文学出版社 1973 年版。
李济：《中国民族的形成》，江苏教育出版社 2005 年版。
李益顺：《晚清期刊中的科学话语研究》，博士学位论文，湖南师范大学，2014 年。
梁启超：《梁启超哲学思想文选》，北京大学出版社 1984 年版。
梁启超：《饮冰室合集》文集之五，中华书局 1979 年版。
梁希哲：《雍正帝》，吉林文史出版社 1993 年版。
林惠祥：《林惠祥人类学论著》，福建人民出版社 1981 年版。
林则徐：《致姚春木、王冬寿书》，《道咸同光名人手札》第 2 集第 1 卷，广陵古籍刻印社 1997 年版。
凌纯声：《边疆民族资料初编 · 东北及北方民族》，知识产权出版社 2011 年版。
凌纯声、芮逸夫：《湘西苗族调查报告》，商务印书馆 1947 年版。
凌纯声：《20 世纪中国人类学民族学研究方法与方法论》，民族出版社 2004 年版。
凌纯声：《松花江下游的赫哲族》，民族出版社 2012 年版。
凌纯声：《湘西苗族调查报告》，民族出版社 2003 年版。
凌纯声：《中国边疆民族与环太平洋文化》，台北：联经出版社 1979 年版。
刘半农：《〈敦煌掇琐〉序目》，载《半农杂文》，河北教育出版社 1994 年版。
刘纳：《嬗变——辛亥革命时期至五四时期的中国文学》，中国社会科学出版社 1998 年版。
刘锡诚：《20 世纪中国民间文学学术史》，河南大学出版社 2006 年版。
鲁迅：《鲁迅全集》，中国人民大学出版社 1981 年版。
马昌仪：《中国神话学文论选萃》，中国广播电视出版社 1994 年版。
茅盾：《神话研究》，百花文艺出版社 1981 年版。
孟华：《比较文学形象学》，北京大学出版社 2001 年版。
欧力同：《孔德及其实证主义》，上海社会科学院出版社 1987 年版。
裴文中：《裴文中科学论文集》，科学出版社 1990 年版。
裴文中：《史前时期之西北 》，山西人民出版社 2015 年版。
彭兆荣：《文学与仪式：文学人类学的一个文化视野——酒神及其祭祀

仪式的发生学原理》，北京大学出版社 2004 年版。
钱谷融：《论“文学是人学”》，人民文学出版社 1981 年版。
钱林森：《光自东方来——法国作家与中国文化》，宁夏人民出版社 2004 年版。
潜明兹：《神话学的历程》，北方文艺出版社 1989 年版。
桑兵：《国学与汉学：近代中外学界交往录》，浙江人民出版社 1999 年版。
沈兼士：《沈兼士学术论文集》，中华书局 1986 年版。
沈沛霖：《沈沛霖回忆录》，江苏文史资料出版社 1998 年版。
舒新城：《中国近代教育史资料》，人民教育出版社 1981 年版。
孙本文：《当代中国社会学》，商务印书馆 2011 年版。
孙本文：《社会学原理》，台北：台湾商务印书馆 1950 年版。
孙本文：《中国社会学的过去、现在和将来》，载《中国人口问题》，世界书局 1932 年版。
孙中山：《孙中山全集》，中华书局 1986 年版。
田兆元：《神话与中国社会》，上海人民出版社 1998 年版。
王德威：《“考掘学”与“宗谱学”——再论傅柯的历史文化观》，载《知识的考掘》，台北：麦田出版有限公司 1993 年版。
王国维：《古史新证——王国维最后的讲义》，清华大学出版社 1994 年版。
王国维：《静庵文集》，辽宁教育出版社 1997 年版。
王国维：《王国维遗书》，上海古籍书店 1983 年版。
王建民：《中国民族学史》（上卷），云南教育出版社 1997 年版。
王力：《王力文集》，山东教育出版社 1991 年版。
王宁：《“后理论时代”的文学与文化研究》，北京大学出版社 2009 年版。
王栻：《严复集》，中华书局 1986 年版。
王晓路：《西方汉学界的中国文论研究》，巴蜀书社 2003 年版。
魏源：《海国图志》，岳麓书社 1998 年版。
闻一多：《闻一多全集》，湖北人民出版社 1993 年版。

吴文藻:《布朗教授的思想背景与其在学术上的贡献》，载《社区与功能——派克、布朗社会学文集及学记》，北京大学出版社2002年版。
吴文藻:《论社会学中国化》，商务印书馆2010年版。
伍启元:《中国新文化运动概观》，现代书局1934年版。
萧兵:《黑马：中国民俗神话学文集》，台湾：台湾时报文化出版公司1991年版。
徐新建编:《人类学写作：中国文学人类学研究会第四届年会文辑》，四川大学出版社2010年版。
徐新建:《从文化到文学》，贵州教育出版社1991年版。
徐新建:《横断走廊：高原山地的生态与族群》，云南教育出版社2008年版。
徐新建:《民歌与国学——民国早期“歌谣运动”的回顾与思考》，巴蜀书社2006年版。
徐新建:《山寨之间——西南行走录》，广西人民出版社2004年版。
徐新建:《西南研究论》，云南教育出版社1992年版。
许德珩:《社会学概论》，商务印书馆1928年版。
许德珩:《社会学讲话》，好望书局1936年版。
许德珩:《为了民主与科学：许德珩回忆录》，中国青年出版社2001年版。
许进:《百年风云：许德珩》，北京出版社2003年版。
薛福成:《筹洋刍议·变法》，载《戊戌变法》(一)，上海人民出版社1953年版。
严复:《天演论》，科学出版社1971年版。
严复:《严复集》，中华书局1986年版。
严复:《中国现代学术经典：严复卷》，河北教育出版社1996年版。
阎明:《中国社会学史：一门学科与一个时代》，清华大学出版社2010年版。
杨堃:《民族学调查方法》，中国社会科学出版社1992年版。
杨堃:《民族学概论》，中国社会科学出版社1984年版。

杨堃:《民族与民族学》，四川民族出版社 1983 年版。
杨堃:《社会学与民俗学》，四川民族出版社 1997 年版。
杨堃:《杨堃民族研究文集》，民族出版社 1991 年版。
叶舒宪:《文化与文本》，中央编译出版社 1998 年版。
叶舒宪:《文学与人类学——知识全球化时代的文学研究》，社会科学文献出版社 2003 年版。
张君劢、丁文江等:《科学与人生观》，山东人民出版社 1997 年版。
张芝联:《中法文化交流——历史的回顾》，载张芝联《从高卢到戴高乐》，生活·读书·新知三联书店 1988 年版。
赵世瑜:《眼光向下的革命》，北京师范大学出版社 1999 年版。
赵毅衡:《对岸的诱惑：中西文化交流人物》，知识出版社 2003 年版。
郑振铎:《郑振铎文集》，人民文学出版社 1988 年版。
钟敬文:《钟敬文民间文学论集》，上海文艺出版社 1982 年版。
钟敬文:《钟敬文民俗学论集》，上海文艺出版社 1998 年版。
周宁:《跨文化研究：以中国形象为方法》，商务印书馆 2011 年版。
周树人:《〈月界旅行〉辨言》，载陈平原、夏晓虹编《20 世纪中国小说理论资料》第 1 卷，北京大学出版社 1989 年版。
周星:《民俗学的历史、理论与方法》（上、下），商务印书馆 2006 年版。
朱谦之:《黑格儿主义与孔德主义》，民智书局 1933 年版。
朱自清:《中国歌谣》，复旦大学出版社 2004 年版。
邹容:《革命军》，张枬、王忍之编:《辛亥革命前十年间时论选集》第 1 卷，生活·读书·新知三联书店 1960 年版。

（二）中文期刊

蔡元培:《哀刘半农先生》，《人间世》1934 年第 10 期。
蔡元培:《北大平民夜校开学日演说词》，《北京大学日刊》1920 年第 523 号。
蔡元培:《刘半农先生不死》，《青年界》月刊 1934 年第 6 卷第 3 号。
蔡元培:《留法俭学会缘起及会约》，《东方杂志》1917 年第 14 卷第

4 号。
蔡元培：《说民族学》，《一般》1926 年第 1 卷。
曹顺庆：《比较文学学科理论的“跨越性”特征与“变异学”的提出》，《中外文化与文论》2006 年第 13 辑。
曹顺庆：《三重话语霸权下的少数民族文学研究》，《民族文学研究》2005 年第 3 期。
常导之：《法国社会学家杜克汉氏之教育学说》，《民铎杂志》1929 年第 10 卷第 4 号。
常国良、刘玉娟：《严复和实证主义——从严复看西方早期实证主义对中国近代维新思想家的影响》，《唐山师范学院学报》2005 年第 4 期。
陈独秀：《法兰西人与近世文明》，《青年杂志》1915 年第 1 卷第 1 号。
陈独秀：《敬告青年》，《青年杂志》1915 年第 1 卷第 1 号。
陈惇：《跨越性、可比性、文学性——论比较文学的研究对象》，《北京师范大学学报》（社会科学版）1997 年第 1 期。
陈启伟：《清末法国哲学东渐述略》，《外国哲学》2002 年第 15 辑。
陈三井：《民初西南大学之倡设与弃置》，《中央研究院近代史研究所集刊》1980 年第 19 期。
陈思齐：《论孔德及实证主义》（上），《中坚》1946 年第 1 卷第 2 期。
陈思齐：《论孔德及实证主义》（下），《中坚》1946 年第 1 卷第 3 期。
陈文华：《北京孔德学校》，《中华教育界》1920 年第 10 卷第 3 期。
陈向红：《凡尔纳在中国的百年译介与传播》，《苏州大学学报》（哲学社会科学版）2017 年第 3 期。
陈新华、陈圣婴：《留美生与燕京大学社会学系》，《特区实践与理论》2010 年第 3 期。
陈新良：《我国近代科学小说翻译简论》，《韶关学院学报》（社会科学版）2007 年第 7 期。
陈元晖：《严复和近代实证主义哲学——严复是中国第一代实证主义者》，《哲学研究》1978 年第 4 期。
陈之迈：《蒋廷黻的志事与平生》（一），《传记文学》1966 年第 3 卷第

3 期。

崔载阳：《民族中心教育的基本理论》，《教育研究（广州）》1935 年第 60 期。

崔载阳：《批评小学课程暂行标准》，《教育研究》（国立中山大学教育学研究所）1928 年第 60 期（合订本）。

崔载阳：《如何使小学课程主义化儿童化效率化》，《广州民国日报》（影印本）1929 年第 34 册。

崔载阳：《涂尔干小学训育论》，《广东省教育会杂志》1929 年第 1 卷第 2 期。

崔载阳：《涂尔干的教育学说》，《教育研究（广州）》1929 年第 13 期。

丁伟志：《“中体西用”论在洋务运动时期的形成与发展》，《中国社会科学》1994 年第 1 期。

冯尔康：《康熙帝多方使用西士及其原因试析》，《安徽史学》2014 年第 5 期。

冯宪光：《李大钊“五四”时期的新文学观——中国化马克思主义文艺理论建构的历史起点》，《绵阳师范学院学报》2007 年第 12 期。

冯宪光：《人的文学与人民文学》，《黑龙江社会科学》2007 年第 6 期。

冯宪光：《“文化”（Culture）与 20 世纪中国文学研究》，《中国文学研究》2008 年第 1 期。

付海鸿：《简论文学人类学的“大文学观”》，《励耘学刊（文学卷）》2016 年第 2 期。

孤鸿：《刚德之学说》，《民报》1906 年第 8 号。

郭显德：《圣经实证》，《中西教会报》1897 年第 3 卷第 30 期。

何思敬：《论 Durkheim 的社会学研究法》，《社会科学论丛》1930 年第 2 卷第 1 期。

胡鉴民：《涂尔干传》，《社会学刊》1931 年第 2 卷第 2 期。

胡鉴民：《涂尔干氏的社会心理学说》，《中法大学月刊》1932 年第 1 卷第 4 期。

胡适：《杜威哲学的根本观念》，《新教育》1919 年第 1 卷第 3 期。

胡适：《谈谈实验主义》，《晨报副刊》1919 年。

黄新民：《伟科乎？孔德乎?》，《社会学杂志》1932 年第 4 卷第 7 期。

黄兴涛：《现代“中华民族”观念形成的历史考察——兼论辛亥革命与中华民族认同之关系》，《浙江社会科学》2002 年第 1 期。

黄应贵：《光复后台湾地区人类学研究的发展》，《民族学研究集刊》1982 年总第 55 期。

霍益萍：《20 年代勤工俭学学生在法受教育实况》，《近代史研究》1996 年第 1 期。

柯元：《略论许德珩社会活动的特点》，《九江师专学报》（哲学社会科学版）1990 年第 2 期。

柯元：《略论许德珩在中国现代社会学上的地位和作用》，《九江师专学报》（哲学社会科学版）1991 年第 3 期。

李璜：《法兰西近代群学》，《少年中国》1920 年第 2 卷第 4 期。

李璜：《国家主义及其运动》，《民声周报》1932 年第 30 期。

李璜：《国民教育与国民道德》（一），《中华教育界》1923 年第 12 卷第 12 期。

李璜：《国民教育与国民道德》（二），《中华教育界》1923 年第 13 卷第 2 期。

李璜：《国民教育与国民道德》（三），《中华教育界》1923 年第 13 卷第 3 期。

李璜：《孔德哲学导言》，《中华教育界》1928 年第 17 卷第 7 期。

李璜：《论说：国家主义之哲学基础（二）：根据近今心理学与社会学的原则》，《醒狮》1926 年第 99 期。

李璜：《释国家主义》，《醒狮》1924 年第 5 期。

李璜：《用社会学的眼光谭谭教育的意义及其作用》，《中华教育界》1925 年第 14 卷第 7 期。

李璜：《社会主义与社会》，《少年中国》1922 年第 3 卷第 10 期。

李璜：《社会主义与个人》，《少年中国》1923 年第 4 卷第 1 期。

李怡：《中国现代文学史的叙述范式》，《中国社会科学》2012 年第 2 期。

李怡：《“民国文学”与“民国机制”三个追问》，《理论学刊》2013 年第 5 期。
李怡：《作为方法的“民国”》，《文学评论》2014 年第 1 期。
李怡：《战时复杂生态与中国现代文学的成熟——现代大文学史观之一》，《北京师范大学学报》（社会科学版）2014 年第 3 期。
李怡：《五四文学运动的“革命”话语》，《中国社会科学》2016 年第 12 期。
李之常：《自然主义的中国文学论》，《时事新报·文学旬刊》1922 年第 47 期。
黎梓材：《孔德与斯宾塞社会学的比较》，《先导》1932 年创刊号。
凌纯声：《民族学实地调查方法》，《民族学研究集刊》1936 年第 1 辑。
凌纯声：《民族主义与民族学》，《国立劳动大学周刊》1931 年第 18 期。
凌纯声：《国家主义与中国的音乐教育》，《中华教育界》1925 年第 15 卷第 1 期。
凌纯声：《中国边疆文化》（上），《边政公论》1942 年第 1 卷第 9—10 期。
刘波儿：《“中国民族学会会员录”小考》，《广西民族大学学报》（哲学社会科学版）2011 年第 3 期。
刘复：《〈扬鞭集〉自序》，《语丝》1926 年第 70 期。
刘涅夫：《孔德的社会学学说与批判》，《生存月刊》1933 年第 4 卷第 2 号。
刘锡诚：《北大歌谣研究会与启蒙运动》，《黄河文明与可持续发展》2012 年第 3 辑。
刘晓：《李石曾与近代学术界留法派的形成》，《科学文化评论》2007 年第 4 卷第 3 期。
鲁迅：《忆刘半农君》，《青年界》月刊 1934 年第 6 卷第 3 号。
罗志田：《西方的分裂：国际风云与五四前后中国思想的演变》，《中国社会科学》1999 年第 3 期。
罗志田：《走向国学与史学的“赛先生”：五四前后中国人心目中的“科学”一例》，《近代史研究》2000 年第 3 期。
马句：《回忆许德珩老师在北京大学——纪念五四运动 90 周年》，《北京党史》2009 年第 3 期。
彭基相：《孔德哲学》，《哲学评论》1936 年第 7 卷第 2 期。
彭兆荣：《民族志书写：徘徊于科学与诗学间的叙事》，《世界民族》2008 年第 4 期。
彭兆荣：《“文化表述”的四个反思面向》，《社会科学家》2013 年第 2 期。
邱椿：《涂尔干的社会的唯实论》，《现代知识（北平）》1947 年第 1 卷第 4 期。
渠敬东：《追寻神圣社会——纪念爱弥尔·涂尔干逝世一百周年》，《社会》2017 年第 6 期。
任鸿隽：《科学与教育》，《科学》1915 年第 1 卷第 12 期。
沈雁冰：《自然主义与中国现代小说》，《小说月报》1922 年第 13 卷第 7 号。
守常：《什么是新文学》，《星期日》社会问题号，1919 年。
宋志明、孙小金：《王国维与实证原则》，《吉林大学社会科学学报》2001 年第 5 期。
宋忠民：《洋务运动期间的新式学堂》，《历史教学》1987 年第 7 期。
苏国勋：《马克斯·韦伯：基于中国语境的再研究》，《社会》2007 年第 5 期。
苏耀祖：《北京孔德学校一年级教学法的实施报告》，《教育丛刊》1923 年第 4 卷第 3 期。
索凯峰：《晚清留法教育述评》，《教育研究与实验》2012 年第 1 期。
孙以芳：《中国社会学发展萌芽期的社会学译著和课程》，《社会》1985 年第 2 期。
孙中山：《平实开口便是错》，《中兴日报》1908 年。
王铭铭、刘琪：《人类学家的凝视与环顾——王铭铭教授访谈》，《学术月刊》2015 年第 3 期。
王铭铭：《民族学与社会学之战及其终结——一位人类学家的札记和评论》，《思想战线》2010 年第 3 期。

王蔚:《“科学救国”思潮考略》,《船山学刊》2006 年第 3 期。
王慧琴:《关于苗族的族源问题》,《思想战线》1982 年第 6 期。
王建民:《民族学的学科地位及其与社会学的关系》,《中央民族大学学报》(哲学社会科学版)1995 年第 1 期。
王建民:《从中国人类学民族学的发展看学科的世界性与本土性》,《西南民族大学学报》(人文社会科学版)2009 年第 4 期。
王鉴平:《中国近代实证主义思潮简论》,《学习与探索》1987 年第 4 期。
王林平:《涂尔干社会学思想百年研究综述》,《学术交流》2008 年第 9 期。
王韬:《格致书院课艺》,上海图书集成印书局 1894 年铅印本。
王希恩:《当代西方民族理论的主要渊源》,《民族研究》2004 年第 2 期。
王沄礼:《我考孔德的经过》,《孔德校刊》1936 年。
王志洋:《民国人物:李璜》,《民国档案》1994 年第 2 期。
卫惠林:《涂尔干教授的社会主义批评》,《时代前》1931 年第 1 卷第 1 期。
卫惠林:《民族学的对象领域及其关联的问题》,《民族学研究集刊》1936 年第 1 期。
魏善玲:《民国前期出国留学生的结构分析(1912—1927)》,《华南农业大学学报》(社会科学版)2012 年第 1 期。
文军、王琰:《论孙本文与社会学的中国化》,《哈尔滨工业大学学报》(社会科学版)2012 年第 5 期。
文人龙:《社会分工论》译者序,《三民主义月刊》第 3 卷第 4 期。
吴冬梅、杨林:《20 世纪 30 年代崔载阳的民族中心教育理论研究》,《教育学报》2015 年第 2 期。
吴国樑:《孔德与斯宾塞尔社会学说底批判》,《成都大学旅沪同学会会刊》1930 年第 1 期。
吴俊升:《社会学家涂尔干的教育学说》,《国立北京大学社会科学季刊》1936 年第 6 卷第 2 期。
武少娟:《中国社会学实证主义的早期引入》,《涪陵师范学院学报》2006

年第3期。

伍逸瑚：《从孔德到涂尔干的社会学发展》，《社会科学》1936年第2期。

奚仲午：《涂尔干学派论》《青年评论》1933年第40期。

肖郎、田海洋：《近代西方道德教育理论的传播与民国德育观念的变革》，《社会科学战线》2011年第7期。

萧新祺：《北京大学著名教授刘半农博士履历及著述目录》，《古籍整理研究学刊》1992年第1期。

谢楚桢：《北京孔德学校参观记》，《学林杂志》1921年。

谢康：《民族学与中华民族的认识》，《改进》1940年第3卷第7期。

谢康：《五十年来法国社会学之一瞥》，《教育杂志》1931年第23卷第9期。

谢征孚：《法国现代社会学的趋势》，《社会学刊》1931年第3卷第1期。

许光华：《法国文学在中国的译介》，《中国比较文学》2001年第4期。

徐光启：《刻几何原本序》，引自［意］利玛窦《几何原本》，同治四年金陵刻本，1865年。

徐新建：《变动的"群"与转型的"学"——简论"社会"一词的中国演变》，《广西民族大学学报》（哲学社会科学版）2015年第6期。

徐新建：《文学人类学的中国历程》，《西南民族大学学报》（人文社会科学版）2012年第12期。

徐新建：《表述问题：文学人类学的起点和核心——为中国文学人类学研究会第五届年会而作》，《西南民族大学学报》（人文社会科学版）2011年第1期。

徐益棠：《七年来之中国民族学会》，《西南边疆》1942年第15期。

杨昌国：《国外苗学的历史梳理》，《贵州民族学院学报》（哲学社会科学版）2004年第1期。

杨成志：《云南民族调查报告》，《国立中山大学语言历史研究所周刊》1930年第11集。

杨成志：《单骑调查西南民族述略》，《国立中山大学语言历史研究所周刊》1930年第10卷。

杨成志：《人类学史的发展》，《国立中山大学研究院文科研究所集刊》1943 年第 1 卷第 1 期。

杨堃：《民族学与社会学》，《社会学刊》1934 年第 4 卷第 3 期。

严复：《论世变之亟》，《直报》1895 年。

严复：《京师大学堂译书局章程》，《大公报》1903 年。

严复：《救亡决论》，《直报》1895 年。

阎明：《社会学在中国的成长》，《中国社会导刊》2007 年。

杨昌济：《西洋伦理学史之摘录》，《民铎》1919 年第 6 号。

杨昌济：《哲学上各种理论之略述》，《民声》1916 年第 1 卷第 1 至 3 号。

杨国荣：《中国近代的实证论思潮及其历史特点》，《中国哲学史》1993 年第 2 期。

杨堃：《孔德社会学研究导论》（三），《中国学报》1945 年第 3 卷第 2 期。

叶法无：《涂尔干及其社会的社会学派思想》，《民族（上海）》1933 年第 1 卷第 4 期。

叶法无：《法国大革命与孔德的思想》，《国家与社会》1933 年第 12 期。

尹文：《百年南高松不老—梅松又传琴琶声》，《东南大学学报》2015 年总第 1272 期。

幼椿：《国家与社会》，《长风（上海 1929）》1929 年第 7 期。

章锡琛：《社会连带说》，《东方杂志》1913 年第 10 卷第 2 期。

张西平：《比较文学视野下的海外汉学研究》，《中国比较文学》2011 年第 1 期。

赵承信：《实地研究与中国社会学建设》，《益世报—社会研究》1948 年第 25 期。

周作人：《歌谣·发刊词》，《歌谣》周刊 1922 年第 1 号。

朱发建：《清末国人科学观的演化：从“格致”到“科学”的词义考辨》，《湖南师范大学社会科学学报》2003 年第 4 期。

朱介民：《涂尔干的社会学的教育学说》，《教育杂志》1931 年第 23 卷第 4 期。

朱谦之：《孔德的历史哲学》，《青年中国季刊》1939 年创刊号。

（三）中文译著

[英] 阿兰·贝克：《地理学与历史学——跨越楚河汉界》，阙维民译，商务印书馆2008年版。

[英] 艾约瑟：《西学略述》，武昌质学会1897年版。

[法] 保尔·福克内：《涂尔干的教育学》，邓叔耘译，《中华教育界》1928年第17卷第4期。

[法] 保罗·克拉瓦尔：《地理学思想史》（第四版），郑胜华等译，北京大学出版社2015年版。

[挪威] 弗雷德里克·巴特、[奥] 安德烈·金格里希、[美] 罗伯特·帕金、[美] 西德尔·西尔弗曼：《人类学的四大传统：英国、德国、法国和美国的人类学》，高丙中、王晓燕、欧阳敏、王玉珏译，商务印书馆2008年版。

[法] 葛兰言：《古代中国的节庆与歌谣》，赵丙祥、张宏明译，广西师范大学出版社2005年版。

[美] 哈维兰：《当代人类学》，王铭铭等译，上海人民出版社1987年版。

[美] 洪长泰：《到民间去——1918—1937年的中国知识分子与民间文学运动》，董晓萍译，上海文艺出版社1993年版。

[英] 赫胥黎：《天演论》，严复译，商务印书馆1981年版。

[德] 卡西尔：《人论》，甘阳译，上海译文出版社2003年版。

[德] 卡西尔：《人文科学的逻辑》，关子尹译，上海译文出版社1992年版。

[法] 考狄：《西人论中国书目》，中华书局2017年版。

[法] 孔德：《实证哲学教程》（上），《世界大思想全集》第25卷，春秋社1931年版。

[法] 孔德：《孔德实证哲学绪论》，王光煦译，《光华大学半月刊》1936年第4卷第10期。

[德] 莱布尼茨：《中国近事：为了照亮我们这个时代的历史》，梅谦立、杨保筠译，大象出版社2005年版。

[法] 来维－勃吕尔：《法国近世社会学》，敬轩记录，《北京大学日报》1920年。

[德] 蓝德曼:《哲学人类学》，彭富春译，工人出版社 1988 年版。

[美] 雷马克:《比较文学的定义和功用》，载《比较文学研究资料》，北京师范大学出版社 1988 年版。

[法] 列维·斯特劳斯:《野性的思维》，李幼蒸译，商务印书馆 1997 年版。

[美] 马尔库斯、费彻尔:《作为文化批评的人类学》，王铭铭等译，生活·读书·新知三联书店 1998 年版。

[英] 马林诺夫斯基:《巫术·科学·宗教与神话》，李安宅译，中国民间文艺出版社 1987 年版。

[加] 马塞尔·福尼耶:《莫斯传》，赵玉燕译，北京大学出版社 2013 年版。

[法] 马塞尔·莫斯:《人类学与社会学五讲》，林宗锦译，广西师范大学出版社 2008 年版。

[法] 马塞尔·莫斯:《礼物》，汲喆译，上海人民出版社 2002 年版。

[日] 米田庄太郎:《孔德的恋爱与其人类爱及女人崇拜》，卫惠林译，《晨报·副镌》1924 年。

[美] 浦嘉珉:《中国与达尔文》，钟永强译，江苏人民出版社 2008 年版。

[日] 神田丰穗:《世界名著解题——涂尔干的“社会分工论”》，宋家修译，《商务印书馆出版周刊》1935 年第 153 期。

[美] 史景迁:《改变中国》，曹德骏等译，生活·读书·新知三联书店 1990 年版。

[英] 斯宾塞:《群学肄言》，严复译，商务印书馆 1981 年版。

[爱尔兰] 安东尼·泰特罗:《本文人类学》，王宇根等译，北京大学出版社 1996 年版。

[日] 田边寿利:《孔德的实证哲学》，岩波书店 1935 年版。

[法] 涂尔干:《法国社会学史略》，杨堃译，《鞭策周刊》1932 年第 2 卷第 7—8 期。

[法] 涂尔干:《社会分工论》，渠东译，生活·读书·新知三联书店 2000 年版。

[法] 涂尔干:《职业伦理与公民道德》，载渠敬东编《涂尔干文集》(第 2 卷)，上海人民出版社 2001 年版。

［法］涂尔干：《社会学方法论》，许德珩译，商务印书馆1929年版。
［英］韦廉臣：《真道实证》，《六合丛谈》1857年第2期。
［美］威廉·亚当斯：《人类学的哲学之根》，黄剑波、李文建译，广西师范大学出版社2006年版。
［德］伊瑟尔：《虚构与想象——文学人类学疆界》，陈定家、汪正龙等译，吉林人民出版社2003年版。
［美］詹姆斯·克利福德、［美］乔治·E. 马库斯：《写文化——民族志的诗学与政治学》，高丙中等译，商务印书馆2006年版。
［英］甄克思：《社会通诠》，严复译，商务印书馆1981年版。
［法］左拉：《实验小说论》，毕修勺译，美的书店1927年版。

二　外文部分

Alain Montandon, *Mœurs et images: études d'imagologie européenne*, Clermont-Ferrand: éd. UBP, 1997.

Arnaud Hurel, «Un prêtre, un savant dans la marche vers l'institutionnalisation de la préhistoire. L'abbé Henri Breuil (1877—1961)», in *La Revue pour l'histoire du CNRS*, N. 8, mai 2003.

Arnaud Hurel, *L'abbé Henri Breuil. Un préhistorien dans le siècle*, Paris: CNRS éditions, 2011.

Auguste Comte, *Correspondance générale et confessions*, tome 1, Paris: Vrin (Archives positivistes), 1973.

Auguste Comte, «Considérations philosophiques sur les sciences et les savants», in *Système de politique positive ou Traité de sociologie instituant la religion de l'Humanité*, Paris: Société Positiviste, 1929, Vol. 4.

Auguste Comte, *Le catéchisme positiviste*, Paris: Garnier-Flammarion, 1966.

Auguste Comte, *Système de politique positive*, *Discours préliminaire*, tome 1, Paris: Anthropos, 1969.

Benoit Vermander, *Les Jésuites et la Chine*, Bruxelles: Lessius, 2012.

Cai Hua, *L'homme pensé par l'homme: du statut scientifique des sciences sociales*, *Paris*: *Presses universitaires de France*, 2008.

Cai Hua, *Une société sans père ni mari*, *les Na de Chine*, Paris: Presses universitaires de France, 1997.

Carl Sachs, *Les instruments de musique de Madagascar*, Paris: travaux et mémoires de l'Institut d'Ethnologie, tome XXVIII, 1938.

Célestin Bouglé, «Anthropologie et démocratie», Revue de métaphysique et de morale, N. 5, 1897.

Célestin Bouglé, *Les idées égalitaires. Etude sociologique*, Paris: Alcan, 1899.

Célestin Bouglé, *Pour la démocratie française*, *Conférences populaires*, Paris: Cornély, 1900.

Choy Jyan, *Etude comparative sur les Doctrines Pédagogiques de Durkheim et de Dewey*, Lyon: Imprimerie BOSC Frères & RIOU, 1926.

Colloque International de Sinologie, *Images de la Chine: le contexte occidental de la sinologie naissante*, Paris: Institut Ricci, 1995.

Daniel-Henri Pageaux, *La littérature générale et comparée*, Paris: A. Colin, 1994.

Emile Benoit-Smullyan, "The Sociologism of Emile Durkheim and His School", in *H. E. Barnes*, *An Introduction to the History of Sociology*, Chicago: University of Chicago Press, 1948.

E. Diguet, *Les Montagnards du Tonkin*, Paris: Augustin Challamei, 1908.

Emile Durkheim, «Communauté et société selon Tönnies», in *Revue philosophique*, N. 27, 1889.

Emile Durkheim, *Education et sociologie*, Paris: Librairie Félix Alcan, 1922.

Emile Durkheim, *Leçon de sociologie*, Paris: Presse Universitaire de France, 1950.

Emile Durkheim, *Les règles de la méthode sociologique*, Paris: Félix Alcan, 1895.

Emile Durkheim, «Lettres de Durkheim à E. Fournière», 28 octobre 1902, in *Revue française de sociologie*, janvier-mars 1979.

E. Lunet de Lajonquière, *Ethnolographie du Tonkin septentrional*, Paris: Ernest Leroux, 1906.

Ferdinand Brunot, «L'inscription de la parole», in *La Nature*, N. 998, le 16 juillet 1892.

François Marie Savina, «Dictionnaire Miao-tseu-francais», in *Bulletin de l'Ecole française d'Extrême-Orient*, Tome XVI, 1916.

Fu Liu, *Etudes expérimentale sur les tons du chinois*, Paris: Société d'Edition «Les Belles Lettres», 1925.

George Weisz, «L'idéologie républicaine et les sciences sociales, Les durkheimiens et la chaire d'histoire d'économie sociale à la Sorbonne», in *Revue française de sociologie*, N. 20, 1979.

Hubert Bourgin, *L'Ecole Normale et la politique*, Paris: Fayard, 1938.

Ioan Lewis, *Ecstatic Religion: An Anthropological Study of Spirit Possession and Shamanism*, Londres: Penguin, 1971.

J. C. Prichard, *Histoire naturelle de l'homme: les différentes races humaines*, Paris: JB. Baillière, 1843.

Jacques MUGLIONI, «Auguste Comte et l'éducation», in site de l'Encyclopédie de l'Agora, http: //agora. qc. ca/documents/auguste_ comte - - auguste_ comte_ et_ leducation_ par_ jacques_ muglioni.

Jacques MUGLIONI, «L'idée d'éducation universelle chez Auguste Comte», in *Revue Philosophique de la France et de l'étranger*, T. 175, No. 4, 1985.

Jean-François Bert, «Les archives de Marcel Mauss ont-elles une spécificité? —le cas de la collaboration de Marcel Mauss et Henri Hubert», in *Durkheimian Studies*, 2010.

Ling Zeng Seng, *Recherches Ethnographiques sur les YAO dans la Chine du Sud*, Paris: Les Presses Universitaires de France, 1929.

Marcel Fournier, *Marcel Mauss*, Paris: Fayard, 1994.

Marcel Mauss, *Manuel d'ethnographie*, Paris: éditions sociales, 1967.

Marcel Mauss, *Les civilisations: éléments et formes*, *Exposé présenté à la première*

Semaine internationale de synthèse, *Civilisation. Le mot et l'idée*, Paris: La Renaissance du livre, 1930.

Marcel Mauss, «L'oeuvre de Mauss par lui-même», in *Revue française de sociologie*, 1979.

Marcel Mauss, «Divisions et proportions des divisions de la sociologie», in *Année sociologique*, Nouvelle série, No. 2, 1927.

Marcel Mauss, «Essai sur les variations saisonnières des sociétés eskimo. étude de morphologie sociales», in *Année Sociologique*, tome Ⅸ, 1904—1905.

Marcel Mauss, «Fait social et formation du caractère», in *Sociologie et sociétés*, Vol. 36, No. 2, automne 2004.

Marcel Mauss, «Rapports réels et pratiques de la psychologie et de la sociologie», in *Journal de Psychologie Normale et Pathologique*, 1924. Communication présentée le 10 janvier 1924 ὰ la Société de Psychologie.

Marcel Mauss et émile Durkheim, «Note sur la notion de civilisation», in *Année sociologique*, N. 12, 1913,

Maurice Halbwachs, «Célestin Bouglé sociologue», in *Revue de Métaphysique et de Morale*, N. 48, 1941.

Michel Cartier, *La Chine entre amour et haine*, Paris: Institut Ricci, 1998.

Nicolas Skrotzky, *L'abbé Breuil et la préhistoire*, Paris: éd. Seghers, 1964.

Nicole Bensacq-Tixier, *Histoire des diplomates et consuls français en Chine*, Paris: Indes savantes, 2008.

Numa Broc, *Dictionnaire illustré des explorateurs et grands voyageurs français du 19e siècle*, Paris: éd. du CTHS, 1992.

Paul Vogt, «Un durkheimien ambivalent: Célestin Bouglé, 1870—1940», in *Revue française de sociologie*, N. 20, 1979.

Pierre Birnbaum et Filloux Jean-Claude, *Durkheim et le socialisme*, in "Revue française de sociologie", N. 20 – 1, 1979.

Pierre Teilhard de Chardin, *Lettres inédites à l'abbé Gaudefroy et à l'abbé Breuil*, *Le Quatre cents siècles d'art pariétal*, Rocher: Centre d'études et de Documentation préhistoriques, 1988.

Raymond Aron, *Archives européennes de Sociologie*, tome 1, 1960.

Robert Deliège, *Une histoire de l'anthropologie*, Paris: Seuil, 2006.

Romain Vaissermann, «Un phonéticien finno-ougrien: Jean Poirot alias Jean Deck», in *Porche*, *bulletin de l'Association des Amis du Centre Jeanne d'Arc—Charles Péguy de Saint-Pétersbourg*, N. 14.

Sébastien Hubier, *Comparatisme et anthropologie culturelle*, Dijon: ABELL, 2009.

Sié Kang, *L'amour maternel dans la littérature féminine en Chine*, Paris: Edition A. Pedone, 1937.

Steven Lukes, Emile Durkheim, *His life and work*: *a historical and critical study*, New York: Harper and Row, 1972.

Thomas Hirsch, "Un«Flammarion»pour l'anthropologie? Lévy-Bruhl, le terrain, l'ethnologie", in *Genèses*, N. 90, 2013.

Victor Segalen, *Equipée. De Pékin aux marches tibétaines*, Paris: Gallimard, 1983.

William Logue, «Sociologie et politique: le libéralisme de Célestin Bouglé», in *Revue française de sociologie*, N. 20, 1979.

Young Ching-Chi, *L'écriture et les manuscrits Lolos*, Genève: Publications de la bibliothèque sino-internationale, 1935.

Yves Chevrel, *La littérature comparée* (*7ème édition*), Paris: PUF, 2016.

后 记

本书付梓之时，首先要感谢所有帮助过我的师友。

自踏入大学校园之日起，我便学习法文，对中法文化交流颇感兴趣。遥远异国的文明、学贯东西的学者、享誉中法的文字都深深吸引着我。十七年前，才离珞珈山，又上狮子山。立方寸讲台教授法文，讲解法国文学，侃谈法兰西文化。其间，从未忘记学术受蒙时师长的教诲，有志于“中法之间”。于是，求学于望江楼畔，先修比较文学，后习文学人类学，相信可以运用跨学科路径观察中法之间的人物、文本与事象。

从文学到人类学，这既是本书的创作之源，也是著者的学术之途。研习至今，我要感谢四川大学文学与新闻学院诸位老师的悉心教育和引导。在文学课堂上，曹顺庆教授、冯宪光教授和赵毅衡教授等诸位先生的讲授给我带来了灵感。在人类学世界里，我要感谢蔡华教授。他不以校墙为界，在学业中无私地给我提供重要指导和宝贵意见，让我受益无穷。文学人类学专业的老师更是在课堂内外给予我巨大的帮助和指导。与李菲老师、梁昭老师和银浩老师相处，我不仅学会了研究之法，更感动于师门之谊。

我要特别感谢导师徐新建教授！在他的悉心教导下，我了解了学者的真正使命，领略了学术的美丽风景。老师的课堂永远充满知识、思辨与新意，我有幸座下聆听，如沐春风。报考之时，老师有教无类，不拒我这位人类学的“门外汉”。正是在老师的指点下，我方能研习人类学，并以此为题，进行专题研究，从文学与人类学的双重视域考察20世纪上半叶的中法交流。

在研究之始，彭兆荣教授、汤晓青教授和杨煦生教授曾鼓励我，启发我，特此致谢。在研究过程中，李怡教授、罗庆春教授、李裴教授给我提供了宝贵建议，让我不至于误入歧途，耗费时间。

此外，我还要感谢法国巴黎十大人类学系 Albert Piette 教授及其家人。我曾于2017年赴法访学，并搜集研究资料。其间，Albert Piette 对我这位中国学子倾囊相授，其家人也经常关注我的生活，让我远在异乡亦备感温暖。

回顾自己的求学之道，汗水与收成并获。幸运的是，有一群同道学友相伴。与安华涛、陈晓军、陈海龙、达西、郭天真、蒋琴宝（泰国）、姜约、李长中、柳广文、刘婷婷、陆晓琴、卢婷、罗崇蓉、史芸芸、田级会、完德加、王艳、王傑婷、徐艺心、余红艳、张波、郑玮、周莉娟、朱丽晓等学友在课堂上的切磋论辩，让我受益匪浅。已经毕业的师兄师姐如付海鸿、郭明军、李国太、刘波、罗安平、马卫华、邱硕、王立杰、王璐、杨骊、张颖等也经常关心我的研究进展，在此一并致谢。

遥想初入四川师范大学外国语学院工作，如今已临不惑之年。十七年里忆长情！感谢王川、陈佑松、嵇敏、张叉、王泽兵、马川冬、曹曦颖教授等学校和学院领导对我的关心和鼓励！感谢学院同事们的支持和帮助！尤其是蒙雪琴、胡志红教授等，他们既是同事，也是榜样！

我要感谢拙荆胡娴。在资料收集和撰写的关键阶段，她默默为我奉献。多亏她的理解和照顾，我才能兼及学业与工作。我还要感谢我的母亲和亲友，他们的关爱一直陪伴我。另外，还有小女橙子，在我挑灯奋笔时来到我的生命中，膝前身后撒下了欢声笑语。

本书系本人博士学位论文修改而来。如今成果得以顺利出版，离不开各方援助。在工作期间，我有幸获得四川师范大学学术出版资金资助；在留学法国期间，国家留学基金委提供的访学资助让我得以亲见凌纯声等人的法文博士学位论文；在后续研究中，我以《近代法语期刊与“中国西南表述”研究》为题，得到了国家社科基金的研究资助，并进一步充实了我的文献资料。对于书中引用和参考的同人先进，感谢你们的杰出成果对我的学术支持！最后，我还要感谢中国社会科学出版社郭晓鸿女士的悉心指正！

由于资料收集等困难及笔者才疏学浅，本书撰写难免错漏。不足之处责任在我，恭请方家指正批评。

佘振华

2020 年 12 月 19 日

于成都龙泉驿